O beijo da neve

Outras obras de Babi A. Sette

Não me esqueças
Senhorita Aurora
Lágrimas de amor e café
Meia-noite, Fvelyn!
A aurora da lótus
A promessa da rosa

O beijo da neve

BABI A. SETTE

14ª edição
Rio de Janeiro-RJ / São Paulo-SP, 2025

VERUS
EDITORA

Ilustração e design de capa
Mary Cagnin

ISBN: 978-65-5924-210-8

Copyright © Babi A. Sette, 2023
Todos os direitos reservados.

Direitos reservados em língua portuguesa, no Brasil, por Verus Editora. Nenhuma parte desta obra pode ser reproduzida ou transmitida por qualquer forma e/ou quaisquer meios (eletrônico ou mecânico, incluindo fotocópia e gravação) ou arquivada em qualquer sistema ou banco de dados sem permissão escrita da editora.

Verus Editora Ltda.
Rua Argentina, 171, São Cristóvão, Rio de Janeiro/RJ, 20921-380
www.veruseditora.com.br

CIP-BRASIL. CATALOGAÇÃO NA FONTE
SINDICATO NACIONAL DOS EDITORES DE LIVROS, RJ

S519b
Sette, Babi A.
 O beijo da neve / Babi A. Sette. - 14. ed. - Rio de Janeiro : Verus, 2025.

 ISBN 978-65-5924-210-8

 1. Ficção brasileira. I. Título.

23-84776   CDD: CDD: 869.3
            CDU: CDU: 82-3(81)

Gabriela Faray Ferreira Lopes - Bibliotecária - CRB-7/6643

Revisado conforme o novo acordo ortográfico.

Seja um leitor preferencial Record.
Cadastre-se no site www.record.com.br e receba informações sobre nossos lançamentos e nossas promoções.

Atendimento e venda direta ao leitor:
sac@record.com.br

A todos aqueles que sonham e amam
e às forças mágicas que sempre respondem.

Era uma vez um lorde do inverno que enfeitiçou meu coração e minha alma sem nem ao menos saber disso. E agora? Agora eu preciso de um beijo da neve para não morrer de amor.

Prólogo

QUATRO ANOS ANTES

A culpa é do lorde do inverno. Meus nervos estão à flor da pele, e estou sofrendo da síndrome da desilusão e do ego ferido. Precisava colocar um par de patins nos pés e esquecer que, vinte e quatro horas atrás, fui fotografada pela imprensa esportiva e filmada por fãs do gênero, e agora meu nome figura na internet no top dez da patinação artística. Eu precisava patinar.

Nada como fazer isso num lago, dentro de uma propriedade com fama de mal-assombrada, para acalmar os nervos. Até gosto de filmes de terror, mas não sou do tipo que invade e passa a noite dentro de casas com fama de serem amaldiçoadas nem nada do tipo. É só a má fama que ajuda a manter a propriedade vazia. Ao contrário da maioria das pessoas, eu não me incomodo com a possibilidade de cruzar com um fantasma no meio do bosque que cerca a mansão. Só quero ficar sozinha. E o melhor de tudo: fantasmas não têm celular, não tiram fotos e não postam na internet depois.

Enxugo as lágrimas com as costas das mãos, antes que elas congelem.

É noite de lua cheia, e eu cheguei a espessura do gelo. Dos lugares a que tenho acesso, esse lago é um dos mais lindos para patinar ao ar livre. Não me importo de ter dirigido quarenta minutos de Toronto até Richmond Hill. Eu precisava tanto disso.

Respiro fundo, e as lâminas e os meus pés se tornam um, o gelo e o meu corpo se fundem. Dá até para esquecer a humilhação e a desilusão — ou quase. Sabe aquela sensação de que você nasceu para fazer uma coisa, e de repente isso se torna tão maior que muito provavelmente foi essa "alguma coisa" que te escolheu e não o contrário?

Talvez ninguém entenda direito o que estou falando; a verdade é que nem eu entendo. Mas, com as lâminas cortando o gelo, é como se o inverno tivesse me enfeitiçado enquanto eu dormia e dito: *Você só vai se sentir livre e feliz quando calçar um par de patins de gelo.*

Dou um giro ereto, a perna bem esticada, como um espacato na vertical. Mais um e fecho os olhos, ofegante.

E lá está ele, olhando para mim, de dentro da minha cabeça, o grão--senhor da neve, lorde do inverno nas horas vagas, na minha imaginação. Olhos azuis como gelo derretido, profundos como um iceberg, e eu quero enfiar uma adaga no coração gelado dele.

Só queria voltar no tempo e dar um murro naquele nariz perfeito, e então o sangue iria escorrer por cima dos lábios cheios e cínicos e ele o lamberia com uma expressão de prazer. Afinal, Elyan Kane deve se alimentar de sangue.

Deslizo sobre o gelo e as lembranças passam na minha mente como um filme de terror. Cinco horas de voo para chegar em Vancouver, a sede do campeonato mundial de patinação artística este ano, para assistir ao vivo a uma apresentação específica. Gastamos uma fortuna com ingressos, Rafe e eu, meu melhor amigo que é também patinador artístico, sentados na primeira fileira do estádio, praticamente dentro da pista. Eu usando uma camiseta de *Star Wars* porque sei que Elyan Kane é fã dos filmes. Não sou tão ridícula, eu também sou fã. Mas, sim, comprei essa camiseta específica só porque li numa entrevista recente que o personagem favorito dele é o Darth Vader.

E eu me lembro de tudo; é como se o gelo ajudasse a expurgar as lembranças.

Rafe cutucou meu braço.

— Ansiosa para ver o seu lorde do inverno ao vivo?

Não me pergunte por que, mas, toda vez que penso em Elyan Kane, com seu um metro e oitenta e muitos, o rosto masculino mais perfeito que deve existir, vinte anos de pura perfeição atlética e o maior nome da patinação artística em dupla da atualidade, ele assume um ar feérico.

— Muito ansiosa — respondi perto do ouvido de Rafe. — Não é todo dia que a gente encontra um dos protagonistas dos livros da Sarah J. Maas.

— E um ídolo, e o amor da sua vida.

Peguei um pouco de pipoca do balde e disse depois de engolir:

— Não sou tão apaixonada assim.

Rafe curvou a boca para baixo e me encarou com os olhos pretos e enviesados, como quem diz em silêncio: conta outra.

— Está bem, talvez eu seja. Mas eu sei também que provavelmente ele vai agradecer o presente que eu trouxe, voltar para o reino feérico do inverno com o ouro olímpico dele e nunca mais pensar em mim.

Forcei uma expressão dramática.

— E eu? Vou morrer sozinha num apartamento coberto de pôsteres com fotos do Elyan e rodeada de gatos gordos e felizes.

Rafe gargalhou.

— Você não tem gatos e ainda mora com seus pais.

— Um dia eu vou ter gatos, e não vou morar para sempre com meus pais.

— Além disso — pontuou Rafe com seriedade exagerada —, o Elyan só não vai te olhar duas vezes se for um idiota, Nina. Já se olhou no espelho ultimamente, gata?

Dei risada.

— O Elyan namora a Jess, a princesa do reino da primavera, linda como uma imortal e parceira dele. Eu morro no dilema entre invejar e amar essa garota.

Rafe encheu a mão de pipoca antes de falar:

— Eu li que eles estão em crise. Parece que o bad boy da patinação andou pulando a cerca.

— A gente sabe que não dá para acreditar em tudo que se lê sobre os famosos.

O sorriso descrente de Rafe me fez rir também.

— Ah, vai, Nina, todo mundo sabe que ele é um garoto rebelde, mal-humorado, problemático, genial no que faz, mas difícil de lidar. Vive cercado de escândalos por ser filho de um conde inglês milionário e morar num lugar barra pesada de Londres porque não se dá com o pai. Se isso não é ser bad boy, não sei mais o que é.

Revirei os olhos, pegando um pouco mais de pipoca.

— Não estou falando sobre a fama dele de bad boy. Estou falando sobre ele ter traído a namorada.

Rafe sorriu, malicioso.

— Só não esqueça, caso ele queira te dar uns beijos e trair a namorada, de não se apaixonar ainda mais. Com certeza ele iria estilhaçar o seu coração, minha fada.

— Xiu, para de falar besteira. Vai começar.

As luzes da plateia diminuíram e eu disse baixinho:

— Aposto meu exemplar autografado de *Corte de espinhos e rosas* que o lorde do inverno e a Jess vão ganhar outro ouro para a coleção deles.

É óbvio que eu sei que Elyan Kane não é um feérico ou um ser sobrenatural — apesar de Rafael jurar que ele não é deste mundo: "Bonito como o inferno, rico e patinando desse jeito, ele só pode ser de outro universo, gata".

Faço um duplo lutz e agradeço a adrenalina correndo no meu corpo e me relaxando, como se eu fosse uma viciada no gelo. *Sou uma viciada.*

Que sorte enorme ter nascido num lugar onde neva quatro meses por ano. E por meu irmão mais velho, Lucas, ter me apresentado este lago perfeito alguns anos atrás.

Desde que Elyan Kane passou a morar nos pôsteres nas paredes do meu quarto, o lado ruim de ter nascido em Toronto, no Canadá, passou a ser a distância para encontrá-lo, ou conhecê-lo, um dia. *Se eu soubesse.*

Elyan Kane, mesmo tendo mãe canadense e avó irlandesa (como a minha), gostando de panquecas com Nutella no café da manhã (assim como eu), sendo apaixonado por rock dos anos 90 (mais um ponto em comum), adorando livros de fantasia (parabéns, meu lorde, por mais um match), nunca vai saber que temos tantas semelhanças. E agora nunca vai saber que, se eu o encontrasse outra vez, gostaria de enfiar uma agulha de crochê em seu peito.

Antes que alguém me julgue, é verdade que eu o stalkeei um pouco — *bastante* —, mas é que na temporada passada torci o tornozelo e passei um mês de molho na cama. Então, tive muito tempo livre para olhar o perfil dele no Instagram, ler todas as reportagens e entrevistas e imaginar como seria nosso casamento na terra dos elfos sob o gelo, e depois sonhar com bebês nerds, gordinhos e vestidos de baby Yoda que ensinaríamos a patinar.

Paro após mais um lutz, ofegante e suando — mesmo no frio de dez graus negativos —, e me lembro de quando entrei na área dos vestiários para conhecê-lo.

A viagem com Rafe até Vancouver tinha o pretexto de assistir à final do mundial, mas também de conhecer pessoalmente Elyan Kane. Entregar um presente que escolhi com todo o carinho enquanto sonhava em ser beijada por ele num mundo distante. Reviro os olhos. *Se eu soubesse.*

Um amigo do meu pai é amigo de um amigo da supertécnica dele, Lenny Petrova. E conseguiu um crachá para que eu entrasse na área destinada à imprensa, por onde os patinadores passam após a competição para serem entrevistados.

Estava ao lado de um grupo de fãs do gênero quando reconheci duas pessoas que patinam na mesma arena que eu em Toronto e competiam no juvenil, como eu, até o mês passado.

Elyan Kane saiu com o uniforme da seleção da Grã-Bretanha, e meu coração acelerou tanto que achei que desmaiaria. Eu tinha chorado de verdade ao assisti-lo patinar poucos minutos antes. Atrás dele veio a técnica e, ao lado da técnica, Jess Miller caminhava com a expressão desolada. Olhos inchados. Nariz vermelho.

Reparei que Elyan tentou evitar dois repórteres e deu uma resposta atravessada para um terceiro. Ele estava com a expressão de quem fora açoitado no vestiário e não de quem acabara de ganhar uma medalha de bronze em um mundial.

Enquanto a técnica e Jess Miller atendiam alguns repórteres, Elyan acelerou os passos para sair o mais rápido possível de lá. Agarrou uma rosa-vermelha que alguém ofereceu para ele e um ursinho de pelúcia de outra pessoa.

Quando ele se aproximou e eu falei, minha voz saiu trêmula, emocionada. Elyan era ainda mais lindo pessoalmente. *Como pode?*

— Oi — eu disse e estendi para ele uma caneca. — Mandei fazer pra você.

Os dedos longos agarraram a alça da caneca com a cabeça do Yoda e a frase impressa: *Melhor patinador você é.* Os olhos azuis se arregalaram e ele me encarou.

— Eu li que você gosta de tomar chá antes de dormir e... que ainda não tinha uma caneca do Yoda.

Os olhos se arregalaram mais e a boca se prendeu numa linha firme.

— Eu também sou patinadora e passei para o sênior este ano. — Sorri, com as bochechas ardendo. — Quem sabe ainda patinamos juntos... Quer dizer, no mesmo campeonato.

Ele assentiu e murmurou um *Boa sorte*.

— Espera — pedi, afoita —, tem mais uma coisa.

Pensando bem, depois de tudo o que aconteceu, eu sei que não devia ter insistido por...

— Você tiraria uma foto comigo?

— Hoje eu não tô no cli... — E aí alguém atrás de mim, provavelmente querendo falar com Elyan ou entregar algo para ele, me empurrou.

Alguns passos tortos para a frente e eu parei de braços estendidos, segurando o que consegui para não cair. Trombei nele com tudo, e os flashes dos celulares e das câmeras dispararam conforme Elyan grunhia:

— Eu disse não, sua maluca.

Acelero e começo a correr, tentando jogar sobre o gelo toda a minha frustração. Minha foto com uma expressão de psicopata está estampada em toda parte, meus braços estendidos como se eu quisesse agarrar Elyan à força e ele fugindo de mim com os olhos horrorizados. Alguns seguranças vieram e me seguraram, como se eu realmente tivesse partido para cima dele e não sido empurrada.

Na última vez que olhei, meu perfil já tinha mais de trinta comentários na postagem mais recente me chamando de louca, de sem-noção, enquanto outros me elogiavam por eu ter tido a coragem de tentar agarrá-lo.

Um vídeo editado e que não mostra a parte em que sou empurrada, só a parte em que eu pareço voar para cima de Elyan, viralizou. Meu técnico e Justin, meu parceiro, sugeriram um post explicando o que aconteceu de verdade e contando que Elyan foi o grosso e arrogante que muitos o acusam de ser. Eu fiz isso e o descrevi com toda a raiva que sentia:

Arrogante , intocável, frio e com ar de superioridade, como se fosse o príncipe de um reino mais evoluído.

Infelizmente isso não ajudou muito, afinal eu sou seguida por cinco mil pessoas, enquanto os vídeos que envolvem Elyan Kane chegam a milhões de visualizações. Devo continuar sendo chamada de patinadora perigosa, tarada, corajosa e louca por algum tempo.

É impressionante como o amor e o ódio são sentimentos que se parecem muito, porque agora eu odeio Elyan Kane, lorde do inverno. Cheguei em casa e a primeira coisa que fiz foi me fechar no quarto e rasgar todos os pôsteres e fotos dele que decoravam minha parede.

Fecho os olhos outra vez e vejo um par de olhos azuis encarando os meus enquanto rodamos juntos no gelo e um lado meu — um lado sobre o qual não tenho o menor controle — diz em silêncio:

— Oi, lorde do inverno.

E ele responde dentro da minha cabeça: *Bem-vinda ao meu mundo, sua maluca.*

E eu? Gargalho alto no meio de um giro, me sentindo meio perturbada e com a certeza de que não vou superar isso se não fizer um boneco de Elyan Kane e espetar algumas agulhas nele toda vez que quiser esbofeteá-lo ou... Deus me ajude, beijá-lo.

1

Será possível viver sem metade do coração ou da alma? Achei que descobriria a resposta a essa pergunta quando quase perdi uma das minhas pessoas favoritas, há um ano. Mas hoje estou comemorando o aniversário dela com o coração inteiro, o que significa que Maia, minha irmã mais nova, está aqui comigo e está bem. Não nos perdemos uma da outra.

Apesar de a medicina afirmar que só se pode falar em cura efetiva depois de cinco anos sem recidiva da leucemia, sinto no meu coração que tudo isso ficou para trás. Ela já está bem. Maia nasceu de novo — *nós* nascemos de novo — há um ano, graças à medicina e ao tratamento experimental feito nos Estados Unidos. Graças à força de Maia, que sempre acreditou na cura, mesmo nos momentos mais difíceis.

Minha irmãzinha é só um ano e dois meses mais nova que eu. Mamãe conta que estava me amamentando quando ficou grávida e que, quando Maia nasceu, ela olhava para mim, ainda pequenininha, e me achava praticamente crescida. Com dois anos eu ajudava mamãe segurando a mamadeira de Maia, balançando o carrinho, pegando fraldas, carregando chupetas, mesmo que na boca e dividindo com ela.

E hoje nós estamos comemorando a vida — o presente de verdade — dançando na Dorothy, a casa noturna mais concorrida de Toronto, onde Rafe conseguiu um bico para ser um tipo de animador das pistas de dança.

— Vamos beber e pegar todos os caras que conseguirmos.

Nunca fui uma garota de sair beijando bocas diferentes em casas noturnas e achar que isso faz a balada ser mais divertida, mas esse foi o combinado com Maia. Lembro da noite do aniversário dela no ano passado, tão diferente das luzes da pista, da música alta, das risadas exageradas, do cheiro de gelo-seco e de diferentes perfumes misturados ao álcool. Um ano atrás, as luzes vinham dos monitores de sinais vitais, o cheiro era de antisséptico hospitalar e os sons eram da série que maratonávamos na TV, tentando trazer algum conforto e prazer àquela situação de merda.

Maia fez aniversário no ano passado deitada numa cama de hospital, cercada de enfermeiras, médicos e da nossa família. Cantamos parabéns diante de um bolo com o número dezoito, cheio de pedidos pela recuperação dela. Depois dos parabéns, voltamos à nossa série. Naquele episódio, o grupo de amigas protagonistas saía à noite e beijava bocas diferentes. Elas se divertiram tanto e nós demos tanta risada que eu prometi a Maia que faríamos igual no aniversário dela de dezenove anos. Mesmo tendo minhas questões pessoais que depõem um pouco contra isso, afinal dizem que um beijo na boca mistura as energias boas e ruins da aura do casal e que leva cerca de vinte e um dias para os campos energéticos se desvincularem completamente. Por isso, quando estava me arrumando para ir para a Dorothy, coloquei um cristal pequeno — um citrino — no umbigo e tapei com band-aid. O citrino ajuda a nos proteger, e a região do umbigo é por onde entra e sai energia do nosso corpo.

Antes que alguém me chame de mística excêntrica, eu cresci com meu quarto sendo defumado com incensos, por causa da família hindu do meu pai, e cercada de cristais e simpatias para fadas e duendes, por causa da família irlandesa da minha mãe. Talvez por isso eu acredito em basicamente tudo que seja esotérico ou meio mágico.

— Vamos. — Maia, que acabou de beijar o cara número dois, puxa a mim e Rafe pela mão.

— Para onde? — pergunto, meio tonta. A dose que virei mais cedo parece jogar pebolim com meu cérebro.

— Para a pista menor e mais escura. O carinha ali — aponta para o garoto que ela beijava há pouco — disse que é lá que as coisas esquentam de verdade.

Pisco devagar.

— Mais escura, Maia?

— Bem mais — Rafe responde, rindo e acompanhando os passos apressados de Maia.

— Mas eu já não estava enxergando nada nessa.

Maia me puxa com mais firmeza.

— Essa é a graça, Nina. Além disso, já é mais de uma da manhã e você só beijou um cara.

— Dois — rebato, na defensiva.

— O selinho não conta.

Reviro os olhos e checo o cristal no meu umbigo.

— Se preocupe em contar os seus beijos, não os meus.

Maia estreita os olhos na minha direção.

— Você não está regulando beijos por causa do lance da energia, né?

Franzo o cenho, com a expressão indignada.

— Você sabe que eu não acredito mais nessas coisas como antes.

Maia lança um olhar para o meu umbigo, onde ela sabe estar o cristal que a vó Nora me emprestou.

— Sei — diz e continua a me puxar pela mão.

É verdade, eu realmente não acredito mais como costumava acreditar, não depois de tudo o que passamos, não depois de eu quase perder Maia para uma doença que alguns afirmam se manifestar por causa de mágoa reprimida.

Maia é uma das pessoas mais doces que conheço, incapaz de fazer mal a uma formiga e capaz de perdoar qualquer idiotice que façam contra ela. Se alguém tinha que ter leucemia nessa família, deveria ter sido eu. Sou eu que guardo mágoas, não Maia. Eu sou incapaz de perdoar, ela não. Ainda tenho o pôster que usava para atirar dardos na cara de Elyan Kane, quatro anos depois de ele ter sido um babaca comigo. Elyan não teve culpa de os meus vídeos terem vazado na internet, mas de ter sido um idiota, sim. Fico furiosa até hoje quando lembro o jeito como ele me tratou, a minha cara de louca estampada nos sites de patinação pelo mundo todo. Essa sou eu, capaz de sentir raiva de um cara que ninguém vê ou ouve falar há anos.

Paramos no bar central e, enquanto Rafe e Maia pedem outra bebida, dou uma olhada ao redor. Espelhos, cristais, madeira e arranjos de flores em meio a canos, tijolos aparentes e luzes neon. Alguns ambientes da Dorothy parecem um hotel de luxo no meio de uma estação de metrô.

Rafe me oferece uma dose generosa de...

— Tequila — ele fala.

Agarro o copo transbordando, prendo a respiração e viro de uma vez.

Maia e Rafe fazem caretas engraçadas depois de virarem suas doses, e a minha cara não deve estar muito melhor. Apoiamos os copos no balcão e volto a ser puxada por uma Maia muito animada, a fim de beijar mais alguns caras na pista escura. Estou tão feliz por ter minha irmã aqui, por estarmos fazendo isso juntas, que vale tudo esta noite.

As únicas preocupações que tenho no momento se resumem a quando vou conseguir me organizar para voltar a patinar, se os caras que eu beijar vão sentir o cristal no meu umbigo e a não esquecer de programar o alarme do celular para não perder o episódio de *A Casa do Dragão* amanhã à noite. Respiro fundo e acaricio a mão da minha irmã.

Passamos por uma porta vai e vem dupla, entramos e…

— Ah, meu Deus.

Tirando uma luz pink em alguns pontos específicos e aquele canhão estroboscópico piscando, não tem nenhuma outra iluminação no ambiente.

— Não dá pra ver nada.

Rafe segura meu ombro e me guia para o meio da pista. *Pelo menos eu acho.*

— Você se acostuma, gata.

— A música é boa.

Maia já está sacudindo os braços e dançando ao ritmo de "Rescue Me", do One Republic. Eu adoro essa música. Adoro o efeito da tequila, e, só dois minutos depois de entrar na sala "quente" escura e rosa, nem ligo mais de estar vendo somente o contorno do corpo das pessoas. Começa a tocar "Hymn for the Weekend", do Coldplay, e eu amo essa pista. É a melhor da Dorothy. Certeza.

Já disse que amo dançar? Sim, eu amo! Com quatro anos comecei balé, pouco depois estava no jazz. Com quinze fiz um ano de dança do ventre e depois dança clássica indiana. *Eu amo.* Estou cantando e me movendo freneticamente com corpos que podem ser humanos, robóticos ou de metamorfos, não enxergo a ponto de notar a diferença. O fato é que está tudo tão legal que nem noto quando Maia pega o terceiro da noite e Rafe desaparece, provavelmente com o segundo da noite dele.

Fico feliz sozinha, contanto que não tirem a música, nem a luz cor-de--rosa e, agora, a luz negra que acende o branco de todas as roupas, mas deixa os rostos ainda mais escuros e indistintos. Não ligo. Demoro a reparar que um contorno de corpo, um bem alto e, *nossa*, forte, começa a dançar na minha frente, comigo.

Eu canto a música que toca agora, do Imagine Dragons: *Everybody wants to be my enemy...*

O corpo masculino se aproxima devagar, preciso, como um gato atrás de um pássaro.

Coloco os braços em cima dos seus ombros, que são bem largos, e me movo em sintonia com ele. As mãos grandes e quentes estão na minha cintura, e um frio percorre a minha espinha.

Oi, número três.

Meu Deus, nossos corpos combinam, apesar de ele ser pelo menos uns dois palmos mais alto. Estamos colados, ondulando os quadris, o nariz dele toca o meu e a firmeza dos músculos dele contorna minhas curvas num encaixe perfeito.

A boca dele cola no meu ouvido e o hálito quente arrepia minha nuca quando ele diz:

— Não quero ser.

— O quê?

— Seu inimigo.

Oi?

— A música — explica ele.

— Ah, também não quero.

Quero só continuar dançando com você pra sempre. Não sei se é a tequila, provavelmente é, mas dançar com esse cara é uma das melhores coisas que já fiz na vida. As mãos dele agora estão nas minhas costas e me apertam mais contra a rigidez do seu corpo.

Arfo, num misto de prazer e euforia.

— Vamos pra lá? — Ele aponta para um ponto mais à frente.

Tanto faz, só não saia daqui sem me beijar.

— Pode ser.

E nós cruzamos a pista de mãos dadas, ele andando na minha frente até um corredor longo, onde alguns casais se pegam. Solto uma risada ansiosa quando viramos à direita e entramos numa sala reservada. Olho para cima e consigo enxergar o contorno do maxilar quadrado e do cabelo, que parece

21

ser preto, *mas pode ser loiro*. É ridículo, mas aqui, apesar de ter uma luz mais quente e amarelada, é como se o ambiente fosse iluminado por três velas e dá para enxergar ainda menos do *nada* que eu via na pista da luz rosa.

Ele me puxa para o que acredito ser um sofá, ou um banco almofadado, e eu reparo num vulto que parece ser de um casal se pegando no outro extremo do mesmo sofá.

Hum... uma sala de pegação. Que útil.

Minha respiração acelera quando nos sentamos, colados um no outro.

— Qual o seu nome? — A boca dele está na minha orelha de novo.

— Nina.

— Nina — ele repete, rouco. — Quero muito, muito mesmo te beijar.

— Tá — murmuro. — Acho que é pra acontecer.

Ele me ergue como se eu pesasse cinco gramas, e eu nem penso em fazer algo diferente de sentar em cima dele com as pernas abertas, abraçando o quadril masculino com minhas coxas. Estou usando uma legging de lycra preta e uma blusa azul brilhante, e, mesmo que desse para enxergar alguma coisa — não dá —, eu não estaria numa pose tão indecente se vestisse saia. *E eu quase vim de saia.* Me amo por ter escolhido a calça.

— Tenho certeza que é pra acontecer — sussurra ele.

E deixa um beijo de leve nos meus lábios. Meu estômago congela. Mais um, e a barba que está nascendo acaricia e desperta minha pele. Estou num caleidoscópio, feixes de luz colorida acompanham os lábios dele se movendo sobre os meus como um pincel, o cheiro dele preenche o ar. Meu coração acelera.

— Você tem um cheiro tão gostoso de... — mais um beijo — de homem.

Sinto uma risada na boca e as mãos grandes pressionam meus quadris.

É sério, eu poderia morar nesse cheiro. Enfio os dedos entre as ondas macias do cabelo dele. Minha pélvis cola na dele quando abrimos a boca e nossa língua manda nossa alma para o sol.

Derretendo. Tudo está rodando e derretendo.

O beijo. *Meu Deus, o que é isso?* Meus seios são pressionados contra o peito firme dele, sua língua se movimenta dentro da minha boca, me acariciando devagar, e eu estou caindo, não quero parar de cair. Meu corpo está em chamas e meu sexo pulsa.

Quero a mão dele na minha calcinha agora. Por favor. Me esfrego contra ele e mais um gemido rouco escapa da garganta masculina.

As mãos ocupam minhas costas inteiras e me puxam mais para dentro da sua boca. Uma delas sobe pela minha nuca e entra no meu coque frouxo, enquanto a língua dele vai tão fundo que mal consigo respirar. Eu o imito; precisamos respirar o ar um do outro.

Ele vira meu rosto para entrar ainda mais dentro do beijo e, com a mão que está no meu quadril, me aperta contra si, contra o pau duro dele, que pressiona meu clitóris. Quente, quente, quente. Estou fervendo, e tem uma tempestade solar acontecendo entre as minhas pernas.

Eu me esfrego mais, buscando alívio, e ele geme dentro da minha boca. O som é tão grave que envia uma fisgada do meu estômago para o meu sexo. Meu cabelo é puxado de leve e ele se afasta só um pouco para dizer, resfolegando:

— Nina, eu sei que a gente não se conhece.

Para de falar e me beija. Avanço para cima dele e voltamos a nos beijar. Os dedos trêmulos emolduram meu rosto, empurrando-o para trás, até nossas bocas descolarem só alguns centímetros.

— Mas o que a gente achou aqui — murmura ele, com os lábios acariciando os meus — é uma coisa muito rara e incrível. Eu só... Vai embora comigo.

Pode ser que ele fale isso para todas as garotas que beija na balada, mas as minhas células e hormônios juram ser verdade e imploram por sexo com ele.

Faz tanto tempo.

Sentindo minha hesitação, ele me beija outra vez, encaixa nossas bocas com a simetria perfeita da proporção áurea. Fibonacci ficaria surpreso aqui, tenho certeza.

Meus músculos perdem a força e os braços dele me sustentam pelas costas.

— Se você topar, a quarenta minutos daqui tem um lugar especial pra mim. A gente compra um vinho, eu posso cozinhar alguma coisa, se você estiver com fome. Acendemos a lareira e nos conhecemos melhor.

E depois vamos explodir a galáxia com o melhor sexo da minha vida. Seria maravilhoso se fosse outro dia e eu tivesse outro cérebro, que, mesmo embotado de tequila, consegue me lembrar que não é seguro sair com alguém que você acabou de conhecer, por melhor que ele beije e por mais que você esteja *aguada* pelo cara. Aliás, eu nem sei o nome dele.

Espalmo as mãos no peito firme e me afasto. Os ombros dele se alargam. Ele entendeu minha negativa com o corpo. Ele encosta a testa na minha, parecendo lutar contra algo forte demais.

— Tem certeza? — pergunta, rouco.

— Eu até queria, mas é aniversário da minha irmã e eu vim com ela.

Ele puxa o ar devagar, tentando acalmar a respiração, e eu faço o mesmo. Então, as mãos dele se afrouxam na minha cintura. Quase arquejo e peço para ele devolvê-las para onde estavam, quando elas se afastam de vez da minha pele.

Antes que ele me beije mais, ou que eu peça por isso, ou então que eu seja capaz de aceitar ir para a Groenlândia de navio com ele, eu me levanto, tonta, as pernas trêmulas, mal enxergando um palmo à minha frente, e saio rápido da sala reservada, como se fugisse de um vampiro.

Passo pelo corredor e por alguns casais que ainda se pegam e volto para a pista da luz rosa. Como eu estava num ambiente bem mais escuro pouco antes, ela parece mais clara agora. É até possível distinguir algumas feições. Continuo andando, encontro Rafe e Maia e volto a dançar perto deles.

— Quantos? — Maia pergunta.

Não sei por quantos beijos esse valeu. Acho que por todos os beijos que já dei e que ainda vou dar na vida.

— Três — respondo. — Mas o último valeu por... um milhão.

Maia gargalha alto antes de dizer:

— Isso significa que você vai ficar com a energia dele por quanto tempo?

Toco meu umbigo à procura do cristal que nem lembrava existir.

Para sempre.

— O resto do ano.

E rimos juntas enquanto minha nuca arrepia de um jeito estranho.

Rafe se aproxima do meu ouvido.

— Vamos pegar mais uma bebida?

Concordo.

— Acho que eu quero só uma água.

E saímos os três da sala da luz rosa, deixando "Dog Days Are Over", de Florence and the Machine, para trás. Sigo os dois até o bar no ambiente central, fingindo que nada aconteceu, fingindo que não acabei de dar o melhor beijo da minha vida em um estranho cujo rosto nem vi. Fingindo que meu coração não volta a acelerar só com a lembrança. Provavelmente vou me arrepender para sempre de não ter explodido a galáxia com sexo esta noite.

2

UM ANO DEPOIS

Eu quero tanto que dê certo que provavelmente estou fazendo tudo errado.

Acho que por estar há três anos fora dos rinques de patinação, fora dos treinos diários e das competições, um lado meu não acredita mais que posso consertar as coisas. É como reatar com um amante muito íntimo, sua alma gêmea, mas após três anos de contatos esparsos e ocasionais vocês mudaram tanto que, por mais que se amem, não conseguem se acertar. Sufoco essa ideia, faço-a ficar muda dentro de mim, quando sinto meu coração pulsar de novo, quando me sinto inteira, ao calçar os patins e pisar no gelo. Exceto, é claro, quando me sinto quebrada.

Agora, por exemplo, meus pés doem como se tivessem sido enfiados em uma máquina de moer carne. Minha bunda já viu dias melhores. Os hematomas espalhados na lateral da perna esquerda estavam mais claros até eu errar o triple lutz de novo e cair usando as nádegas e metade da coxa como amortecedores.

Às vezes parece pior do que é. Outras vezes é ainda pior do que parece. Eu não reclamo, não mesmo.

Como poderia reclamar de estar de volta ao gelo, "o elemento primordial"?

Não posso reclamar, não depois de parar por três anos.

Sabe, nunca fui uma garota sortuda, o tipo de pessoa que ganha rifas ou sorteios, que fica presa no depósito com o cara mais gato da sala. Mas também nunca fui a azarada do grupo, aquela que o pombo caga na cabeça no meio de dez pessoas.

Acontece que há três anos fui atropelada por uma maré de desafios que caberiam com folga na vida de uma dezena de pessoas. E haja cristais, questionamentos e incensos para dar conta do tsunami interno que vivi com o atropelamento.

Quando digo "atropelada", estou sendo mais ou menos literal. A verdade é que eu caí num buraco, numa maldita obra no meio da calçada, enquanto corria feito louca para salvar uma gatinha de ser atropelada.

Eu a peguei, a gata cinza que hoje mora na minha casa, ocupa mais espaço na cama que um namorado e lambe meu rosto (esse é um dos bônus) todos os dias de manhã. A parte chata é que esse tombo foi o início de três anos bem difíceis, e isso não tem nada a ver com Freya, minha gatinha, meu amor ronronento.

Romper um ligamento do joelho ao cair no bueiro foi só a estreia desse período. Eu ficaria de cinco a seis meses afastada da patinação, às vésperas do campeonato mundial; Justin, meu antigo parceiro e namorado, terminou comigo — não só o namoro, mas também a parceria profissional. Depois veio a fase mais difícil de todas que já vivi, quando minha irmã ficou doente.

Mas vamos voltar para Justin, que é a estreia meteórica dessa fase: ele disse que não podia ficar meses esperando minha recuperação e perder toda a temporada de campeonatos do ano. Afinal nós estávamos no auge e éramos a grande aposta do momento na patinação artística de duplas. Se a patinação fosse uma cadeia alimentar, éramos tubarões-brancos em fase de crescimento.

— Me desculpa, Nina — Justin disse quando veio me dispensar, três anos atrás. — Você sabe, se eu ficar fora do mundial, não vou ter chance de ir para as próximas Olimpíadas.

Eu o encarei em silêncio por um tempo antes de responder, com uma inocência tranquila:

— Mas vai ter outras Olimpíadas.

— Sim, vai, acontece que em cinco anos muita coisa pode mudar. Este é o meu, o nosso momento.

Prendi a respiração, e uma camada fina de suor cobriu minha testa.

— Eu sinto muito, Justin.

E realmente sentia. Tendo patinado a vida inteira e desejado levar isso como profissão, é claro que eu sentia ter me machucado. Como não iria sentir, perdendo a chance de ir para o meu primeiro mundial e para as Olimpíadas? Mas alcançar os pódios, que sempre fora uma obsessão para Justin, nunca tivera a mesma importância para mim. O que eu amava mesmo era todo o pacote de patinar; o pódio era uma consequência bem-vinda. *Assim eu pensava.*

— Você não devia ter se arriscado tanto por um gato, Nina — ele disse entredentes naquela tarde no meu quarto, lançando um olhar fulminante para Freya, que estava entre as minhas pernas.

— Desculpa... Foi um acidente.

— O problema é que você não leva a patinação a sério como deveria e vive fazendo coisas imprudentes, tipo patinar no meio da floresta à noite e... cair em bueiros, cacete.

Arregalei os olhos, sentindo Freya tensionar as patinhas no meu colo. Ele disse isso como se tivesse sido escolha minha.

— Como é que é?

— Você não se cuida... nem se dedica como eu e... — Apertou um pouco a ponte do nariz, parecendo tenso. — Escuta, não é por causa do acidente. Eu e o Zack já tínhamos entendido que esse seria o melhor caminho pra nós. Pra mim.

Zachary Dare, o garoto de bronze do Canadá nos anos 90 e, agora, um dos técnicos mais disputados por patinadores de todo o país.

— Melhor caminho pra você? Eu achei que ele fosse nosso técnico.

— Sinto muito.

Meu pulso acelerou.

— E qual é esse caminho?

As bochechas altas se tingiram de vermelho conforme os olhos azuis de Justin passeavam sobre os meus livros de fantasia na estante ao lado da minha cama, pelos cristais e incensários. Ele bufou, como se estivesse de saco cheio.

— Você sabe que nós somos amigos.

Franzi o cenho, com o pulso mais acelerado.

— Sei. Pelo menos eu acho que somos. Não somos?

— É claro que sim. Eu te conheço desde criança.

Concordei em silêncio e fiquei esperando que ele continuasse. Porque era óbvio que teria continuação.

— Nina, você é uma patinadora linda e talentosa, mas... Pela maneira como você leva as coisas, talvez a patinação artística não seja a melhor escolha pra você.

Ele falou isso porque, ao contrário dele, eu sempre patinei por amor e não pelo pódio. Não deixo de viver minha vida, como se só existissem no mundo competições e medalhas. Eu vou a shows, gosto de sair nos fins de semana, amo viver e não me cobro tanto como Justin. Ao menos naquela época eu não me cobrava.

— Eu sei o que é melhor pra mim, seu babaca.

Ele arregalou um pouco os olhos, como se eu o ofender fosse uma surpresa. Como se ele não estivesse sendo um filho da puta. E falou, em um tom um pouco mais ácido:

— E o que é melhor pra mim, pra minha carreira, é a gente parar por aqui.

— E como você pensa em competir sem uma dupla?

As bochechas voltaram a corar antes de ele responder:

— Eu já tenho uma pessoa em vista.

Eu quis perguntar por quem ele estava me trocando, mas sabia a resposta. Ashley Cross era uma patinadora de duplas de dezoito anos que vinha conquistando pódios, fãs e a admiração de muitos. Ashley estava à procura de um novo parceiro, e Justin a estava ajudando nisso fazia alguns meses. Pelo jeito, fizeram um ótimo trabalho.

— Nós podemos continuar amigos — ele disse.

— Vai se foder, Justin — respondi, sorrindo, bloqueando as lágrimas nos olhos, fingindo que ele não era um babaca egoísta que estava me largando após treinarmos juntos por anos. Fingindo que ele não quebrava meu coração em cem pedaços. Fingindo que um cristal ou mantra qualquer seria capaz de colar os fragmentos de um jeito rápido e indolor.

E olha que naquele momento eu ainda não sabia que o "parar por aqui" incluía ele levar toda a minha equipe técnica, passar a me ignorar nas poucas vezes que voltamos a nos cruzar e começar a namorar a Ashley, com quem provavelmente já vinha trepando enquanto estava comigo.

28

— Tudo bem, gata? — Rafe pergunta, chamando minha atenção para o gelo sob a minha bunda dolorida.

Levanto do chão, aceitando a mão estendida dele, e sorrio ao responder:

— A H&M podia vender bundas novas na seção de utilidades, não acha?

Ele ri. Ele sempre ri das minhas piadas idiotas, e eu o amo por isso, e porque ele faz o melhor cookie de Nutella do mundo, é claro.

Rafael é maravilhoso em todos os sentidos. Crescemos juntos nas pistas de gelo e na rua. Somos vizinhos de muro, e, quando não estávamos patinando, qualquer um sabia que nos encontraria no quintal um do outro. Ele é um patinador solo talentoso, e eu sei que — por mais que nunca admita — resolveu treinar esse ano comigo para me ajudar. Ele sempre repete, como se fosse um troféu, que adora a ideia de começar numa nova modalidade.

— Quer repetir o salto? — pergunta Rafe, lendo minha expressão de decepção.

Acontece que três anos para uma atleta ficar parada, sair de competições, sair de todos os treinos, é muito tempo. O meu corpo não está mais acostumado aos saltos que eram naturais como respirar. Alguns deles precisam de ajustes, como um carro que já rodou quilômetros demais e ficou um tempo sem passar pela revisão.

Estou treinando há quatro meses sem técnico, sem coreógrafo, sem fisioterapeutas, sem nada. A garota que era considerada um prodígio no gelo, uma aposta nas pistas, foi esquecida, passada para trás, substituída. E o que Justin cu de rena falava nos anos em que fiquei afastada — e ainda fala — para quem quiser ouvir?

Que ele me levava nas costas. Que sem ele como parceiro eu nunca teria sido vista.

Ignorando por completo que eu não parei só por causa da lesão no joelho ou por opção. Sim, é claro que, depois de me recuperar, continuar parada foi uma escolha, mas é óbvio também que eu faria tudo de novo — nunca mais calçaria um patim, venderia minha coleção de papel de carta, todos os meus livros autografados, meus cristais, todas as minhas batas e roupas ecléticas que amo tanto — para ter minha irmãzinha curada. Eu falei em maré de pouca sorte, certo? Essa maré virou faz três meses, depois que Maia percorreu metade do caminho para ser considerada cem por cento curada. Dois anos sem recidiva é mais que positivo.

Rafe passa o braço sobre meus ombros.

— Você caiu porque — começa ele — antecipou o...

— O salto.

Ele assente, sem falar mais nada. Talvez saiba que os saltos difíceis que acertei em quatro meses foram aqueles que fiz sem me preocupar se dariam certo, se alguém estava assistindo e, principalmente, sem temer machucar o joelho direito (o do ligamento rompido três anos atrás). Como se ferrar de novo o joelho pudesse, de um jeito místico e inexplicável, trazer mais três anos de merda para minha vida.

— É isso aí, você sabe... — E me olha de um jeito especulativo. — Quer parar por hoje?

Meu corpo quer uma cama quentinha, uma bolsa de água quente, meias fofas e um anti-inflamatório, mas minha cabeça e meu coração cheio de objetivos, não. Um objetivo, para ser mais precisa: o pódio nos regionais, no nacional, no mundial e quem sabe um dia nas Olimpíadas.

— Vamos repassar mais uma vez, pode ser? Depois paramos.

— Certeza? Estou super a fim de sair e tomar uma cerveja. Já estamos nessa pista há três horas.

Eu sei que ele está falando isso só para me agradar, porque devo estar com cara de quem não aguenta mais nada por hoje. Mas basta um olhar meu para que Rafe entenda.

Faltam cinco meses para os regionais. Se não fosse ele, que resolveu ser o Homem de Ferro para a Mulher-Aranha amiga dele, eu estaria literalmente sozinha. Os pais do Rafe não bancam mais os treinos dele, então estamos sem verba para alugar o rinque pela quantidade de horas que precisamos e nos matando de trabalhar para bancar as inscrições nos torneios, as passagens, os figurinos. Ou seja, estamos fodidos. E não quero perder nenhuma das quatro horas que pagamos pelo rinque hoje.

Então, mesmo que eu tenha que entrar numa banheira de gelo quando chegar em casa de madrugada, mesmo sabendo que vamos ter que sair daqui para um bico noturno, que vai exigir energia e paciência, não devemos parar.

Rafe suspira com um sorriso conformado e encorajador.

— Vamos, então. — E estende a mão na minha direção.

❋ ❋ ❋ ❋ ❋

Luzes projetadas em feixes, letras e desenhos misturados com fumaça de gelo-seco cobrem as pessoas em uma das pistas de dança. É uma loucura esse cenário da noite na balada mais exclusiva de Toronto. Milionários, megaempresários e playboys se misturam com artistas famosos, cantores, influenciadores e aqueles que estão só começando em qualquer área, mas são curiosos, desavisados e gente influente e bonita. Todos eles se espalham pela Dorothy em busca de diversão ou de negócios.

O lugar secreto, onde há um ano comemoramos o aniversário de Maia, fica em prédio cujo acesso se dá por um túnel depois de uma linha de trem abandonada. O preço exorbitante da entrada ou o vip para convidados exige, sem distinção, o nome numa lista que tem uma fila de espera de seis meses e a entrega do celular na entrada. Aqui dentro, o mundo é realmente deixado para trás. É quase como penetrar numa realidade paralela.

Antes era Rafe quem dançava na Dorothy para animar a pista, mas, desde que voltei a patinar e preciso de qualquer dólar a mais no orçamento, sempre que rola um trabalho meu amigo me convida. Sei que isso não tem nada a ver com a vida que se espera de alguém que usa um cristal para se proteger de más energias dentro de uma boate, muito menos com a rotina de atletas, mas acontece que o sonho do pódio é caro e, para mantê-lo, não podemos dispensar nenhuma grana extra.

A Dorothy contrata uma dezena de modelos famosos, artistas em ascensão e atletas promissores, esperando, eu acho, dar à balada uma cara jovem e cobiçada.

Nossa imagem vende beleza e saúde, e é isso que eles querem passar para as pessoas que pagam cem dólares por dois drinques e que acreditam que, ao frequentar o mesmo lugar que gente dentro do padrão de ideal estético, de saúde ou os dois juntos, vão de algum jeito ficar assim também.

E aqui a grana é quente, muito diferente do gelo que aquece meu coração. Na verdade, a grana deste lugar ajuda a manter o gelo aquecendo meu coração, e por isso é impossível dizer não.

— Vou pegar uma água, quer? — ofereço para Rafe.

— Meu reino inteiro por um copo cheio de gelo, além da água.

Dou um selinho nele.

— Já venho.

Rafe dá um tapa na minha bunda quando me afasto. Faz quatro meses que danço aqui a cada quinze dias. Mais precisamente, desde que voltei a treinar. Como Rafe e eu temos mais intimidade e confiança que muitos casais, sempre que estamos aqui dançamos e chamamos a atenção de muita gente — e não só porque Rafe é um cara de um metro e oitenta, pele marrom, corpo esculpido com mais músculos que um lutador de boxe, mas porque nossos corpos ficam bonitos juntos, encaixados, e fazemos valer cada centavo que eles nos pagam para aquecer a pista.

Saio do ambiente com luzes coloridas e música alta e me dirijo para o bar central.

O tema da noite hoje é anos 80. Estou vestindo calça de lycra rosa-choque e uma camiseta preta surrada, com as mangas cortadas fora e um nozinho na altura das costelas que deixa minha barriga um pouco à mostra, um colete jeans de tachinhas e sapato de bico com salto agulha. Meu cabelo preto e ondulado, herança da parte indiana da família, está amarrado em um rabo de cavalo bem alto, meus olhos verdes foram ressaltados pela sombra da mesma cor, e o batom pink é só para lembrar que os anos 80, apesar de terem nos dado músicas incríveis, tiveram a moda mais colorida e exagerada da história. E eu amo. Sempre amei cores, pastel ou gritantes, e o brilho dos collants libera mais endorfina no meu sangue que um orgasmo. Sou um contraste e tanto para o branco sem fim da neve, meu maior amor.

Além disso, sabe a parte indiana da família, da qual herdei o cabelo preto e a pele marrom-clara? Então, eu também sou a alegria dela. Minha avó paterna, minha dadi, faz todos os tecidos bordados e megacoloridos que traz da Índia virarem blusas, vestidos e calças que ela mesma costura para mim.

Apoio os braços no bar e digo:

— Oi, Josh, você me consegue uma água e dois copos com bastante gelo?

— É pra já — responde o barman com um cavanhaque charmoso e que usa lápis preto para ressaltar os olhos.

Duas mãos grandes se fecham na minha cintura e um corpo quente se cola ao meu enquanto a boca no meu ouvido sussurra e o hálito de uísque atinge meu nariz.

— Não consegui tirar os olhos de você na pista de dança.

Respiro fundo. Esse é um dos maiores inconvenientes de se trabalhar numa casa noturna: lidar com caras bêbados e arrogantes que acham que, por terem um Porsche na garagem, qualquer mulher está louca para abrir as pernas para eles.

— Ah, é? Você deve ter deixado os seus olhos lá — respondo, tirando as mãos dele da minha barriga e procurando os seguranças que normalmente intervêm nessas situações.

Não encontro nenhum. As mãos dele estão de volta à minha barriga, e eu conto até dez para não virar na cara dele a água com gelo que Josh acabou de me entregar.

— Eu já te vi aqui antes. Você é patinadora, não é?

— Não estou interessada.

— Antes de você parar de patinar, eu era meio apaixonado por você, sabia? Você é a Nina Allen More, não é? Eu sei até que você tem vinte e um anos e voltou a patinar faz pouco tempo.

Ótimo. Um stalker. Procuro os seguranças outra vez, sem encontrar nenhum.

— Eu preciso voltar para a pista.

— Te assustei — ele diz, apertando um pouco mais minha cintura. — Eu não sou um maníaco, só curto patinação.

— Está tudo bem? — Josh pergunta.

— Está sim — digo, com a tranquilidade que somos instruídos a manter para lidar com esse tipo de merda. — Ele já vai embora, né? — E tiro a mão do cara da minha barriga mais uma vez.

— Até te ver aqui — prossegue ele, ignorando o que eu disse —, eu tinha esquecido como você é gostosa e como eu ainda quero você nua na minha cama.

Meus músculos retesam. Isso passou da conta.

— Tira a mão e se afasta de mim, agora.

— Eu também patino. Mas...

— A garota pediu pra você tirar a mão dela, porra!

Não sei se foi o tom grave que fez os pelos na minha nuca arrepiarem, ou o sotaque inglês, ou o jeito ameaçador como a frase saiu. De qualquer modo, eu sei que funciona. Um babaca que se acha o pinto alfa normalmente só responde rápido assim a um macho com ar de pinto alfa superior.

— Está tudo bem? — pergunta a mesma voz de barítono que envia ondas de choque pela minha coluna.

Suspiro aliviada quando as mãos pegajosas e o bafo de uísque pedem desculpas e se afastam. Eu me viro, sorrindo, no intuito de agradecer e dispensar o alfa superior mas... congelo.

Completamente.

Não consigo articular nenhum som humano porque, ao me virar, dou de cara com a única paixão platônica que já tive e com o cara que mais abominei na vida. Com o protagonista das paredes do meu quarto e, depois, dos meus pesadelos, e a imagem de fundo do meu quadro de dardos, só que aqui sem os dardos espetados. O cara que sumiu do planeta há anos sem deixar vestígio e em quem, desde o dia em que fui empurrada em cima dele e virei o meme "a tarada da patinação", não gastei mais meio segundo pensando. A não ser quando jogava dardos no rosto perfeito dele ou quando o pessoal que controla a área dos sonhos na minha cabeça me faz sonhar que eu dou uns amassos em Elyan Kane — só para rir da minha cara depois, tenho certeza.

E, agora, consigo pensar numa coisa ainda mais absurda que a aparição desse quase um metro e noventa, olhos azul-neve e cabelo preto na minha frente: você não tinha voltado para o inferno ou para onde os elfos malvados voltam depois de ferrar com a vida de milhares de pessoas? Um lado meu — o rancoroso e vingativo — tem certeza de que Elyan Kane me amaldiçoou no dia em que baguncei o topete perfeito dele e que todas as merdas que aconteceram comigo desde então foram culpa dele. Que diabos ele está fazendo no Canadá? Na Dorothy? Na minha frente?

Pisco devagar. Talvez não seja ele. Não pode ser, pode? Talvez seja alguém muito parecido, ainda mais forte, alto, másculo, sombrio e — para tristeza do meu ego — gato do que eu me lembrava.

Os olhos azuis crescem ao me fitar, e a boca, aquela boca larga esculpida e de lábios cheios, abre um pouco quando os orbes azuis se fixam no meu peito. Minha boca seca e meu estômago gela quando os olhos dele, antes serenos, adquirem um tom azul-escuro, tempestuosos. *Não, ele não está analisando meus seios.*

Fecho os olhos. Uma parte minha tem um arrepio de prazer, enquanto a outra só quer desaparecer, quando lembro o que está escrito em letras garrafais, e no mesmo tom de rosa da calça, na frente da minha camiseta.

Volto a abri-los e meu coração dispara quando percebo que lorde Elyan Kane sumiu da minha frente. Olho ao redor procurando-o, nervosa, como alguém que acabou de ver um óvni mas não o fotografou, então ninguém acreditaria.

Acho que nem eu acredito.

Engulo em seco outra vez e, após um minuto, agradeço a Josh pela água e pelos copos com gelo. Volto para a pista de dança, ofegante e com o coração mortalmente acelerado.

Eu acabei de ver Elyan Kane? Kane coração de gelo, como ele passou a ser chamado pouco antes de desaparecer por cinco anos?

3

— **V**ocê está bem? — Rafe pergunta assim que paro na frente dele e o puxo para um dos banheiros mistos no canto da pista de dança, logo após contar quem apareceu na minha frente.

Cubro os olhos com as mãos.

— Você acha normal eu estar com raiva por não ter me jogado em cima dele gritando "Socorro, tarado! Tirem ele daqui!"?

Rafe curva os lábios, mostrando a covinha do lado esquerdo, que aparece toda vez que ele sorri.

— Você só estaria fazendo justiça.

Encolho os ombros e respiro fundo.

— Eu escolhi essa camiseta porque a cor da frase combina com a calça. Mas o Kane leu, tenho certeza.

Os olhos de Rafe correm pela frase conforme ele lê em voz alta:

— *Meu bom humor está congelado, igual ao coração de Elyan Kane.* — O riso estrangula a voz dele.

Eu também dou risada. É uma piada interna de patinadores.

— Você me acha pouco evoluída por ainda não ter esquecido o que aconteceu? Sei lá, nem sabia o que eu iria sentir se um dia encontrasse o cara.

— Não, meu amor. Já te disse que pra mim quem evolui é Pokémon.

Dou risada e arrumo o nozinho da blusa, que está meio solto.

— Não consegui nem agradecer. Ele foi um pinto alfa gentil no bar, e eu? Só queria gritar, enfiar os dedos nos olhos dele e sair correndo.

— Para de se julgar. Além do seu choque por ter encontrado um cara que muitos diziam estar morto ou ter sido raptado por aliens, eu acho que, depois de ler a sua camiseta, ele não se importou muito com a sua falta de... educação?

Eu gargalho.

— Elyan Kane, dá pra acreditar?

Rafe gargalha comigo.

— Tem certeza de que era ele?

— Quase absoluta. — Aperto as têmporas. — Pensando bem, talvez não fosse. Ele estava... maior.

— Maior?

Abro as mãos na frente do peito até elas passarem dos ombros antes de prosseguir.

— Mas os olhos, aquela cor de azul impressionante e gelado, estavam lá.

Rafe volta a achar graça.

— Olhos gelados que te deixaram quente por alguns anos.

— Fervendo de vontade de agarrar aquele peitoral perfeito e depois empurrá-lo na frente de um ônibus.

Uma risada alta vem antes da resposta.

— Eu tiraria a parte de empurrar ele na frente de um ônibus, mas também queria sentir aqueles peitorais. Lembra que eu mesmo tinha uma quedinha por ele? Quem não tinha?

Solto um grunhido ao lembrar dos olhos dele na frase da minha camiseta.

— Depois que ele leu, me olhou de um jeito... Meu Deus, deu até um pouco de medo.

— Ui... Medo, gata? Daquele tipo que arrepia a nuca?

Acho graça no tom de gozação de Rafe.

— Acho que foi o susto de vê-lo depois de cinco anos sem que ninguém soubesse dele e ainda ter vontade de...

— Apalpar aquela bunda perfeita.

— E depois jogar um litro de querosene em cima da cabeça dele e riscar um fósforo.

Mais uma risada de Rafe.

— Sua menina malvada.

— Às quartas usamos rosa — falamos juntos.

— Bem, de um jeito ou de outro, se eu o encontrar de novo, não quero perder meu réu primário. Vou trabalhar o perdão interior e achar a paz. —

Fecho os olhos, encosto os polegares nos indicadores e faço *Aummmm*...
Abro os olhos e concluo: — E seria um desperdício queimar uma coisa tão bonita.

— Uma coisa tão mimada.

— Tão rabugenta e misteriosa.

Rafe me cutuca com o braço de um jeito sugestivo.

— Mais gato?

— Mais velho.

— Foram cinco anos, você também está mais velha. Ei, não me olha assim. É de um jeito bom.

Aproveito que estou perto da pia e passo água no rosto para me refrescar. Rafe volta a falar:

— E ele? Você disse mais velho de um jeito bom ou pior?

Franzo um pouco o cenho para lembrar da expressão daquele rosto impressionante, as maçãs destacadas, o maxilar quadrado, a barba por fazer, as ondas do cabelo preto acabando no meio da nuca. Os olhos azuis sombreados por olheiras, a boca cheia, o pescoço largo, os anéis nos dedos compridos, uma cicatriz contornando a parte baixa do maxilar — essa eu não sabia que ele tinha, ou faz parte do pacote de cinco anos sumido —, os músculos.

— Definitivamente não de um jeito ruim, mas, sei lá, acho que ele parecia exausto, como se estivesse em pé nesta boate faz uma semana. E estranho... Todo de preto, que nem o Sandman, olheiras, anéis em pelo menos seis dedos, uma vibe soturna, quase sombria.

Rafe morde o lábio inferior de um jeito engraçado e malicioso.

— Hum, que delícia. O bad boy do gelo está de volta com tudo, então?

Há cinco anos, Elyan Kane estava no topo. Ele e Jess Miller, sua parceira e namorada, tinham conquistado o ouro olímpico na patinação de duplas e acabado de ganhar o bronze no mundial. Eles tinham apenas vinte anos e estavam no começo de uma carreira mais que promissora.

Mas o que parecia o começo era, na verdade, o fim para Jess. Três dias após o mundial, quando os memes com meus olhos de psicopata tarada estavam decorando as páginas sobre patinação no gelo, Jessica Miller foi encontrada morta no hotel onde muitos patinadores do mundo todo ainda estavam hospedados. Um dia depois de sair a fofoca de que Elyan terminara o namoro com ela, Jess Miller não acordou mais. A autópsia apontou pane aguda, ou, em linguagem mais técnica, morte súbita.

Elyan Kane abandonara o hotel, num voo fretado, alegando uma emergência familiar, apenas algumas horas antes de a tragédia vir à tona. Elyan não foi ao enterro, não deu entrevista nem declaração nenhuma e foi flagrado bêbado com outra garota só uma semana depois de a parceira dele morrer.

A essa altura meus memes tinham quase flopado, e memes do Elyan com o coração congelado, frases como a da minha camiseta e outras muito piores, que o acusavam inclusive de ser tão perturbado que causara indiretamente a morte da parceira, viralizaram.

Eu ainda estava muito puta e desiludida com ele para contestar qualquer coisa ou sentir pena.

Um mês depois disso tudo, Elyan abandonou a patinação e desapareceu por cinco anos inteiros, sob uma montanha de rumores. Nunca mais ouvi falar dele até esta noite, dez minutos atrás.

A curva de um sorriso aparece nos lábios do meu amigo.

— Você não ficou tentada a perguntar por onde ele andou esse tempo todo?

Encolho os ombros, fingindo que meu pulso não volta a acelerar pela maneira como ele me ajudou, e depois ao ver a cara dele quando leu o que está escrito na minha camiseta. Falo em voz alta o que estou pensando, porque é Rafe, meu melhor amigo, que sabe até as cores das calcinhas que eu tenho na gaveta, sem nunca ter tirado elas de mim.

— Estou morta de curiosidade, mas ainda lutando contra a vontade de mandar ele se foder e depois agradecer pela ação alfa-peniana.

— Quer ir procurar o cara pra tentar descobrir e mandar ele se foder?

Faço que não com a cabeça.

— Do jeito que ele me olhou depois que leu minha camiseta, como se eu fosse uma bactéria no início do século passado e ele a recém-inventada penicilina, acho melhor não.

— Por quê...?

— Se ele me olhar de novo com aquela expressão de desprezo arrogante, mesmo depois de tudo o que aconteceu na vida dele, é capaz de eu cuspir naquele rosto perfeito, só pra ver a penicilina agindo.

Rafe? Óbvio que ri da minha metáfora boba e segura minha mão.

— Então, já que essa não vai ser a noite em que você finalmente se vinga do Elyan e descobre todos os mistérios que envolvem a vida dele, vamos voltar pra pista.

Talvez eu nunca mais veja Elyan Kane depois de hoje, talvez ninguém mais o veja. E, mais uma vez na noite, perco o ar e fico sem entender por que isso me incomoda e faz meu estômago apertar de um jeito estranho. *Volte para Nárnia, Elyan Kane.*

4

Vim pegar Maia, minha irmã e motivo da minha fé restaurada nas coisas boas da vida — desde que ela se curou —, no café que fica a cinquenta metros do balé. A Academia Royal em Toronto, onde Maia dança quatro vezes por semana e eu, uma ou duas vezes, dependendo da grana do mês. Maia é apaixonada por balé clássico, sabe andar sobre sapatilhas de ponta desde os doze anos e não consegue se equilibrar sobre as lâminas de patins. Por ter tanto potencial e ter ficado doente e afastada por anos, a academia deu uma bolsa integral para ela.

Nas quartas-feiras na parte da tarde, nós não usamos rosa, mas sempre temos um tempo meu e dela. Eu fico com o carro da nossa mãe, encontro com ela no café e comemos alguma coisa. Depois vamos para o cinema, onde assistimos a um filme qualquer, sem ler a sinopse, sem saber de antemão do que se trata. Já tivemos algumas experiências horríveis e outras inesquecíveis fazendo isso. E, uma vez a cada três meses, como hoje, não vamos para o cinema, e sim para a consulta de rotina, para acompanharmos a remissão de Maia.

Avanço através das mesas, sentindo o cheiro de café e procurando por ela. Minha boca enche de água imaginando o sabor do cookie de Nutella quentinho que vou comer.

Minha irmã se tornou o centro da minha vida e do meu mundo nos dois anos de tratamento. Mudar para os Estados Unidos com ela e mamãe e morar em Houston por meses, praticamente dentro de um hospital gigante que parece abraçar a cidade inteira, não foi um problema, foi a esperança que me manteve sã. Maia foi submetida a um tratamento experimental, depois da recidiva, dez meses após o transplante de medula.

Parei de patinar para estar ao lado dela, porque não teria cabeça para mais nada, e para que todos os recursos da família, inclusive a hipoteca da casa, pudessem ser investidos em sua cura. Eu faria tudo outra vez, dez vezes mais, para vê-la assim, sentada à mesa do café Elizabeth I com um muffin de chocolate na frente e um sorriso estampado no rosto, enquanto conversa animada — arregalo os olhos — com um cara, sentado de costas para mim.

Será que está rolando alguma coisa?

Penso em sentar em outro lugar, para não me intrometer entre os dois. Olho ao redor buscando uma mesa ou uma cadeira, mas, tirando um banco vago na mesa de Maia, o café está lotado.

Tudo bem, eu posso pegar o meu cookie, sentar no carro enquanto dou espaço para Maia e perguntar por mensagem se ela quer me encontrar lá fora daqui a quinze minutos.

Vou até o caixa e faço meu pedido.

— O de sempre, Tom. Vou levar pra viagem hoje.

Pouco depois, pego o saco com meu cookie e o café no copo descartável com tampa e me viro para sair, mas, antes, lanço mais um olhar curioso para a mesa onde Maia está.

Meu coração acelera.

Acho que, de tantos livros de fantasia que li, estou materializando coisas bizarras na minha realidade. Só isso explica, três dias depois da Dorothy, essa cena que se desenrola na minha frente.

O cara sentado na frente de Maia está inteiro de preto, tem o cabelo ondulado e longo numa bagunça tão certa que irrita, o perfil de um deus gótico da neve, os dedos cheios de anéis prateados e um livro aberto a sua frente, enquanto Maia fala com ele. Os olhos, que, eu sei, são azuis como duas safiras geladas, se levantam das páginas do livro — Tolkien, é claro que ele está lendo um dos meus favoritos —, e os lábios se curvam num sorriso discreto, enquanto ele fala qualquer coisa para minha irmã, minha irmãzinha, e volta a atenção para o livro.

— Nina. — Maia me vê e acena na minha direção. — Vem cá.

E eu vou. Minhas pernas estão pesadas como dois canhões, o que deve ser culpa das horas extras na musculação mais cedo, minhas mãos estão trêmulas o bastante para derrubar o café mesmo fechado e eu me aproximo da mesa, como se desbravasse uma floresta de espinhos.

42

Paro na lateral. O banco vazio está parcialmente recolhido.

— Oi — Maia diz, com um riso na voz. — Eu guardei um lugar pra você.

Ainda não olhei para Elyan, e nem vou.

— Vamos embora — digo, ríspida.

Maia arregala os olhos e aponta para o muffin.

— Mas eu ainda não acabei.

— Você termina no carro.

Ela franze o cenho delicado.

— Aconteceu alguma coisa? Eu queria te apresentar o…

Ainda sem olhar para ele, digo:

— Não quero conhecer ninguém.

Escuto o barulho do livro fechar e sei, sinto que Elyan está me olhando com tanta intensidade que meu rosto ferve e coça. Provavelmente ele está jogando pó de urtiga pelos olhos em cima de mim.

Os olhos castanhos de Maia estão arregalados, contrastando com o cabelo preto e as bochechas rosadas. Ela parece uma princesa do reino mais florido e delicado que existe. Enquanto eu, se fosse pertencer a algum elemento sem ser o gelo, seria ao reino das cores exageradas, da moda dos anos 70, dos olhos grandes demais e dos unicórnios selvagens que batem em elfos do gelo filhos da puta.

— Mas a gente estava conversando e — a voz de Maia soa mais baixa —, e ele gosta de fantasia como você e…

— Nunca mais chegue perto da minha irmã, entendeu?

Eu finalmente o encaro. Elyan está com os braços cruzados sobre o peito largo, os bíceps que eu nem lembrava serem tão grandes destacados por essa porcaria de malha fina e preta que ele está vestindo e com os olhos estreitos e inflamados na minha direção.

— Nina — Maia começa, visivelmente sem graça. — Fui eu que pedi pra sentar aqui e o incomodei, o café tá cheio e ele foi gentil, disse que nós podíamos ficar porque a amiga dele ia se atrasar.

— Ele não é gentil — murmuro bem baixinho. — De qualquer jeito — prossigo, mais firme —, nós vamos embora.

Elyan se levanta num movimento seco, pega o livro de quinhentas páginas que parece uma noz na mão dele, me mede de cima a baixo bem devagar — deve ter me reconhecido da boate — e diz, olhando para Maia:

— A senhorita pode ficar com a mesa. E você — continua, olhando para mim — pode queimar com sua grosseria no fogo de Mordor.

Ótimo, agora ele também me odeia. *Estamos quites.*

Vira as costas e sai, pisando firme.

— E você... — falo, ofegante — você pode aproveitar e queimar junto o anel do seu mestre.

Coloco o café e o cookie sobre a mesa e olho ao redor. Pelo menos umas cinco pessoas estão me encarando. Um cara com polainas por cima da calça bailarina e malha vermelha fala:

— Adoro uma briga geek.

Me forço a sorrir e sento à mesa.

Maia ainda está com olhos arregalados.

— O que foi que aconteceu?

Suspiro, abro o saco do cookie e quebro um pedaço.

— Você não sabe quem era aquele cara?

Maia nega com a cabeça antes de falar:

— Um cara que se chama Elyan e me deixou sentar na mesa dele, e com quem eu tentei puxar assunto porque tive certeza de que ele seria o seu tipo?

Mastigo e engulo o cookie, quase sem sentir o gosto.

— Esse cara que se chama Elyan é o Elyan Kane.

O queixo de Maia bate na mesa.

— O quê?

— Sim.

— Tem certeza?

Faço que sim, mastigando outro pedaço com força.

— Nossa, ele está tão diferente. Eu... nunca iria imaginar.

— Eu também não, até encontrá-lo na Dorothy há três dias.

Maia bate a palma das mãos sobre a mesa.

— Você encontrou Elyan Kane na Dorothy e não me falou nada?

— Eu achei que... — Estalo a língua. — Sei lá, achei que nunca mais o veria.

Um sorriso incrédulo curva os lábios de Maia.

— Por isso que eu tive a impressão de que ele faria o seu tipo. Na verdade ele já fez, e muito.

Esfrego os olhos com força.

— Será que vou ficar cruzando com ele pela cidade agora?

Maia dá um gole na bebida favorita dela, chocolate quente com canela.

— Desculpa. Se eu soubesse que era ele, não teria sentado junto.

— Eu que peço desculpas — murmuro e seguro as mãos dela sobre a mesa. — Acho que dei uma surtada. Na minha cabeça, você e o cara que eu não tinha visto que era o Kane quando entrei estavam num clima, ou algo do tipo.

E aí ela gargalha.

— Imagina que pesadelo?

Encolho os ombros e coloco o último pedaço de cookie na boca.

— Pesadelo mesmo seria se *eu* estivesse num clima com ele.

— E me conta. — Ela lambe a calda do muffin dos dedos. — O encontro na Dorothy soltou faíscas como esse?

Nenhum encontro soltou faíscas, quero dizer, mas no lugar digo:

— Vamos terminar de comer em paz e no carro eu te conto tudo.

45

5

Eu moro no bairro Little India com minha mãe, conhecida como dona Charlotte; meu pai, Richard, o treinador; Maia; Nora, minha avó irlandesa e meio hippie; Freya, os bigodes mais amados do planeta; e Billie, a hamster caramelo de Maia que Freya deseja muito, muito mesmo, transformar num brinquedo.

Dá para falar que Rafe e eu praticamente moramos juntos. Ele está sempre por aqui. Moro a uma quadra da casa dos meus avós paternos, que são mais indianos que Little India e Bollywood inteiros, e, quando estão na minha casa, parecem fazer parte dela, com incensos, flores e músicas típicas.

E essa bagunça deliciosa de miados, mantras hindus, cheiro de incenso, flores e bolo recém-assado preenche as poucas horas dos dias em que consigo ficar em casa. Isso significa: quando não estou patinando loucamente, ou tentando ganhar dinheiro com qualquer bico que aparece, de garçonete a babá, para conseguir bancar meus treinos, as aulas de balé e o pilates.

Me olho no espelho da sala e a frase que Maia repetiu para mim, milhares de vezes nos últimos anos, volta à minha memória:

— Prometa pra mim que vai voltar a patinar e vai fazer o Justin engolir o ouro olímpico que você vai ganhar.

Maia e Justin também eram amigos; erámos melhores amigos. Amigos de infância, eu, Rafe, Maia, Justin e Eleanor, que se casou com meu irmão mais velho, Oliver.

Uma turma inesperável que Justin separou.

— Pegou a maçã na geladeira? — minha mãe pergunta assim que cruzo a sala em direção à porta de casa.

— Peguei, mãe.

— Coma no caminho, e me ligue assim que chegar lá.

Estou indo para uma entrevista de emprego temporário, para ser baby-sitter de duas crianças durante as férias de inverno. Se der certo — e já fiz todas as magias conhecidas, hindus e irlandesas, para conseguir isso —, vou ter dinheiro suficiente para bancar um bom tempo de treino.

— Pode deixar.

Já estou quase na porta quando a voz dela me detém:

— É o Rafe que vai te levar, não é?

— Sim, mammys, e ele já está lá fora.

— Pegue os biscoitos que a sua avó fez pra ele.

Volto correndo e alcanço o pote com biscoitos de cima do aparador. Antes de eu sair, a mão da minha mãe segura o meu pulso.

— Sinto muito por não podermos mais te ajudar com os treinos e por você ter que trabalhar assim pra continuar patinando.

Ela me encara com aqueles olhos verdes que me acostumei a ver marejados.

Antes de Maia ficar doente, não éramos ricos, mas vivíamos bem. Meu pai é treinador de hóquei na escola onde estudamos, minha mãe é psicóloga, moramos em um bairro de classe média, somos uma família meio irlandesa, meio indiana, meio canadense, grande, barulhenta e feliz. Ainda somos barulhentos, e, desde que Maia teve alta, voltamos, apesar do medo de que seja uma felicidade temporária, a ser totalmente felizes.

Abraço minha mãe.

— Eu pararia de patinar pelo resto da vida se fosse preciso e jamais falaria pra vocês fazerem nada diferente.

E com "nada diferente" eu me refiro à casa hipotecada, aos empréstimos, aos meses morando em Houston para que Maia tivesse acesso aos tratamentos mais modernos e experimentais que o hospital MD Anderson pode oferecer para a cura do câncer.

— Eu sei — ela diz, baixinho.

— A vida muitas vezes é como nos livros: a gente precisa passar por mil batalhas para alcançar o final feliz, e essa história vai ter um final feliz, mãe. Tenho certeza.

Escuto o barulho da porta da frente abrindo e em seguida sinto os braços de Rafe em volta da gente. Quando uma família — e Rafe é da família —

passa por algo assim, uma luta dessas, todos sabem o que está acontecendo, sem que ninguém precise dizer nada. E, apesar de tudo estar bem agora, teoricamente Maia está no meio do caminho para ser considerada cem por cento curada.

— Tudo vai ficar bem. Só vai melhorar — murmura Rafe.

Eu me afasto um pouco para dizer:

— Oi, Rafe. — E a voz da minha mãe faz eco com a minha.

— Não vou fazer você perder sua entrevista. Vá logo — minha mãe manda --, você vai se atrasar.

Dou um beijo na testa dela, seguida por Rafe.

— Chame a vovó pra ficar aqui com você.

Ela aponta com os olhos para a escada.

— Vão, antes que a vó Nora desça e resolva que você só pode sair daqui depois de um descarrego para dar sorte.

Concordo, sorrindo, e seguro a mão de Rafe, nos levando em direção ao hall.

— Minha avó fez os biscoitos pra você.

Assim que saímos de casa, meu amigo aperta minha mão antes de afirmar baixinho, cúmplice, acolhedor como sempre:

— Ela vai ficar bem.

Expiro devagar, vendo o ar condensado se espalhar à minha frente.

— Sim, ela vai — digo o que repito para mim todos os dias, todas as manhãs desde que tudo começou. Digo para mim e peço a Deus, aos deuses da minha dadi e aos elementais da natureza da vovó Nora, que isso seja verdade.

Rafe solta minha mão.

— Vamos?

Concordo e dou uma volta de braços abertos, colocando em seguida as mãos na cintura, como uma modelo num editorial.

— Como estou? Pareço a babá de um milionário excêntrico?

Estou usando minhas roupas mais comportadas e chiques: sobretudo curto quadriculado de branco, verde e creme, blusa de lã de gola alta roxa, calça social verde, cinto grosso azul e sapatos finos no mesmo tom do cinto.

48

Rafe me analisa devagar antes de falar, com a voz admirada:

— Está perfeita. Parece a Mary Poppins dos nossos dias, depois de um unicórnio vomitar nela.

Consigo achar graça e entro no carro.

— Mary Poppins vomitada, sério? Melhor elogio, obrigada.

Rafe se senta no banco do motorista do Rock Hudson, nome com que meu amigo batizou o Jeep dos anos 90 que ele cisma em dirigir. Em seguida, liga o aquecedor, e eu tiro as luvas roxas, esfregando as mãos na frente do ar quente.

— E aí, está assustada com a chance de passar alguns fins de semana na mansão mal-assombrada?

As lendas sobre essa casa, que já foi usada algumas vezes como cenário para filmes de terror, são famosas. Mas não me assusto com esse tipo de coisa, nunca me assustei. Não quando costumava invadir o terreno dessa mesma casa, muitas vezes sozinha, algumas vezes durante a noite, para patinar no lago congelado de lá.

— Assustador mesmo é o lago dessa casa ser um dos meus lugares favoritos para patinar e agora a chance de continuar patinando nos próximos meses depender de eu trabalhar lá.

Rafe me olha de lado.

— Ainda não me conformei que o puto do Philipe parou de me bancar.

A história com Philipe, o pai do Rafe, infelizmente é bem mais complicada do que ele parar de ajudar o próprio filho a continuar patinando. Philipe foi treinador do Rafe durante anos, e é um cara ríspido, meio paranoico e extremamente competitivo. Hoje ele treina um patinador de quinze anos que é um Pac-Man de medalhas nos campeonatos juvenis. Conecto o celular nas caixas de som do carro.

— Tenho certeza de que ele vai se arrepender de ter te abandonado quando formos campões regionais este ano.

Eu arqueio as sobrancelhas numa expressão sugestiva, e Rafe acha graça do meu otimismo exagerado. A verdade é que, sem um treinador, sem uma equipe técnica adequada e sem que eu acerte os saltos mais difíceis, será um milagre se chegarmos entre os trinta dos regionais.

Entro no Spotify e dou play numa música antes de falar:

— Eu sou imparável, meu amigo, você já devia saber. Conseguir esse emprego vai ser só o primeiro passo rumo ao pódio.

— Quanto eles estão oferecendo por duas semanas?

Encolho os ombros.

— A Sarah — a dona da agência que me consegue os bicos — disse que eles ofereceram mil dólares por fim de semana.

Rafe assobia baixinho.

— Por essa grana, até eu enfrentaria duas pestinhas numa casa cheia de fantasmas.

— E o melhor? Se eu for contratada, vou poder treinar no lago sempre que tiver uma folga, ou que os fantasmas não me deixarem dormir.

Meu celular apita com uma mensagem.

Maia.

Boa sorte, irmã. Te amo.

Sigo um mordomo impecavelmente uniformizado pelo vestíbulo — como se estivéssemos no século passado. Mordo o lábio por dentro, fingindo não estar impressionada com o interior da mansão, que mais parece um castelo.

Observo o enorme lustre de cristal, o tapete persa cobrindo o piso de mármore, as paredes revestidas de painéis de madeira, que, pela aparência, foram recém-reformados, e o vestíbulo enorme que tem cheiro de cera e verniz.

Continuo atrás do mordomo por um corredor largo e iluminado pela luz natural. Paramos em frente a uma porta dupla que, ao ser aberta, revela uma biblioteca.

— Aguarde aqui, srta. More. A sra. Shan já vem entrevistá-la.

A sra. Shan foi quem conversou comigo por videochamada na semana passada. Ela é a governanta da casa.

— Obrigada — respondo, me esforçando para não deixar o queixo cair.

Quando o mordomo se afasta, me permito extravasar.

— Meu Deus, quanto livro.

Só consigo pensar que estou no desenho *A Bela e a Fera* e que esta é a biblioteca mais impressionante que já vi na vida. Amplas janelas se intercalam entre as estantes, e cortinas de veludo verde barram a entrada da luz do sol.

Giro o corpo, maravilhada, tentando absorver tudo.

Quantos títulos será que tem aqui?

Milhares, dezenas de milhares?

— Estantes de carvalho francês — reconheço —, escadas cromadas.

Pego o celular da bolsa e tiro umas cinco fotos, sem checar o resultado. Não quero ser pega fotografando as áreas privadas da casa, mas não consigo me conter e quero mandar para Rafe, que passou parte do caminho jurando que eu encontraria uma decoração do tipo mansão mal-assombrada, teias de aranha, móveis sombrios e caixões. Apesar de o ambiente ser um pouco escuro e opressor, a decoração dá um ar contemporâneo ao lugar.

Passo a mão na seda verde-pistache que estofa um jogo de poltronas no estilo Luís xv e me sento de lado, cruzando as pernas de maneira adequada. Estudei muito na última semana sobre como me portar, sentar, levantar, cumprimentar, falar. Para ter uma chance de conseguir esse emprego, imagino que esse seja o caminho.

Reparo que nas prateleiras das estantes não há nenhum porta-retratos. Esse clima impessoal talvez seja porque a família se mudou recentemente.

Será que as áreas íntimas são mais acolhedoras? Mais...

A porta da biblioteca se abre e a sra. Shan entra com um terninho azul-marinho, camisa branca de seda e saia lápis. Ela é uma verdadeira lady inglesa, tem o cabelo grisalho curto, como o da rainha Elizabeth, e é mais baixa que eu, que só tenho um metro e sessenta. Os olhos azuis transbordam uma sabedoria serena; queria que ela fosse minha terceira avó. Eu me levanto.

— Boa tarde, srta. Allen More — ela me cumprimenta com o sotaque britânico, estendendo a mão. — Vamos nos sentar para conversar melhor?

— Prazer em conhecê-la pessoalmente, sra. Shan. Obrigada — digo e me sento na poltrona verde, acompanhando-a.

Os olhos azuis se estreitam.

— A senhorita aceita um chá ou um suco?

— Nada, obrigada — sorrio. — Estou bem.

Uma pasta fina de couro marrom é aberta e os dedos ágeis dela retiram uma folha impressa.

— A senhorita fala francês e inglês, certo?

Concordo com a cabeça.

— Tem experiência com crianças. A agência me informou que a senhorita trabalha como folguista de babás há alguns anos?

Concordo novamente, esboçando mais um sorriso.

— Sim, senhora, eu adoro crianças. Tenho facilidade para lidar com elas.

Não vou confessar que eu realmente gosto de brincar e me divirto com as histórias e filmes para crianças, como se não tivesse crescido.

Ela me analisa um pouco em silêncio antes de perguntar:

— Você é patinadora artística?

— Sim — afirmo, descontraída —, eu patino desde os quatro anos.

— Isso vai ser bom. As crianças gostam de patinar e nós temos um lago na propriedade que...

— No inverno é uma excelente pista natu... — Paro quando os olhos azuis se arregalam. — O que eu quero dizer é que... bem, sei disso porque... — Minhas bochechas ardem, fecho os olhos e respiro fundo. É melhor ser sincera. — A casa ficou fechada por muitos anos, e eu e alguns amigos vínhamos aqui de vez em quando para patinar.

Os olhos dela crescem um pouco mais e eu prossigo, cada vez mais sem graça:

— Nunca entramos na casa, só nos jardins e no bosque, para ter acesso ao lago. Eu amava este lugar, juro, e...

— Que bom que a senhorita conhece a propriedade — diz ela, com a voz tranquilizadora. *Uma lady.*

E eu suspiro aliviada quando ela acrescenta:

— O sr. Bourne ficará feliz em saber que a senhorita tem um vínculo com este lugar.

— É mesmo? — pergunto, sem disfarçar a surpresa.

— Sim — a sra. Shan diz, com o olhar sobre as porcelanas do chá —, esta era a casa da família da mãe dele. O sr. Bourne a reformou antes de mudarmos para cá.

Eu sei que a família se mudou da Inglaterra para cá faz pouco tempo. E sei que vou cuidar de duas crianças, que ficaram órfãs também recentemente; uma menina de seis anos, chamada Jules, e um garoto de oito, Robert. E sei que meu empregador é o irmão mais velho das crianças, filho do primeiro casamento do pai delas. Fora isso, não sei mais nada.

— A família se mudou em definitivo para o Canadá?

— A princípio sim. O sr. Bourne passou todas as férias da infância nesta casa. Ele diz ter muito carinho por este lugar e guardar boas lembranças daqui. Quer criar um lar para as crianças.

— Entendo.

Os dedos da sra. Shan envolvem a haste do bule, e o barulho do chá sendo vertido na xícara enche a biblioteca.

— Sobre os valores dos seus honorários, existe alguma dúvida?

— Não.

— A senhorita pediu folga na noite de Ação de Graças, certo?

Essas perguntas significam que estamos indo bem, não significam?

— Sim, minha avó faz questão de reunir a família inteira todo ano, mas se isso for um problema eu posso conversar e...

— Não será um problema.

Sim! Acho que estamos indo muito bem por aqui.

— Sendo assim — ela diz após dar um gole no chá —, vou ligar para o sr. Bourne e ver se ele está chegando. A senhorita pode aguardar um pouco? Tenho certeza de que ele gostará de conhecê-la.

— Claro.

Ela pega um iPhone de dentro da mesma pasta onde estava meu currículo. Digita e encosta na orelha.

— Sr. Bourne, boa tarde. Estou aqui com a candidata que pré-selecionei. Nós acertamos quase todos os detalhes, e eu gostaria de saber se o senhor está a caminho para entrevistá-la. — Uma pausa. — Certo. Vou avisá-la. Obrigada, senhor. Até daqui a pouco. — E desliga. — Ele chega em trinta minutos. A senhorita pode aguardar?

— Claro que sim. — Me esforço para não soar animada demais. *Acho que vou conseguir o emprego.* — Obrigada. Eu espero o tempo que for preciso.

53

Trinta minutos depois que a governanta da rainha da Inglaterra sai da biblioteca, o mordomo do príncipe sueco entra, retira o chá com porcelanas dignas do Palácio de Buckingham e pede desculpas pelo atraso em nome do sr. Bourne. Parece que ele ficou preso em outro compromisso e levará meia hora a mais para chegar que o previsto inicialmente.

Eu deveria estar sentada na poltrona folheando um dos livros da biblioteca, mas estou com a mão na maçaneta de uma porta dupla, pronta para invadir um ambiente. Rafe diria que sou impulsiva e que ele me ama por isso, e eu digo que odeio ficar sem fazer nada e sou curiosa demais.

É só um escritório. Grande coisa. Não é como se eu estivesse invadindo o quarto vermelho da dor Estou pronta para sair quando o quadro atrás da enorme escrivaninha de mogno chama minha atenção.

Entro no escritório meio hipnotizada.

É um dragão, pintado em tons de azul.

Com asas translúcidas, no meio de umas geleiras enormes. Um dragão do gelo. Tenho certeza de que, se existisse um dragão do gelo em qualquer mitologia, seria parecido com esse. Não tem nada a ver com o dragão zumbi de *Game of Thrones*, apesar de ser imponente e de ter olhos azuis brilhantes.

— Que lindo.

Viro o corpo a fim de sair da sala e me deparo com uma estante que vai do chão ao teto e tem dezenas de prateleiras cobertas por uma coleção de...

Minha nossa, olha só essa coleção.

Abro a bolsa roxa e lilás de couro e pego meu celular.

— Sim, é isso mesmo que você está vendo, Rafe — prossigo, filmando tudo o que consigo da estante. — A coleção mais extraordinária de bonecos do *Star Wars* que deve existir.

Meus lábios se curvam para cima.

O sr. Bourne é fã de Star Wars. *Parabéns, dez pontos para o senhor.*

Envio o vídeo e guardo o celular na bolsa, antes de voltar a admirar a coleção.

— Oi, princesas Leias — digo, olhando para umas trinta bonecas da princesa, que aparentam ser de épocas diferentes. — Onde estão os Hans Solos?

— Na outra extremidade da estante — uma voz de barítono ressoa ao meu lado

Grito assustada e me viro rápido, tentando me recompor. Mas algo está no caminho; uma mesinha e uma peça que tomba de cima dela com o impacto. Eu me movimento rápido a fim de tentar evitar que a peça caia, mas só consigo assistir ao vaso — um que parece ser bem caro — cair como se estivesse em câmera lenta e um corpo enorme e bastante ágil se jogar no chão como um goleiro saltando para salvar o seu time.

Salvando a minha pele.

Minha boca seca, enquanto o mesmo corpo enorme — e que deve pertencer ao meu empregador — se levanta, apoiando o vaso no aparador.

Meus lábios tremem e meu pulso está tão acelerado que o sinto bater nos ouvidos.

— O senhor está adiantado. — *O quê? Eu disse isso mesmo?*

Sim.

Eu disse.

Essa frase ridícula saiu da minha boca, e o pior: saiu em tom de crítica. Enxugo o suor da testa com as costas da mão e vejo os ombros dele se abrirem e alargarem ainda mais.

— Achei que estivesse atrasado. Devo pedir desculpas? — ele pergunta, sem se virar para mim.

— Sim... Não — nego, enfática. Minhas bochechas queimam e tenho certeza de que estou vermelha feito uma beterraba. — O que eu quero dizer é que sou eu quem devo pedir desculpas.

Ele apoia a mão no aparador em que colocou o vaso ao murmurar:

— É um vaso da dinastia Shang.

Ai meu Deus. Jura?

— Isso significa que, se eu o quebrasse, teria de trabalhar de graça para o senhor por...

— Esse vaso não tem valor — ele responde, num tom de voz baixo e rouco que faz um frio subir pela minha espinha.

Tenho certeza, agora, de que nem adianta prosseguirmos com a conversa. Provavelmente ele não contrata babás que invadem escritórios e quase espatifam um vaso sem... hum... valor nomeável.

— Me perdoe, eu — engulo em seco — não devia ter entrado aqui e... foi um enorme prazer conhecê-lo e...

Ele se vira de frente para mim.

Meu coração acelera mais. Muito mais.

Não pode ser!

Minha cabeça gira e tenho a sensação de que fui atropelada por milhares de soldados do império. Stormtroopers grosseiros e irônicos, que marcham nas minhas têmporas e riem da minha cara passada.

Ele estreita os olhos azuis e trava o maxilar antes de perguntar:

— Você?

Tento respirar.

— Não é possível.

— Eu também acho.

Só pode ser um pesadelo, uma armação da galera sarcástica que dirige meus sonhos. Provavelmente vou acordar babando e com o rosto apoiado na janela do Rock Hudson, o Jeep do Rafe com nome de um ator gato de Hollywood dos anos 60.

Mas ele ainda está bem aqui, na minha frente. Me encarando.

Provavelmente pensando se chama a polícia ou me expulsa, chutando minha bunda. Meu surto no café na semana passada estragou todo o clima: podemos respeitar um ao o outro quando você me oferece um emprego que salvaria alguns meses dos meus treinos. Sem falar que talvez ele se lembre da Dorothy, da camiseta.

Se eu imaginasse, se eu desconfiasse que seria ele aqui...

Afinal que sobrenome é esse, Bourne? De onde saiu? Achei que conhecesse algo sobre Elyan Kane quando era meio obcecada por ele. Talvez conhecesse muito menos do que pensava. Provavelmente eu só sabia o que ele queria que a mídia soubesse.

— E você é o sr. Bourne?

Ele franze o cenho.

— Estava esperando o sr. Vader?

Forço uma risada. Nunca passei por uma situação tão ridícula e constrangedora na vida. O enorme vinco entre as sobrancelhas e a boca presa em uma linha gritam para eu sumir daqui.

— Acho que é melhor eu ir embora.

Ele cruza os braços sobre o peito.

— É, talvez seja.

Respiro fundo, assistindo a milhares de dólares voarem pela janela do escritório enquanto os putos dos Stormtroopers riem da minha cara.

— Boa tarde, então... E, pelo amor de Deus, pare de aparecer e de cruzar o meu caminho.

Saio daqui pobre, mas com algum orgulho restaurado. Me viro e...

— Posso saber qual o seu maldito problema comigo, senhorita?

Meu coração dispara. Pode? Vai fazer alguma diferença? Pelo menos vai lavar um pouco minha alma. Volto a ficar de frente para ele.

— Você é Elyan Kane.

O maxilar dele trava.

— Ah... obrigado por me lembrar, mas eu não uso mais esse nome.

Ficamos nos encarando por um tempo, e a tensão estalando entre nós me obriga a abrir e fechar as mãos.

— E então? — pergunta ele.

— Então o quê?

Mais um minuto inteiro de silêncio enquanto meu pulso acelera de um jeito desconfortável e os dólares voltam a sair pela janela, com a minha paciência.

Reviro os olhos e faço menção de sair outra vez, até ele insistir:

— O seu problema comigo qual é? Eu sei pelo seu currículo que você é patinadora, mas dificilmente nos conhecemos, considerando a diferença de idade e o fato de eu só ter competido pela Inglaterra.

Ah... então você raciocina e consegue perceber que o meu problema com você é porque você é Elyan Kane, o famoso patinador, o arrogante lorde do inverno, coração de gelo? Quero perguntar, mas engulo todas as ofensas, junto com a garota de dezesseis anos que escala minha garganta com unhas e dentes e quer gritar meia dúzia de verdades. No lugar, digo:

— Devo ser uma das inúmeras pessoas em que a sua arrogância pisou, sem nem perceber, no mundial de Vancouver.

Os dólares voam mais rápido enquanto assisto Elyan caminhar até a escrivaninha, sentar atrás dela e esfregar o rosto com força, com as mãos cheias de anéis.

— Isso explica tudo.

— Tudo o quê?

— A frase na camiseta.

Ele se lembra da Dorothy.

— É uma camiseta antiga. Eu só pensei que ela combinava com a calça quando...

— E a sua grosseria no café.

Nesse momento, sorrio de um jeito ácido.

— Eu só devolvi a sua grosseria no mundial.

— Você me odeia.

Não é uma pergunta.

— Para odiar alguém é preciso ter o mínimo de intimidade. Só não vou com a sua cara.

E os dólares tão lindos voam todos para o além. Elyan Kane esfrega o rosto outra vez.

— Quão ruim eu fui para você não ter esquecido o que aconteceu, depois de tanto tempo?

Encolho os ombros.

— Ah, mas eu esqueci. — *Mentirosa.* — Só lembrei quando te vi na boate.

Os olhos azuis brilham como os do dragão da pintura, antes de se estreitarem, e o silêncio glacial é mantido enquanto sou escrutinada de cima a baixo. Me seguro para não encolher os dedos dos pés.

— Olha — murmuro —, eu tenho mais o que fazer. Boa tarde, sr. Kane... Bourne.

Estou começando a me virar quando a voz grave dele me detém de novo:

— Você não quer o trabalho, srta. Nina?

Se eu quero o trabalho? É sério? Ele é louco a esse ponto? Olho pela janela e vejo os dólares começando a voltar lá do horizonte, assim como a pista de patinação, as aulas de balé, as passagens para os regionais.

— E então? — insiste ele.

— Você está brincando?

Os dedos cheios de anéis são cruzados sobre a mesa.

— Não. Você não vai ser minha babá. Só as crianças precisam gostar da senhorita.

Em outras palavras, ele também não vai com a minha cara. *Por mim tudo bem.* Escuto enquanto ele prossegue:

— Foi a sra. Shan quem a selecionou de uma lista de dez candidatas. Ela me disse que a senhorita tem muita experiência e é apaixonada por crianças.

Oi, dólares. Eles ficam mais reais, e eu, cada vez mais ansiosa. Será que isso vai dar certo?

Faço que sim com a cabeça e Elyan acrescenta:

— A senhorita é capaz de lidar com elas sem que a sua evidente antipatia por mim a influencie?

Arregalo um pouco os olhos.

— Eu jamais iria projetar algo assim nas crianças. Jamais.

— Para mim, você se dar bem com elas é o suficiente. Além disso, a sra. Shan é governanta da minha família há anos e eu confio nos critérios dela, apesar de não entender.

Abro a boca para dizer que vai ser difícil isso funcionar, mas Elyan fala antes de mim:

— Mas sei também que, se vamos conviver vagamente nos fins de semana, devemos no mínimo manter uma relação civilizada.

Concordo com a cabeça.

— Sim.

— Sente-se, por favor, Nina. Posso te chamar de Nina?

— Po… — Minha voz falha. Estou bem surpresa com o rumo da conversa, na verdade. — Pode sim, não me importo.

— Ótimo — diz Elyan, e olha para cadeira à sua frente.

Eu me sento e me esforço para respirar devagar enquanto as pupilas de Elyan parecem dilatar um pouco.

— Nina — ele diz, com essa voz de barítono e trovão que ressoa nos meus nervos. — Me perdoe por o que quer que eu tenha feito há cinco anos.

Arregalo tanto os olhos que minhas sobrancelhas saem da testa, tenho certeza.

Os orbes azuis abaixam para o tampo da mesa antes de ele murmurar:

— Eu estava vivendo uma fase bem difícil naquela época.

Minha boca agora está aberta, os olhos, arregalados. Por essa eu não esperava. Não mesmo. Se por "fase difícil" ele quer dizer arrogância em excesso, dinheiro e fama em excesso, eu aceito. Mas a verdade é que não tenho a menor ideia do que Elyan Kane estava vivendo na vida pessoal dele.

59

Tudo o que o mundo e eu sabíamos era o que saía em sites de fofocas e nas redes sociais.

— Está bem — respondo baixinho.

As sobrancelhas pretas fazem um arco na testa masculina, e ele abre a mão direita no ar como quem quer dizer em silêncio: *Sério que você não vai falar mais nada?*

Ele também espera que eu peça desculpas? Os olhos azuis se estreitam um pouco numa expressão descrente. *Vai, Nina, não pode ser tão difícil. Ele foi gentil todas as vezes que nos cruzamos desde que voltou da terra dos elfos para o mundo humano.*

Meu coração partido, a caneca do Yoda que fiz com tanto amor quebrada no chão quando ele desviou do meu suposto ataque, minha imagem viralizando na internet como meme de tarada.

— Ah.

— Sim?

Pense no dinheiro, nas pistas, nos treinos, nas aulas.

— Me desculpa por usar aquela camiseta e por... — Amar a minha irmã e querer protegê-la de você, de tudo, de todos. — E pela maneira como agi no café, acho.

As sobrancelhas sobem outra vez na testa dele.

— Acha?

— Eu só estava cuidando da minha irmã, você não pode me culpar. A impressão que você me passou quando te vi, há cinco anos, foi péssima. Além disso, você sumiu no mundo debaixo de rumores... e...

Paro quando ele prende os lábios numa linha reta e trava o maxilar.

— Por que você acha que estou passando por cima desse clima ruim — aponta para mim e para ele antes de concluir — e disposto a te contratar?

Franzo o cenho.

— Não sei.

— Não é porque você foi grossa e me ofendeu na sua camiseta. Não sou tão perturbado assim, apesar da minha fama.

Mordo o lábio por dentro, sem saber direito o que falar.

Elyan prossegue:

— É porque você parecia uma leoa, a ponto de voar na minha jugular naquele café pra defender sua irmã. Agora que entendi que você teve um motivo, além da minha má fama, para isso, acho que você pode ser a pessoa ideal para cuidar dos meus irmãos.

Elyan Kane conseguiu me deixar sem palavras. Estou realmente surpresa aqui, com tudo isso. E só o que consigo dizer é:

— Vou fazer o meu melhor.

E ele sorri, um sorriso discreto que complica tudo. *Não sorria, Elyan. Você é o lorde coração gelado, você come criancinhas no café da manhã e arrota penas de passarinho.*

— Vamos começar de novo? — sugere ele, estendendo a mão para mim. — Muito prazer, sou Elyan Bourne.

Quando os dedos longos cheios de anéis de prata alcançam os meus e minha mão é engolida pela dele, tenho que me controlar para não arfar. Um arrepio corre da ponta dos meus dedos até a boca do estômago, e tenho certeza de que é pela surpresa. A mão dele é quente, e um choque contra minha pele gelada.

— Eu sou... é... — *Qual o meu nome?* — Nina! Nina Allen More.

— Muito prazer.

Ele demora para soltar a minha mão, e o calor dos dedos dele ainda se espalha em minha palma.

Meu pulso está acelerado outra vez. Cruzo as mãos sobre o colo.

— Já conheceu as crianças? — pergunta ele.

— Ainda não.

Os olhos azuis ficam distantes antes de ele fitar a janela por um tempo.

— Faz poucos meses que eles ficaram órfãos.

— Sinto muito — murmuro, acessando o lugar dentro de mim que sabe o que é perder o chão do dia para a noite.

Elyan prossegue como se falasse para si mesmo, ainda sem me olhar:

— Estou tentando me acertar com eles, mas não tem sido fácil. Isso tudo é novo pra mim também.

Oi, coração, você pode, por favor, voltar para o lugar? Esse cara lindo feito um deus do submundo invernal não é um bad boy dos romances que você gosta de ler, que ama os irmãozinhos. Ele é Elyan Kane, o patinador mais arrogante, talentoso — indiscutível — e escroto que você teve o desprazer de conhecer. Ele pode até amar os irmãos, mas não se esqueça de se colocar no seu lugar, coração sem juízo.

Com isso anotado, posso ser uma pessoa melhor, mais simpática.

— As coisas com o tempo devem ficar mais fáceis.

Ele pisca devagar e me olha assustado, como se só se desse conta agora de que estava se abrindo comigo. Fico sem graça e mudo de assunto:

— A sra. Shan me disse que eles gostam de patinar. Talvez eu possa ajudar com isso, no lago da propriedade.

As narinas masculinas se expandem um pouco e eu juro que a expressão dele muda para algo mais parecido com a de um animal ferido.

— Quer dizer, eu sempre checo a segurança do gelo, vamos usar o equipamento certo, não sou uma iniciante. Mas se você preferir eu posso levá-los para outro lugar.

— Não, pode ser no lago — ele diz de um jeito tão tenso que meus olhos se arregalam. Prossigo, na defensiva:

— Eu contei para a sra. Shan que costumava patinar no lago daqui da propriedade.

Agora uma veia começa a pulsar na garganta dele. Meu Deus. Sério? Será que ele acha que eu colocaria as crianças em risco? Ou será que ele simplesmente não gosta de falar do lago, por qualquer que seja o motivo?

— Fazia isso quando a propriedade estava fechada, meio abandonada, há alguns anos. Eu conheço bem o lago. Você não se importa de eu ter patinado lá, se importa?

— Não — ele diz, com a voz mais grave.

Me mexo, um pouco desconfortável.

— Se eu cuidar dos seus irmãos, gostaria de treinar lá, nos horários vagos. Tudo bem?

Ele assente, sério, rígido e com ar impessoal, antes de falar:

— Se você vai ficar aqui, quero deixar algumas coisas claras.

Essa frase dele significa que sim, não significa? E por essa grana toda sou capaz de sofrer de amnésia, esquecer que ele é o lorde coração gelado e ganhar muito dinheiro. Dinheiro dele. Posso considerar isso um tipo de retratação pelo passado, não posso?

— Tudo bem, pode falar.

— Não tenho mais uma vida pública há anos e não gosto que me perguntem sobre o meu passado. Não comente com a imprensa nada que você vir ou escutar aqui. Isso vai ser um problema?

A vaidade dele não conhece limites. Ele deve achar que, por eu ser uma patinadora, vou querer vasculhar o lixo dele para descobrir que marca de camisinha ele usa, ou vender a história dele para uma revista barata de fofocas. Eu bem que podia fazer isso e ganhar um milhão, não podia? Não, porque, diferentemente de Elyan Kane, eu tenho um coração humano e gosto de pensar que ele é justo.

— Não quero saber sobre você nem sobre o seu passado. Meu interesse é cuidar bem das crianças — minto.

É óbvio que estou um pouco curiosa para saber por onde ele andou e por que abandonou tudo, mas, se ele quer continuar fazendo o tipo homem sombrio e misterioso, vou tentar não gastar minha energia pensando nisso.

— E sobre a imprensa, ao contrário do que pareceu no nosso último encontro — prossigo —, eu sei ser profissional e discreta.

— Ótimo. — Ele concorda com a cabeça e se levanta.

O quase um metro e noventa em pé é mais intimidante do que quando está sentado. Como deve ser patinar com ele? Imagino todos esses músculos me conduzindo, me levantando, girando comigo, saltando e... Ele era excepcional em levantamentos e tinha um ar menos sombrio, mais passional. Como seria patinando agora, com esse aspecto de Sandman do Tom Sturridge?

O maxilar quadrado é sombreado pela barba rala. Os lábios cheios, que — *mude o foco, Nina* — fantasiei beijar muitas vezes e depois arrancar e pisar em cima outras tantas, estão mais vivos, bem mais sexy que nos pôsteres do meu quarto. E os olhos azuis, rasgados como duas fendas cheias de líquido incandescente, brilham mais que os do dragão do quadro às minhas costas.

Eu também me levanto, inquieta.

— Você pode começar amanhã no fim da tarde?

— Sim — respondo, fingindo para mim mesma que meu coração não voltou a acelerar. — Com certeza.

Ele aquiesce mais uma vez.

— A sra. Shan já conversou com você sobre o valor do salário e o turno de trabalho.

Não é uma pergunta, mesmo assim eu respondo:

— Sim.

Ele olha na direção do quadro.

— Então, te esperamos amanhã às quatro da tarde.

— Perfeito.

Vou poder pagar por tanta coisa que tenho até vontade de chorar.

— Eu tenho outro compromisso — ele diz numa voz firme, e, apesar de não soar grosso, é o tom de quem não quer mais conversar nem por meio minuto.

Quer saber? Eu também não.

— Eu vou ser a melhor babá que os seus irmãos já tiveram. Você não vai se arrepender.

Elyan arqueia as sobrancelhas um pouco e quase posso ouvi-lo dizer *Veremos*. Mas ele não fala nada. Só gira aquele corpo enorme e sai do escritório. Não penso como Elyan Kane é estranho, como a presença dele me perturba mais do que quando era uma paixonite imaginária, ou um rival da minha sanidade.

Estou muito ocupada sendo feliz por ter conseguido o melhor bico do ano. Da história. Do século.

— Acho que nunca fui triste, Chewbacca — digo para os bonecos à minha direita.

Respiro fundo e saio do escritório para chamar um carro pelo aplicativo de transporte, antes de ligar para Rafe e Maia e contar que fomos salvos por um cavalheiro sombrio montado num dragão do gelo. E que esse cavalheiro, acredite quem quiser, é Elyan Kane.

6

Sexta-feira, quatro da tarde. Como combinado, estou cruzando corredores enormes atrás da sra. Shan, prestes a conhecer as crianças.

Esse é o primeiro fim de semana que vou passar na mansão mal-assombrada do senhor coração de gelo. As palavras exageradas de Rafe e Maia voltam à minha memória:

— Ligue pra nós pelo menos três vezes por dia, entendeu? Se alguma coisa estranha acontecer, e eu digo *qualquer coisa*, chama a gente que nós vamos te buscar correndo. E não estamos falando estranho tipo a aparição de um fantasma; estamos falando estranho tipo o seu lorde sombrio ter garras e as colocar para fora.

E eu ri, óbvio, porque aquilo tudo era um enorme exagero. O que Rafe acha que Elyan Kane, ou melhor, Elyan Bourne, pode fazer comigo a ponto de eu ter que ligar para pedir socorro? Além, é claro, de ser o filho da puta sem-noção que eu sei que ele tem capacidade de ser, com certeza ele não seria capaz de estripar ou torturar ninguém, *espero*.

A voz de Maia ressoa na minha cabeça conforme cruzamos por mais um corredor pouco iluminado.

— E o que levou ele a sumir no mundo? E se tiver fugido de um crime que cometeu, ou sei lá?

— Para de ser doida — eu disse. — Achei que você não acreditasse nesses boatos.

— E não acredito, só que não fui eu que quase degolou ele no café do meu balé só porque eu estava sentada na mesma mesa que ele. Você está se contradizendo.

— Eu exagerei, Maia. Nem pensei, acabei surtando quando achei que ele estava dando em cima de você. Além disso, só vou trabalhar pra ele nos fins de semana. Pensem na grana, gente.

65

— Não sei, gata — lembro das palavras de Rafe. — Ninguém some assim no mundo, abandona tudo e muda tanto. Além disso, eu fucei as redes dele. Ele deletou todas, e as únicas matérias que existem não falam nada sobre o sumiço ou a troca de nome ou nada, só sobre a época em que ele patinava, como se ele tivesse evaporado. Isso é muito estranho.

— Existe vida fora das pistas de gelo e das redes, Rafe — respondi, tentando acalmá-lo e convencer a mim mesma.

— Tá — Rafe concordou. — A gente deve estar exagerando. Mas se cuide e qualquer coisa ligue pra gente.

A sra. Shan abre a porta e minha atenção vai para o interior do quarto onde Jules e Robert estão brincando.

— Olá — cumprimento, insegura. E lembro das palavras dela logo que cheguei aqui, mais cedo: *Nós não demos sorte com as babás anteriores na Inglaterra. As crianças não se deram bem com nenhuma delas e não as obedeciam.*

— Olá — diz Robert, sem me olhar, muito concentrado em montar um... O que é isso? Um monte de blocos de madeira pintados de azul que parecem... Entorto o pescoço e vejo um bicho com cauda. Um dragão? Mais um? Qual o lance dessa família com dragões?

— Oi, Jules. — Abaixo até ficar na mesma altura da garotinha de seis anos de cabelo castanho e olhos verdes curiosos.

O cabelo de Robert é ruivo, destacando os olhos azuis.

— O que vocês estão montando? — pergunto, arriscando uma aproximação.

— Você não está vendo? — Robert questiona, ainda sem olhar para mim.

— É claro que estou — pisco devagar, e analiso o amontoado disforme de peças colocadas aleatoriamente —, é um dragão — arrisco, e rezo para estar certa. Só pode ter relação com o dragão que Elyan tem pintado no seu escritório.

Eles olham para mim, curiosos. *Um ponto a meu favor.*

— Você é a nova babá? — pergunta Jules.

— Na verdade eu vim aqui hoje só para brincar com vocês.

— Eu não preciso de babá — Robert diz, voltando a atenção para a montagem —, e não gostamos de brincar, não como as outras crianças.

A pequena cruza os braços e imita o irmão.

— Eu também não.

— Ah — digo, estendendo as mãos —, é claro que não. Mas parece que esse dragão enorme que vocês estão montando vai precisar de uma carcereira, ou de alguém que consiga domá-lo quando ficar pronto. Vocês sabem, dragões do gelo são muito imprevisíveis, e sem os feitiços certos podem simplesmente sair voando e nunca mais voltar.

— Não seja boba — Robert emenda —, dragões de madeira não voam.

— A não ser que se conheça o feitiço que os faça voar.

Eles param mais uma vez de olhar para as peças e se voltam para mim, me analisando com atenção. Os olhos percorrem meu rosto, meu cabelo meio preso, minha blusa de lã azul-royal e a saia xadrez amarela e cinza, parando sobre as meias três quartos com estampa azul e preta.

Ontem, antes de sair, a sra. Shan sugeriu que eu viesse vestida de maneira mais informal, mais confortável. Isso me deu liberdade de vestir as roupas que eu gosto de usar em casa, pelo menos com as crianças. Meu guarda-roupa colorido e étnico.

Os dois cochicham, fitando minhas meias. Consigo escutar as palavras "cores" e "Corvinal". Devem ter associado minhas meias às cores da casa de *Harry Potter*.

— Vou deixar vocês à vontade — diz a sra. Shan, do batente da porta. — Qualquer coisa a senhorita pode me chamar pelo interfone, ramal...

— 325 — completo por ela.

— Não esqueça as recomendações.

Como esquecer? Uma lista interminável de atividades. As crianças estão em férias, mas devem fazer aulas de francês, espanhol, esgrima, patinação, natação, artes, sessões com psicólogos. Em cima da mesa da copa tem um quadro com horário para tudo. Até o tempo de brincar é cronometrado, cruzes! São apenas crianças. E crianças pequenas, aliás.

Quando a porta é fechada, eu me volto para os dois, que se viram para mim.

— Eu não sei o que ela falou sobre nós, mas saiba que já tenho oito anos e não preciso de nenhuma babá cuidando de mim.

— E eu já tenho seis — intervém Jules.

— Não estou aqui para ser babá de vocês, e sim desse dragão.

67

Os olhos de Jules se arregalam.

— Ela está nos testando, Jules, assim como as outras.

— Juro que não estou. Aliás, vi que vocês olharam para a minha meia da Corvinal. Por isso eu disse que sei fazer o feitiço certo para o dragão.

Robert estreita os olhos.

— O que é Corvinal?

— Uma das casas de Hogwarts — Jules afirma e tapa a boca em seguida.

Robert fica vermelho e eu não entendo.

— Minha mãe não gostava desse tipo de coisa.

Arqueio as sobrancelhas, confusa.

— Que tipo de coisa? *Harry Potter*?

— Essa e qualquer outra história tão boba e mentirosa quanto — diz, se levantando. — Vamos, Jules, nem adianta conversar com ela. Ela só vai ficar com a gente por alguns fins de semana mesmo.

A menina o segue. E Robert destrói o que haviam feito com os blocos de madeira pintados de azul.

Os dois se afastam um pouco, sentando de costas para mim, e eu me aproximo devagar e consigo escutar a conversa deles.

— Você não devia ter falado que sabia sobre *Harry Potter*!

— Desculpa — ela pede baixinho.

— Acho que vou precisar olhar no meu livro de Hogwarts um feitiço bem poderoso para curar esse resto de dragão.

Os dois arregalam os olhos para mim sobre os ombros. Eu prossigo, com um tom de voz tranquilo:

— Ou quem sabe falar com Percy Jackson e ver se Poseidon pode nos ajudar.

— Eu posso te ajudar — diz Jules, impulsiva.

Sorrio discreta e vejo Robert olhar de mim para o dragão e do dragão para Jules, então abrir a boca como se fosse falar algo, antes de franzir o cenho.

— Nós temos aula de francês, e a sra. Shan não gosta quando nos atrasamos.

— Uma pena — digo, encolhendo os ombros —, não costumo dar chocolate para crianças que tratam as babás desse jeito.

Percebo a hesitação no semblante de Robert, como se estivesse tentado a arriscar e pedir desculpas para ganhar um pedaço de chocolate.

— Eu quero, srta. More — diz Jules, baixinho.

— Não, você não quer — Robert a contradiz com a cara fechada e se levanta, puxando a irmã pela mão rumo à porta do quarto. Tomo a dianteira enquanto caminhamos na direção apontada mais cedo pela sra. Shan como a da sala onde acontecem as aulas de francês.

Esses fins de semana talvez sejam mais longos do que eu tinha imaginado. *Eles não podem ler ou não gostam de livros e filmes como* Harry Potter *ou* Percy Jakson?

A paisagem desse lago congelado é ainda mais bonita do que eu me lembrava. Os pinheiros enormes e cobertos de neve emolduram o gelo num tom de azul-escuro nos pontos onde os patins riscam o gelo. Seguro as mãos de Jules entre as minhas enquanto a guio.

— Isso, assim mesmo — eu a incentivo quando ela consegue acertar um giro sem que eu tenha que apoiá-la.

Robert está sentado do lado de fora da pista com os patins nos pés. Mais cedo ele alegou que não gostava de patinação artística, somente de hóquei, e prefere não fazer nada enquanto nos assiste patinar.

— Você sabe que, quanto melhor patinar, mais você vai ser capaz de correr ou fazer as manobras do hóquei, não sabe?

Ele encolhe um pouco os ombros e faz cara de indiferença.

— Nina, olha pra mim! — Jules vibra patinando para trás, fazendo o movimento que ensinei.

Bato palmas, animada.

— Muito bem, meu amor, é assim mesmo.

As coisas têm sido bem mais fáceis com ela do que com Robert, apesar de só terem se passado dois dias desde que comecei por aqui. Sinto que, para chegar nele, eu precisaria de dois meses, ou dois anos. No entanto, depois de tudo o que eles passaram nos últimos meses, só posso oferecer toda a compaixão e todo o amor e torcer para que nesses dias que passaremos juntos eu seja capaz de fazer algo de bom por esses dois.

Jules patina na minha direção e me abraça.

— Faz aquele giro pra eu ver?

Mais cedo, Jules me disse que queria ser uma patinadora artística, depois de eu ter mostrado alguns vídeos meus patinando quando era menor. Ela ficou encantada com o lay back spin, um giro no qual as costas do patinador ficam arqueadas para trás.

— Senta ali com o seu irmão que eu faço.

Respiro fundo, sentindo a adrenalina aquecer meu sangue, conforme deslizo sobre o gelo com mais velocidade. Estou pronta para mais um treino de horas, apesar de ter acordado antes de o sol nascer e de ter patinado aqui por um bom tempo.

Dou mais uma volta, me posiciono bem próximo a eles e giro, giro, giro, com as costas tão arqueadas que meu ponto de equilíbrio é uma nuvem no céu. Quando paro o movimento e olho para eles, Jules está dando gritinhos eufóricos e batendo palmas. Apesar de hesitar, Robert acaba acompanhando a irmã.

— Eu quero aprender esse giro, srta. Nina, por favor.

Patino até a margem e me abaixo na altura dos dois antes de falar:

— Você vai conseguir fazer em breve, mas antes precisamos treinar algumas coisas a mais.

Jules se vira para o irmão

— Você ouviu o que a Nina disse? Eu vou conseguir girar assim. Ela vai me ensinar a girar assim.

— Isso é fácil. Quero ver ela dar um salto duplo ou triplo — Robert rebate, desdenhoso, e eu me pergunto como um garoto de oito anos pode soar tão arrogante. Sendo irmão de Elyan Kane, talvez?

— É claro que ela consegue — Jules o cutuca com os dedinhos enluvados —, não é mesmo, srta. Nina?

Pela manhã, no treino, consegui acertar todos os elementos que arrisquei fazer. É como se voltar a patinar nesse lago congelado, rodeada de pinheiros centenários e de natureza, tivesse reacendido uma chama interna que, sem perceber, ainda não havia encontrado desde que voltei a patinar. Acho que tinha me esquecido. E é por isso, ou talvez para apagar o sorrisinho irônico dos lábios de Robert, que eu aceito o desafio.

— Qual salto vocês querem ver?

— Um com muito giros, como o Elyan fazia. — É Jules quem fala.

Robert arqueia um pouco as sobrancelhas ruivas.

— E como é que você sabe que ele fazia muitos giros?

— A Nina me mostrou uns vídeos no celular dela.

As sobrancelhas ruivas sobem ainda mais.

— A senhorita não sabe que o Elyan não gosta que a gente fale da época que ele patinava?

Como assim? E por quê?, quero perguntar. Só que não para Robert ou Jules, claro que não. Quero perguntar cada vez mais coisas para Elyan, e isso é uma bosta: não quero sentir nada por Elyan Kane, nem curiosidade.

O problema é que eu descobri coisas bem estranhas esse fim de semana. Como o fato de as crianças não poderem ver nenhum tipo de filme ou desenho de entretenimento, somente uns de uma lista afixada na copa, ao lado da rotina deles. Programas educativos e documentários sobre a natureza.

Além de todas as aulas e atividades programadas.

É um tanto angustiante.

Eu sei que não tenho nada a ver com isso, que só vou ficar aqui por cinco fins de semana e não deveria me meter nas regras da casa e na educação das crianças. Mas... caramba, como fingir que isso não me incomoda? Como fingir que acho isso natural?

Faz só dois dias que estou aqui e não vi mais Elyan Kane... Bourne. Faz dois dias que ele não volta para casa, não vem ver os irmãos. Dois dias que tento inutilmente me aproximar de Robert, quebrar o gelo e a barreira em volta dele.

Quero tentar mudar isso hoje.

Por isso, aceito o desafio, mesmo sabendo que pousar no gelo de um lago é mais difícil que nas pistas de patinação.

— Vou fazer um salto que se chama triple loop.

Eu patino ganhando velocidade e dou uma volta quase inteira no lago antes de, por fim, saltar. Um giro, dois, três giros e... Os movimentos são automáticos, mas no fundo sinto quando algo dá errado e caio sentada no chão gelado.

Respiro fundo e estou pronta para levantar, recolher meu orgulho ferido e ouvir as risadas e ironias de Robert. Meu queixo cai quando escuto sua voz genuinamente preocupada e o vejo parado à minha frente.

— A senhorita está bem?

Não preciso de ajuda para me levantar, mas aceito a mão estendida dele.

— Estou sim, obrigada.

Nós patinamos de volta para a margem e ele não solta minha mão.

— Foi incrível, srta. Nina. — A vozinha de Jules soa animada. — Um dia eu quero patinar como você.

— Obrigada, Jules querida.

— Você sabe que os melhores patinadores do mundo caem de vez em quando, não sabe? — Para minha surpresa, é Robert de novo.

Sim, cair na patinação artística faz parte do jogo. O que não faz parte é o nervosismo antes de saltar, que é o que tem me feito errar mais vezes que o normal.

— Eu sei.

Os dedos de Robert apertam um pouco os meus antes de ele falar:

— A senhorita é muito corajosa por saltar assim.

Estou emotiva, e meus olhos enchem de lágrimas. De algum jeito todas as fibras do meu corpo concordam com Robert, especialmente a coxa do lado esquerdo, que está pulsando de dor.

— Que tal, como prêmio pela minha coragem, você dar uma volta correndo no gelo comigo?

Robert olha para Jules, hesitando, e então para mim.

— Fique aqui, Jules. Vou dar uma volta bem rápido com a srta. Nina.

E, quando ele sorri animado, antes de pegar minha mão outra vez e nós começarmos a correr no gelo juntos, sinto que ganhei uma medalha de ouro e que a dor na coxa esquerda valeu a pena.

7

R afe atende no terceiro toque.

— Oi, gata — diz, depois de bocejar de um jeito meio escandaloso.

— Eu te acordei?

— Não, meu amor, eu não dormiria antes de falar com você nem que me sedassem.

Sorrio.

— Tudo isso é preocupação? Que exagero.

Ele boceja outra vez.

— Um misto de preocupação com curiosidade.

Reviro os olhos.

— Ele não se transformou numa planta carnívora e me devorou. Ainda estou viva.

— E aí?

Rafe não precisa explicar; sei o que ele quer que eu conte.

— Eu não o vi mais, então, obviamente, não descobri nada sobre o passado dele e nem vou tentar.

— Mas eu...

— Para de insistir, é sério. Além de ele não querer nenhuma pergunta sobre o passado, nós não vamos ficar amigos e eu não vou bancar a detetive com os funcionários da casa.

— Eu só qu...

— Ainda mais agora que fiquei sabendo que o Elyan não gosta de falar sobre patinação no gelo. Esquece. Não vou nem tentar, nem com as crianças, nem com ninguém.

— Que estranho.

Suspiro devagar, fingindo para mim mesma que não acho superestranho também e que, como Rafe, não estou cheia de curiosidade, cada dia mais.

— Amigo, além de obviamente não gostarmos um do outro, tenho que me concentrar em fazer esse emprego dar certo. A grana vai nos salvar.

— Tá certa. — Ele fica um pouco em silêncio antes de continuar: — Eu sei que você nunca quis saber as histórias que rolam sobre esse lugar.

A única coisa que eu já ouvi sobre o château é que ele é mal-assombrado, é uma construção do século 19 e pertence à família Bourne.

— Eu vinha pra cá patinar sozinha e às vezes durante a noite, claro que não quis e não quero saber nada.

— As lendas envolvem a família do Elyan.

— Mais um motivo pra eu não me importar.

— Você adora boas histórias de terror, achei que…

— Gato, eu tô dormindo num quarto enorme, com móveis de duzentos anos e pouca iluminação, e vou voltar pra cá nos próximos quatro fins de semana, então não quero e não vou ler nada sobre isso.

— Tá, tá, tudo bem, esquece. Depois que você sair daí, se ficar curiosa, os links das coisas que eu assisti e li estão no seu WhatsApp.

— Beleza, boa noite.

— Um beijo.

E desligo.

Eu devia estar dormindo. Era para estar com sono após treinar das cinco às oito da manhã e trabalhar o dia inteiro depois disso.

Vou te matar, digito meia hora depois que desliguei com Rafe.

Ele não responde.

                        É sério, se eu não morrer de medo, vou te matar, juro.

Sem resposta.

                        Você está dormindo, né?

Nada.

Eu te odeio.

Eu sempre soube que o Château Bourne figura no topo da lista dos lugares mais assustadores e ao mesmo tempo entre as propriedades mais lindas do Canadá.

É um palacete no estilo barroco francês, com torres e tudo. Tipo um Louvre em miniatura. Château, como ficou conhecido, significa "castelo" em francês. Há algum tempo passar na frente dele virou passeio turístico, e grupos góticos pulavam o muro para acampar nos jardins buscando um lugar mais mórbido que os cemitérios ou criptas.

A casa pertence à família de Elyan há uns dois séculos, mas, quando faleceu a avó dele, a última pessoa a morrer aqui — e a lista é enorme, acredite —, a mãe de Elyan fechou a casa e ela permaneceu assim por quase vinte anos.

Depois de trancado, o château, que já era conhecido pelas histórias fantasmagóricas, ganhou fama internacional quando serviu de locação para filmes de terror e suspense nas últimas décadas. E então começaram as histórias de aparições e todo tipo de manifestação sobrenatural avistada nos terrenos da casa. Os vigias e caseiros contratados para tomar conta da propriedade relatavam coisas bizarras: portas batendo, sons de passos pela casa, luzes acendendo e apagando sem que ninguém estivesse aqui dentro, entre outras histórias horripilantes, ganharam o imaginário popular.

A porcaria do site que eu li conta que o empresário que construiu a casa, no século 19, era um psicopata que torturava e matava as esposas e as enterrava no porão. Ah, sim, é isso mesmo, o tetravô materno do lorde coração de gelo foi um psicopata famoso. Os funcionários que trabalharam aqui juram que os gritos das mulheres e o som das correntes e móveis nos cômodos onde elas foram presas e torturadas são ouvidos com frequência até os dias de hoje.

Meu pulso acelera, minhas mãos ficam molhadas de suor. Pego o celular e digito para Rafe outra vez:

> Dez mulheres, Rafe, que horror. E num dos
> vídeos que você me mandou tem o retrato
> de todas elas. Amanhã cedo, no nosso
> treino, eu vou te dar uma rasteira.

Como é que eu nunca soube que essa casa era da família do Sandman do inverno? Tudo o que eu e todos sabíamos é que ela pertencia à família Bourne. O Bourne que eu não fazia ideia que Elyan tinha no nome e que vem da parte da família materna dele. Hoje tenho certeza de que ninguém nunca soube ou sabe quase nada sobre Elyan Bourne Kane.

Um rangido alto vindo de um dos cômodos do palacete ecoa outra vez e eu fecho os olhos e respiro devagar. *Calma, Nina. Você está imaginando coisas.*

Eu curto filmes de terror, não sou a pessoa que fica sem dormir depois de assistir, sei lá, *A freira*. Toda a merda de problema é que há uns cinco minutos os barulhos começaram.

Rangidos e batidas ocas, como se alguém estivesse arranhando os móveis e se batendo contra eles... Eu sei que essas casas antigas, cheias de vigas, piso e móveis de madeira por todos os lados, são muito barulhentas. *Meu Deus, isso foi um grito?*

Outros rangidos, desta vez um pouco mais altos.

Pego o celular de novo e digito:

> Rafe, é sério. Estou ouvindo uns barulhos. Tô
> morrendo de medo. Vou sair do quarto e ver
> que merda tá acontecendo, senão nunca
> mais consigo dormir nesta casa ou na vida.
> Se eu morrer assassinada por um fantasma,
> pode se culpar pra sempre, eu não ligo.

Levanto da cama e visto o roupão de plush que ganhei da minha mãe quando tinha catorze anos e ainda acreditava em unicórnios.

Respiro fundo e me olho no espelho ao passar em direção à porta. Sorrio para minha cara um pouco pálida, os olhos arregalados em contraste com o fundo de arco-íris do plush e os unicórnios que brilham no escuro.

Tão colorido e alegre como você, a voz de mamãe volta à minha cabeça.

Com certeza agora ela riria da minha cara se visse os meus lábios tremendo de medo, vestida com esse roupão digno de uma rainha drag maravilhosa.

Abro minha bolsa e pego um cristal, que vovó disse servir para espantar energias ruins. Coloco a pedra no bolso do roupão e, de um jeito que só os unicórnios entenderiam, ganho coragem para ir exorcizar a casa. Saio do quarto e começo a seguir o som pelo corredor. Passo pelo quarto das crianças e os rangidos ficam mais altos. Subo as escadas e ligo a lanterna do celular.

O som fica cada vez mais alto.

Pelo que li, era nesse andar que ficava a sala onde supostamente as mulheres foram assassinadas. Meu pulso acelera mais. *Porcaria de iluminação antiga*. As cúpulas leitosas das lamparinas espaçadas não iluminam quase nada. Parece que estamos à luz de velas no século retrasado, pelo amor de Deus! Temos carros elétricos, iluminação automatizada e tem gente que já vive em 2050, enquanto aqui estamos em 1832.

Uma das coisas que acabei de ler no meu celular volta à minha cabeça narrado por uma voz cavernosa:

Na noite em que George McKnetti Bourne matou sua primeira esposa e amaldiçoou toda a família.

Parece que todos os membros da família que moraram aqui morreram de um jeito trágico. Por isso a mãe de Elyan trancou esta casa e foi embora.

Minha boca seca quando chego na frente da porta onde o som está mais alto.

Um gemido? Um rangido. *Estou me cagando de medo.*

Olho para a frente e só consigo ver portas fechadas, alguns quadros com retrato de pessoas de outras eras que botariam medo até no diabo e um breu a perder de vista.

Respiro fundo e levanto a mão para a maçaneta. Meus dedos trêmulos deixam o celular escorregar e cair no tapete do corredor, fazendo um baque seco.

— Merda!

Abaixo para pegar o aparelho. Estou meio agachada tateando o chão quando a porta é aberta e começo a me levantar, mas no meio do caminho, com o corpo ainda curvado, sou empurrada para trás por um muro que se movimenta como um rolo compressor para cima de mim. Sacudo os braços e agarro o que consigo para não cair. Mas o que seguro não é firme o bastante e vem para baixo comigo. Caio sentada no chão, colada no muro.

— Meu Deus do céu — uma voz grave e baixa murmura.

E eu?

Tenho certeza de que, se eles assistiram a isso, *os fantasmas se divertem* tanto com a minha cara agora como eu gostaria de estar me divertindo. Sempre que eu caio, sozinha ou não, morro de rir. Mas não agora, porque a droga do apoio mole e flexível que meus dedos agarraram na tentativa de não cair é uma peça de roupa e está no chão, assim como eu, e minha cara está praticamente colada entre duas pernas masculinas e nuas. O muro que me empurrou é humano.

Ao cair, puxei a calça de Elyan, meu futuro assassino, para o chão.

Me levanto, tentando juntar o máximo de dignidade que consigo, enquanto, de forma involuntária e rápida, percorro com os olhos as panturrilhas, os pelos pretos esparsos, as coxas potentes e o membro — *meu Deus, enorme.* Desvio rápido o rosto.

Minha boca seca ainda mais e minhas bochechas ardem. E eu quero rir de nervoso até fazer xixi nas calças. *Se controla, Nina. Mil dólares por fim de semana durante cinco semanas. Não ria, não ria ou te mato, me mato.* Mas ele é realmente enorme e eu o odeio ainda mais por isso. Essa imagem vai me assombrar para sempre.

Depois que ele puxa rápido a calça para cima, estou mordendo a bochecha por dentro para não gritar de vergonha e desespero.

— O que está acontecendo aqui, srta. More? — a voz dele soa baixa e grave. Quase um rosnado.

Ele voltou a me chamar de srta. More, o jeito mais formal possível. *É claro que sim, Nina, ele te odeia e você acabou de abaixar a porra da calça dele.*

— Sr. Enourbe... Bourne. Me desculpe.

Ganho um cenho franzido. Muito franzido. E minha vergonha passa as barreiras da pele e escorre por todo o palacete. Eu errei a droga do nome dele e o chamei de enourbe, enorme. *Ele realmente é um pinto alfa.*

— Elyan? — uma voz feminina chama do quarto.

Pai eterno, não é possível!

Do cômodo que, agora sei, deve ser o quarto do sr. Enourbe, a voz continua:

— Está tudo bem?

Agora sei também o que eram aqueles rangidos, gemidos, pancadas e arranhões no chão. Eles estavam... Elyan Kane estava transando.

— Sim, Sabrina, está... Eu já volto com a sua água.

— Obrigada — eu a escuto murmurar enquanto ele cerra a porta, nos isolando no corredor.

— Alexa, aumentar luz — ele comanda, e faz-se a luz. Literalmente. A porcaria da iluminação do palácio é automática. Era o dimmer o que deixava tudo entre as sombras.

Pelo menos meus unicórnios não estão mais brilhando.

Sinto o rosto arder ainda mais quando o encaro. As bochechas dele estão vermelhas, igualzinho ao jeito como ficavam quando ele patinava. Mas agora ele está com vergonha ou com raiva, ou os dois juntos.

Ele veste uma calça azul-marinho de malha baixa no quadril, a calça que eu puxei, e um roupão da mesma cor aberto. Músculos e potência exibidos em um pijama que parece ter saído de um editorial. E eu? Meu Deus, estou pobre outra vez.

Com um movimento meio brusco, ele fecha o roupão como quem amarra a faixa preta de caratê sobre o quimono antes de enfrentar um adversário. Um adversário que acabou de deixá-lo pelado. E então ele me mede de cima a baixo duas vezes, bem rápido, porque sou pequena perto dele, como um yorkshire perto de um pastor-alemão. Os olhos demoram um pouco mais nas tranças laterais do meu cabelo, que, com o roupão de unicórnio, me deixam com cara de oito anos. Estou ridícula e sei que esse é o menor dos meus problemas.

Ele cruza os braços sobre o peito.

— Eu não devia repetir a pergunta, mas estou muito curioso.

O sarcasmo na voz dele a deixa ainda mais grave, e a pausa que ele faz antes de repetir a pergunta faz minhas bochechas esquentarem mais. Começo a ficar irritada, porque, cacete, obviamente isso foi um acidente, *eu não queria ver o seu pinto alfa.*

— O que você estava fazendo aqui, abaixada na frente da porta do meu quarto a esta hora?

— Eu posso pegar água pra ela. — *Certo.*

É isso aí, Nina, seja irônica depois de abaixar as calças do último homem que você gostaria de ver pelado no mundo.

Tento me corrigir:

— Eu não sabia que esse era o seu quarto nem que estava em casa e... e... não sabia que o senhor trazia namoradas para cá.

E o cenho dele cada vez mais franzido. A boca prendendo o que parece ser um sorriso ácido.

— Ah — sopra ele —, desculpe. Da próxima vez eu te aviso.

Respiro fundo e resolvo ser sincera. *As coisas não podem ficar pior do que estão, certo?*

— Olha, me desculpa, tá? Eu obviamente não queria ter agarrado a sua calça para não cair. E eu estava aqui porque a acústica desta casa é horrível e eu li algumas coisas sobre fantasmas e psicopatas.

Não vai ter um jeito fácil de admitir isso, então faça de uma vez.

— A verdade é que eu ouvi uns barulhos e fiquei com medo, então segui os sons, meu celular caiu e o resto você já sabe.

Elyan me analisa devagar, e eu odeio o frio na barriga que isso me faz sentir.

— Só um conselho — murmura. — Da próxima vez que sentir medo de dormir, não saia olhando através das fechaduras das portas deste castelo, nem...

— Ah, não, senhor, eu não estava olhando pela fechadura, nunca faria isso.

Os olhos dele voltam a se estreitar e eu continuo na defensiva:

— O senhor acha que...? Ah, meu Deus, você acha que eu estava espiando?

Ele me encara por um tempo, em silêncio. Que raiva. Ele acha que eu me abaixaria na porta do quarto dele para vê-lo trepando? Minhas bochechas esquentam de nervoso. Juro que o odeio tanto, mas tanto que mal consigo respirar quando estamos próximos.

— Por que eu faria uma coisa dessas? Foi meu celular que caiu, e eu... Ora, seu convencido, se eu quisesse ver uma boa... Se eu quisesse, não acha que seria mais fácil eu entrar no boafoda.com?

A boca dele se escancara antes de a expressão ser sombreada por uma frieza indignada.

— O quê?

Merda de boca grande. Merda de imagens dele transando que a desconfiança dele fez nascer na minha cabeça. Mas como ele pode pensar uma loucura dessas? Tenho certeza de que ele vai me dispensar e que eu não vou mais voltar aqui. *Merda.*

— Me desculpa. Eu já pedi desculpa, o que mais posso fazer?

Ele nega com a cabeça antes de falar:

— Boa noite. Volte para o seu quarto, antes que os fantasmas da mansão venham te devorar.

ÓDIO. Quero mandá-lo enfiar os fantasmas no belo rabo dele. Mas penso nos cinco mil dólares, que podem ser ainda mais se me chamarem para outros fins de semana. Isso se Elyan quiser que eu volte depois do que aconteceu agora, é claro.

— Boa noite.

Eu me viro para sair, mas ele me detém.

— Nina.

— Hum?

— Não faça eu me arrepender de pedir para você voltar na sexta que vem.

Arregalo um pouco os olhos, surpresa.

— Isso significa que eu devo continuar vindo?

— Significa que as crianças, por algum motivo, gostaram de você, e por enquanto isso é o bastante.

Eu me esforço para não rir, satisfeita. *As crianças gostaram de mim. Já você pode não gostar, seu pinto alfa metido. Ganhar cinco mil dólares nunca pareceu tão fácil e tão difícil.*

— Eu também gostei delas, e isso para mim também é o que importa.

Ele só me encara, sério, intenso. Os pelos dos meus braços arrepiam e meu pulso acelera antes de eu me virar para sair, o mais rápido que sou capaz. Dessa vez não estou fugindo dos fantasmas, e sim... de uma sensação potente e mais assustadora que as histórias de terror.

— A única assombração que eu vi foi o pinto enorme do Elyan — bufo.
— É sério, pintos flácidos são muito esquisitos, ainda mais quando estão na sua cara, sem chance de você querer deixar eles eretos.

Rafe e Maia gargalham.

É óbvio que, assim que entrei no quarto, eu liguei sem parar até eles atenderem.

— E era uma assombração fina ou grossa? — Rafe brinca.

— Meu amor, eu olhei por um segundo, não fiz um boquete nele.

Rafe e Maia gargalham mais uma vez.

— E mesmo assim ele não te demitiu? — pergunta Maia.

— Não, ele disse que, por algum motivo, e deu ênfase nisso, *as crianças* gostaram de mim.

Mais gargalhadas.

— Ai, gata, eu te amo tanto — Rafe fala. — Você me faz tão feliz. Não sei o que seria da minha vida sem você.

— Obrigada por me acordar pra contar essa história, mana... Vou sonhar com a cena e acordar rindo amanhã cedo.

— A vida de vocês sem mim seria um poço de monotonia sem cores — declaro. — Eu estava com o roupão de unicórnio, acreditam?

E eles riem alto novamente.

— Não podia ser melhor — Rafe garante.

Bocejo antes de falar:

— O que importa é que, no fim, vou ter dinheiro suficiente para patinar até o ano que vem.

Rafe se espreguiça e diz, bem-humorado:

— Trabalhe no Château Bourne. Além de receber muito, você pode ouvir barulhos estranhos de madrugada e, se não cruzar com fantasmas pelos corredores, tem a chance de avistar um belo de um peru.

Dou risada e desisto de contar que o "belo de um peru" deve ter entrado em ação outra vez. Pelos barulhos de impacto e gemidos abafados que voltaram a soar, ele está cansando a tal de Sabrina esta noite.

— Boa noite, idiota... Boa noite, irmã.

— Boa noite, eu te amo — Maia diz.

— Boa noite, eu te amo — Rafe repete. — Até amanhã.

8

Estou nos braços de Rafe após acertarmos um dos levantamentos mais complexos. Não sei se é porque finalmente tenho dinheiro para pagar pelas pistas sem ter de pedir emprestado em bancos, ou se é porque a constância de quatro horas de treino durante a semana inteira me deixou mais autoconfiante, mas estou nas nuvens. E, quando digo nas nuvens, quero dizer que estou sentando num traseiro sem nenhum hematoma novo faz alguns dias. Consegui acertar a maior parte dos elementos que ensaiamos esta semana.

Me sinto mais confiante e feliz pra caramba. Não tem o que falar: a certeza de que não estou quebrada, ou, se estiver, de que não é algo sem conserto, me enche de uma das melhores sensações que já tive na vida.

— Quer tentar fazer um triple lutz juntos? — Rafe pergunta, aproveitando essa onda toda de autoconfiança e euforia.

O triple lutz faz parte dos saltos que estão no nosso programa, e, por ser um dos movimentos mais desafiadores da patinação artística, não arrisquei muitos deles desde que voltei a treinar.

Mas essa semana estou bem. Sei que posso conseguir. Eu vou conseguir.

Nem penso em sentir medo de cair, de o meu joelho doer ou de falhar, antes de assentir e dar a mão para Rafe. Fazemos a sequência de passos da coreografia antes do salto e, sincronizados, pegamos velocidade.

Estamos no ponto certo da pista para executar o salto quando meus olhos se desviam por um segundo para a dupla que acabou de entrar... *Ah, não. Merda.*

Já iniciei o salto e é tarde demais para abortar. Essa hesitação, mesmo tendo durado um milésimo de segundo, é o suficiente para eu saber que vai dar ruim. Giro só duas vezes no ar e aterrisso, perdendo o equilíbrio.

Caio de bunda no chão, com tanta força que minha visão escurece.

Mas não por tempo suficiente para deixar de ver o risinho sarcástico nos lábios dele e de Ashley, a parceira brilhante de Justin Cocô Timberland. Tão brilhantes que levaram o bronze no mundial passado. E muito melhores que Rafe e eu atualmente. Estamos a uma distância de cavalos árabes jovens contra pangarés numa corrida ao pódio.

Da minha parte, essa distância é enorme; venho errando muitas vezes os saltos mais difíceis. Da parte de Rafe, ele nunca patinou em dupla, e, apesar de assimilar rápido os movimentos e de ser um patinador talentoso, está aprendendo muitas coisas praticamente do zero.

Rafe se abaixa na minha frente e depois murmura, lendo meus pensamentos:

— Vamos sair daqui?

Eu devia dizer não, ainda temos uma hora paga de treino, mas não quero e não vou fingir que a presença do Justin e da Ashley não me irrita e desequilibra mais do que eu gostaria.

— Vamos, e me lembra de nunca mais marcar um treino sem ver quem está na pista junto.

— Certo.

Ele estende a mão para me ajudar a levantar, e vejo pelo canto dos olhos Justin patinando em nossa direção.

— É melhor ele não chegar perto, senão eu enfio a lâmina na bunda dele.

Começamos a patinar para sair do rinque, mas Justin filho da puta nos alcança.

— Oi, Rafe. Oi, Nina.

Rafe o cumprimenta com a cabeça e eu o ignoro. Faz praticamente três anos que não nos vemos, e eu queria que continuasse assim.

— Que legal que você voltou a treinar, Nina. E, nossa — Justin finge surpresa —, estão treinando juntos, quem diria.

— É — Rafe fala e eu continuo em silêncio. — Tchau.

E pega na minha mão, me puxando para patinarmos.

Justin babaca máster vem atrás.

— Eu tenho saudade de vocês. Podíamos marcar alguma coisa um dia desses. A gente era tão unido.

A gente era, seu merda. No passado.

— Não — falo simplesmente, e noto ele arregalar um pouco os olhos.

— Posso te dar uma dica pelos velhos tempos?

— Não — Rafe responde no meu lugar.

— Sabe por que você continua errando o triple lutz?

Quero gritar que eu não errava o triple lutz assim antes, mas ele não merece.

— Vai se foder, Justin — digo, saindo da pista.

— Nossa, Nina, você nunca me entendeu, né? As pessoas dizem que você sente inveja por eu ter chegado aonde eu cheguei, e eu não acreditava, mas acho que talvez tenham razão.

— Cala a boca, Justin — Rafe intervém.

Justin se vira para Rafe.

— E é verdade que o seu pai parou de te treinar e te bancar não só porque você é um patinador medíocre, mas porque ele descobriu que você é gay, Rafe?

Estou calçando os protetores de lâmina e apertando os dentes com tanta força que dói quando vejo Rafe puxar Justin pela gola da camisa.

— Nunca mais chega perto dela ou de mim, seu merda!

Justin empalidece. Covarde, ridículo, escroto, pedaço de bosta.

— Me solta, cara — pede, como um rato de esgoto acuado.

— Se você falar com a gente de novo, vai engolir seus dentes por três semanas, entendeu?

E solta Justin rei dos merdas, empurrando-o com força pela pista. Justin cambaleia, gira as mãos no ar e cai sentado.

— Vou denunciar você para a diretoria do rinque por agressão — Justin ameaça.

— Vai em frente, Justin. Mas saiba que vamos te denunciar na confederação de patinação por homofobia, combinado? — grito.

Vejo os olhos de Rafe crescerem um pouco antes de Justin rebater:

— Não falei nada de mais, você é louca. Eu não sou homofóbico — e aponta para Rafe —, o pai dele que é.

Estou prestes a entrar no rinque e obrigar Justin a pedir desculpas quando sinto a mão de Rafe me detendo.

— Não — meu amigo diz baixinho —, ele não vale isso.

Nós dois estamos com a respiração acelerada. Faço menção de me movimentar para a pista outra vez.

— Talvez valha.

— Não, Nina, é sério. Eu perdi a cabeça antes e podemos ser prejudicados por isso. Se você for lá, as coisas vão ficar piores. Deixa ele pra lá.

Concordo a contragosto, porque é isso que estamos fazendo nos últimos três anos: deixando Justin pra lá. Não quero deixar Justin pra lá, quero dar uma surra enorme nele, principalmente quando encontro os olhos tristes do meu amigo. Se Justin me irritou e atingiu, ele machucou Rafe muito mais.

O que Justin falou para Rafe em tom de ironia e arrogância é verdade, não a parte do patinador medíocre, claro que não. Rafe é maravilhoso, antes fosse isso, porque os treinos resolveriam se fosse o caso. Mas sobre o pai de Rafe é verdade, e isso nada pode resolver. Quando Philipe Moss, o famoso técnico, ficou sabendo que o primogênito dele e até então seu maior "investimento" — palavras do próprio Philipe, como se o filho fosse um imóvel — era gay, parou de treinar Rafe e o expulsou de casa, há seis meses. Hoje Rafe mora na edícula da casa da família, graças à mãe dele, e não vê ou fala com o pai desde então.

Abraço Rafe com força.

— Não liga pra ele, tá? No lugar de parir, a mãe do Justin o peidou.

Ele gargalha, mas está tremendo de raiva. E eu quero matar Justin.

— Olha — digo baixinho —, vamos parar no Starbucks e tomar um frappuccino?

Ele assente, se forçando a sorrir.

— Se quiserem prestar queixa ou o Justin tentar alguma coisa contra vocês, eu posso testemunhar a favor de você. De vocês — uma voz masculina fala para Rafe.

— Obrigado — meu amigo responde baixinho, os olhos escuros se arregalando um pouco.

Meus lábios se curvam para cima.

— Obrigada — repito, sem conseguir parar de olhar de Rafe para Tiago Evans. Um dos patinadores mais talentosos do Canadá e atualmente o maior crush do meu amigo. Um cara tão gato que dói, alto que nem ele, forte, pele marrom mais escura que a do Rafe e olhos castanho-claros.

— É sério — Tiago repete, ainda encarando Rafe —, Justin Timberland foi um babaca. Conte comigo, Rafe.

Conte comigo, Rafe faz meu coração brilhar pelo meu amigo.

— Você também — Rafe responde, derretendo. — Quer dizer, obrigado.

E Tiago sorri, um sorriso lindo e só para Rafe, antes de virar as costas e sair.

Um minuto de silêncio inteiro e a gente não se mexeu ainda.

— Ele sabe o meu nome? — pergunta Rafe, incrédulo.

— Sim, amigo.

— Ele nunca tinha falado mais que duas palavras comigo... Como faz para respirar?

Gargalho.

— Inspira e expira.

— Eu nem sabia que o Tiago notava minha existência.

Dou risada.

— Ele nota.

— Isso não quer dizer nada — Rafe prossegue, meio eufórico. — Eu nem sei se ele é gay, acho que não, mas podemos de repente ser amigos, né? Ele foi bem legal, não foi?

Eu o cutuco com o ombro conforme andamos em direção aos vestiários.

— Sim, ele foi muito legal e seria o cara mais sortudo do mundo por ter um amigo como você.

Entro no vestiário feminino agradecendo a Tiago Evans, que, sem saber, colou um arco-íris no meu coração e no do Rafe com sua atitude.

Era para eu estar feliz. Claro que estou, mesmo aturando Justin Merdaland no fim do treino, era para eu estar radiante por Rafe e não com vontade de quebrar o pé chutando o Rock Hudson, o Jeep velho dele.

Nesse momento, metade de mim é felicidade e a outra desespero.

Usei todos os dólares que ganhei no fim de semana para pagar pelos treinos durante um mês; minha conta tem um total de cinco dólares e vinte centavos. Eu não vou ligar para minha mãe, que está no grupo de terapia dela, nem para o meu pai, que está no trabalho, muito menos para Rafe, que saiu daqui com o maior sorriso que eu já vi e de carona com Tiago — segundo um Rafe saltitante, para almoçar no lugar preferido do cara.

O crush do Rafe o chamou no vestiário para conversarem sobre o que fazer para que comportamentos como o de Justin parem de se repetir entre os atletas da patinação. Estou morta de felicidade pelo Rafe e querendo esganá-lo ao mesmo tempo por não ter levado o Jeep no mecânico quando o carro começou a engasgar antes de ligar, faz uma semana.

Ah, e, além de estar presa aqui, com a neve apertando, vou me atrasar para chegar no trabalho se não sair exatamente agora.

— Leva meu carro com você — Rafe disse pouco antes, sorrindo de um jeito tão lindo que eu nem lembrava de Justin ou de qualquer porcaria até pouco antes.

— Mas você vai ficar o fim de semana sem carro?

— Tudo bem, vou com minha mãe passar o fim de semana em Ottawa, não vou precisar do carro. Na segunda cedo eu venho pro treino de ônibus, sem problemas.

Abro minha carteira e conto os dez dólares ali. A corrida de carro por aplicativo daqui até o château custa quarenta dólares, e a linha de ônibus mais próxima me deixaria a uma distância de uma milha da casa e duas horas atrasada.

Pego meu celular para explicar à sra. Shan por que vou me atrasar e paro ao ver um... carro? Uma nave espacial, o batmóvel, diminuir a velocidade e parar atrás do Rock Hudson.

O vidro do motorista é aberto e um rosto perfeito-derruba-queixo-de-pessoas-normais aparece. O que me irrita não é a perfeição estética desse rosto, e sim o fato de ele fazer meu coração acelerar.

— Oi, você está com problemas?

Franzo o cenho, sem entender de onde Elyan Kane surgiu e como ele sabe que estou com problemas. Até lembrar que coloquei o triângulo atrás do carro sinalizando: *Sim, estou com problemas*. Mas isso só responde a uma pergunta.

— Você chamou ajuda? — Elyan volta a falar.

Entendo que ele deve se referir a chamar um mecânico ou um guincho e não quero dizer que estou tão quebrada que teria que praticamente ir a pé até a casa dele. Vou pelo caminho mais fácil e em parte verdadeiro:

— O Rock Hudson não liga, mas é de um amigo e estou atrasada para o trabalho.

O cenho franzido de Elyan é tão natural nesse rosto irritante que eu não saberia dizer se ele está com raiva, dormindo, intrigado ou feliz.

— O que tem a ver o ator com o carro quebrado?

— Ah — sorrio —, nem percebi que chamei o Jeep pelo nome dele. Meu amigo batizou o carro de Rock Hudson.

Elyan fica um tempo me encarando, como se esperasse que eu acrescentasse algo, e meu pulso, ridículo, acelera mais. Não quero ficar tendo frio na barriga quando Elyan me encara, não quero que meu pulso acelere, mesmo que seja de irritação. É como se eu tivesse quinze anos outra vez, e não gosto disso. Quero esquecer que a imagem de Elyan era o avatar que eu usava mentalmente para todos os meus crushes literários e, depois de Vancouver, para os vilões — e que algumas vezes, mesmo sem eu querer, eles viravam meus crushes também.

— Com atrasada para o trabalho, você quer dizer para chegar na minha casa?

— Sim, desculpa, eu já ia avisar a sra. Shan.

— Não me peça desculpa por algo que está fora do seu controle.

Caceta, é sério? Por que ele tem de falar isso com a voz um pouco mais grave, olhando dentro da minha retina, como se buscasse alguma coisa? Meu estômago se contrai outra vez. *Saco.*

— Está certo, desculpa. — O segundo "desculpa" sai sem querer, de um jeito natural. Mas ele não sabe disso e respira fundo, antes de perguntar:

— Você quer uma carona?

Acho que minha expressão denuncia meu choque com a oferta, e ele se explica:

— Estou indo para casa.

Elyan tentando ser gentil parece tão estranho para mim como uma baleia voando. Mesmo que ele tenha agido assim nas últimas vezes que nos encontramos, a ideia que fiz dele como um carrasco, gelado e escroto comigo e com todos os seres vivos grudou de um jeito absurdo na minha cabeça e eu fiquei meio apegada a ela.

— E então? — insiste ele.

Aceitar significa passar trinta minutos no carro com ele, respirando o mesmo ar aquecido, ouvindo as músicas dele, descobrindo mais sobre ele. Possivelmente querendo descobrir outras coisas. Por que você parou de patinar e por onde andou? E, como não vou fazer *nenhuma* pergunta e esse é Elyan Kane, o detestável, apenas uma semana depois de eu ter passado a maior vergonha da minha vida na frente dele, quero dizer não, obrigada. Imagina quão constrangedor seria o silêncio entre a gente, dentro de um carro?

— Você vai ficar pensando se quer ou não uma carona até congelarmos? — ele pergunta e eu pisco devagar, limpando os flocos de neve que se acumularam nos cílios.

Ah... aí está o Elyan ranzinza de volta. Com você eu consigo lidar melhor. O silêncio vai continuar sendo uma merda e, de verdade, não quero ficar pensando que vi o seu pinto a poucos centímetros do meu nariz. Mas recusar a carona sem ter uma explicação para isso vai soar ainda mais ridículo do que eu ter abaixado as calças dele sem querer.

— Eu... É... Não, descul... — Paro quando ele arqueia as sobrancelhas numa expressão de: *Sério, você vai me pedir desculpa de novo?* Não, Elyan, posso ser uma bruxinha mal-educada com você, com prazer.

— Eu aceito a carona, obrigada.

Escuto o barulho da trava sendo aberta.

— Entra.

Todo mundo já passou por silêncios constrangedores na vida, certo? *Errado.*

Tenho certeza de que ninguém no mundo viveu um silêncio mais incômodo que este que se instaurou faz quinze minutos.

Assim que entrei, ele me mediu com olhos estreitos, como se o excesso de cor o incomodasse — os gomos da minha trança enfeitados com fivelas de flores artificiais, as flores enormes bordadas no meu casacão de lã, a calça pantalona roxa e as meias de arco-íris que aparecem através da sandália nuvem.

Pouco depois, perguntou se o aquecedor estava bom. Se eu queria ouvir algo específico, e eu disse que tinha um gosto eclético. Então ele insistiu que eu conectasse meu Spotify nos alto-falantes do batmóvel.

— Estou cansado das minhas playlists — justificou. — Você pode relaxar no encosto, Nina. Eu não vou te dopar e depois te trancar viva num caixão.

E só então percebi que estava dura, como se tivesse engolido um mop antes de entrar no carro.

— Eu gosto de sentar assim — menti, e ele franziu o cenho, suavizando um pouco a expressão somente quando me recostei.

Então conectei meu celular e coloquei no aleatório de uma playlist enorme que Rafe me ajudou a montar. Já tocou Elle King, Sia, Imagine Dragons e o silêncio constrangedor continua tocando meus nervos faz mais de dez minutos.

O problema não é a ausência de músicas nem o fato de eu estar começando a ter que me esforçar para continuar achando-o um escroto, e sim a eletricidade aqui dentro, nos envolvendo e gritando em silêncio: não gostar um do outro também provoca choques. Já ouvi duas pigarreadas dele, algumas respirações profundas de narinas expandidas, como se o meu perfume o incomodasse, e vi uma veia dilatada na lateral do pescoço, entrando por dentro da malha preta de gola alta.

Quando Elyan para o carro por causa do trânsito, mexe nos anéis dos dedos, ressaltando as veias das mãos. Parece impaciente e segue um ritual que pode ser um tique. Primeiro ele rola o anel do indicador, o que tem a cabeça de um lobo. Em seguida é a vez do anel com uma frase em caracteres orientais rolar pelo dedo médio e, por fim, o mindinho, onde uma aliança fina com uma linha preta no meio é cutucada.

E agora ele está corado?

— Você quer baixar o aquecedor?

Elyan me olha pelo canto do olho e dá aquela franzida padrão no cenho, antes de responder:

— Não, obrigado. — E encolhe os ombros, como se não entendesse minha pergunta.

— É que parece que você está com calor, suas bochechas estão... é... Esquece.

Ele cora ainda mais e eu quero entrar embaixo do tapete do carro. Além de ficar claro que estou espiando, fico com a impressão de que Elyan Kane consegue ler meus pensamentos, como Rhysand em *Corte de espinhos e rosas*.

E o que eu não consigo tirar da cabeça desde que entrei aqui? Um peru enorme para quem adivinhar.

A imagem do membro de Elyan na minha cara e a perplexidade dele ao perceber que eu tinha abaixado sua calça no meio do corredor do château mal-assombrado.

Minha mente está em um looping irreversível. Só pode ser um misto daquela teoria — tente evitar um pensamento, e você só vai conseguir pensar ainda mais nele — com assombro. Não é todo o dia que uma garota vê um membro daquele tamanho, ajoelhada, sem ser para fazer um boquete. E, sim, não é exagero, ele tem o maior pinto que eu já vi mole, contando o do Justin Merdaland, o dos meus irmãos e o do Rafe. Rafe e eu somos íntimos a ponto de tomar banho juntos desde crianças. E, sim, estou com um desfile interminável de perus na cabeça. *Merda. Vou te odiar pra sempre, Rafe, por você me fazer ler aquelas histórias e ficar apavorada e ir atrás de fantasmas e dar de cara com o pinto alfa.*

Elyan respira fundo outra vez, como se a imagem do pênis dele estivesse estampada na minha testa.

Suspiro devagar e o som sai como um gemido baixinho, uma lamúria para que essa viagem acabe ou para eu domine meus pensamentos. Reparo que os dedos longos são fechados com força sobre o couro do volante. Será que ele realmente lê mentes, ou sente a vibração sexual no ar, como se eu estivesse suando feromônios? Talvez eu deva tentar não imaginar jeitos diferentes de torturá-lo.

Seja como for, Elyan parece não estar nada confortável com a situação, e eu também não estou. Fale algo, quebre esse calor, esse silêncio, esse... Mais uma respiração funda dele antes de a mão esquerda coçar a nuca — na linguagem corporal, desconforto, em letras garrafais.

— Você gosta de guaxinim?

— Guaxinim?

Ah, não! Eu queria falar algo inocente, fofo, milhas distante de perus e fantasmas, e a primeira coisa que dispara da minha boca em quinze minutos de viagem é... guaxinim. Melhor dar uma de louca e fingir que queria falar exatamente isso.

— Sim, sabe? Aquele bichinho mascarado?

E ele?

Gargalha.

E meu estômago dá uma fisgada.

Meu Deus, Elyan sorri desse jeito assim, humano?

Sim, e ele faz isso de um jeito rouco e relaxado. Eu devia estar irritada, provavelmente ele está rindo da minha cara, do guaxinim no meio do nada, mas o som da risada dele é tão bom e sincero que eu não resisto e rio junto.

Deixa eu tentar parecer mais normal, enquanto você tenta parecer legal.

— É que eu adoro, desde criança. Acho as criaturinhas mais fofas que existem.

— Não tenho nada contra guaxinins.

— Que bom, porque eles são injustiçados por serem espertos.

— Ladrões de comida? Fuçadores de lixo? Invasores de casas?

Sinto meu cenho franzir.

— Achei que você não tivesse nada contra.

— Não tenho, eles são engraçados... acho.

— Acho? Eles são hilários, e, quando criados como pets, podem ser muito carinhosos.

Ele me olha de lado por um tempo, de um jeito especulativo.

— Como você sabe?

Começa a tocar Snow Patrol, "Chasing Cars".

— Meu TikTok e meu Instagram têm mais vídeos de guaxinins que de patinação.

Ele alarga um pouco os ombros, e intuo que é por não gostar de falar de patinação, como Robert me contou. *Volte para os guaxinins.* Pelo menos ele riu e estamos conversando como se não tivéssemos querido esfolar a cara um do outro no asfalto mais de uma vez alguns dias atrás.

— Quando tinha seis anos, eu pedi um de Natal pro Papai Noel.

E ele ri de novo, uma risada sem som.

— E você ganhou?

Encolho os ombros.

— Não, no Canadá é proibido domesticá-los, daí minha mãe me deu um de pelúcia, e explicou que Papai Noel não queria ser mordido enquanto carregava o saco de presentes. Quando eu chorei, ela disse que eu não especifiquei na carta que queria um de verdade.

— E desistiu de ter um de verdade, depois?

— No ano seguinte, escrevi uma carta pedindo o segundo animal mais fofo e engraçado do mundo.

— Que é?

Sorrio.

— O pato, é claro.

Paramos no semáforo e ele me olha de canto de olho com um sorriso torto e discreto nos lábios. Finjo que meu pulso não acelera, que eu não o acho sexy pra caramba, que nem ligo de perceber que ele é capaz de conversar como um cara de quem, em outras circunstâncias, eu até poderia gostar.

— Eu também sonhava em ter um pato de estimação quando era criança.

Arregalo os olhos.

— Jura?

Ele aquiesce e o farol fica verde.

— Juro. E você, ganhou o seu pato?

Sorrio disfarçando o nervoso; *quantas coisas em comum nós temos, sr. Alfa?*

— Uma família de patos de borracha pra banheira, e outro enorme de pelúcia, e a certeza de que Papai Noel não sabia ler ou não existia.

— Meu pai nunca me deixou acreditar em Papai Noel nem ganhar brinquedos no Natal.

Eu viro pescoço e o encaro. Ele está sério outra vez, concentrado na estrada que nos levará para o château. Meu pulso acelera de novo, e agora não tem nada a ver com Elyan Bourne Kane, e sim com o fato de que essa deve ser a razão para as crianças não terem acesso a algumas histórias e brinquedos. O pai dele. O pai *deles*.

— E a sua mãe, ela não se opunha?

Ele fica um tempo em silêncio e eu me arrependo da pergunta, talvez íntima demais.

— Ela não ligava — murmura ele.

Apesar de o clima não estar descontraído como antes, quero aproveitar a liberdade para falar que gostaria de dar alguns brinquedos para as crianças. *Admita de uma vez, Nina.* Suspiro. É bom ir direto ao ponto antes que o silêncio volte a enterrar a chance de eu perguntar qualquer outra coisa.

— Você se incomodaria se eu comprasse algo para as crianças?

Um olhar rápido é lançado na minha direção.

94

— Jogos, livros, brinquedos — explico. — Umas besteirinhas. Acho que elas vão amar.

As mãos dele apertam o volante de novo. Será que ele é como o pai e não gosta desse tipo de coisa?

— Mas, se for um problema, esquece.

— Eu não sou o meu pai.

Isso é bom, não é?

— Claro que não, eu só quis perguntar por...

— Passe para a sra. Shan o que deve ser comprado. Você não precisa gastar com as crianças.

Oi? Eu peço para dar um presente às crianças e ele me manda passar para a governanta, como se fosse uma lista de material de construção para a casa dele?

— Eu quero dar um presente pra elas. — *Não posso, mas quero.* — Não vai ser nada de mais.

E Elyan respira fundo novamente, as narinas se expandindo. Se eu não o estivesse encarando com atenção, não teria notado um pequeno sim com a cabeça e as palavras *obrigado, então,* murmuradas sem som.

Começa a tocar "Smile", da Lily Allen.

E não sei que merda de gatilho essa conversa disparou, ou se é porque ele é somente o bom e velho Elyan rude e complexo, mas ele prende os lábios numa linha reta e aperta tanto o volante que os nós dos dedos ficam brancos, antes de pedir entredentes:

— Pode mudar de música, por favor?

Pego o celular.

— Agora — ele diz baixinho, com a voz trêmula, o maxilar retido.

Com os dedos incertos, aperto o botão para pular a faixa e, quando consigo, escuto ele inspirar devagar, como se estivesse aliviado. Os ombros largos relaxam um pouco, e sem perceber eu também respiro devagar, me sentindo igualmente aliviada. O resto da viagem é feito em um silêncio diferente do silêncio de antes: este não é um silêncio constrangedor; é um silêncio tenso, tenso para caramba.

Na minha cabeça, surge uma nova pergunta, uma a mais para a lista de perguntas sem fim que nunca serão respondidas por Elyan: o que uma música tão incrível e animada como "Smile" significa de ruim para alguém? Para ele?

❄ ❄ ❄ ❄ ❄

Assim que chegamos em casa, pego meu celular na mochila e escrevo para Rafe:

> Como vão as coisas? Me conta tudo...

> Um lance um pouco chato. Seu carro não ligou, mas não se preocupe, ele ficou no estacionamento do rinque. E eu já estou no trabalho, deu tudo certo.

> Deixei a chave em cima do pneu dianteiro, se você quiser chamar um mecânico. Mas não pense nisso agora, só se divirta.

> Te amo.

As mensagens ficam só com aquele tracinho de não entregues. Ele deve estar se divertindo, com certeza. Você merece, amigo.

Subo para meu quarto e suspiro aliviada sabendo que vai dar tempo de tomar um banho e me trocar antes de encontrar as crianças, que estão em uma das intermináveis aulas que fazem durante as tardes.

96

9

Eu me sento à mesa de jantar lembrando as palavras de Robert pouco antes:

— Não comemos comida industrializada, só orgânicos. Faço questão de ter uma alimentação saudável e balanceada.

— Isso é muito bom, Robert. — E me segurei para não rir. Esse ruivinho de oito anos fala que nem um adulto e provavelmente come melhor que eu.

— Sorte sua que no fim de semana passado a sopa que tomamos todas as noites tinha acabado.

— Mas qual o problema da sopa?

— Nós só podemos levantar da mesa depois de comer tudo — afirmou Jules, com a boca torcida em uma careta.

— Não pode ser assim tão ruim, pode?

Os dois encolheram os ombros.

Lembro uma vez quando eu era criança e serviram miúdos sem me contar o que eram aqueles pedaços boiando no caldo. Quando coloquei na boca, comecei a chorar. Mamãe disse que, daí em diante, todas as vezes que provava algo de que não gostava, eu ficava enjoada e esverdeada. É uma coisa chata e parece frescura, mas sinto que o gosto dura mais na minha boca que na das outras pessoas.

Sei que não devo — de jeito nenhum — contar essa fraqueza para as crianças. Além disso, posso lidar com uma sopa de legumes numa boa. Os dois contaram que a sopa servida todas as noites é de ervilha, beterraba e um ingrediente secreto da sra. Pope, a cozinheira da família.

— Boa noite a todos — Elyan cumprimenta —, desculpem o atraso — pede, mesmo estando só três minutos atrasado.

Apesar da toalha de linho, talheres de prata, louças de porcelana fina e taças de cristal, a mesa é para seis lugares e a sala de jantar é pequena e aconchegante.

— Boa noite — respondo, vendo que as crianças o cumprimentam com certa distância.

Elyan se vira para Robert e Jules:

— Faz dois dias que não nos vemos e vocês me recebem assim?

Dois dias? Quando ele me achou no estacionamento do rinque de patinação, mais cedo, estava vindo de onde? Eu sei que a família dele tem muito dinheiro, é óbvio que sim, mas não sei o que Elyan fez da vida depois que largou a patinação. Será que trabalha com alguma coisa? Com o quê, máfia? Caça ilegal de animais em extinção? Tortura? Minha mente sempre escolhe o pior e mais sombrio cenário quando se trata dele. Provavelmente é culpa de todas as fofocas sobre ele, além do visual "conde Drácula do século 21" e da minha implicância natural. Devo — ao menos enquanto estiver aqui — me esforçar e tentar parar de presumir o pior a respeito de Elyan Kane.

As crianças se levantam, parecendo meio tímidas.

Elyan abraça primeiro Robert, um contato rápido, depois dá um beijo na testa de Jules. Tenta ser carinhoso com eles, o olhar suaviza e ele sorri de um jeito mais franco.

Sem me conter, sorrio junto.

Viu? Eu consigo sentir coisas positivas em relação a Elyan Kane, especialmente se as crianças estão envolvidas. A verdade é que, em poucos dias, Robert e Jules ganharam uma parte do meu coração.

A sopeira está colocada sobre a mesa e eu sirvo as crianças e me sirvo em seguida. O cheiro forte faz minha boca travar.

— Tem algum tipo de miúdo na sopa?

— Não sei, por quê? — Elyan pergunta após se servir.

Vou comer e ser grata. Não posso simplesmente dizer que não consigo engolir a sopa que as crianças são obrigadas a tomar todas as noites, posso?

— Por nada — respondo, enchendo uma colher.

— Vocês gostaram da nova babá? — pergunta Elyan após engolir.

Arregalo um pouco os olhos. É sério que ele está perguntando isso na minha frente?

— Tanto faz — responde Robert.

— Eu queria que a srta. Nina ficasse todos os dias com a gente.

Sorrio para Jules e quero dizer que, se pudesse, ficaria todos os dias e que depois dos regionais, se eu ainda estiver cuidando deles, posso, sem problemas, passar um ou dois dias a mais por semana.

Abro a boca para falar, mas Elyan fala antes.

— Eu já expliquei que a srta. Nina só pode vir nos fins de semana.

E me olha.

— Antes de ontem a babá que vai ficar com eles durante a semana começou a trabalhar conosco.

— Que diferença faz se nós gostamos das babás ou não? — Robert pergunta, em um tom de voz ácido.

— Não fale assim! — Elyan o repreende, com a expressão fechada. — Eu me preocupo com vocês, quero que estejam bem.

— Se fosse verdade — murmura Robert, como o adolescente que ele ainda não é, contrariado —, você ficaria mais tempo com a gente. Nos fins de semana.

Ui. Alfinetada.

Elyan alarga os ombros e estreita os olhos de um jeito que está ficando familiar.

— Vocês sabem que eu tenho motivos para sair, e não vamos falar sobre isso à mesa.

Elyan Kane, tenho vontade de dizer, *converse com seus irmãos sobre o que os incomoda, ou seu coração é peludo e gelado demais para isso?*

Um silêncio glacial cai sobre a até então aconchegante sala de jantar. Na verdade, desde que Elyan se sentou à mesa, as crianças fecharam a cara, alargaram os ombros, como se estivessem sendo avaliadas num teste de postura, e o clima parece que esfriou uns dez graus. Apenas o barulho dos talheres é ouvido, enquanto eu enrolo, mexendo a colher no prato. *Não vai ter saída, pelo menos um pouco vou ter que comer.* Encho a colher com o líquido esverdeado e só consigo pensar em slime.

— Srta. Nina — Jules me chama.

Olho para ela com a colher parada a caminho da boca.

— Você me leva para patinar no lago amanhã?

Analiso Elyan a fim de captar alguma mudança em sua expressão, mas ele está encarando o prato de sopa, com o cenho levemente franzido, em sua expressão habitual, como se ninguém mais estivesse à mesa.

— É claro que levo — respondo e engulo a primeira colherada.

Meu estômago embrulha.

— Oba! — Jules vibra.

— Elyan — Robert o chama. — Tenho certeza de que a srta. Nina patina melhor que você. Ela correu tanto comigo na semana passada.

Acho que Robert está provocando o irmão mais velho, que se limita a murmurar. Apesar de não ser certo, eu quero bater palmas para o pequeno e insolente Robert.

Elyan nem levanta os olhos do prato e tem uma reação igual à de um zumbi.

— Que bom.

— Ah, mas... Espera, como eu posso saber se ela patina melhor que você se você nunca patinou comigo?

Finalmente, Elyan levanta os olhos do próprio prato e encara Robert antes de ordenar:

— Termine sua sopa antes que esfrie.

Jura, senhor coração gelado? Seu irmão menor te provoca implorando por atenção e você reage assim? E então Elyan olha na minha direção, como se medindo minhas reações. Estreito os olhos para ele e aponto Robert com o queixo, pedindo em silêncio: *Faça algo, fale algo diferente, mesmo que seja para vocês brigarem, como irmãos normalmente brigam.*

— Algum problema com sua sopa?

Parabéns, senhor zumbi, zero inteligência emocional para você. Ah... e coma alguns cérebros antes de dormir. Quem sabe assim você sinta algo, para variar? É o que eu quero dizer. Mas olho para as crianças, que estão me analisando, atentas, e respondo:

— Não!

Automaticamente, enfio outra colherada enorme na boca.

Meu maxilar trava e eu engulo tudo com a ânsia que subiu pela minha garganta.

— Tem certeza de que está tudo bem? — pergunta Elyan, com ar especulativo.

100

— Ãrrã — murmuro, sentindo os olhos se encherem de lágrimas. A sopa é ruim, *ruim mesmo*. A pior coisa que já comi. — Está muito... é... muito... elaborada.

As sobrancelhas pretas fazem um arco na testa.

— Elaborada?

Não respondo, porque estou tentando não cuspir a quarta colherada. Parece que o caldo é de slime sabor bile de cobra e gruda na garganta e na língua, fazendo a experiência de engolir durar para sempre.

— Muito... é... saborosa — consigo me corrigir, pensando nas crianças, com a voz fraca.

— É uma receita centenária da nossa família — diz Elyan, ainda me fitando.

Quero dizer que tenho pena de todas as gerações passadas e especialmente das crianças. Mas estou ocupada demais tentando engolir uma coisa gosmenta, acho que é parte de um nervo.

— Ãrrã — murmuro outra vez. Quero morrer.

Quando Elyan desvia a atenção do meu rosto para o próprio prato outra vez, esfrego a língua nos dentes, tentando limpar o gosto. Agarro o copo de água e viro em três goles. Não melhora.

As crianças riem baixinho. *Elas viram minha careta.*

— Qual o motivo da graça? — Elyan pergunta, olhando para os irmãos.

— Nada — respondem os dois ao mesmo tempo e ficam sérios outra vez, como se rir à mesa fosse pecado.

Estreito os olhos, analisando a cena: todos comem em silêncio olhando para o próprio prato, com as costas eretas e os cotovelos grudados no corpo, como se estivessem no século passado. Vez ou outra, Robert e Jules olham rápido para o senhor da neve, com os olhos inquietos, analisando a expressão de poucos amigos do irmão mais velho, buscando talvez uma brecha — que Elyan não dá — para serem crianças. Se não estivesse ocupada engolindo a ânsia que acabou de subir pela minha garganta outra vez, tentaria falar algo para descontrair o clima fúnebre.

É Elyan quem quebra o silêncio:

— Nas noites de sexta em que eu venho para cá, vamos jantar juntos. Vai ser um bom jeito de conversarmos sobre as crianças e... — Ele estreita os olhos, como se precisasse de óculos para enxergar. — A senhorita está chorando?

— Eu? Não... Não estou, na verdade é... Um pouco... — Cubro a boca com o guardanapo, incapaz de falar, o estômago revirando.

São miúdos, com certeza. Não é psicológico, tenho isso desde muito pequena.

— Eu...

A porta da varanda que dá para o jardim está aberta e um vulto enorme entra correndo através dela. O que é isso?

Luto para engolir a ânsia e respirar ao mesmo tempo, meu sangue congela enquanto as crianças abrem mais os olhos e a colher cheia de slime de Elyan para a caminho da boca dele. Duas patas pesadas se apoiam na minha coxa e um lobo — só pode ser um lobo preto gigante — aproxima o focinho do meu rosto.

— Ahhhh — grito desesperada quando o bafo quente atinge minha pele.

Vou ser devorada na frente das crianças, meu nome vai sair em todos os noticiários do mundo e não vou acertar um triple lutz de novo antes de morrer.

Estou tremendo quando sinto a língua morna e macia lamber meu rosto. *Lamber.*

Ele não vai me matar.

— Vader! — a voz imperiosa de Elyan faz o suposto lobo sair de cima de mim e correr na direção dele.

O corpo enorme de Elyan se curva para receber lambidas. As crianças também o chamam.

Sabendo que minha morte não vai traumatizar as crianças para sempre, consigo perceber que o comportamento do vulto preto está mais para o de um golden retriever que para o de um lobo selvagem e faminto.

— Senta, Vader! — a voz grave de Elyan comanda e o cachorro obedece de imediato, se sentando ao lado dele.

Elyan me encara em um misto de constrangimento e incredulidade.

— Desculpe, Vader não costuma agir assim com estranhos.

Inspiro devagar. Meu coração quase explodiu e o estômago ainda está revirando por causa da sopa. *Que adequado, o lobo guardião das portas do submundo é o cachorro de Elyan Kane.*

102

— Imagina, não foi nada — digo, tentando me acalmar. — Acho que ele pulou em mim porque eu tenho cheiro de peixe.

Os olhos azuis crescem, horrorizados.

— Gato! Eu tenho cheiro de gato — me corrijo, mortificada, ainda lutando para respirar e não vomitar na mesa. — É que gato come peixe, então acho que... é... Esquece.

As crianças riem, Elyan me encara com uma ruga entre as sobrancelhas e eu estaria gargalhando se não estivesse quase vomitando, e se não me irritasse um pouco com meu próprio bug mental de falar que eu tenho cheiro... de flores? Não! De neve recém-caída? Não! Que eu tenho cheiro de peixe, como uma barraca de feira. E justo para quem? O lorde coração de gelo, Elyan Kane. *Que loucura foi essa?*

— Pelo visto — Elyan fala após passar o guardanapo na boca —, o gosto da sopa vai ser amenizado nas sextas-feiras, quando a srta. Nina quebrar o silêncio à mesa.

Arregalo os olhos, surpresa, e não só pelo humor que ele tenta imprimir, mas também pelo fato de ele admitir não gostar da sopa.

Então por que, meu Deus, toma essa coisa ou obriga as crianças a tomarem todas as noites? Masoquismo?

— Vader — Robert chama, e o cachorro vai até ele abanando a cauda enorme.

— Vader, vem cá — Jules também se anima.

Coloco o guardanapo sobre a mesa, com dedos trêmulos. O gosto ruim volta a envolver minha boca.

Aproveito a distração com Vader e me levanto da mesa, pedindo licença. Saio quase correndo da sala de jantar e me tranco no lavabo. Giro a torneira cromada, sentindo que meu rosto está mais gelado que a água.

Me curvo e abro a boca embaixo do jorro refrescante. Lavo em seguida o rosto, passo água na nuca e no rosto outra vez. Abro o gabinete embaixo da pia em busca de qualquer coisa que alivie esse gosto horrível.

— Graças a Deus. — Fisgo um vidro de enxaguante bucal que está pela metade.

Abro a tampa e gargarejo, sentindo alívio quando o gosto mentolado se sobrepõe ao ruim.

Lavo as mãos, guardo o frasco, seco o rosto.

— Nina? — É a voz penetrante de Elyan.

— Senhor?

— Você está bem?

Enxugo as mãos, aliso o cabelo e, com o pulso acelerado, saio do lavabo.

— Desculpe, fiquei preocupado.

É isso mesmo? Elyan preocupado? Comigo?

— Obrigada, estou bem.

Ele estende a mão, como se fosse tocar no meu ombro, mas hesita.

— Você não estava com uma cara muito boa, achei melhor vir checar.

Fico cada vez mais confusa.

— Por que você está fazendo isso — aponto para nós — desde a carona que me deu?

Os olhos azuis me fitam, desorientados.

— Isso o quê?

— Agindo como se você se preocupasse comigo.

Ele faz uma negação com a cabeça e me lança um olhar triste e congelante.

— Eu sei ser gentil, Nina.

O maxilar está travado e os braços estão cruzados sobre o peito, numa postura mais fria, mais arrogante, mais como eu sempre o imaginei.

— Principalmente quando me alimento bem de sangue humano no café da manhã. — Arregalo os olhos. — Não é esse um dos rumores sobre o meu desaparecimento? Que eu sou um tipo de vampiro sociopata?

— Não foi isso que eu quis dizer. — Minha voz soa arrependida.

E estou mesmo arrependida. Elyan tem tentado ser gentil comigo desde que me conheceu, e, por mais que tenha sido um estúpido em Vancouver, já se passaram cinco anos. Eu congelei a imagem dele no passado e estou fixada em uma pessoa que talvez não exista mais. É meio absurdo como julgamos pessoas e situações por imagens do passado, por histórias que contamos a nós mesmos repetidas vezes sobre o que esperar. Além disso, ele me pediu desculpas. Fui influenciada por rumores exagerados e maldosos que circulam na internet.

104

Quero de algum jeito amenizar o clima e fazer o que parece certo.

— Estou errada — falo bem baixinho, como se fosse um segredo.

— O quê?

— Estou agindo como uma babaca. A menina de dezesseis anos ferida em mim não tem me dado descanso.

Ele respira fundo e fica quieto, só me encarando.

— Você tem tentado ser gentil e eu tenho me esforçado para não deixar — digo.

Mais uma respiração longa e ruidosa dele.

— Me desculpa, tá? Principalmente pelas coisas que eu penso e não te falo — continuo.

Os olhos dele se abrem, enormes, e eu prossigo, rápida:

— Vou tentar controlar meus pensamentos, agir menos na defensiva e te pedir para começarmos de novo outra vez. Pode ser?

Ele alarga os ombros antes de concordar. Estendo a mão direita para ele.

— Muito prazer, eu me chamo Nina Allen More e vou te dar um voto de confiança. Você pode me dar um também, apesar das nossas primeiras impressões um do outro?

A sombra de um sorriso curva os lábios masculinos — é isso mesmo, mais um sorriso discreto desses lábios, para mim —, e ele aperta minha mão.

— Sim.

— Isso não quer dizer que eu vá gostar de você nem nada parecido — falo, em tom de brincadeira.

— Eu não esperaria tanto, também não gosto de você — ele retruca, com aqueles olhos azuis intensos e perturbadores.

Ele ainda segura minha mão. Meus dedos formigam quando, antes de soltá-la, sinto uma pressão que parece um carinho do polegar dele no dorso da minha mão.

O cachorro enorme entra no corredor onde estamos, abanando o rabo, e dou graças a Deus por ter algo para falar e assim poder desviar os olhos dos dele.

— Vader, de Darth Vader?

Elyan assente.

— E aquela coleção de bonecos do *Star Wars*, é sua? — Ainda preciso disfarçar minha voz um pouco trêmula, pela maneira como ele está me encarando.

— Eu costumava garimpar há uns anos.

— É incrível — afirmo, coçando a orelha pontuda de Vader, que se aproximou mais.

— Não te culpo pelo susto. — Elyan coça a outra orelha do cachorro. — Ele se parece muito com um lobo.

— Combina com você. — Sou sincera.

Ele arqueia um pouco as sobrancelhas.

— O Darth Vader?

— Sim. Não, o lobo... Quer dizer, o cachorro.

Ele aquiesce, mas parece não entender.

— Qual a raça dele? — emendo.

— Alaska noble.

— Ele é lindo.

Acabei de deixar subentendido que acho Elyan lindo, não?

— Lindo para um cachorro — tento consertar, mas acho que fica pior.

Miro fixamente a cabeça de Vader enquanto o acaricio. Quando volto a atenção para Elyan, ele está me encarando outra vez. Entre as sombras do corredor que liga o lavabo à sala de jantar, o maxilar quadrado, os ombros largos e o corpo enorme parecem os de alguém que eu já vi, já toquei, já abracei, já... Pisco, lutando para inspirar o ar devagar e espantar os pensamentos. Nervosa, falo a primeira coisa que me vem à cabeça:

— Se você não gosta da sopa, por que toma e faz as crianças tomarem todas as noites?

Mesmo estando um pouco escuro, consigo ver que ele arregala os olhos.

— Vamos voltar para a mesa? — pergunta, sem me responder.

Mas, agora que comecei, vou até o fim. Pelas crianças e por mim.

— Penso que se for pela tradição, como Robert me contou, você podia fazer um favor para os próximos condes e ser o primeiro a quebrá-la.

Uma expressão entre sarcástica e repreensiva sombreia o rosto dele.

— Se em dois fins de semana você já está querendo mexer no cardápio e nas regras da casa, o que iria acontecer se a vontade de Jules fosse ouvida e você morasse aqui durante a semana?

Encolho os ombros e sorrio com inocência, ainda tentando encobrir a eletricidade que corre entre a gente.

— Não sei, talvez nos matássemos antes do jantar em algum momento, mas com certeza todos dariam mais risada e comeriam muito melhor.

Sigo para a sala de jantar com o pulso acelerado e sem ouvir a resposta dele.

10

Estou num sótão enorme, com janelas enfileiradas, móveis cobertos com lençóis, caixas e baús espalhados por todos os lados. Tem até um piano de cauda, que deve ser do século passado, empoeirando aqui.

— As fotos devem estar neste baú — a sra. Shan fala.

Tive a ideia de pegar algumas fotos da família e espalhar em porta-retratos pelo château. Conversei com a governanta e disse que isso daria um clima mais acolhedor à casa, e ela, apesar de hesitar um pouco, acabou concordando.

Abro a tampa do baú de madeira escura com o coração acelerado, como se fosse uma criança, e este baú, a arca do tesouro perdido. Aqui dentro deve ter fotos das crianças quando eram menores, dos pais deles e de Elyan. Da infância dele, pelo que a sra. Shan me falou.

Vader se deita ao meu lado, abanando o rabo, e eu coço a orelha dele.

— Não tenho mais petiscos — falo e ele late, como se me entendesse.

Há uma semana achei que fosse ser devorada por Vader à mesa, então entendi que seria melhor ganhar crédito com ele. Por isso ontem, antes de treinar, fui com Rafe num pet shop e comprei uma dezena de petiscos para cães. Tem funcionado bem até demais — desde cheguei ao château ontem à tarde, Vader não para de me seguir.

Lembro do fim de semana passado: depois do episódio com Vader, as crianças e eu só voltamos a ver Elyan no domingo à noite, quando ele se sentou — em silêncio, outra vez — para jantarmos juntos. Fazendo perguntas ocasionais, com a expressão fechada, firme como um general com seus soldados, não como um irmão mais velho. Robert e Jules reagem a isso como qualquer criança reagiria. Apesar de eu sentir que os dois estão desesperados para deixar Elyan fazer parte da vida deles, na frente do irmão se fecham, Jules fica tímida e Robert encarna o adolescente rebelde, mesmo tendo só oito anos.

E quanto a mim? Tenho me esforçado para não ouvir a Nina de dezesseis anos, que insistia em sentir raiva de Elyan. Mas, a cada dia que passo aqui e que o lorde do inverno age como se fosse uma escultura de gelo — distante, sem emoção, inalcançável —, fica mais difícil lembrar os "acordos de trégua" que fizemos e defender Elyan para as crianças e até para mim.

Ontem foi sexta-feira e Elyan não apareceu para o jantar. O olhar triste de Jules e o raivoso de Robert para a cadeira onde deveria estar o irmão mais velho cortaram meu coração. E não estou falando somente da cadeira vazia à mesa, e sim do lugar afetivo que Elyan não está conseguindo ocupar na vida deles.

Pego uma caixa de dentro do baú.

— A senhorita vai encontrar as fotos da família nessa caixa, fique à vontade para escolher. Vou separar os porta-retratos, temos em torno de quarenta — a sra. Shan confirma e faz menção de sair, mas eu a detenho.

— Posso fazer uma pergunta?

Ela aquiesce.

— Por que o sr. Bourne não convive muito com as crianças?

Ela arregala os olhos e eu me corrijo, rápida:

— Eu sei que faz pouco tempo que conheço Jules e Robert, mas percebi que eles sentem falta da presença do irmão, e não só na hora do jantar.

A governanta respira fundo antes de responder:

— Eu conheço Elyan desde que ele tem seis anos.

Passo os dedos na tampa da caixa branca e faço que sim com a cabeça, ouvindo-a prosseguir:

— Ele não podia brincar como as outras crianças, nunca teve uma festa de aniversário, não ganhava presentes no Natal e perdeu a mãe muito cedo. Então ele brincava no gelo, nas pistas de patinação. E, quando ele patinava, parecia esquecer todos os problemas.

Meu coração acelera e eu abro a caixa, pegando algumas fotos para disfarçar a ansiedade. Ao perguntar sobre as crianças, não imaginei que teria respostas sobre o passado de Elyan Kane.

— Ele foi um dos melhores patinadores que já assisti. — Sou sincera.

A governanta se senta na banqueta do piano e acrescenta:

— As medalhas e os troféus que ele ganhava eram como os brinquedos que o pai não deixava que ele tivesse. Nunca vi alguém amar tanto alguma coisa. Não consigo imaginar o real motivo de Elyan ter desistido da patinação. Cansei de ouvir dele, enquanto era criança e depois adolescente, que a patinação era a única coisa que dava sentido para sua vida.

Engulo o bolo na garganta; conheço muito bem o tipo de amor sobre o qual ela está falando. Sinto-o na pele todos os dias. Separo com os dedos incertos duas fotos de Robert e Jules com a mãe deles. A terceira foto da pilha é de Elyan criança, os olhos azuis profundos e os cabelos pretos. Ele está ao lado de uma mulher alta e elegante.

A sra. Shan estica o pescoço para ver a imagem.

— É a mãe do Elyan.

A mãe que o abandonou quando ele era criança.

— Ela era muito bonita.

— Sim, era, e amava ver o filho patinar. Era ela quem o incentivava, na verdade.

Por que uma mãe abandona o filho? O que levou essa mulher a fazer isso? Quero perguntar, mas não o faço, e a sra. Shan prossegue:

— Estou lhe contando tudo isso para que a senhorita entenda que Elyan perdeu e desistiu de muitas coisas e pessoas que amava na vida. Talvez por isso seja tão importante para ele conseguir o amor dos irmãos.

Acontece que, se é importante para ele ser amado pelos irmãos, Elyan está indo no sentido oposto, agindo com Robert como se ele fosse um adulto e com Jules como se não falasse a mesma língua que ela.

— Eu também quero o bem das crianças, só por isso tomei a liberdade de lhe fazer perguntas.

— Eu sei, não se preocupe. Respondi a sua pergunta porque tenho certeza disso. — Ela me fita por um tempo em silêncio antes de se levantar. — Se a senhorita me dá licença, tenho que organizar a lista de compras antes das três da tarde. Separe as fotos que quiser.

Faz uma hora que estou no sótão separando fotos e... — *seja sincera, Nina* — fuçando o passado deles. *Dele*. Enquanto a mãe das crianças aparece em quase todas as fotos ao lado de Robert e Jules, são raras aquelas em que o pai dos três está presente, especialmente na infância de Elyan. Na verdade, achei apenas uma foto em que Elyan está no colo da mãe, ao lado do pai. Essa foi uma das que separei para colocar nos porta-retratos.

As fotos da infância de Elyan são abundantes, já as das crianças se limitam a álbuns dos aniversários, batizados e fotos posadas em viagens. Quem imprime fotos hoje em dia? Acho que quase ninguém.

Com exceção do pai de Elyan. Se ele não está nas fotos com os filhos, tem uma infinidade de imagens dele com famosos — a família real, modelos —, em carros de corrida, veleiros, sítios arqueológicos, ilhas paradisíacas. Ele parece ter sido um playboy narcisista. Apesar de eu sempre ter achado Elyan um bad boy narcisista, o típico "pobre garoto rico", quando acabo de ver as fotos percebo que a infância dele entre colégios internos e rinques de patinação se resume a uma frase: *pobre de amor* garoto rico.

Suspiro, fechando o baú, e pego as quarenta fotos que separei. Vou levá-las para as crianças e elas podem escolher onde vamos colocá-las pela casa. Vou providenciar também arranjos de flores para os principais aparadores, a sala de jantar e os quartos. Meus lábios se curvam num sorriso espontâneo. Quem sabe, ao encher esta casa de flores e boas recordações, o coração congelado — há muito tempo — de Elyan Kane comece a derreter.

Entro no escritório de Elyan pela segunda vez desde que comecei a trabalhar no château. Mas desta vez não sou movida pela impulsividade. Ele mandou uma mensagem agora há pouco pedindo que eu o encontrasse aqui.

Srta. Nina, boa noite.
Está acordada?

Boa noite, pode falar.

> Por favor, me encontre no meu escritório
> em vinte minutos.

Espero dez minutos e desço. A casa está escura e silenciosa, já passa das nove da noite de domingo. As crianças estão na cama faz meia hora, desistiram de esperar Elyan para ver a reação dele ao se deparar com os quarenta arranjos de flores que a sra. Shan encomendou e que foram colocados ao lado dos porta-retratos. Eu tinha acabado de tomar banho e estava me preparando para deitar quando recebi a mensagem. Enfiei um vestido de lã roxo de mangas compridas com gatos pretos bordados na barra, um meião cinza, prendi o cabelo em um coque e estou pronta para matá-lo.

Onde diabos esse homem passa os fins de semana? E por que não para de decepcionar os irmãos desse jeito?

Chego ao escritório cinco minutos antes do horário combinado e Elyan Kane não está aqui. Pontualidade britânica irritante? *Talvez.*

Analiso o par de porta-retratos que Jules quis colocar no escritório do irmão: a foto de Elyan bebê com o pai e a mãe e outra tirada no casamento dos pais dele. O arranjo de flores coloridas, em tons de amarelo, laranja e lilás, está atrás. Será que Elyan já viu a surpresa que espalhamos pela casa? E o que ele quer comigo a uma hora dessas? Talvez queira agradecer, ou talvez...

Ele entra no escritório.

— Boa noite — diz num tom impessoal. — Sente-se, por favor.

Franzo o cenho ao ver o corpo enorme e todo vestido de preto, como um dos gatos na barra do meu vestido, se mover com agilidade e elegância. Meu coração acelera, algo não vai bem. Elyan tem olheiras ao redor dos olhos inchados e vermelhos, como se tivesse ficado duas noites sem dormir ou... chorado?

— Está tudo bem? — pergunto ao me sentar na frente dele.

— Você esteve ocupada durante o fim de semana. — Ele não responde e aponta com o queixo os porta-retratos ao nosso lado, em cima do aparador.

E você esteve onde, ocupado também? É o que quero perguntar. *Se controla, Nina.* Elyan Kane não me deve satisfações; apesar de dever para as crianças, eu não sou nada dele.

— Ah... sim, você viu? — Eu me forço a sorrir. — As crianças ficaram tão felizes com as fotos que eu separei... Uma pena você não estar aqui, de novo, para ver a reação deles.

Mais uma vez ele não responde, só pega o celular sobre a escrivaninha e começa a digitar.

— Estou transferindo o seu pagamento deste fim de semana.

Fico sem entender. Elyan me chamou aqui para me pagar? Ele nunca fez a transferência no domingo à noite, sempre na segunda-feira, bem cedo.

— Muito obrigada, mas você me chamou aqui para...

— Obrigado por tudo, srta. More. Não vamos mais precisar de você nos próximos fins de semana.

Sinto como se levasse um soco no estômago.

— O quê?

Os olhos azuis e vermelhos se erguem da tela do celular.

— Eu achei que tinha sido claro. Uma das únicas coisas que te pedi foi para não mexer no meu passado. — Ele mira os porta-retratos. — Eu soube pela sra. Shan que ela te ajudou, sei que a ideia foi sua e que eles estão espalhados pela casa inteira, como armadilhas.

Abro um sorriso horrorizado.

— São fotos, não armadilhas. São lembranças da sua infância e das crianças, dos seus pais e de você com os seus irmãos quando eles eram menores.

— Ainda sei o que são fotografias e consigo enxergá-las sem a sua ajuda.

Meu maxilar trava. Meus lábios estão tremendo. Quero gritar tantas coisas, falar tantas verdades. Algumas fotografias inocentes fizeram isso com ele?

— E os seus irmãos, você consegue enxergá-los, sr. Bourne?

Seus dedos se cruzam em cima da mesa e a boca cinzelada se prende numa expressão de desgosto.

— Não vou responder isso.

— Coloque a sua mão enorme e cheia de anéis na consciência, pelo amor de Deus.

Ele se levanta e eu o sigo, aumentando um pouco o tom de voz.

— As fotos são a única maneira de os seus irmãos resgatarem as memórias escassas que vão ter dos pais mais pra frente.

113

— Você não sabe de nada, as coisas não...

— Ah, eu sei — interrompo, atingida. — Sei que você não tem estado presente.

— Chega. — A voz dele soa mais grave.

— Sei que Jules é tão doce e tem pesadelos horríveis toda noite. Ela acorda chorando e chamando pelos pais, depois por você. Mas você nunca aparece.

— Não fale mais uma palavra sobre...

— E Robert, ele te ama tanto e só quer que você o enxergue, apesar de fingir que não se...

— Agora chega, srta. Kane!

Ele arregala os olhos, e eu também, não pelo tom de voz dele, um pouco ríspido — nós dois estamos nervosos —, mas pelo *srta. Kane*. O sobrenome dele, o sobrenome que ele não usa mais.

— Srta. More — Elyan se corrige —, você passou de todos os limites. Você não pode entrar na minha casa com suas roupas coloridas, querendo arrastar o sol para todos os cantos escuros, sem que alguém tenha pedido por isso. — Faz uma pausa antes de concluir, num tom mais baixo, nem por isso menos frio: — Nem tudo que parece estar quebrado pode ou deve ser consertado.

Ficamos nos encarando por um tempo, o silêncio no escritório interrompido apenas pela nossa respiração alterada e pelo crepitar da lenha acesa na lareira. Quero pegar a gola alta da malha dele e sacudi-lo até que ele perceba como tem sido omisso, até que entenda que eu só quero o bem das crianças. Meus olhos se enchem de lágrimas. Estou frustrada, chateada, revoltada que isso tenha acontecido por causa de fotografias e flores.

Engulo o nó na garganta e olho para a lareira.

— Robert e Jules tinham certeza de que você iria gostar.

Escuto uma respiração ruidosa dele e acrescento, antes de me virar para sair:

— Especialmente das fotos em que estão vocês três. Como tinha só uma, eles recortaram a sua imagem de outras fotos e colaram ao lado deles.

Caminho devagar até a porta, esperando que ele fale qualquer coisa, qualquer *maldita* coisa: *Eu exagerei, Vou agir diferente com as crianças* ou *Tive um dia de merda.*

114

— Encoste a porta ao sair, por favor.

O que ele tem para falar é nada. Aperto os dentes com força e olho para a estante cheia de bonecos do *Star Wars*, piscando para afastar as lágrimas que se acumularam nos olhos.

— Esses brinquedos nunca saíram da estante — concluo para mim mesma. — Foram comprados depois que você cresceu, porque o seu pai não te deixava ter brinquedos quando você era criança.

Limpo as lágrimas com o dorso da mão antes de acrescentar:

— Que coisa mais triste é uma criança sem brinquedos, ou brinquedos que nunca foram usados por uma criança. Essa coleção não é incrível, como cheguei a acreditar; ela é triste. Triste como foi a sua infância.

Eu me viro um pouco até encontrar Elyan. Ele está com as mãos fechadas em punhos ao lado do corpo, fitando a estante, como se os bonecos pudessem criar vida e me esganar ou... me aplaudir.

— Eu não pedi para você bancar a minha analista. Pago uma bem cara, aliás.

E pelo visto ela não está te ajudando em nada. Aponto para o vaso chinês que quase quebrei três semanas atrás. Lembro do que a vó Nora sempre fala sobre relações e confiança.

— Pense na relação entre você, Robert e Jules como esse vaso.

O vinco entre as sobrancelhas escuras se aprofunda, e eu continuo, ignorando o aperto que sinto no peito ao notar a expressão torturada dele.

— Se eu tivesse quebrado esse vaso, você poderia me desculpar e mandar restaurá-lo, só que ele nunca mais seria o mesmo.

Agora as sobrancelhas pretas e marcantes estão arqueadas, como quem diz em silêncio: *Que porcaria é essa que você está falando?*

Encolho os ombros em resposta e somente depois concluo:

— Não é porque eu uso roupas coloridas que nunca fui quebrada. A felicidade não é um presente, é uma escolha, Elyan. E muitas vezes precisamos lutar para que ela aconteça.

A garganta dele se movimenta ao engolir. Acho que, se ele pudesse, me faria engolir as palavras. Elyan não fala nada, só me encara com os olhos estreitos, cruza os braços sobre o peito e alarga os ombros. Meu coração idiota acelera, perde uma batida e erra outra quando percebo que os olhos dele estão mais brilhantes, iluminados por uma cortina líquida. *Lágrimas?*

Ele desvia o olhar e a respiração acelera. Estou a ponto de dizer algo, de dar um passo na direção dele, quando Elyan murmura:

— Me deixe sozinho, antes que eu faça ou fale algo de que possa me arrepender depois.

Minhas bochechas ardem de raiva e quero dizer que me sinto do mesmo jeito. Puxo o ar de maneira entrecortada e falo antes de sair:

— Eu espero que as crianças fiquem bem, sr. Bourne.

Estou no meio da biblioteca quando escuto o barulho de algo caindo, levando junto várias outras coisas, e prendo o ar com o coração disparado. *Esqueci de fechar a porta do escritório.* Dou mais alguns passos e então: um estouro de vidro se espatifando, contra a parede ou no chão. O vaso chinês? O vaso de flores? Arquejo assustada e cubro a boca com os dedos.

Quão atormentado ele está?

Corro para fora da biblioteca antes que eu volte ao escritório e realmente faça algo de que possa me arrepender depois.

    Sra. Shan, boa noite. Desculpe o horário.

    Me perdoe pela ideia de espalhar fotos da família pela casa, nunca imaginei que o sr. Bourne fosse responder de forma tão negativa. Eu não vou conseguir ficar até amanhã cedo e me despedir das crianças.

Meus dedos tremem enquanto busco as letras para continuar digitando.

    Vou pedir permissão ao sr. Bourne para voltar aqui na semana que vem e me despedir direito dos dois. Robert e Jules são crianças maravilhosas, espero que superem este momento difícil e que todos fiquem bem.

Aperto enviar e em seguida abro o aplicativo de transporte. O carro vai chegar em quinze minutos.

Fecho o zíper da mochila, pego a mala de mão e limpo as lágrimas das bochechas.

Vou sentir muita falta de Robert e Jules, vou morrer de preocupação.

Pisco e caem mais algumas lágrimas.

Não imaginei em nenhum momento que a ideia das fotos pudesse ser interpretada por Elyan como desrespeito ao pedido dele para eu não falar ou buscar nada sobre o seu passado.

Passei por cima da hesitação da sra. Shan e insisti para pôr meu plano em prática. Por mais bem-intencionada que estivesse, não pensei na possibilidade de Elyan se sentir mal ao encontrar fotos dos pais em seu escritório. Só pensei em fazer o bem para as crianças.

É como ser punida por roubar comida para alimentar uma pessoa faminta. Meu peito aperta, como se um dos cristais enormes da vó Nora estivesse sobre ele. Essa agonia, no momento, não tem relação com o futuro e os treinos, ou com a grana que deixei de ganhar. Só consigo pensar que não vou mais ver as crianças.

E se Elyan me proibir de voltar aqui? Ou de explicar a Jules e Robert por que não vou mais trabalhar no château? Ele não faria isso, faria? Engulo o nó na garganta e saio do quarto depois de apagar a luz. Apresso o passo.

São alguns minutos de caminhada para chegar até a porta da frente do château, e eu não quero perder o único carro que atendeu a minha solicitação de viagem em mais de quarenta minutos.

Já passa da meia-noite de uma segunda-feira, está nevando e é quase uma hora de viagem daqui até Toronto, portanto vou pagar um rim pela corrida de Richmond Hill até Little India. Mas eu não ligo — se fosse preciso, esperaria a noite inteira por uma carona e pagaria todos os dólares que recebi por esse fim de semana de trabalho. Eu só quero ir para casa e dormir abraçada com Maia. Só quero ficar o mais distante possível do lorde coração gelado.

Passo na frente do quarto de Jules e vejo que a porta está entreaberta. Sinto vontade de entrar e abraçá-la, dizer que vai ficar tudo bem. Dizer que ela...

Minhas mãos gelam.

Jules está chorando.

Não hesito, nem lembro do carro que vai chegar em dez minutos, nem do fato de que provavelmente não vou conseguir outro para me levar até em casa. Empurro a porta para ver se ela está bem — e a cena que encontro me faz paralisar.

Elyan está sentado na poltrona ao lado da cama, com Jules no colo, confortando-a.

A luz do abajur na mesa de cabeceira está acesa e Jules apoia a cabeça no peito do irmão. Ela está com a camisola branca habitual e é tão pequena perto do corpo enorme de Elyan, todo vestido de preto. Parece um ser das sombras ninando um anjo.

Eles não notaram minha presença. Dou um passo atrás, com o coração acelerado, para sair do quarto. Os olhos azuis se erguem do rosto de Jules e encontram os meus. As narinas dele se expandem, meu coração acelera mais, os orbes azuis se arregalam um pouco e eu prendo o ar.

— Espere, por favor — Elyan murmura quando dou mais um passo para trás.

— Desculpe — peço baixinho. — Ouvi a Jules chorando e achei que ela estivesse sozinha.

Não queria interromper esse momento entre os dois. Não quero descobrir que talvez Elyan não seja o lorde sem coração que todos dizem. E ao mesmo tempo, sim, é tudo o que quero. Pois isso significaria que as crianças vão ficar bem.

Jules vira o pescoço, com o rosto molhado de lágrimas e as bochechas vermelhas.

— Nina — diz, chorosa —, eu tive um pesadelo, sonhei que a mamãe não me amava mais, e... e... — soluça — o Elyan veio me ajudar.

Ele beija a cabeça dela.

— Eu estava passando pelo corredor e ouvi você chorando — ele fala para a irmã. Depois, para mim: — Acabei de dizer para a Jules que a mamãe dela vai amá-la para sempre.

Os bracinhos da menina envolvem o pescoço de Elyan.

— Estou com medo — ela soluça —, não quero ficar sozinha.

Elyan a embala, abraçando-a, fazendo-a sumir dentro dos braços dele.

— Eu vou ficar com você esta noite. Quer?

— Sim — murmura ela.

Sorrio com os lábios trêmulos e minha vista embaça. *Vai ficar tudo bem, Jules.* Estou me movendo para deixar o quarto quando a voz de Jules me detém:

— Nina, você pode ficar também e me contar uma história?

Meu coração volta a acelerar e avalio a reação de Elyan, que está fitando minha mochila e a mala de mão com o cenho franzido, antes de fechar os olhos, como se sentisse dor. Será que ele está puto por eu ter entrado aqui e estragado o momento íntimo dos dois?

— Acho que dessa vez eu não...

— Por favor, Nina, fique conosco. — A voz grave de Elyan dá um choque no meu sistema e aperta meu estômago.

Como assim?

Jules olha para a minha mala e arregala os olhos. Então pula do colo de Elyan, corre na minha direção e me abraça.

— Por que você está com a sua mala, está indo embora?

Cubro a boca com a mão livre, detendo um soluço.

— Por favor, srta. Nina, eu prometo me comportar. Não vá, por favor.

Pisco para afastar as lágrimas e miro Elyan, num misto de comoção e nervoso, tentando entender o que ele quer que eu faça ou diga. Ele me lança um olhar aflito antes de pedir com os lábios, sem emitir nenhum som:

— Fique, por favor.

Suspiro, sem saber se sinto raiva pela atitude dele ou alívio de poder ficar mais uma noite com Jules. Coloco a mochila no chão, ao lado da mala. Passo as mãos nos cabelos sedosos de Jules e pergunto:

— Que história você quer ouvir?

Pego o celular no bolso do casaco e cancelo a corrida. Tudo o que importa agora é ficar mais um pouco com ela. Jules me puxa pela mão para a cama.

— A *Bela e a Fera* e, no próximo fim de semana, *Cinderela*.

Acho que não teremos o próximo fim de semana, Jules. Mas temos esta noite. Ela se deita de costas, sem soltar minha mão, e eu me acomodo ao lado dela.

O corpo pequeno cola no meu e Jules ergue o edredom, convidando Elyan:

— Deixei espaço pra você.

— Eu, é... — Ele me encara, desesperado, como se seus membros fossem cair ao se deitar no mesmo colchão que eu. — Acho melhor eu ir para o meu quarto para não atrapalhar a história.

Os lábios rosados de Jules se repuxam para baixo.

— Achei que você fosse ficar aqui esta noite.

— Eu posso voltar daqui a uma hora.

— Mas você vai perder a história. — A voz dela está chorosa de novo.

Isso, Elyan, muito bem. Eu também não queria me deitar no mesmo planeta que você se deita, que dirá na mesma cama, mas estamos aqui pela sua irmã.

— É uma cama de casal. — Lanço um olhar ríspido para o lado desocupado. — Tenho certeza que você vai adorar conhecer a minha versão da *Bela e a Fera*.

Depois de hesitar por alguns segundos a mais, ele finalmente se deita de lado, apoiando a cabeça na mão fechada e o cotovelo na cama.

— Era uma vez — começo com uma voz dramática — um príncipe muito bonito, mas muito cruel. Ele vivia em um reino de neve, e todos diziam que o seu coração era congelado.

Passo os próximos minutos contando as aventuras de Bela com sua amada Fera, enquanto sinto Jules se acalmar cada vez mais.

— E então, uma vez por ano, quando Bela voltava para casa para visitar o pai, o príncipe ficava triste de tanta saudade e o reino voltava a congelar. Mas, quando ela retornava para a Fera, a primavera chegava ao coração do príncipe e o reino se enchia de cores. E assim eles viveram muito felizes.

Quando acabo de contar a história, a respiração de Jules está relaxada e regular. *Ela dormiu.* Olho para Elyan pela primeira vez desde que comecei, e ele — santo senhor da neve — me encara sem piscar. Há quanto tempo ele está me olhando assim?

120

Será que, além de estar bravo por causa das fotos, não gostou de algo que eu fiz aqui ou que falei para Jules?

— Obrigado — sussurra ele.

Meu coração dispara e eu me levanto, rápida, pego minha mala e a mochila e saio do quarto. Talvez eu ainda consiga um carro pelo aplicativo, apesar de passar da meia-noite. *Não custa tentar.* A porta se fecha devagar às minhas costas e eu paro de andar ao ouvir a voz grave de Elyan, que soa ainda mais rouca quando ele fala:

— Jules me contou que ficou muito feliz ao te ajudar com as fotos.

Me viro para ele enquanto Elyan se aproxima, parecendo inseguro. E olha para os próprios coturnos.

— Ela estava chamando por você quando eu passei aqui no corredor a caminho do seu quarto.

— Ela costuma ir até o meu. — Franzo o cenho. Elyan estava a caminho do meu quarto quando ouviu Jules? É isso mesmo? — O senhor precisa de alguma coisa?

Ele engole em seco.

— Sim, Nina, eu preciso de muitas coisas. Preciso exorcizar alguns fantasmas do passado pra ter paz de espírito. — E me encara, sério, intenso, antes de concluir: — Mas preciso sobretudo que você me perdoe pelas coisas que eu te falei mais cedo e aceite voltar nos próximos fins de semana. Jules e Robert precisam de você.

Pisco devagar e luto para mandar meu coração, que subiu pela garganta, de volta ao lugar. Elyan coração de gelo acaba de se desculpar e me pedir para voltar? *Está tudo bem com o mundo?* Ou será que é agora que o chão se abre sob os nossos pés e somos engolidos por uma realidade paralela em que Elyan Kane pede perdão e nos olha esperando a resposta, como um cachorro abandonado?

Ele prossegue:

— Você não fez nada de errado. Você não tinha como saber que eu nunca, jamais vou ter uma foto do meu pai comigo na casa onde eu moro. Mesmo que ele também seja o pai das crianças. — Ele lança um olhar demorado para o porta-retratos sobre o móvel no corredor; nessa foto estão a madrasta dele e as crianças. — Todas as outras fotos podem... devem ficar onde estão. — E coça a nuca. — Tive semanas bem difíceis desde que cheguei aqui. Sei que isso não é desculpa para o meu comportamento, mas quero muito que de agora em diante as coisas sejam diferentes.

Se eu não tivesse me apegado tanto às crianças e não precisasse da grana, negaria. *Pare de ser tão ariana e orgulhosa, Nina Allen More*, a voz da vó Nora ressoa em minha cabeça. *Ele te pediu perdão, disse que estava numa semana de merda. Todos nós erramos.*

Suspiro devagar antes de dizer:

— Está bem.

— Você vai voltar?

— Sim.

E agora ele respira fundo.

— Obrigado e me desculpe mais uma vez.

— E eu peço desculpas pelas fotos do seu pai. Eu não sabia.

— Você não tinha como saber.

Aquiesço e tomo impulso para sair.

— Boa noite, sr. Bourne.

— Boa noite, Nina.

Depois de tudo isso, eu só preciso patinar. Quero patinar até fazer bolhas nos pés. Mas antes eu vou dormir. Estou exausta.

122

11

Está um frio de dez graus negativos aqui fora, e foi difícil pra caramba deixar o edredom de plumas e o quarto aquecido para patinar. Ainda estou dolorida do tombo no treino de sexta — meu Deus, como é desafiadora essa inconstância entre ir bem e ir mal e não conseguir patinar como antes.

E como foi desafiador, ontem, lidar com as múltiplas personalidades que Elyan Kane manifesta, pelo menos para mim. Assim como está sendo desafiador lidar com meus múltiplos sentimentos por ele. Em algumas horas, fui do ódio à compaixão, da indignação à admiração, da tristeza à curiosidade extrema.

O que o pai de Elyan Kane fez para o filho odiá-lo tanto a ponto de surtar por conta de duas fotografias? Onde Elyan esteve nos fins de semana e o que isso tem a ver com os fantasmas do passado dele?

Fecho os olhos e ajusto o cadarço das minhas Edea Piano, que estão entre as melhores botas para patinação artística do mundo. Elas custaram mais do que eu ganho num fim de semana trabalhando para o sr. Nem Sei Mais O Que Pensar Bourne.

É melhor eu me concentrar aqui, na pista, na patinação, no motivo de eu ter aceitado esse trabalho e deixar o resto para lá. *Se concentra, Nina.* As coisas na pista já não estão fáceis para mim sem as caraminholas que posso arrumar na cabeça se ficar tentando entender Elyan Kane e seus dramas pessoais.

Se concentra.

Expiro devagar e inspiro, sentindo o ar gelado da madrugada encher meus pulmões. Com caraminholas na cabeça ou não, a verdade é que as coisas eram mais fáceis quando eu patinava só por prazer, sem ter a responsabilidade do *ter que dar certo* batendo na minha consciência. *Se entrega, você não faz isso por amor? Então para de reclamar e se concentra.*

E o *tem que dar certo*, na patinação artística, significa o pódio. E para o pódio você tem que ser perfeita. Ele não admite erros, não quer saber se você ficou três anos parada e se, ao voltar a treinar, sente que metade do seu coração e da sua alma foi modificada pelos momentos difíceis.

A sensação que eu tenho, apesar do esforço diário há quase cinco meses, é como se estivesse nadando para sair do mar, avançando apenas alguns centímetros em mil braçadas. E isso me desanima. Mas o pódio não está nem aí para os tombos que você leva tentando chegar até ele.

Se concentra, lembra do motivo de você estar aqui. Olho na direção do château. *Lembra por que você está trabalhando nesse lugar.* Olho para o gelo sob meus pés e ergo o rosto. Eu amo estar nas pistas, amo cada um dos movimentos e passos. Amo a música fluindo pelo meu corpo e transbordando nas lâminas sobre o gelo.

Amo tanto que sei que, mesmo me sentindo frustrada por não conseguir sair do lugar, por ver outras pessoas indo bem mais longe que eu com muito menos tempo, nunca vou parar. Sinto um floco de neve tocar os meus lábios e o pego com o dedo enluvado. É uma estrela perfeita. Uma flor branca, linda.

— O beijo da neve — murmuro.

A voz da minha mãe volta à minha mente: *A neve te beija sempre porque você, Nina Allen More, nasceu para patinar.*

Outros flocos caem no meu casaco e no meu rosto e nos meus lábios e eu sorrio. Estou sendo beijada pela neve pela primeira vez, neste lago.

Eu me levanto da borda e coloco os fones de ouvido. Escolhi uma playlist de músicas clássicas, no aleatório, e começa a tocar Handel, "Suíte número quatro em D menor".

Meus lábios se curvam para cima e meus olhos se enchem de lágrimas. Essa música, aqui neste lago, me lembra tanto da Nina que eu era há três anos. Mais leve, mais ingênua, menos calejada. Essa foi a última música que ouvi patinando aqui neste lugar. Não sei se é só coincidência ou se é um sinal. Um sinal de que tudo vai ficar bem. Um sinal de que eu devo deixar a Nina de três anos atrás ir embora, parar de querer me sentir como me sentia antes, de ser como eu era. Talvez só assim eu consiga aceitar quem sou agora e abrir espaço para amar essa nova Nina. E sou beijada pela neve mais uma vez.

Eu me entrego ao gelo sem reservas, sem pudor, sem nenhum medo de errar.

❄ ❄ ❄ ❄

Por que eu tinha que tentar fazer a porcaria de um salto combinado, em um lago congelado?

Só porque fazia alguns anos que não me sentia tão bem, e desde que voltei a treinar nunca tinha me sentido tão feliz e confiante?

E agora estou com tanta dor na nádega direita que me arrastei até a neve na borda do lago e sentei no gelo para anestesiar o local. Isso já tem uns dois minutos e ainda estou vendo estrelas.

Não pense na dor, pense nos sons da floresta, no sol que acabou de nascer, tingindo as nuvens, no beijo da neve, no...

— O problema é que você não...

— Ahhh — grito, agarrando um punhado de neve, e em um pulo viro o corpo e atiro a neve na muralha vestida de preto.

— Ei — Elyan reclama, com a voz amena —, achei que você tinha me desculpado por ontem.

— Esse foi um dos maiores sustos da minha vida.

— Me desculpe, não foi minha intenção.

Cubro o rosto com as mãos, respirando devagar, e escuto o barulho da neve afundando. Sinto o calor do corpo dele sentado ao meu lado.

Tiro os dedos da frente dos olhos.

— Talvez eu deva receber pelos sustos que tenho tomado aqui.

Elyan fica quieto, olhando para o lago por um tempo, antes de dizer baixinho:

— Você é uma patinadora incrível, Nina.

Meu coração acelera. Estou sendo elogiada por Elyan Kane? Meu eu do passado, o que era apaixonado por ele, está surtando. Meu eu de agora, cheio de reservas e com os dois pés atrás, não muito.

— Obrigada, mas, como você mesmo viu, não tenho conseguido realizar alguns saltos, não sei por quê... Quer dizer, na teoria eu sei, mas meu corpo parece que não liga mais o que eu sei com os movimentos.

Uma rajada de vento gelado assobia entre as árvores.

— Eu aprendi a patinar neste lago.

Me seguro para não soltar um murmúrio de surpresa. Elyan aprendeu a patinar no lago onde eu me encontrei comigo mesma patinando tantas vezes. Quero contar a ele que era para cá que eu fugia toda vez que algo parecia não se encaixar. Que, depois que a minha irmã ficou doente, eu vinha para cá patinar, e que esse era o único lugar em que eu me sentia bem.

— Este lugar é incrível, sempre amei patinar aqui.

Ele fica mais um tempo encarando o gelo antes de falar:

— Eu não estava te espiando. Gosto de correr aqui perto, foi impossível não te ver.

Minhas bochechas esquentam com a ideia dele me assistindo patinar, pouco antes, totalmente despreocupada com técnicas ou estética.

— Tudo bem — afirmo, me sentindo estimulada de um jeito esquisito.

Conversar com Elyan sem precisar odiá-lo parece estranho, mas pode se tornar algo fácil.

— Eu — murmura ele — acho que... — E para, como se tivesse desistido de falar o que quer que fosse.

— O quê?

Ele faz uma negação com a cabeça.

— Acho que está muito frio e... devemos entrar.

Tenho quase certeza de que não era isso que ele ia falar.

— Sim, tem razão.

Levantamos quase juntos.

— Tenho um ótimo emplastro para dor, se você quiser.

Arqueio um pouco as sobrancelhas, até lembrar que ele não apenas assistiu meu tombo como agora mesmo eu me levantei do chão esfregando a lateral da coxa direita.

— Obrigada.

E ele fica me encarando por um tempo intenso e cheio de ar condensado pela nossa respiração.

126

— Vou pedir para a sra. Shan levar no seu quarto para você.

E mais um tempo de um silêncio espesso, elétrico.

— Depois, se você quiser, podemos conversar sobre os seus saltos que não estão funcionando.

Estou com tanta dor que demorei um pouco para me dar conta de que Elyan Kane está falando sobre saltos, sobre patinação no gelo, comigo e me oferecendo ajuda.

— Achei que você não falasse mais sobre patinação.

Ele abre um pouco os lábios e fica me fitando, incrédulo.

— Quem te falou isso?

— Robert.

Os olhos azuis caem sobre a neve no chão, então ele fala, parecendo abatido:

— Sobre ontem, você tem razão em muitas coisas que me falou. Sabe? Faz só alguns meses que eu convivo de verdade com o Robert e a Jules, nós estamos nos conhecendo. Eu quero muito acertar com eles, mas não sei como.

E eu quero ajudá-lo a conseguir isso, principalmente depois de ontem, ao vê-lo com Jules no colo, ao perceber a preocupação de Elyan enquanto ela chorava. Essas crianças de que aprendi a gostar, a me importar e muito, só têm Elyan na vida.

— Eu sei.

Ele se vira para me encarar.

— Você tem razão sobre os bonecos da minha coleção também.

Torço a boca para baixo.

— Me desculpe, eu estava chateada ontem. A sua coleção não é triste, é incrível.

Um sorriso fraco curva os lábios cinzelados.

— Eu pago uma fortuna para a minha analista e ela nunca me disse que eu coleciono bonecos porque não tive brinquedos na infância, não de forma tão direta. Mas, principalmente, eu não tive exemplo de amor paterno, e com nove anos perdi o convívio com a minha mãe... O que eu posso fazer? Como posso fazer diferente?

Um floco de neve cai na ponta do nariz dele e outro na onda do cabelo que desce próximo ao olho. Suspiro, olhando para o lago. É difícil imaginar como deve ter sido crescer com tanta falta. Quando temos algo que parece tão natural, como o amor de pai, mãe, avós, irmãos, esquecemos de perceber quão substancial esse amor é.

— Acho que as coisas podem melhorar se você demonstrar mais interesse e participar do que eles gostam. Sei lá, ver filmes ou ler histórias. A Jules ama patinar e o Robert te admira muito, apesar de não admitir. Eles só querem ser amados e ter o seu apoio.

Sem me olhar, ele pergunta, com a voz baixa:

— Você está sugerindo que eu não amo os meus irmãos?

Não, não, não, Elyan. Pare de entender as coisas errado.

— Estou sugerindo que você demonstre isso e fale a verdade. Fale como você se sente. Crianças são muito mais inteligentes e capazes do que a gente imagina. Confie nelas e você vai se surpreender, tenho certeza.

Seus olhos se voltam para mim e ele me encara por um tempo.

— Não gostei de ouvir algumas verdades que você disse ontem. Posso estar sendo omisso na maneira como tenho tratado meus irmãos, e isso não me deixa feliz. Eu quero acertar, preciso acertar com eles. E você, em três semanas, parece entender melhor meus irmãos do que eu em quase quatro meses.

Ele soa como se estivesse chateado. *Ah, Nina, isso é tão frustrante*, Elyan diz na minha mente. *Eu quero tanto ser amado pelos meus irmãos, mas meu coração gelado não deixa.*

O silêncio se alonga entre nós de novo. Elyan realmente está frustrado porque os irmãos gostam de mim?

— Você está chateado comigo?

— O quê?

— Sei lá, o jeito que você falou... Esquece. Acho que estou insegura porque eu falo demais, é um dos meus maiores defeitos. Nunca sei se passei ou não do ponto. Além disso, eu falo ainda mais dentro da minha cabeça e tiro conclusões que nem sempre são corretas e...

Eu me interrompo quando ele arregala os olhos e massageia a nuca.

— Não estou chateado com você. Sei que a minha reação de ontem te deixou insegura, mas isso não tem nada a ver com você. Estou frustrado comigo. — E me encara. — Posso te pedir um favor?

Faço que sim, com o coração disparado.

— Quando você não entender algo que eu falei, dentro ou fora da sua cabeça, por favor me pergunte.

— Está bem. — Ele está certo. — Combinado.

Elyan vira a cabeça para cima e um floco de neve cai em seus lábios. Meu coração acelera mais.

— Você foi beijado.

Ele pisca lentamente, parecendo confuso.

— Como assim?

Eu aponto para sua boca.

— Pela neve.

— Ah — diz ele.

E desliza a língua, capturando o floco, que derrete e some entre seus lábios. O problema é que Elyan faz isso olhando para a minha boca.

Foi um beijo de língua com a neve, e eu nunca achei que um beijo desses pudesse ser sexy, até agora. Meu coração está surrando as costelas, e o ar esquentou tanto nos meus pulmões que me seguro para não arfar.

— Vamos entrar — diz ele, rouco —, estou congelando aqui. Você também deve estar.

Não, estou fervendo.

Ele curva o corpo enorme e pega do chão meus patins e minha mochila.

— Eu... posso levar — afirmo, sem graça, mas ele não escuta ou finge não escutar, se vira e começa a caminhar em passadas largas sobre a neve recém-caída. Recém-beijada.

Se eu falo demais e converso com ele na minha cabeça, Elyan é uma dicotomia enorme.

Não sei se choro, pulo de excitação ou saio correndo de nervoso. Elyan Bourne Kane se torna um poço cada vez mais fundo, onde jogo um milhão de perguntas que provavelmente nunca terão resposta.

12

Mexo meu frappuccino, murmurando:

— Estou exausta e ainda é segunda-feira.

Rafe dá um tapinha na minha mão sobre a mesa.

— Nós treinamos quase cinco horas hoje, podemos pegar mais leve amanhã.

Depois de patinar no lago, entrei em casa, me despedi das crianças e vim direto para a arena. Rafe e eu treinamos três horas no solo e mais duas no gelo, e, apesar de eu estar cansada, me sinto emocionalmente desgastada. Rafe, que me conhece muito bem, sabe disso, só está evitando o assunto — assim como eu.

Como se não bastasse isso, hoje mais cedo eu abri o TikTok e vi meu tombo no vídeo de uma conta anônima recém-criada viralizando, com a legenda: "Nina Allen More, a tarada do gelo que atacou Elyan Kane, de volta para arrebentar nas pistas. Ou arrebentar com as pistas. Se ela não conseguir fazer isso, com certeza as cores dos collants dela conseguirão. O que é essa cor de abóbora?" O problema é que o nome de Elyan Kane junto com o meu ressuscitou os memes do passado.

— A maior parte dos comentários está te incentivando a continuar e xingando quem postou, Nina. — Rafe desiste de fingir que nada está acontecendo. — E você ganhou mil seguidores em poucas horas. No fim, isso vai ser bom pra você. Ou se quiser eu posso matar o Justin.

— A gente nem sabe se foi ele.

— Só pode ter sido. Foda-se o que os outros pensam, gata.

Encolho os ombros, fingindo que isso não me incomoda. Mas Rafe sabe que incomoda.

Não era para eu ter vergonha dos saltos abortados ou malsucedidos. Patinadores profissionais de alta performance caem muito, mas não o tempo inteiro. Nunca liguei para o que achavam de mim — até começar a ligar. Até o que acham de mim ganhar uma dimensão enorme, como se isso pudesse me impedir de continuar patinando. Até eu precisar acertar as coisas para ter alguma chance de chamar a atenção de um patrocinador ou de chegar bem aos regionais e então encontrar um parceiro fixo.

Rafe é um parceiro estepe, como ele mesmo se chama, *até você achar alguém bom o bastante*, ele sempre fala. E eu sei também que, se não fosse por mim, ele já teria saído da patinação e estaria se dedicando ao que ama mais que patinar: o balé clássico.

Rafe pega o celular e desliza o dedo pela tela.

— Nina, você tem que ver isso.

Suspiro, frustrada. O problema não é só o vídeo do meu tombo ter se tornado viral. O problema é que esse vídeo ressuscitou os memes de cinco anos atrás, e voltaram a me associar à "tarada do gelo" que agarrou Elyan Kane. Como vou ser levada a sério e conseguir um parceiro fixo com todo esse cyberbullying?

Dou um gole na minha bebida e depois falo:

— Não quero ver mais nada nas redes por um ano.

— Ah, isso você quer ver, eu te juro.

E aí ele passa o celular para mim.

— Os fãs de patinação arrumaram outro assunto pra falar.

Franzo o cenho e, com o pulso acelerado, olho o vídeo postado meia hora atrás. Localização: Complexo Scott & Tessa.

Um homem sentado no local mais alto da arquibancada, sozinho. Isolado.

Não é incomum que os bancos fiquem quase vazios durante os dias, com exceção da equipe técnica que acompanha os patinadores.

Ele está de óculos escuros e jaqueta de couro preta, e um dos casais patinando, em segundo plano, na linha da frente, onde o homem em foco está sentado, somos Rafe e eu, hoje de manhã. Apesar de não passarmos de um borrão na foto, reconheço o collant turquesa e rosa que usava mais cedo.

O que Elyan Kane foi fazer ali?

E é essa a pergunta que se repete nos cinco primeiros dos trezentos comentários do post de uma tal Daniele Durk, uma patinadora mais jovem que estava lá hoje mais cedo.

— O que será que ele foi fazer ali? — Rafe pergunta, tão ou mais surpreso que eu.

— Não sei.

— Achei que ele não quisesse saber de patinação.

— Eu também, até hoje cedo, quando ele me ofereceu ajuda com os saltos, lembra?

Meu amigo franze um pouco o cenho e analisa a foto.

— Só tem a gente e mais um casal do juvenil na pista.

— Talvez ele conheça o outro casal.

Rafe paga o celular e rola a tela, lendo alguns comentários em voz alta:

> Por onde Elyan Kane andou?
>
> Ouvi dizer que está atrás de outra parceira.
>
> Elyan Kane ficou internado numa clínica para
> dependentes químicos com um conhecido meu.

— Isso deve ser mentira — Rafe diz antes de continuar:

> Ainda mais gostoso.
>
> Elyan Kane, se eu sentar em você, não levanto mais.
>
> Elyan Kane no Canadá?
>
> Ei, eu patino nessa arena.

— Quanto tempo será que ele ficou lá? — pergunta Rafe, abaixando o celular sobre a mesa.

— Não sei, mas não foi a primeira vez que ele foi pra arena.

Os olhos castanhos do meu amigo me fitam com uma interrogação.

— Como assim?

132

Respiro fundo, sabendo que Rafe vai entrar no modo irmão mais velho superprotetor quando eu contar. Certeza.

— Na sexta passada, quando o Rock Hudson quebrou, o Elyan apareceu no estacionamento e eu fui de carona com ele até o château.

Os olhos dele se arregalam mais.

— Ele está te seguindo?

Dou uma risada debochada.

— Imagina. O Elyan nem gosta de mim. Nós não gostamos um do outro, lembra? Olha, o estresse que foi esse fim de semana... Eu só continuo indo ao château por causa dos irmãos dele. Acho que o Elyan nem sabe o meu nome completo.

Os braços definidos de Rafe são cruzados sobre o peito.

— Por que você não me contou isso antes, sua toupeira hippie?

Rafe só me chama assim quando não gosta de algo que eu fiz ou falei, ou, nesse caso, deixei de falar.

— Pelo mesmo motivo de você não ter me contado que encontrou o Tiago de novo no domingo à noite.

— Eu queria contar pessoalmente — ele estreita os olhos —, e não estava correndo nenhum risco ao ir jantar num lugar público com o Tiago.

Eu sabia que ele agiria assim.

— Nem eu, Rafael Moss. Sei lá, eu não conheço Elyan, mas algo me diz que ele não vai me esquartejar num beco e espalhar os meus membros pela cidade depois.

— Ele é estranho.

— Sim, ele é, mas a gente não sabe pelo que ele passou.

— Perturbado?

— Reservado, Rafe. E, pelo visto — olho para o celular sobre a mesa —, com motivos para ser.

— Estou ouvindo você defender Elyan Kane?

Encolho os ombros.

— Ele pode ser uma boa pessoa.

— Quem é você e o que fez com a minha amiga?

Nem eu sei direito por que estou defendendo Elyan.

— As pessoas mudam, e já se passaram cinco anos. Não é você que sempre fala que não devemos julgar ninguém pela aparência?

— Tá, tá, tá. — Ele sacode as mãos junto ao peito, na defensiva. — Pode ser. O que você vai fazer hoje à tarde?

Dou alguns goles no meu mocha frappuccino antes de responder:

— Vou comprar uns brinquedos para as crianças. Quer ir comigo?

Rafe termina a bebida dele em um só gole.

— Vamos, aí eu te conto detalhes de como foi com o Tiago, que... Nem me olhe assim, é só um amigo.

13

— **E**lyan, Elyan! — Jules vibra assim que o irmão mais velho aparece na sala de jantar e prossegue, saltitante: — Estou tão feliz! Você precisa ver o que a Nina nos deu de presente.

Ele me encara, os olhos azuis brilhando, um sorriso discreto no canto dos lábios, e meu pulso acelera. *Droga.*

— Boa noite — murmura para mim.

E eu respondo baixinho, tímida *de um jeito que não deveria estar*, com o coração batendo rápido e a borboleta no meu estômago, anestesiada há anos, acordando toda festiva.

É sexta-feira, e, após a aparição de Elyan na arena no início da semana, eu não o vi mais. E o que eu esperava? Que Elyan Kane fosse todos os dias me assistir treinar? É claro que ele deve ter ido fazer alguma coisa na arena e então se sentou na arquibancada por alguns minutos, quando foi flagrado e filmado e derrubou a internet da patinação artística pela semana inteira.

Ninguém lembra mais do meu vídeo caindo como uma abóbora, nem dos memes antigos. Provavelmente Elyan nem sabe que foi o assunto de todos, das páginas de patinação aos atletas e fãs, por dias. Eu não o culpo; é mais fácil ser alienado nessas horas.

Elyan se vira para Jules.

— Boa noite, princesinha.

Ele beija a cabeça dela e depois se volta para mim outra vez, ao perguntar:

— O que a srta. Nina deu para vocês?

— Eu sou uma bruxa, não uma princesa — Jules responde, meio na defensiva. É engraçado.

— Ela é da Corvinal — Robert diz, com a expressão desconfiada. — Eu sou da Grifinória, sou muito mais legal.

Jules mostra a língua para Robert.

— A Nina nos deu varinhas e um sapo de chocolate. — A alegria na voz de Jules é contagiante.

— Eu ganhei a Edwiges.

— E eu ganhei o Chapéu Seletor.

Elyan abre as mãos no ar.

— Mas sobre o que vocês estão falando?

Os dois arregalam um pouco os olhos e parecem inseguros; o pai deles não os deixava brincar com esse tipo de coisa. Devem estar pensando qual será a reação do irmão mais velho ao descobrir do que se trata os presentes.

Mas, apesar da reação surpresa de Elyan, eu avisei sobre os presentes na semana retrasada. Ele não tem por que achar ruim, tem?

Sem deixar de sorrir, para que as crianças entendam que deve estar tudo bem, respondo:

— Estamos falando dos presentes que eu te disse que compraria para as crianças, lembra?

As pálpebras sobre os olhos azuis piscam devagar e ele me encara com uma expressão confusa antes de se virar para os irmãos.

— Sim, eu sei, me expressei mal. Eu sabia que a Nina traria presentes, mas é que não conheço nada disso que vocês estão falando.

— É do universo de Harry Potter — rebato, sem dar espaço para qualquer suposição.

— Que falha a minha — Elyan afirma em tom mais ameno, percebendo que as crianças parecem inseguras com a reação dele. — Não conheço nada de Harry Potter, mas podemos assistir ao filme juntos depois do jantar para mudar isso. O que acham?

Os lábios rosados de Jules se curvam em um sorriso radiante.

— Sim, nós nunca assistimos. Eu quero muito.

Elyan Kane acaba de mexer ainda mais com a minha cabeça e recarregar um pente inteiro na metralhadora de dúvidas que tenho sobre ele. Ele escutou de verdade o que eu disse na semana passada, afinal?

— Vamos nos sentar? — convida ele, como um anfitrião bem treinado.

Guardanapos no colo, travessas sobre a mesa e finalmente um clima mais descontraído antes do jantar — apesar da sopa e... da expressão pensativa de Robert. Ele franze o cenho e se recosta na cadeira antes de falar:

— Não sei se quero assistir esse filme. Papai e mamãe não deixavam a gente ver esse tipo de coisa.

Elyan apoia as mãos na toalha de linho, parecendo tranquilo, mas algo me diz que essa negativa do irmão menor o deixa ansioso.

— Ou assistimos todos juntos, ou ninguém vai assistir.

Agora os olhos azuis estão no meu rosto, as pupilas inquietas e mais escuras, como quem pede ajuda em silêncio.

Pare de conversar comigo na sua cabeça, Nina, a voz de Elyan diz, na minha cabeça, óbvio. O que eu posso fazer? Melhor não falar nada.

Então ele murmura, confirmando minha intuição:

— Me ajuda aqui.

Suspiro devagar, mas de um jeito audível.

— Poxa, eu ia adorar assistir com vocês e achar mais algumas coisas que vocês queiram de presente na próxima semana. Quem sabe feijões mágicos, aquelas balas com alguns sabores horríveis e outros maravilhosos no mesmo pacote?

Robert encolhe os ombros, mas não concorda. Jules parece implorar com o olhar para que o irmão ceda. Assisto com expectativa Elyan se levantar e se dirigir até Jules e Robert. Engulo em seco. Eu sei que, apesar de não parecer muita coisa, assistir a um filme juntos, nesse momento, seria importante para eles como família.

Antes de falar, Elyan se abaixa na altura dos dois entre as cadeiras de espaldar alto de estilo clássico. Ele veste um blazer preto esportivo e camisa branca com a gola aberta. Acho que até hoje não o tinha visto sem ser inteiro de preto, e ele está... Prendo um pouco a respiração. Não devia olhar para ele desse jeito, só que, *é sério*, nesta sala entre cristais e espelhos com molduras douradas, e com a expressão mais desarmada, agachado entre os irmãos menores, pedindo com os olhos que eles o deixem entrar em sua vida, Elyan parece o príncipe ferido de um reino sombrio.

— Sei que não tem sido fácil.

A voz grave dele envia uma onda de calor pelas minhas bochechas. Estou quase me ajoelhando ali junto *e pedindo para ele me beijar* — O que foi isso, Nina Allen More? Não! De onde isso saiu? — *Pedindo para Robert deixá-lo dividir esse momento com eles.*

Vamos, deixe-o entrar, Robert.

Elyan prossegue:

— Eu sei que nunca vou substituir o nosso pai e a mãe de vocês, mas também sei que nós podemos passar por isso juntos, como uma família, e podemos, se vocês quiserem, fazer algumas coisas do nosso jeito. Vou me esforçar para que seja de um jeito bom — a voz dele fica mais rouca —, mas preciso que vocês me ajudem, pode ser?

Jules se levanta e abraça o irmão mais velho, entregue, corajosa, uma verdadeira princesa (ou uma bruxinha cheia de amor).

— Eu te ajudo — ela diz baixinho.

Elyan se volta para Robert.

— E você? Eu preciso muito da sua ajuda também.

Robert demora para se mexer.

Por favor, por favor, por favor, Robert, diga sim!

Enfim ele acena com a cabeça, um movimento curto e rápido, *mas é um sim.*

Escuto a respiração funda de Elyan e a voz dele, que sai baixa quando pede para o irmão menor:

— Você pode nos abraçar também?

Robert hesita e, não sei por que, olha para mim antes de se mexer. A única coisa que consigo fazer é assentir e pedir com os lábios: *Vai logo.* Então ele se levanta e abraça Jules primeiro, depois Elyan. Acho que é primeira vez desde que os pais deles morreram que os três se aproximam desse jeito.

— Eu sinto muito, sinto tanto, por tudo — murmura Elyan.

— Eu te amo — Jules afirma, e Robert não fala nada, mas abraça os dois com mais força.

Meus olhos se enchem de lágrimas. É um momento lindo e só deles. *O que estou fazendo aqui?*

Elyan me encara, com o queixo apoiado na cabeça ruiva de Robert, e eu faço menção de me levantar. Ele franze o cenho.

— Aonde você vai?

— Eu, é... vou... lavar o cabelo.

E aí esse homem sombrio e carrancudo nega com a cabeça e curva os lábios num sorriso torto antes de falar, sem deixar de me encarar:

— Crianças, que tal vocês abraçarem a srta. Nina e verem se ela está cheirando a peixe hoje? Se for o caso, se ela precisa sair da mesa agora para lavar o cabelo.

Os dois correm em minha direção, ansiosos para entrar na provocação do irmão mais velho. Jules é a primeira a chegar, envolvendo meu pescoço com os bracinhos e cheirando meu colo com uma inspiração alta e exagerada. Robert a segue.

— Você tem cheiro de flor — Jules afirma.

— Atum — Robert diz, arrancando uma risada de todos.

— Ah, seu pilantrinha, eu vou pegar minha varinha e fazer você...

— Não, espera! — ele corrige rápido e me abraça cheirando meu pescoço. — Framboesa.

— Ah, que bom. — Solto o ar de um jeito exagerado. — Não vou precisar sair da mesa sem jantar.

Elyan arqueia as sobrancelhas, como se estivesse me investigando com os olhos.

— Então, como ninguém vai tomar banho agora, sentem-se. Eu tenho uma surpresa para vocês.

Outra? Assim não vou chegar com a saúde mental de que preciso na segunda-feira.

Num movimento elegante como o de um mordomo, Elyan abre as travessas sobre a mesa — é um chef orgulhoso de sua criação. Seguro a respiração, me preparando para o cheiro horrível da sopa, mas, no lugar de slime verde, a sopeira está cheia de palitos coloridos cortados como batatas fritas.

— Cenouras, batatas, beterrabas fritas e... — Elyan abre outra travessa. — Hambúrguer de soja e de carne.

E mais uma travessa é aberta, cheia de pães redondos integrais.

As crianças vibram com gritinhos surpresos. Tenho que me segurar para não comemorar em voz alta. *Não vou passar mal hoje à noite, graças a Deus.*

— E a sopa? — É Robert quem pergunta. — Não vamos precisar tomar hoje?

— Nem hoje nem nunca, só se vocês quiserem. Caso contrário, vamos pensar num cardápio que seja saudável e de que todos gostem.

Robert abre o maior sorriso que já vi desde que o conheci.

— Estou tão feliz — Jules fala quando o prato dela é coberto por palitos coloridos.

E Elyan, *meu Deus*, olha para mim e fala, só mexendo os lábios:

— Obrigado.

Ah, não! Não seja esse cara. Assim fica difícil eu continuar acreditando que não gosto nem um pouquinho de você.

Sentamos em poltronas enormes e confortáveis, com buracos nos braços para apoiarmos os copos, num cinema caseiro *de verdade*. Daqueles que eu só tinha visto em vídeos de mansões na internet. Temos potes de pipoca entre as mãos — mesmo tendo acabado de jantar, quem diz não a pipoca recém-feita? E tem uma tela gigante na nossa frente. Elyan está do meu lado direito, Jules na poltrona à minha esquerda e Robert ao lado da irmã. Ah, e Vader, esparramado no chão aos pés de Elyan.

— Era a antiga sala de TV — ele diz e cutuca o cachorro com o pé. — Levou só cinco dias para transformar em cinema.

— Uau — as crianças falam olhando ao redor, e Robert nem finge não estar empolgado com a superprodução do irmão mais velho.

Usando o controle remoto, Elyan apaga as luzes conforme o filme começa a passar no telão.

— Você levou a sério a ideia de ver filmes em família.

As mãos cheias de anéis pegam pipoca do balde.

— O filme vai começar. — E ele não me responde diretamente. Mas percebo que os lábios estão curvados num sorriso orgulhoso.

Sim, você tem motivos para estar.

Lá pela metade, quando Harry Potter está jogando quadribol, eu me distraio e apoio a mão no braço compartilhado da poltrona.

A cena agora é a do xadrez, quase no fim do filme, e minha boca seca. Nem reparei quando Elyan colocou a mão no mesmo apoio que a minha, tão próximo que consigo sentir o calor dele. Um choque corre pela minha espinha, como se eu tivesse esquecido que corpos emanam calor.

Ele se ajeita na cadeira e, antes de remover a mão, deixa o dedinho acariciar a pele sensível na lateral da minha. Sem controle, solto o ar num silvo e minha nuca arrepia enquanto Harry Potter fala que tem amor na vida e amigos de verdade. *É a cena mais emocionante do filme.* Olho para o lado com o pulso acelerado, mas Elyan está assistindo às cenas finais, sem piscar. Tenho certeza de que ele nem percebeu o contato. *Ainda bem.*

Quando o filme acaba, as crianças estão eufóricas comentando sobre tudo. Antes de acender a luz, Elyan me encara sem piscar, do mesmo jeito que assistia às cenas finais, e meu pulso acelera. Não sei por que ele vem me olhando assim, desse jeito que faz os dedos dos meus pés encolherem.

— Gostaram? — arrisco quando as luzes da sala são acesas.

— Eu amei — Jules dá um gritinho.

— Eu também — Robert se une ao coro empolgado da irmã.

Elyan alarga os ombros, se espreguiçando.

— Fazia muitos anos que eu não assistia a esse tipo de filme.

— E você, gostou? — pergunto, quase ao mesmo tempo que as crianças.

Ele adota um ar pensativo antes de responder, segura o queixo entre o polegar e o indicador, como um crítico chato e experiente. As crianças estão ansiosas com a resposta do irmão mais velho. Ela significa que eles farão isso outras vezes. *Eu estou ansiosa.*

Jules segura a barra da camisa dele e a puxa para obter uma resposta.

— Você não gostou?

— E então? — insisto.

Uma risada rouca nasce no peito dele e se espalha pelos olhos azuis antes de Elyan enfiar os dedos entre o cabelo de Jules e o bagunçar de um jeito carinhoso.

— Eu adorei.

Robert sorri aliviado.

— Podemos fazer isso outras vezes?

— Sim, mas semana que vem vamos assistir ao melhor filme de fantasia já feito.

Robert e Jules olham de um para o outro, sorrindo. Eles estão adorando essa nova versão do lorde do inverno. *Eu estou adorando. O quê? Não, não! Estou apenas simpatizando. Adorando só pelas crianças, é claro.*

141

— Qual?

Ele fica em silêncio fazendo o mesmo suspense de pouco antes. O mesmo suspense que ele faz sobre sua vida, suas escolhas, seu passado. E depois sorri, me encarando de um jeito descontraído, como se não estivesse brincando de "o mestre mandou" com as minhas reações.

— Vai ser surpresa.

Depois de alguma insistência infrutífera das crianças sobre qual filme vamos assistir na semana que vem, levantamos e saímos da sala de cinema. Agora os dois falam sem parar em fazer penas voarem, consertar óculos e comer os sapos de chocolate que eu trouxe de presente, e eu me pergunto se estou com pipoca grudada no rosto, porque Elyan Kane não tira os olhos de mim. E as malditas borboletas no estômago, que, tenho certeza, são muitas, estão me matando.

— Vamos subir para os quartos, crianças, e nos preparar para dormir?

— Robert — Elyan chama, interrompendo o irmão menor, que dizia algo sobre o Chapéu Seletor e as melhores casas de Hogwarts.

Os olhos verdes curiosos se voltam para o irmão mais velho.

— Vá indo na frente com sua irmã. Eu preciso falar com a srta. Nina. E… estejam prontos e descansados amanhã bem cedo, porque vou levar vocês para patinar. O que acham?

Dois pares de olhos surpresos e maravilhados se arregalam — três, os meus também entram nessa conta. Jules sorri, encantada, mas são os lábios trêmulos de emoção de Robert que me matam.

— É verdade? — ele pergunta a Elyan.

— Sim, é claro que é.

— Eu achei que você não patinasse mais.

— Nós temos que aprender muitas coisas juntos — diz ele, e dá um sorriso espontâneo.

Tão diferente dos meus nervos — tensos, cheios de expectativa. *Vou ver Elyan Kane patinar. Vou patinar com ele? Será que ele vai patinar comigo? Ah, meu Deus, Nina, para de surtar! Só para!*

— Eu vou estar pronto — Robert afirma e pega a mão da irmã. — Vamos, nós temos que dormir cedo.

Ele pode ter mil defeitos, problemas e segredos, mas é o melhor patinador de duplas a que eu já assisti. Meu coração tem razão em dar uns pulos acelerados agora, e quero agradecer a Elyan, pelas crianças. Por mim, pelo mundo da patinação. Por todos, mas especialmente por Robert.

Quando os dois obedecem e sobem as escadas, Elyan aponta com o queixo em direção à biblioteca.

— Vamos sentar?

Concordo, um pouco ansiosa. Fiquei tão alucinada com a informação — Elyan Kane patinando, no mesmo planeta que eu, na mesma pista que eu — que nem lembrei que ele quer conversar comigo, e pelo visto é uma conversa séria.

Quase tensa, eu o sigo para a biblioteca. Nos sentamos frente a frente em um jogo de poltronas de seda, o mesmo em que me sentei com a sra. Shan quando vim ser entrevistada, quatro semanas atrás.

Ele respira fundo antes começar:

— É um assunto meio delicado.

Certo. Aperto os polegares nos braços da poltrona.

— Eu fiz alguma coisa errada?

Ele nega com a cabeça e me olha, parecendo triste.

— Não, Nina. — E respira fundo. — Eu sei que mereço ser julgado dessa forma, depois do fim de semana passado. Mas, para a conversa que teremos agora, preciso pedir de novo, além de uma trégua, um voto de confiança. Pode ser?

Faço que sim com a cabeça, cada vez mais ansiosa. Elyan abre a boca para falar e o celular dele toca, interrompendo-o. A mão grande escorrega no bolso interno do paletó, retirando o iPhone com agilidade. Os olhos azuis grudam no visor.

— Desculpe — pede —, vou ter que atender.

— Tudo bem — respondo baixinho.

— Oi — ele cumprimenta.

Miro as filas intermináveis de livros nas estantes.

— Entendo — prossegue, com a voz distante.

Olho para as janelas enormes e para o breu do lado de fora, nos jardins.

— Já entendi — ele diz —, merda — murmura. — Tem certeza?... Certo, estou indo para aí agora mesmo.

E desliga, me encarando com ar pesaroso por um tempo, sem falar nada — acho que se passam uns cinco segundos, mas meu pulso está tão acelerado que parece uma eternidade. Toda a descontração que havia no rosto dele momentos atrás é substituída pela máscara sombria e distante que o acompanha desde que o reencontrei.

— Vou ter que sair. Nos falamos depois, tudo bem?

O que aconteceu?, quero perguntar.

— Sim, claro.

Nos levantamos e ele abre e fecha as mãos com força antes de murmurar:

— Boa noite, Nina.

— Boa noite.

Eu me viro para sair e caminho em direção à porta, mas paro ao ouvir uma respiração pesada. Elyan está esfregando as mãos no rosto, parecendo exausto, perdido, derrotado.

Quero me aproximar e dizer que tudo vai ficar bem, sem nem saber se tem algo realmente grave acontecendo. *Pode ser só a namorada dele o chamando para uma* DR, *não pode?*

— Elyan? — chamo, impulsiva.

Ele abaixa as mãos ao lado do corpo e ergue os olhos em minha direção.

— Tem alguma coisa que eu possa fazer para te ajudar? Quer dizer... está tudo bem?

— Não, obrigado. Você não pode fazer nada.

Faço menção de sair, mas a voz dele me detém:

— Só veja se as crianças estão dormindo e avise a elas que não vou conseguir estar aqui de manhã, como tinha planejado.

Minhas bochechas esquentam e eu quero dizer: *Ah, não, isso não! Adie o que quer que tenha de fazer e cumpra a promessa que fez para os seus irmãos.*

Ou, pelo menos, que seja ele a dizer que não vai poder estar aqui de manhã.

— Mas eles estavam tão felizes com a patina...

— Eu sei. Você pode levá-los sozinha.

Sim, eu posso. Mas isso não está certo. E eu não aguento.

— Me desculpa, mas eu acho que você devia tentar adiar o que precisa fazer e dar prioridade para os seus irmãos.

O cenho dele é franzido e o maxilar trava antes de ele falar baixo, educado e inflexível:

— E eu acho que você deveria ir ver se as crianças estão dormindo.

Quero bater o pé no chão e esbravejar. Será que Elyan não percebe que provavelmente vai perder todo o espaço recém-conquistado com Robert se não cumprir o que prometeu?

— A Jules vai entender e estará de braços abertos para a próxima vez, mas o Robert... Ele precisa tanto do... Você não pode pelo menos ir falar com ele ou...

— Não me diga o que fazer. — Dessa vez ele soa mais frio, mais decidido.

Quero sacudi-lo pelos ombros, quero enfiar os dedos nas ondas do cabelo dele e puxá-lo pela cabeça até o quarto das crianças. Não devia, mas me sinto atingida, e estou com raiva dele outra vez.

Tento fuzilá-lo com os olhos, mantendo o diálogo mental com ele superativo: *Seu idiota, qual o seu problema? Não percebe que está dificultando a sua própria vida?*

Não, eu não percebo, ele responde na minha mente.

— Eu vou ver as crianças — afirmo e espero que ele se ligue.

Mas só quem fala algo é o Elyan dentro da minha cabeça: *Sim, Nina, sou mesmo um idiota, e você tem toda a razão de não gostar de mim.*

E saio da biblioteca pisando duro e soltando fogo pelo nariz.

14

— A chei que tinha gastado toda a cota de raiva que podia sentir dele nos primeiros meses depois de Vancouver. Mas não, Maia, eu queria arrastar a bunda perfeita do Elyan no asfalto ontem de manhã, quando vi a carinha deles.

Estou no celular com Maia faz uns vinte minutos, já passa da meia-noite. Para Rafe eu contei tudo mais cedo. Ele saiu com Tiago de novo e jura que são só amigos.

Estico as pernas, gemendo baixinho de dor. Acabei de patinar por três horas seguidas, aproveitando a luz da lua cheia e a adrenalina pelos dias mais difíceis.

— Que droga! E o ruivinho...?

— Robert.

— Isso, ele ficou melhor depois?

— Os olhos dele se encheram de lágrimas, e meia hora depois — conto, alongando as panturrilhas — ele vestiu a armadura da indiferença, que é muito pesada pra um garoto de oito anos usar. Não quis nem atender o irmão quando o Elyan ligou pra explicar a ausência, ontem de manhã e hoje.

Arrumo os travesseiros nas minhas costas.

— Numa situação normal — prossigo explicando —, eu sei que o Robert pareceria mimado e mal-educado, mas, meu Deus, pelo que eles me falaram, desde que os pais morreram, os três nunca passaram um fim de semana inteiro juntos nem, sei lá, saíram para se divertir.

— Você está triste de novo, não está? Conheço sua voz.

— Eles ficaram órfãos, Maia. Não é como se estivessem só passando uma temporada com o irmão mais velho. São crianças sozinhas, cercadas de babás e tutores e regras, pelo amor de Deus.

— Vai tomar um banho quente e esquece isso, irmã. Você está fazendo o seu melhor, e, por mais apegada que esteja às crianças, daqui a duas semanas talvez nem as veja mais.

Não quero me dar conta da sensação ruim que isso traz. Não posso. Essa não é e nunca foi minha prioridade, o motivo de eu estar aqui.

— É, acho que você tem razão. Só estou frustrada e...

A porta do meu quarto se abre de uma vez e por um segundo meu pulso dispara de susto.

É Robert, esbaforido, a calça do pijama de flanela azul arrastando um palmo no chão. Ele para no batente da porta, seguido por Jules, que está de camisola branca e trança lateral, a trança que fiz há pouco no cabelo dela.

— Podemos dormir aqui com você? — É Jules quem pergunta.

— Maia — digo ao celular —, vou ter que desligar. Parece que as crianças tiveram um pesadelo.

— Ok, cuide delas e se cuide. Nos vemos amanhã em casa.

— Boa noite, te amo — digo e desligo.

Chego para o lado direito da cama de casal.

— Claro que podem.

A cama é enorme e caberiam duas crianças a mais, se fosse preciso. Arrumo os travesseiros e abro espaço, levantando o edredom de plumas de ganso — um luxo de hotel cinco estrelas, ou do Château Bourne.

— O que aconteceu? — pergunto assim que eles pulam na cama, fazendo o colchão de molas balançar.

— Eu... Acontece que...

Robert olha para baixo parecendo sem graça. Jules explica:

— O Robert foi dormir comigo e ficou contando histórias de terror. Agora estamos com medo.

Miro o rosto sardento com olhos ligeiramente arregalados e depois o rosto pálido de Jules.

— Quem ficou com medo foi a Jules, mas eu... é... achei melhor vir até aqui com ela para...

— Protegê-la, é claro — concluo por ele. É nítido que está apavorado também.

— É isso, sim. — Robert alarga um pouco os ombros. — Protegê-la.

Eles estão realmente assustados.

— Conta pra ela — Jules pede baixinho.

Limpo o rastro de lágrimas do rosto dela.

— Contar o quê?

— O Robert acha que viu alguém no jardim.

Mesmo tendo certeza de que provavelmente o medo fez o garoto enxergar coisas, meu estômago gela um pouco.

Seguro as mãos dele entre as minhas e o incentivo:

— O que exatamente você viu?

Ele umedece os lábios meio trêmulos.

— Uma mulher de vestido branco.

Apesar de o meu lado racional mandar eu me manter firme, estou um pouco assustada.

Puxo o edredom para o lado, liberando minhas pernas, e me sento na cama.

— Esse é o problema das histórias de terror. Elas são feitas para deixar a gente assim, com medo. E às vezes o medo nos faz imaginar coisas.

Eu me levanto, vestindo o roupão de unicórnio sobre a camisola, e vou até a janela. Meu quarto e o das crianças são vizinhos, então tenho a mesma vista do jardim que eles.

— Quem vem olhar aqui fora comigo?

Jules cobre a cabeça com o edredom, e Robert infla o peito, tentando parecer valente.

— Não tenha medo, Jules — ele diz para a irmã. — Seja o que for, não vou deixar nada te machucar — e descobre o rosto dela —, ouviu?

É tão fofa a maneira como ele cuida da irmã menor, o fato de sempre jurar que vai protegê-la de tudo e todos, que, tenho certeza, Robert não está inventando nada para deixar as histórias que contou mais assustadoras.

Com certeza só está imaginando, me convenço enquanto caminho até a janela, ignorando o vento que faz os vidros tremerem um pouco e acelera mais meu coração. Lanço um olhar meticuloso pelo jardim, até os limites do bosque.

— Não tem nada aqui — afirmo, e Robert já está ao meu lado. — Onde você viu a tal pessoa?

Ele aponta para uma das áreas mais escuras do jardim.

— Ali.

— Ali? — Mostro uma sombra com formato estranho, no lugar onde Robert apontou há pouco.

Ele encosta a testa na minha barriga, amedrontado, e Jules choraminga na cama às minhas costas.

— É só a sombra de uma árvore — garanto. — Veja, ela se mexe conforme o vento bate nos galhos.

Robert volta a olhar, menos decidido.

— Não foi isso que eu vi, acho.

Me abaixo na altura dele.

— Pode ter sido um protetor da floresta, então — invento.

Jules ainda choraminga, e Robert parece mais pálido do que quando entrou aqui pouco antes.

— Será que estou ficando louco? — murmura só para mim.

— Como assim? É claro que não.

A cabeça ruiva faz uma negação agitada.

— Papai tinha medo de que eu ficasse igual ao Elyan quando ele tinha a minha idade.

Arregalo os olhos.

— Igual ao Elyan? Como?

Ele abaixa mais o tom de voz, como se fosse dizer algo proibido:

— Vendo coisas que não existem.

No último ano da carreira de Elyan, veio a público que ele se tratava desde criança de distúrbios psiquiátricos. Depois da morte de Jess, vazaram alguns áudios do psiquiatra pedindo para Elyan voltar a se tratar, para ele parar de beber e procurá-lo. A maioria das pessoas achou que os áudios eram falsos, até o pai de Elyan fazer um apelo público para o filho dar notícias, afirmando que ele estava preocupado com o bem-estar e a saúde mental de Elyan. O homem alegou que o filho não podia ficar sem acompanhamento psiquiátrico e outras coisas do tipo. Mesmo estando com raiva de Elyan na época, achei o pai dele um babaca por expor o próprio filho desse jeito para a mídia.

Respiro devagar antes de voltar com Robert para a cama, onde Jules está outra vez com a cabeça embaixo do edredom.

— Sabe o que eu acho? — pergunto, dando um beijo demorado na testa dele. — Que todos nós vemos coisas que não existem de vez em quando, e isso não significa que estamos loucos, só que temos uma imaginação muito fértil, ou simplesmente que existem coisas que não podemos explicar.

— Tenho medo do bosque — diz Jules, finalmente descobrindo a cabeça.

— E eu tenho medo de alguns lugares do castelo — admite Robert.

— O melhor jeito de vencer o nosso medo é mudando o nosso pensamento.

Jules enfim se desenterra do edredom que usava como armadura.

— Como assim?

— Vocês conhecem a história de Peter Pan?

- - Mais ou menos — Robert responde, ao mesmo tempo que Jules diz não.

Vou até a cômoda onde guardo minha bolsa e abro o zíper, fuçando no interior repleto de coisas. Retiro a escova de cabelo e a nécessaire e encontro a sacolinha plástica com o pote que buscava.

— É a história de um menino que não quer crescer e por isso se muda para a Terra do Nunca, um lugar onde crianças não viram adultos. Um lugar onde os adultos se lembram que podem sempre brincar ou sentir as coisas como crianças, mas principalmente a casa da Sininho.

— Sininho? — pergunta Jules, com a voz mais animada.

— Uma fada que ensina crianças e adultos a voar.

— Voar de verdade? — Robert indaga, incrédulo, voltando a se sentar.

— Voar na imaginação.

— Eu queria voar de verdade — diz Jules.

Robert olha para o edredom sobre a cama.

— E eu queria ser adulto para não sentir medo de nada.

— Voar na imaginação pode ser muito parecido com voar de verdade, Jules. —Inspiro o ar devagar e encaro Robert antes de falar: — Adultos também têm medo, Robert. Por isso precisamos enfrentar nossos medos.

Ficamos nos olhando por um tempo, em silêncio.

— Mesmo que a gente precise de vez em quando da ajuda do pó de fada.
— Sacudo o pote de vidro recém-aberto, escrito "pó mágico" numa etiqueta.

— Pó mágico? — Robert lê em tom de pergunta.

— Ãrrã. Sentem-se.

150

Os dois obedecem, curiosos, e eu pego um pouco de glitter e salpico na cabeça ruiva de Robert, depois na castanha de Jules.

A luz do abajur lateral faz o glitter brilhar como pó de diamante.

Os dois acham graça quando salpico um pouco em cima da minha cabeça também.

— Esse pó — explico, mexendo a mão para que eles vejam o brilho — faz o poder da nossa imaginação ficar muito mais forte e dá a sensação de que estamos flutuando.

— Como? — os dois perguntam, quase juntos.

— Pensem em coisas boas e fechem os olhos. Nós vamos para a Terra do Nunca.

Meia hora depois, eu sou o capitão Gancho, Robert é Peter Pan e Jules é a Sininho, pulando sobre a cama e jurando que voa desde que nasceu.

Robert e eu arrastamos a cômoda e as mesinhas de cabeceira e montamos um forte. De um lado, os meninos perdidos, comandados por Robert; do outro, os piratas, comandados por mim, é claro.

Em meio a uma luta terrível entre o Capitão Gancho e Peter Pan, enquanto Sininho pula da cama para o chão e joga purpurina em Robert, a porta do quarto se abre.

— O que está acontecendo aqui? — A voz grave de Elyan nos faz congelar.

Jules em cima da cama, eu segurando uma revista enrolada como espada, com uma bandana vermelha na cabeça, e Robert usando uma boina verde florida de lã que a vó Nora tricotou para mim e que só uso para ficar em casa.

— Estamos na Terra do Nunca! — exclama Jules, empolgada, sem notar a expressão atônita do irmão mais velho.

— Achei que estavam demolindo o château sem nos avisar — ele diz, olhando na minha direção.

— E eu achei que você só voltaria amanhã. — É Robert quem fala, num tom ácido. Ele está magoado com Elyan e não faz questão nenhuma de esconder.

Com um olhar de repreensão, Elyan responde:

— Eu já te expliquei que não tive escolha. Precisei resolver um assunto importante fora da cidade.

151

— E que tal — tento amenizar o clima entre os dois — patinarmos todos no fim de semana que vem?

Elyan assente, mas não responde, avaliando a reação do irmão menor.

— Isso se o Elyan cumprir o que promete — Robert murmura, tirando a boina.

Ah, Robert, você está certo de ficar decepcionado e magoado, mas não seja mal-educado com seu irmão mais velho. Isso o obriga a reagir com pulso mais firme.

— Vou fazer o possível para ficar com vocês, se você se lembrar de que eu sou o seu irmão mais velho e você deve me respeitar — Elyan diz num tom controlado, mas de quem não aceitará outra resposta atravessada. — Além disso — prossegue, no mesmo tom sério —, já passa de uma da manhã e vocês deviam estar dormindo.

— Eles estavam com medo — começo a explicar —, e eu achei que...

— Nós estávamos voando, Elyan — Jules me interrompe, sacudindo o pote com glitter —, e as fadas não sentem sono quando estão trabalhando.

Ele franze o cenho, olhando para Robert, que encolhe os ombros numa expressão irreverente.

— Isso não é hora de você ser uma fada, Jules — Elyan rebate, se aproximando da cama onde ela está em pé sobre o colchão.

— Vamos, crianças, voltem para o quarto, é hora de dormir — peço, rápida, antes que Robert fale algo que piore a situação.

— Você devia ir para a Terra do Nunca com a gente. — É Jules quem diz, contrariada.

— Deixe ele, Jules — murmura Robert. — O Elyan está ocupado demais com outras coisas para brincar com a gente.

Mas Jules incorporou a Sininho inteira.

— O pó mágico ajuda as pessoas a imaginar e a flutuar também.

Elyan fita os irmãos numa expressão de quem não está gostando de ser desafiado.

— Não, Jules, amanhã bem cedo tenho uma reunião muito importante e...

Ele para de falar e arregala os olhos quando Jules vira todo o glitter na cabeça escura dele, dizendo:

— Agora feche os olhos e pense em coisas boas.

Ao mesmo tempo que eu grito:

— Ah, não, Jules!

E Robert ri, debochado.

— Vixe.

— O que é isso? — pergunta Elyan, passando os dedos no rosto e os analisando em seguida, cheios de glitter.

— Pó mágico — replico, abatida. — Glitter.

Ele caminha até o espelho na parede, passando as mãos no rosto e no cabelo com vigor, o que só piora a situação: o glitter se espalha por todo o rosto e adere ainda mais à pele.

— Sinto muito, mas é...

Como posso dizer que provavelmente ele vai para a reunião amanhã parecendo o Edward de *Crepúsculo* quando está no sol?

— Esse tipo de glitter fininho é bem difícil de sair.

— O quê? — ele pergunta, arregalando os olhos. A única parte do seu rosto que não brilha como uma estrela é o branco dos olhos.

— Eu posso tentar te ajudar. O ideal é lavar o rosto com água quente e...

Elyan sacode o cabelo, fazendo uma revoada de glitter cair da cabeça sobre os ombros.

— Droga — xinga e volta a esfregar o rosto.

— Você tem que pensar em coisas boas, Elyan — afirma Jules, baixinho.

— E vocês têm que ir para a cama e não me desobedecer desse jeito.

Muito concentrado, lutando contra o glitter, Elyan não vê, mas eu percebo o olhar chateado das crianças.

— Vamos — digo para os dois depois de apertar o maxilar. Lembro que estou frustrada, irritada pelo que aconteceu no fim de semana, e que ele também não percebeu.

— Boa noite — Elyan deseja, e as crianças respondem baixinho, sem ânimo, como se falassem com um estranho.

Além da bola fora que deu antes de ontem, Elyan nem cumprimentou os irmãos quando chegou hoje. Suspiro, com o sangue mais inflamado.

A voz dele me detém antes de eu cruzar a porta:

— Eu ainda preciso conversar com você. Vou tentar lavar isso aqui no banheiro. — Ele aponta, mal-humorado, para o brilho e olha para a porta do meu banheiro. — Depois nos falamos, pode ser?

153

— Sim, é claro, senhor — respondo de prontidão, como se eu fosse um soldado e ele um capitão do exército.

Os olhos dele se abrem, surpresos. Eu sei que não deveria ser irônica, mas que se dane. Pisco devagar e coloco as mãos nos ombros das crianças, conduzindo-as para fora do quarto.

Seja o que for que ele tenha para falar comigo, vai ouvir algumas verdades em troca, de novo. Não é por mim, é pelos dois.

Entro no quarto devagar e encontro o casaco de couro preto, que Elyan usava, brilhando com glitter e descartado em cima da cadeira junto à cômoda. Passo os olhos através do espelho na parede e uma risada perplexa escapa da minha boca.

Era para eu estar gargalhando, rolando no chão de tanto rir. Mas não consigo achar muita graça, não quando lembro que acabei de bater continência desafiando Elyan Kane, com um cavanhaque preto desenhado no rosto e uma bandana vermelha na cabeça, enfeitada com duas orelhas compridas de pelúcia e uma argola dourada na ponta de uma delas.

Era a porcaria da única bandana vermelha que eu tinha em casa; o filho de um vizinho deve ter esquecido por lá em uma visita. Resolvi trazê-la para brincar de pirata com as crianças e não para passar vergonha na frente do lorde do inverno, Sandman, sr. Enourbe, pinto alfa, coração de gelo, escroto, idiota detestável e todos os apelidos e xingamentos que ele já ganhou na minha mente.

Pare de me xingar, tarada, unicórnia, sem-noção, pirata, pateta, a voz dele ressoa na minha cabeça.

Tiro a bandana e vou em busca de um lenço na mochila para limpar o bigode. Passo na frente da porta entreaberta do banheiro e o espelho reflete a imagem da muralha de preto, esfregando com vigor a toalha no rosto. Os ombros largos e os bíceps contraídos são destacados pela blusa de malha — *uau, é cinza e não preta* — comprida e justa.

— Ótimo — diz para o reflexo —, essa porra não sai.

Lanço um olhar para o espelho em cima da cômoda e meus lábios tremem com o esforço de não gargalhar. Somos uma dupla incrível: um vampiro da saga Crepúsculo mal-humorado e uma pirata pateta com roupão de unicórnio.

Não vou rir.

Não vou.

Estou frustrada com ele, irritada, e provavelmente Elyan vai tirar satisfação sobre o glitter e o horário em que as crianças estavam acordadas, o que só vai me deixar mais frustrada, então vou acabar jogando na cara dele que, na manhã anterior, escutei Robert chorar no banheiro por uma hora seguida, e que Jules, apesar de ser muito pequena para se dar conta, passou o fim de semana chorosa e irritadiça.

Agarro a mochila e pego um lenço úmido de dentro. Os murmúrios e reclamações no banheiro continuam enquanto removo o que consigo da maquiagem.

Acho melhor tirar os unicórnios para termos *essa conversa mais séria*. Desamarro a faixa, removendo o roupão que parece um cobertor quentinho, enquanto um arrepio percorre meus braços. Pego na mala o meio sobretudo verde que uso durante o dia no trabalho e o visto rápido.

Quando me viro, encontro Elyan com o ombro apoiado no batente, os braços cruzados sobre o peito, o cenho franzido e metade do rosto brilhando de glitter.

— Eu não consigo sozinho — diz e levanta a mão direita, imobilizada por uma tala preta daquelas removíveis.

Ele se machucou? *Bem-feito, seu orc teimoso.* Não vi a tala antes, não vi quase nada, só o pote de glitter virando na cabeça dele.

— Como você se machucou?

— Não foi nada de mais, mas tenho que usar por uns dez dias até passar a dor.

Duas mãos grandes e cheias de anéis seguravam a cabeceira da cama conforme ele arremetia aquilo tudo para dentro da mulher que estava com ele, no quarto, no dia em que conheci o sr. Enourbe. E ele fez tanta força que machucou a mão durante o ato. De algum jeito, essa imagem consegue manter meu sangue quente, e, antes que alguém me julgue, não é por tesão.

Fecho mais o casaco sobre o peito e não ofereço ajuda para remover o glitter. Ele que se vire! Não, não estou com ciúme, não sou infantil desse jeito. Estou irritada por causa das crianças aqui sozinhas e tristes enquanto ele machucava a mão trepando com a namorada.

— O senhor quer falar comigo?

Ele assente.

— Prefere ir para uma sala? É um assunto um pouco longo.

Miro a cama e minha mala aberta sobre a cômoda. Parece íntimo demais e pouco adequado, mas espera! Por que estou incomodada? Eu já o vi sem calça e ele já me viu usando o roupão de unicórnio duas vezes, e agora há pouco uma bandana decorada com orelhas de pateta. O que pode ser mais íntimo que isso?

— Por mim, pode ser aqui.

Elyan assente mais uma vez e puxa a banqueta da escrivaninha para junto da cama, apontando com os olhos para que eu me sente na beirada do colchão.

Quando estamos frente a frente, ele respira devagar e lança um olhar para o carpete no chão, passa as mãos no cabelo, fazendo uma nuvem de glitter cair sobre os ombros, e depois fala:

— Estou brigando pela tutela das crianças.

156

15

Meu Deus, ele está brigando pela tutela? Com quem?
— Como assim?

O pé direito de Elyan batuca o chão algumas vezes. É o som surdo de uma baqueta batendo numa caixa vazia. Ele curva um pouco os ombros, numa postura derrotada. Quero arrumar os ombros dele e dizer *Ei, isso não combina com você*. Ver um dos patinadores e bailarinos mais talentosos a que já assisti, além de um atleta que poderia ser um jogador de hóquei pelo tamanho, envergar os ombros, como se estivesse intimidado, é inquietante.

Uma parte minha devia estar dando uma risadinha satisfeita por todas as pessoas que ele tratou com frieza ou arrogância enquanto competia, por todos os memes com a minha cara que circularam durante eras na internet e, principalmente, pelas lágrimas de frustração das crianças dois dias atrás. Mas só consigo sentir meu coração murchar, igualzinho a uma bexiga depois da festa.

A voz dele não soa mais animada que a postura.

— As crianças têm uma tia por parte de mãe. E — ombros mais envergados — faz alguns dias que ela entrou com um processo pela tutela das crianças, alegando que não sou capaz de cuidar dos dois.

Se eu não tivesse conhecido outro lado dele nos dias que passei aqui e se o julgasse só pela fama, talvez entendesse a atitude da tia de Jules e Robert.

Lembro de Robert chorando e da decepção de Jules ontem de manhã. *Talvez ainda entenda. Ou talvez esse seja meu lado vingativo e controlador que gostaria que Elyan não tivesse saído na sexta-feira à noite.*

— Por que ela faria isso? Ela gosta das crianças?

Os olhos dele estão mais escuros, o maxilar travado, uma veia pulsando na lateral do pescoço.

157

— Ela mal conhece as crianças.

E você, conhece?, quero perguntar, mas no lugar solto um:

— Ah.

— Eu sei que só convivo de verdade com eles faz alguns meses e...

— É, sumir por cinco anos não é como comprar um cigarro na esquina e voltar para casa meia hora depois.

Orbes azuis em chamas são o que recebo de volta.

— Eu os vi algumas vezes antes disso, quando meu pai e a mãe deles estavam bem longe de casa. Não quero ficar com eles por dinheiro, não preciso disso. Eu os amo, os amei assim que os vi pela primeira vez.

Ele está na defensiva e acho que tem razão, afinal está se abrindo comigo e eu acabei de cutucar um leão visivelmente ferido. Além do mais, eu mesma não precisei de mais que dois fins de semana para estar meio caída por essas crianças. *Imagine se elas fossem minhas.*

— Está certo, eu não devia ter falado isso — suspiro.

Ele fica quieto e concorda com um movimento seco, como quem diz: *Não, você não devia.*

— Todos supõem, mas ninguém sabe o que me fez sumir por cinco anos de casa, das pistas, da minha vida. Ninguém sabe.

Pigarreio antes que ele resolva não falar mais nada.

— Foi por isso que você mudou para o Canadá? Para se distanciar dessa tia deles?

O movimento da garganta dele fica ainda mais visível pelo glitter.

— Em parte sim. Desde que o meu pai e a esposa morreram, Helena vem ameaçando levar o pedido de tutela para o tribunal. Eu achei que, se me distanciasse, se ela não soubesse onde estávamos, esqueceria da gente.

— E como as crianças estão com isso?

— Elas ainda não sabem, o caso vai ser julgado daqui a alguns meses, mas é claro que não vai ser fácil. Os dois mal conhecem a tia. — Ele respira com peso. — Ela me pediu dinheiro, uma fortuna, para não levar isso adiante.

Meu Deus! Mas que vaca.

— Você pode alegar isso, não pode?

— Infelizmente não tenho provas de que fui chantageado. — Ele aperta os olhos, tenso. — Um processo desses pode se arrastar por um bom tempo e ser bem desgastante, cheio de inspeções, entrevistas com psicólogos, uma verdadeira novela, onde as crianças são a parte investigada.

Vejo as crianças sobre um lago lindo e congelado, sem saber se o gelo será forte o suficiente para aguentá-las, e minha voz sai meio esganiçada:

— Meu Deus, não! Isso é muito ruim.

— Eu queria evitar isso a qualquer custo — e a voz dele abaixa para um tom mais grave, mais gelado —, mas nunca, nunca vou dar um dólar para essa vigarista.

Volto a suspirar e ele olha para o chão, cansado. Elyan está exausto, olheiras fundas sombreiam os olhos vermelhos. A barba por fazer endurece ainda mais a feição cinzelada. Como um rosto pode ser tão bonito no meio de tanto... caos, tristeza? Tenho certeza de que ele não passou o fim de semana divertindo o pinto alfa e se machucando enquanto fazia isso. De algum jeito, acho que ele passou o fim de semana lutando contra um ciclone.

— Escuta — ele aperta a ponte do nariz —, como te disse na semana passada, eu sei que não tenho sido o irmão mais velho perfeito. Tudo desabou em cima de mim feito uma avalanche há pouco tempo.

— Sinto muito — digo baixinho.

Porque, sim, eu sinto, mesmo sem saber o tamanho ou a causa da avalanche, além dos motivos óbvios. Sei o que é ter a vida enterrada do dia para a noite, sei como precisamos lutar para nos salvar. Sei que muitas vezes precisamos cortar o próprio braço para sobreviver, mas também entendo que depois de tudo podemos nos descobrir muito maiores do que imaginávamos.

— Estou tendo que lidar com tudo sozinho. Eu nunca me dei bem com o meu pai, as escolhas dele me davam nojo. E a única coisa que me fazia frequentar escassamente a casa dele nos últimos anos eram os meus irmãos.

Agora a voz dele está mais rouca:

— Eu amo Jules e Robert. Não sei demonstrar isso, como já te falei, mas eles... eles são tudo que eu ainda tenho de bom na vida.

E eu estou com lágrimas nos olhos — pelas crianças, é claro. Devia estar irritada e frustrada, mas só consigo querer que Elyan fique bem, que as crianças fiquem bem. Nós não gostamos um do outro, combinamos uma trégua, que quebramos mais de uma vez, então recombinamos algo que mal sei nomear. Mas sei que tenho me esforçado e ainda tenho sete milhões de perguntas não respondidas sobre ele. Sete milhões e uma:

— Por que você está me contando tudo isso?

Elyan fita as próprias mãos em cima das pernas cobertas pelo jeans escuro, depois se volta para mim e então fala:

— Porque eu preciso de você, Nina More. As crianças precisam.

A resposta dele faz as borboletas no meu estômago parecerem cavalos alados, e eles querem puxar meu queixo para baixo. *Parem quietos.*

— Como assim? — me obrigo a falar.

— Eu tenho três meses para me aproximar de verdade das crianças, e acho que você pode me ajudar. Além disso...

Pausa.

Uma respiração funda.

Meu coração está entrando em colapso.

Além disso...?

Os polegares dele, um com anel grosso e outro sem, apertam as têmporas.

— Para o mundo eu passei cinco anos desaparecido. Existe todo tipo de rumor sobre meu paradeiro e a meu respeito. Isso não ajuda a provar a estabilidade emocional e mental de que eu preciso para ganhar o caso.

Coração de gelo.

Culpado.

Doador vivo de coração.

Perturbado.

Grosseiro.

Arrogante.

Covarde.

Filho do Yeti.

Sociopata.

Narcisista.

Drogado.

Alguns dos nomes relacionados aos rumores sobre o sumiço dele pipocam na minha cabeça. Nomes que eu usei várias vezes, mesmo sem o conhecer.

Se Elyan soubesse que, na época em que sumiu, eu o repudiava mais que ao bicho geográfico que uma vez me impediu de patinar por duas semanas, que eu jogava dardos na cara dele todas as vezes que algo dava errado nos meus dias, e que o julguei como todo mundo, mais que todo mundo... Se ele soubesse, talvez não pedisse minha ajuda.

160

— E como você acha que eu posso te ajudar?

— Você conseguiu a confiança das crianças. Elas gostam de você de verdade.

Ele respira fundo.

— Eu preciso que você me ajude com eles, Nina. Que você me ajude a me aproximar deles, a conhecê-los e...

Elyan para de falar quando nego com a cabeça, não por não querer ajudá-lo, mas porque...

— Só você pode fazer isso.

Um sorriso triste curva os lábios cheios dele.

— Todas as tentativas que eu fiz de me aproximar dos dois até a noite de sexta foram como se um deles estivesse com dor de dente, ou com uma unha encravada, durante parte do tempo. Não sei se você reparou, mas o Robert só me abraçou depois de olhar para você e pedir a sua opinião.

E sorri outra vez.

— Não sei o que você fez. Acho que você enfeitiçou os três.

Enfeitiçou os três?

— Incluindo Vader.

Ah, sim, Vader.

— A sra. Shan me disse que ele tem seguido você pela casa.

— Não é bem assim. Talvez seja só porque estou mais presente para as crianças. Por exemplo, eu ligo todos os dias, mais de uma vez.

Percebo quando minhas palavras o atingem. O maxilar tensiona e ele fecha as mãos em cima das coxas, o olhar vai para o chão. Emendo com uma brincadeira; não queria confrontá-lo agora. Não quando Elyan está pedindo ajuda outra vez. Não quando ele está se abrindo desse jeito.

— E eu comprei o amor do Vader com petiscos.

Ele respira devagar.

— Você tem razão. Eu devia ter agido diferente com os meus irmãos desde o começo. Só... não sabia como. Estava tão ferrado com tudo que descobri quando o meu pai morreu, não sabia nem o que fazer com a minha vida direito, que dirá com as crianças.

Ferrado com tudo que descobri. O que você descobriu, Elyan? Apesar de ele estar, pela primeira vez em semanas, se abrindo de algum jeito, não quero mais essas afirmações misteriosas, não quero sentir que estou num livro do Harlan Coben, lutando para montar um quebra-cabeças no escuro. Quero, pelo menos, algumas respostas. Se eu vou ajudá-lo nisso, apesar de ainda não ter entendido direito como, quero abrir o jogo também.

— Posso te perguntar uma coisa?

Com a cabeça, ele acena que sim.

— Eu não quis dizer que você não se importa, mas... eu não entendo. Se é tão importante pra você se aproximar dos dois, depois da nossa conversa na semana passada e de tudo o mais, por que você teve que sair na sexta-feira? Quem ou o que é mais importante que eles agora?

Ele aperta mais as mãos sobre as pernas, a veia na lateral do pescoço pulsando rápida. Eu quase posso ouvir a trilha sonora de *Interestelar* tocando ao fundo, uma mistura de suspense e drama. Elyan respira fundo e só depois fala, de olhos fechados:

— Uma pessoa muito importante para mim e que precisou da minha ajuda por motivos de saúde.

Abro a boca para falar e não consigo. Uma pessoa importante, uma pessoa que Elyan ama, por quem ele deixou os irmãos numa noite de sexta-feira.

— Quem? — pergunto, impulsiva, e me arrependo.

Mas ele respira fundo e responde:

— Alguém que eu faria qualquer coisa para ver bem.

Alguém que ele realmente ama muito.

— E você não conseguiu ajudar essa pessoa e voltar antes de hoje à noite?

Aperto os olhos e tenho vontade de me bater. *Que pergunta foi essa, Nina?*

— A clínica onde Anne está internada fica cem milhas para o norte, e, quando ela fica mal, precisa muito que eu esteja lá com ela. Além disso, no sábado nevou muito, quase o dia inteiro, as estradas ficaram bloqueadas e eu só consegui voltar hoje.

Ah, meu Deus. *Anne.* É uma mulher. Que ele ama muito. E ela está internada numa clínica. Quão grave e frágil é a situação dela?

Meu maxilar trava e meus olhos enchem de lágrimas. Eu sei o que é ter alguém que amamos doente, alguém por quem daríamos a vida e que ainda seria pouco.

— Ela deve te amar muito.

162

— Sim, Anne me ama.

Anne não é a garota que estava com ele naquela noite dos barulhos; essa se chamava Sabrina. Pode ser que Elyan não esteja mais com Anne, mas ainda a ame; pode ser que Sabrina não seja a namorada dele, mas só um caso.

Ele está me encarando, medindo minhas reações, e tento fingir que não estou rangendo os dentes com o que ele acabou de falar. Morta de pena dele e da Anne.

— Sinto muito. Acho que... — Engulo o bolo na garganta. — Desculpa, mas não sei o que te falar. Só acho... Só sei uma coisa...

Quero me levantar e me beliscar até engolir todas as lágrimas. Quão embaraçoso seria chorar na frente dele? E nem sei por que estou tão emotiva. É óbvio que eu sinto por ele amar uma jovem que está internada, *mas pare de ser tão sensível.*

— Vou começar a te ajudar com o que eu posso agora mesmo e pegar alguma coisa para tirar esse glitter do seu rosto antes de nós continuarmos essa conversa, pode ser?

Os olhos azuis se abrem um pouco surpresos, e ele aquiesce.

— Obrigado.

Aproveito que me levantei e estou de costas para ele e limpo as lágrimas dos olhos. Entro em seguida no banheiro, passo um pouco de água no rosto e me recomponho. Abro a nécessaire em cima da pia para retirar um pacote de discos de algodão e demaquilante. Volto para o quarto e me sento na frente de Elyan outra vez. Nos olhamos por um tempo e eu sacudo o pote com o líquido azul.

— Demaquilante deve resolver.

— Obrigado — repete baixinho.

— Imagina, não é nada. Desculpa pelo glitter e por eu voltar a te xingar nas conversas que tenho com você na minha mente. Mas, meu Deus! Como eu podia imaginar tudo o que você me falou?

Os olhos dele se fixam nos meus e os lábios se repuxam num sorriso discreto.

— Você é estranha.

— O quê? — Empurro o ombro dele de leve com a ponta dos dedos. — Eu sou estranha?

163

— Ãrrã.

Coloco as mãos na cintura.

— Minha nossa, estranheza é contagiante, e foi você que me passou a sua.

— Não fica brava. Estou começando a gostar de você mesmo assim.

E o problema não é essa frase, que só pode ser brincadeira. O problema é que ele fala isso mergulhando os olhos nos meus, com a voz mais baixa e rouca, como se fosse verdade.

Estou perdendo a cabeça.

— Até parece — disfarço, meu coração acelerando.

Os ombros largos são encolhidos de um jeito mais relaxado.

— Você está com esse líquido azul que vai tirar o efeito sereia da minha pele. Eu dependo da sua boa vontade, não me culpe.

Dou uma risada nervosa, abro o vidro de demaquilante e molho um algodão nele.

— Tá, eu sou estranha, mas você me comprou com o "gosto de você", tão sincero e espontâneo. — Ofereço o algodão para ele. — É só passar, acho que vai tirar tudo.

Ele pega com a mão esquerda e esfrega o algodão na pele meio sem jeito, removendo parte do glitter, antes de perguntar:

— Saiu?

Ainda tem um monte espalhado pelo rosto dele, entre a barba, próximo aos lábios, em cima dos olhos, mas pelo menos melhorou.

— Quase tudo.

— Que bom, a reunião que tenho amanhã cedo é bem importante.

Os dedos compridos brincam com o algodão por um tempo e a expressão dele volta a ficar séria.

— No julgamento pela tutela das crianças, Helena pretende alegar que eu fui um filho omisso, que em cinco anos nunca estive presente na vida dos meus irmãos, mesmo que eu tenha tido motivos para me ausentar.

Miro o algodão entre os dedos dele e pergunto:

— Que motivos?

— Meu pai me manipulou como pôde durante toda a minha vida, e-ele foi o maior filho da puta que já pisou no planeta. — A voz dele soa mais baixa, os olhos ficam mais escuros, tempestuosos, ao prosseguir: — Um

164

mês depois que a Jess morreu, meu psiquiatra teve uma crise de consciência e admitiu ter sido influenciado pelo que o meu pai falava ao meu respeito, então disse que não poderia continuar a me atender.

Elyan dá uma risada triste.

— Ele falou que eu devia procurar um profissional isento e admitiu que recebia dinheiro do meu pai para falar determinadas coisas durante as consultas, coisas que o meu pai queria que eu fizesse e acreditasse.

Arregalo os olhos.

— Mas isso é muito errado.

Outra risada triste dele.

— Foi o que eu respondi para o psiquiatra, só que usando a minha direita e quebrando a cara dele. Eu estava tão destruído, e o meu pai usou isso como desculpa e me proibiu de ver os meus irmãos.

Minhas mãos ficam molhadas de suor quando lembro que Elyan foi abandonado pela mãe aos nove anos. Lembro do surto dele por causa da fotografia com o pai. Como fica o coração de uma criança cuja mãe a abandona e cujo pai aparentemente é um crápula?

— Meu Deus, mas por que ele fez isso?

Elyan aperta tanto as mãos fechadas que os nós dos dedos ficam brancos.

— Porque sabia como os meus irmãos são importantes pra mim. Ele quis usar isso para me amassar como um papel e me enfiar no bolso dele. — Arfa. — Ele sempre só se importou com ele mesmo.

Elyan falou de um jeito meio superficial, e ainda tem um milhão de coisas que estão sem resposta, mas sei como esta conversa é difícil para ele, como ele parece perdido. E mexe demais comigo ver esse homem, sempre tão frio e inabalável, assim. Por isso murmuro, sincera:

— Sinto muito. Sinto tanto, Elyan, de verdade.

Ele respira fundo, de maneira falha. Ficamos um tempo nos encarando em silêncio, antes de ele abrir e fechar algumas vezes a mão sem a tala, como se tentasse relaxar.

— Helena sabe que o meu pai tinha me proibido de ver as crianças, sabe da minha agressão ao psiquiatra. Além disso, uma das cartas na manga que ela tem é literalmente uma carta da mãe das crianças dizendo que, no caso da sua ausência, ela gostaria que os filhos ficassem com a irmã. Com Helena.

Minha expressão deve denunciar que a situação parece cada vez menos favorável para Elyan, como tudo isso vai ser difícil, porque ele se explica:

-— Acho que a minha madrasta fez isso pensando em beneficiar a própria família se algo acontecesse com ela. Ou talvez ela me odiasse, como o meu pai. Nunca convivi muito com Sophie para saber, mas eu sei o que o meu pai queria que todos acreditassem sobre mim: que eu era um desequilibrado e não tinha capacidade de cuidar nem de mim mesmo.

Estalo os dedos algumas vezes seguidas. Só faço isso quando estou muito nervosa, chateada, preocupada ou tudo junto. Ouvi da sra. Shan que infelizmente Sophie, a mãe das crianças, não era presente, vivia em festas e jantares e mal convivia com os filhos, mas que ainda assim era mãe deles e tudo era muito triste. Não sei por quem eu sinto mais, se pelas crianças ou por Elyan. *Por todos.*

— Estou te contando tudo isso para que você entenda como a situação da briga pela tutela das crianças é delicada. Eu preciso fazer tudo o que está ao meu alcance e o que meu advogado indicou, e acredite, a lista é uma loucura Três meses é muito pouco tempo para cumpri-la.

Ele começa a mexer nos anéis, igual ao que fez quando estávamos no carro.

— Eu quero te ajudar com as crianças. Eu posso te ajudar. — Sou sincera. — Posso vir em mais fins de semana, posso ficar aqui o tempo que você precisar.

E então ele me olha de um jeito tão profundo e agradecido que faz meu coração saltar um triple axel.

— Obrigado, Nina. Isso significa muito para mim.

Dois triple axels. O que acontece, coração de Nina More? Pelo amor, se contenha. Tento sorrir para disfarçar meu coração, que está acertando mais saltos que eu, e entrego para ele outro algodão com demaquilante.

— Perto do olho.

Elyan tenta passar com a mão esquerda, mas se atrapalha um pouco e pega o algodão com a direita, lutando com o chumaço e a tala.

— Acho melhor eu tentar na frente do espelho.

— Você quer que eu te ajude?

Ele me fita com a boca meio aberta, incrédulo, obviamente. Quero retirar as palavras, mas é tarde. Sem graça, eu imprimo um tom impessoal ao falar:

— Não é nada de mais. Tenho muita prática em tirar glitter dos outros.

O cenho franzido é a minha resposta.

— O que eu quero dizer é que eu sempre ajudo os outros patinadores a se maquiar, mas deixa pra lá. Esquece.

As pupilas dele se dilatam.

— Eu aceito a sua oferta de ajuda e agradeço, a reunião com meus advogados amanhã vai ser importante.

— Ah... a reunião é com os advogados pela tutela?

Ele aquiesce e eu despejo um pouco mais de demaquilante no algodão.

— É melhor mesmo não ir parecendo... um vampiro que brilha no sol.

Os lábios dele se curvam num sorriso fraco e meu coração faz um lutz duplo.

— É melhor.

— Feche os olhos — peço e começo a passar o algodão na linha do maxilar quadrado.

Meu pulso acelera com sua respiração quente tocando minha pele.

Passo o algodão pelo queixo, pela barba incipiente, no contorno dos lábios, e as borboletas voltam com tudo para o meu estômago.

Me torno consciente de como estamos perto, de como a respiração dele acelera e as veias saltam um pouco mais no pescoço. Meu rosto esquenta. Deslizo pelas pálpebras, em cima da maçã do rosto, e removo boa parte do glitter.

— Tem um pouco no pescoço — falo. *Diabos, que voz derretida é essa?* — Quer que eu tire?

— Por favor — murmura.

E eu molho mais um chumaço grande de algodão para manter os dedos longe da pele dele. Devagar, começo a deslizá-lo na curva tensionada do pescoço. As veias pulsam mais rápidas aqui. E agora eu só quero acabar logo com isso, estou afetada demais, perto demais e sensível demais.

Elyan abre os olhos, mas não totalmente; as pálpebras estão baixas, os orbes azuis ainda mais profundos, intensos e magnéticos, como uma piscina de veludo molhado. Os dedos dele se fecham ao redor do meu punho, eu prendo a respiração e congelo.

Como foi que vim parar aqui?

167

Estou em pé no meio das pernas de Elyan Kane, os músculos potentes apertam um pouco minhas coxas, meu coração deu mais uns dez saltos olímpicos e meu rosto está ardendo, como se eu não estivesse acostumada a ter músculos e pele masculina em volta de mim.

— Muito obrigado — Elyan diz, rouco, e respira fundo, afastando minha mão do pescoço dele. — Isso me... ajudou e foi muito, é... — engole em seco — atencioso.

Finjo que está tudo ótimo, que não estou totalmente sem ar e com os nervos à flor da pele.

— Não foi nada. Sempre que alguém jogar glitter na sua cabeça e você tiver uma reunião que não seja com unicórnios ou vampiros no dia seguinte, é só me chamar.

Um sorriso discreto volta a aparecer nos lábios dele. E ficamos por mais um tempo nos encarando em silêncio. *Assim fica difícil controlar a respiração, Elyan. O plano antes da conversa era estar irritada com você, e a ideia era falar várias verdades na sua cara, não ter uma overdose de emoção ao ouvir as verdades incompletas sobre o seu passado.*

— Nina — ele me chama, parecendo meio tenso outra vez. — A ajuda de que eu preciso não é só para me aproximar das crianças.

— Não?

— Não.

E ele mexe com o polegar nos anéis da mão esquerda de novo. Queria ter anéis para mexer, não tenho, então estalar os dedos é a solução.

— Uma das coisas que o meu advogado sugeriu é que eu encontre alguém e... mantenha uma relação estável, de preferência que me case. Eu tenho que trabalhar em alguma coisa fixa, que demonstre meu comprometimento com um projeto de vida e com a família.

16

Ele falou isso como se estivesse apontando para um esquilo que mastiga uma noz. Como se fosse algo comum. Estou suando. *Meu Deus*. Isso está pior que a expectativa antes de entrar nas pistas em competições. Aonde ele quer chegar?

— É... Como assim? Nossa — forço um sorriso —, três meses para encontrar alguém e se casar, parece bem mais difícil que a história do projeto e trabalho. — Forço outro sorriso. — Ainda bem que você tem namorada, né?

Ele pisca rápido, como se tivesse caído glitter nos olhos.

— Mas eu não tenho namorada. Por que você concluiu isso?

Sinto o rosto tão quente que tenho certeza que está derretendo parte da neve lá fora.

— Eu... é... Na noite em que... No corredor. Eu achei que a garota no seu quarto fosse...

— A Sabrina?

Encolho os ombros, e minha bochechas estão contribuindo para o aquecimento global.

— Não — ele afirma, relaxado. — Ela é uma amiga, uma grande amiga que eu fiz quando morei na Noruega.

E sorri, malicioso, antes de dizer:

— Por um minuto, achei que tinha te contado isso dentro da sua cabeça.

— Ha-ha, engraçadinho. — Finjo normalidade. — Você morou na Noruega?

Elyan faz que sim.

— Por seis meses. E — a voz mais rouca outra vez — não sei o que você viu ou ouviu naquela noite, mas eu estava... nós estávamos só treinando.

169

Eu vi o seu pinto e você sabe disso, Elyan.

— Eu só ouvi... é...

— Sons de luta — explica. — Ela mora em Toronto, aqui perto, e sempre que dá lutamos juntos.

Luta? Eles estavam lutando.

— Ah... Ele é grande... Ela, ela... Quer dizer, deve ser grande. Deve lutar bem.

Ele é grande! Jura, Nina?

E agora as bochechas dele estão coradas também. *Parabéns, Nina, vocês estão derretendo as calotas polares.*

— Ela luta.

— E a Anne... Imagino que ela não seja uma opção pra te ajudar com isso, não é?

Os olhos azuis se arregalam e eu me arrependo de ter falado isso. Não sei qual a gravidade do que Anne tem e o quanto isso o machuca. Não devia ter sugerido isso nunca.

— Não. Anne não pode sair da clínica, e, mesmo se pudesse, ela não poderia me ajudar com isso.

— E ela não se importaria de você se casar com outra pessoa?

— Na verdade, acho que ela ficaria feliz de eu me casar.

— Ah.

Ele volta a mexer nos anéis. Quero gritar: *Pare com esses anéis, pare de brincar com o clima no mundo e com os meus nervos.*

— Vou falar de uma vez e acabar logo com isso. A verdade é que não tem como isso parecer algo normal, e talvez seja a coisa mais louca que você já ouviu na vida. Mas, antes de responder, me deixe explicar tudo, está bem?

Quero entrar embaixo da cama e só sair na primavera, hibernando igual a um urso. Mas faço que sim.

— Você se casaria comigo?

Tudo está explicado: estou sonhando. Eu dormi e, desde que as crianças entraram aqui, isto é um sonho. Ou eu bati a cabeça no gelo mais cedo e estou em coma, presa em um universo paralelo onde seres de outro mundo se materializam e pedem pessoas comuns em casamento, para brincar com a cabeça delas e depois, quem sabe, devorá-las em alguma refeição.

— Eu... O quê?

Ele estala os dedos da mão esquerda. Os anéis não são mais o bastante.

— Seria um casamento de mentira, é claro, por no máximo dois anos ou três.

Dois anos ou três. Casamento. De mentira. O suor está escorrendo pelo meu pescoço. Não tem jeito, todas as calotas estão derretidas e eu já sinto o efeito maximizado: minhas mãos estão formigando, meus ouvidos zunem e as laterais do meu campo de visão escurecem.

— É melhor pedir isso para a sua amiga.

Ele respira de maneira trêmula.

— Ela tem antecedentes criminais e não poderia me ajudar.

Os músculos dos meus braços repuxam, como se eu estivesse tendo espasmos.

— Outra pessoa, talvez?

Ele fecha os olhos por alguns segundos e volta a me encarar.

— Não tem outra pessoa. Há muitos anos eu não tenho ninguém.

Abro a boca para dizer *Eu não posso fazer isso, não com você, não!* Só que ele se adianta:

— Se você aceitar, estou disposto a te compensar. — Volta a mexer nos anéis. — Vou ser seu patrocinador, você vai ter uma equipe técnica completa, coreógrafo, professor de balé, fisioterapeutas, o melhor técnico do mercado, uma pista exclusiva para treinos, todas as passagens, figurinos e inscrições pagas para os campeonatos. Além disso, eu faria parte da equipe técnica e, Nina, estou disposto a fazer o impossível para que você chegue aonde sonha.

Estou hiperventilando. É melhor que qualquer coisa que eu já tenha projetado para mim, para minha carreira. É como achar um tesouro e descobrir que você não tem a chave para abri-lo. Vou ter que me casar com Elyan Kane para abrir o baú dos milagres? Tem muita coisa sendo processada ao mesmo tempo, muita emoção e informação gritando na minha mente. Os espasmos se estendem para as pernas. Será que estou tendo um treco? Acho que sim.

Eu me levanto

— Eu acho que... preciso ir.

— Precisa ir?

Vou até minha mochila, pego os patins do chão e os coloco dentro, checo a pilha da lanterna e guardo na mochila também.

— Preciso patinar.

Os olhos azuis se arregalam como duas safiras, como duas pistas de patinação particulares e uma equipe técnica completa, como duas alianças de casamento.

— Mas são duas da manhã.

— Sim — fecho o zíper da mochila e a coloco sobre o ombro —, eu adoro patinar de madrugada.

— Nina — ele também se levanta —, eu sei que é loucura, mas não surta: você pode dizer não, ok?

— Ah, posso?

Os braços fortes são cruzados sobre o peito, braços que podem fazer parte da minha equipe técnica, mas que para isso pertencerão ao meu marido. Um marido de mentirinha. Se eu tivesse quinze anos, antes de Vancouver, estaria gritando e dizendo sim, me leve para Nárnia com você. Acontece que não é nem de perto tão simples.

— Eu quero muito que você aceite, mas é claro que você pode me dizer não.

— E eu... — inspiro o que consigo de ar — preciso patinar e pensar... Eu preciso pensar.

A cabeça mais complexa do mundo e que é dona do rosto masculino mais bonito do universo balança em uma afirmativa.

— Você quer que eu te acompanhe?

Por que ele está me oferecendo isso?

— Não, eu não bebo champanhe a esta hora, nem antes de patinar.

E aí ele ri baixinho e nega com a cabeça.

— Perguntei se você quer que eu te acompanhe até o lago. Não tem nada de champanhe, Nina. Por que eu te ofereceria champanhe?

— Eu... entendi errado, mas é que você acabou de me pedir em casamento, me oferecendo em troca tudo o que eu sempre sonhei. Champanhe às duas da manhã de uma segunda-feira me parece mais razoável que isso.

— Tem razão. — Ele suspira. — Eu sei que é loucura. Pense pelo tempo que precisar.

— Obrigada — digo, indo em direção à porta —, não quero champanhe nem companhia. Prefiro ficar sozinha.

— Tome cuidado, Nina More. O lago é seguro para patinar e você está acostumada com ele, mas está de noite, e não se deve patinar ao ar livre desacompanhada.

Dou um sorriso triste e meu coração acelera. Mesmo que seja uma preocupação movida por interesses, não consigo evitar.

— É lua cheia e o gelo fica azul-prateado.

Respondo como se isso bastasse e explicasse tudo. Só preciso sentir o gelo, ser eu, a liberdade e a neve, num delírio do tipo Elsa em "Let It Go" — só preciso deslizar no gelo, sem acrobacias, saltos nem nada arriscado. Preciso pensar. Definitivamente, nunca na vida precisei tanto pensar.

17

Passei uma semana de merda. Não vamos poder mais treinar na pista onde sempre treinamos. Justin rei dos bostas mostrou o vídeo que sua namorada rainha da merda fez de Rafe empurrando-o violentamente na pista, e, mesmo que Tiago tenha saído em defesa de Rafe, eles disseram lamentar, mas não aceitam comportamentos violentos entre patinadores dentro da arena.

Pelo visto eles aceitam comportamentos de violência verbal, comportamentos homofóbicos, mas não aceitam que quem agrediu primeiro seja agredido

— Você pode processá-lo e denunciá-lo para a liga de patinação, mas infelizmente não temos provas do que ele falou para você, Rafael, e temos o vídeo de você o empurrando na pista.

No fim, o que era para ser uma expulsão virou uma suspensão de três meses.

Que legal, que justo!

Em quatro meses vão acontecer os regionais, e isso significa que perderíamos a competição e a inscrição, além de tudo o que investimos nos últimos meses.

A proposta de Elyan se torna mais vital agora que antes, por isso eu, que fritei a semana inteira sozinha com essa ideia maluca e estava decidida a declinar, estou aqui, sentada na frente de Rafe e de Maia, no nosso quarto, discutindo com eles há quinze minutos.

— Você tem que aceitar, Nina — Rafe repete pela terceira vez. — É como se o gênio da lâmpada te oferecesse três desejos e você jogasse a lâmpada fora, sem pedir nada.

Arqueio as sobrancelhas.

— Ah, então agora ele é o gênio da lâmpada e não mais um perturbado?

— Você é quem estava defendendo o Elyan para mim com unhas e dentes outro dia.

Esfrego o rosto, ansiosa.

— Eu sei, eu acredito que ele é um cara legal, eu te disse isso. Mas não um marido legal, meu Deus!

Maia respira fundo e cruza as mãos sobre o colo.

— Nina, eu estava concordando com você não aceitar uma loucura dessas antes de saber que vocês não vão mais poder treinar na arena. Além disso, o Rafe tem razão: é como se um gênio da lâmpada caísse no seu colo.

— Não sei.

As mãos marrons de Rafe seguram as minhas, mais claras.

— Você sabe que não estou falando isso por mim, gata. Estou insistindo por você, pelo seu sonho. Quem sabe com toda essa estrutura você arranja um parceiro bom de verdade e...

— Você é bom de verdade.

Ele sorri, inconformado.

— Estou aprendendo a patinar em dupla praticamente do zero. Você me entendeu.

Rafe sempre deixou claro que ele comigo seria temporário, até eu conseguir um parceiro. Depois disso ele finalmente poderia se dedicar ao balé.

— Sim, eu sei.

— E então, vamos dizer sim?

— Você está dizendo para eu aceitar me casar... casar, Rafe, com Elyan Kane? O cara com quem até um mês atrás eu só pensaria em me casar se fosse para envená-lo depois? O cara que visita uma mulher em uma clínica todo domingo porque provavelmente ainda a ama, apesar de os dois não poderem mais estar juntos?

— Seria um casamento de mentira, não seria? Não é como se ele precisasse ser o melhor marido que você merece.

— Meu Deus! Você está tão desesperado assim para se livrar de mim e dos treinos?

Os olhos castanhos de Rafe me fitam, atingidos, e Maia cobre os lábios com os dedos numa expressão de *Peça desculpas, Nina*.

— Desculpa, amigo. Eu não quis falar isso.

— Eu sei que não, e sei também que você está com medo.

— É claro que estou com medo. Vou ter que ficar casada com Elyan por dois ou três anos. Além disso, você conhece a minha família. O que os meus pais e avós vão achar de eu me casar com alguém que eles só conhecem dos pôsteres que decoravam a parede do meu quarto e que então eu passei a odiar, e depois ele sumiu por cinco anos, envolto num maremoto de rumores?

— Sua dadi vai ficar radiante.

— Ele tem razão — Maia aponta.

Eu os fuzilo com o olhar, apesar de saber que é verdade. Minha avó paterna indiana vai mesmo ficar radiante, mas...

— E ela vai preferir que eu jogue fora todas as suas imagens de Ganesha e coloque fogo na bandeira da Índia a me ver divorciada depois.

Maia abre as duas mãos na minha direção.

— Milhares de casais se divorciam todo dia no mundo. Nossa dadi vai sobreviver.

— Talvez.

Rafe fica me encarando por um tempo em silêncio, com o cenho franzido, numa expressão que ele só faz quando quer falar algo mais e não sabe se deve.

— Olha — começo, na defensiva. — Eu sei que é uma das maiores oportunidades da minha vida e que se eu aceitasse poderia ajudar as crianças, mas não sei... É sério, eu tinha decidido que ia recusar, mas aí veio a história de a pista suspender os nossos treinos e...

Passo os dedos na cabeça de Freya, que acabou de pular na cama para se aninhar entre as minhas pernas.

— E se isso e o fato de eu não acertar os saltos for um sinal de que eu deveria dar mais um tempo da patinação?

— Nina — Maia lança um olhar triste em minha direção —, você não pode estar falando sério. Por favor, diga que não está falando sério. Você prometeu que voltaria a patinar assim que eu ficasse bem, e olhe para mim, eu estou bem.

Eu sei que Maia se culpa por eu ter parado de patinar, não importa quantas vezes eu jure para ela que faria tudo outra vez e que ela estar bem é a coisa que mais importa na minha vida.

176

Rafe cruza os braços sobre o peito e olha para Maia.

— O problema dela, Maia, não é que sua dadi queime a bandeira da Índia, ou por ela acreditar odiar o Elyan até pouco tempo atrás, ou por termos receio de ela não estar segura com ele. A Nina nos convenceu e o tempo provou que ela está bem e bastante segura e tranquila ao conviver com Elyan.

E se volta para mim:

— O seu problema é que no fundo você tem medo de não conseguir vencer, mesmo com toda a assistência — estreita o olhar —, não é?

Abro a boca para negar e Freya reclama da pressão do carinho. Droga!

Meus olhos caem perdidos no chão e eu fico um tempo em silêncio, só sentindo o que Rafe acabou de falar. E então as palavras saem de dentro de um lugar que eu não queria enxergar:

— E se, mesmo com toda a ajuda técnica, mesmo com todo o investimento, eu não conseguir e perceber que na verdade o problema é comigo?

Miro as luzes em cima do mural de fotos, a colcha de retalhos que a vó Nora costurou, os quadros na parede em tom de azul, os cristais, o mensageiro do vento na janela... e meus olhos se enchem de lágrimas. Apesar da resistência que sinto em aceitar um casamento que não vale nada, em fingir que sou esposa de um cara que provavelmente nem gosta de mim, minha maior resistência a colocar uma aliança falsa no dedo é que, se eu falhar depois de tudo a que vou ter acesso, não vai haver desculpas e nada em que me apoiar para continuar tentando, acreditando.

Os dedos de Maia secam as lágrimas na minha bochecha.

— Nina — Rafe me chama baixinho e eu olho para ele. — Lembro quando eu tinha sete anos e você cinco, e você já patinava melhor que eu e o Lucas. Lembro que eu odiava cair na sua frente porque, é óbvio, você conseguia fazer as mesmas manobras sem se estatelar. E lembro também de um dia específico em que eu caía sem parar enquanto tentava fazer um loop. Depois de um tombo ridículo, com os meninos rindo da minha cara, eu pensei em desistir. Fiquei sentado no gelo por muito tempo. Então você se aproximou, segurou a minha mão e disse, com toda a sabedoria dos seus cinco anos: *Cair só é ruim quando não levantamos depois.*

Sorrio e meus olhos voltam a se encher de lágrimas.

177

— Você está inventando isso. Eu não lembro.

— Eu lembro, Ni, e nunca mais esqueci de levantar depois de um tombo. Ele me abraça e Maia também.

— Diga sim ou diga não, mas não desista de levantar.

Suspiro, apoiando a testa no ombro dele. Deles.

Maia segura minhas mãos.

— E eu só quero te ver feliz e realizada.

Respiro fundo, pego o celular no bolso do moletom e digito para Elyan Kane:

Eu aceito. Acho.

178

18

— Tem um homem lindo na porta da nossa casa querendo falar com você. — Vovó Nora acabou de bater à porta do meu quarto e me chamar.

— Você quer que eu vá embora? — Rafe pergunta.

— Não, de jeito nenhum. Quero que você fique comigo.

— Eu vou tomar um banho — Maia diz, indo em direção ao banheiro no corredor. — Essa conversa é no máximo entre vocês três.

Cinco minutos depois de mandar o "aceito, acho", Elyan me ligou perguntando se podíamos conversar pessoalmente.

Eu respondi que estava em casa e disse que ele podia dar um pulo aqui. Afinal, se vamos levar isso adiante, é bom que ele apareça na minha casa pelo menos algumas vezes antes de eu contar para minha família as *boas novas*.

Rafe e eu acabamos de entrar na sala íntima, onde Elyan está nos esperando. Ele está de costas para a porta olhando pela janela, vestindo um blazer de lã xadrez preto e cinza, calça jeans escura, os ombros largos bloqueando quase toda a vista da rua lateral, as mãos para trás como um pretendente romântico do século passado.

Quando nos ouve entrar, ele se vira de frente para nós. Os olhos azuis ainda mais vivos, como duas bolas de vidro de outro mundo, a barba por fazer e as ondas do cabelo meio bagunçadas o deixam com um aspecto mais humano.

— Oi — diz baixinho e se aproxima.

Meu coração está tão acelerado que tenho certeza que vai ressoar na minha voz.

— Oi — respondo e depois apresento: — Este é o Rafe, meu amigo e parceiro.

— Prazer, eu sou Elyan Bourne.

Eles trocam um aperto de mãos e, de canto de olho, vejo que Rafe está com os olhos arregalados e a boca meio aberta, sem falar nada. Cutuco meu amigo com o cotovelo.

— Rafe!

Ele pisca devagar, como se tivesse acabado de acordar, e finalmente fala:

— Ah, desculpe. Muito prazer.

Sei o que se passa com Rafe: a beleza chocante de Elyan Kane.

— Vamos nos sentar. — Aponto com os olhos para o sofá na frente da lareira.

Elyan assente e se vira, tomando a dianteira.

Rafe coloca as duas mãos no coração como se tivesse acabado de ser flechado pelo cupido e murmura só para mim:

— Se você não casar, eu caso.

Rafe fala sobre o tempo, sobre os biscoitos e o café maravilhoso que minha avó serviu há pouco, sobre o cenário atual da patinação e sobre as novidades do hóquei e do rúgbi no Canadá. Elyan responde tudo com frases curtas ou monossílabas e já mexeu nos anéis algumas vezes — ele não está mais com a tala —, enquanto lança umas olhadas investigativas na minha direção. Rafe solta uma piadinha infame sobre o "sumiço" de Elyan por cinco anos e ele se força a rir.

Tenho certeza de que o senhor das cortes dos pesadelos e do inverno juntas não veio até aqui para jogar conversa fora, e que está sem saber o que pode ou não falar na frente do meu amigo.

— Elyan — eu o chamo. — Rafe é uma das pessoas em quem eu mais confio no mundo. Ele sabe de tudo.

Os olhos azuis desviam de mim para Rafe e depois de volta para mim, intensos, penetrantes, eletrizantes. *Quase demais.*

— Ah — diz e inspira devagar. — Você sabe que, quanto mais gente souber, mais arriscado o nosso acerto fica, não sabe?

Arregalo os olhos e percebo Rafe se mexer desconfortável ao meu lado. Elyan se corrige:

— Nada contra você, Rafe. Se a Nina confia em você, eu também devo confiar. A única coisa é que todos que souberem do nosso acordo devem assinar um termo de confidencialidade.

Rafe encolhe os ombros.

— Por mim tudo bem.

— Bem, então... — Minhas bochechas ardem. — Você pode incluir o nome de Maia Allen More para assinar como a outra pessoa que sabe e não vai falar nada.

Os olhos azuis viram duas bolas de gude e Rafe reprime uma risadinha.

— Mais alguém, Nina?

— Não.

E agora ele estreita um pouco o olhar para mim.

— A Maia é minha irmã. Desculpa, eu não tinha pensado que não devíamos contar pra ninguém, mas faz sentido.

— Sim, inclusive nossos advogados vão ter que assinar os termos de confidencialidade. Eu não posso, não podemos arriscar.

— Advogados? — pergunto, surpresa.

A voz de Elyan soa suave, quase o mesmo tom que ele usa para falar com Jules:

— Só para que o acordo que vamos assinar com os termos do casamento definam o que se espera das duas partes.

Meu coração volta a acelerar. Não sei se estou preparada para isso. Eu disse sim por impulso, não sei se vou conseguir.

— Eu... Eu não conheço nenhum advogado.

— O meu primo — Rafe sugere. — Ele é um ótimo advogado e super de confiança.

As narinas de Elyan se expandem.

— Se quiser eu envio o contrato para o seu e-mail, Nina, assim você já pode mandar para o primo do Rafe dar uma olhada. O que acha?

Acho que eu quero sair correndo daqui.

— Nossa. — Solto o ar e abro um sorriso incerto. — Estamos com pressa, né?

— Infelizmente eu só tenho três meses até a primeira audiência, e acho — ele limpa a garganta —, acho que, quanto antes vocês começarem a treinar com a minha equipe, melhor.

Rafe se recosta mais no sofá e estica as pernas, relaxado. É claro que ele está relaxado, não é ele quem vai colocar uma aliança no dedo de Elyan, fingir para meio mundo que é casado, inclusive na frente de juízes e do conselho tutelar. Será que eu posso ser presa se vier à tona que isso é uma fraude?

— Sua equipe? Você já tem os nomes de quem está sondando para nos treinar? — A voz de Rafe chama minha atenção.

— Eu posso ser presa?

Elyan franze o cenho e Rafe dá risada.

— Como assim?

— Se descobrirem que nós estamos mentindo sobre o casamento — explico.

— Não — Elyan responde com o mesmo tom de voz tranquilizador, grave e baixo.

Para mim soa como se ele estivesse sussurrando indecências BDSM no meu ouvido.

— Nós não podemos falhar, não vamos. Ninguém vai descobrir Nina, eu te juro — garante Elyan. — Tirando nós três, quatro, e nossos advogados, ninguém vai saber de nada, nunca.

Tento encher os pulmões de ar, me forçando a relaxar.

— Sobre a equipe técnica — prossegue Elyan —, eu já tenho os nomes de quem vou contratar para treinar vocês — ele diz e pega o celular no bolso interno do paletó. — Querem ver?

Sou a primeira a assentir e sinto a ponta dos dedos de Elyan tocar os meus conforme alcanço o aparelho e… Uau. Um choque de eletricidade estática arrepia meu braço. Ignoro.

Engulo, ansiosa, enquanto leio:

Técnica: Lenny Petrova
Assistente técnico: Elyan Kane
Coreógrafo: Jaques Kim

Minha boca seca mais e meus ouvidos zunem.

— Meu Deus! — murmuro.

— Achei melhor voltar a utilizar o Kane porque é como eu sou conhecido no meio da patinação e…

182

— Elyan — arfo —, Lenny Petrova sabe que é a mim que ela vai treinar?

— Lenny Petrova não está aposentada? — Rafe indaga, surpreso.

— Ela tirou dois anos sabáticos — responde Elyan, olhando para Rafe —, mas adorou a ideia de voltar a trabalhar comigo. E por sorte ela está em Toronto faz um tempo.

Agora os olhos azuis se voltam para mim.

— E, sim, Lenny vê muito potencial em você, em vocês, e está animada para conhecê-los.

Devolvo o celular com os dedos instáveis.

— Ela já me viu patinar?

— Mostrei vídeos de vocês patinando de alguns anos atrás.

Agora está difícil respirar. Lenny Petrova, a técnica de milhões. Famosa por pegar atletas desconhecidos e transformá-los em campeões. Dos seis atletas com quem ela trabalhou durante a vida, quatro foram campões olímpicos, incluindo Elyan Kane.

— Lenny sabe que não estou conseguindo completar alguns saltos e...?

Elyan faz que sim.

— Eu marquei de conversar com ela uma semana atrás e mostrei um vídeo que, hum, estava na internet.

Ah, ele usa internet então.

— Há quanto tempo você estava pensando em me propor isso?

Elyan desvia os olhos dos meus, parecendo sem graça.

— Desde aquela noite no quarto da Jules, e depois, quando te vi patinando no lago do château.

Essa é a oportunidade que todo patinador espera na vida. Poder ser treinado por uma equipe dessas é como receber um filhote de guaxinim de verdade no Natal, depois de pedir para o Papai Noel, quando eles são proibidos como animais de estimação no Canadá. Algo impossível de acontecer. Lenny Petrova, Elyan Kane, Jaques Kim, além de fisioterapeutas, massagistas, professores de dança, pilates... Isso vai custar milhares e milhares de dólares, uma fortuna impensável.

— Com tantos atletas que dariam a vida, casariam com você oito vezes e te ajudariam no que você pedisse para serem treinados e patrocinados... por que eu?

Elyan mexe no anel, o que tem a cabeça de lobo, e parece hesitar em responder, soltando o ar de um jeito entrecortado.

A mão de Rafe pousa sobre a minha.

— Hum, mas que cheiro delicioso — ele diz e se levanta. — Vou ver se querem minha ajuda com o jantar.

E fita Elyan com um sorriso simpático no rosto.

— Conte comigo para levar esse segredo para o túmulo, me casar... quer dizer, assinar o que for preciso, ou só para tomar umas cervejas e jogar conversa fora. Ni — me chama quase da porta —, estou na cozinha com a vó Nora.

19

O uvimos o clique da porta sendo fechada e eu me explico melhor:

— Eu entendi que o lance de você querer treinar e patrocinar atletas é para ajudar no processo das crianças e com o tal projeto de vida e...

— Não é só isso. Eu estava querendo voltar para o esporte por motivos pessoais.

Não consigo evitar que meus olhos se abram, surpresos, mas no mesmo segundo lembro que não estamos conversando sobre o passado dele e os motivos de Elyan ter largado e agora voltar para a patinação. Retomo o ponto que interessa:

— E aí você resolveu que eu seria a aposta certa quando me viu cair no lago do château?

— Eu entendi que você seria a melhor pessoa para me ajudar quando vi a forma como você lidou com a Jules, a maneira como ela te chamou enquanto chorava nos meus braços. E na manhã seguinte, quando vi uma patinadora que as crianças adoram e, além de tudo, talentosa e corajosa o bastante para fazer um triple flip num lago congelado.

— Ou louca o bastante.

E agora ele está buscando algo dentro dos meus olhos, como se escavasse a superfície deles atrás de alguma informação. Meu coração acelera e minha respiração fica mais rasa.

— Eu vi você, Nina More, vi você patinar com sua alma e seu coração naquele lago. Eu vi você entregar parte de quem você é para o gelo. Você é capaz de fazer, patinando, alguma coisa que não se ensina.

Mordo o lábio inferior, disfarçando o tremor dele. O que foi isso que acabou de acontecer aqui? Elyan Kane é o mago das palavras certas e arrebatadoras agora?

— Sobre os saltos — prossegue ele —, vamos te ajudar a se sentir segura com você mesma no gelo, a se lembrar de como executá-los.

Pulso mais acelerado. Elyan acaba de olhar por trás da minha retina e achar coisas ali que poucas pessoas acham. Porque, sim, naquela manhã eu patinei como havia muito não patinava, me entreguei de verdade para o gelo, sem medo, sem pressa, sem autocrítica. No entanto, independentemente de qualquer coisa com o gelo, vamos ter que fazer todos enxergarem um casal apaixonado em vez da mentira sobre amarmos um ao outro quando até pouco tempo atrás mal nos tolerávamos.

— Se formos fazer isso, você vai ter que... Vamos ter que fazer as pessoas acharem que nos apaixonamos perdidamente em poucas semanas, não é?

Acho que meus olhos para Elyan agora são como o buraco no País das Maravilhas, a toca do coelho branco. Tenho certeza de que ele quer me fazer acreditar que é capaz de enganar quem quer que seja.

— Eu posso... Nós podemos fazer isso.

— Minha família vai ser uma parte difícil. Eles são muito diretos, e, se desconfiarem de alguma coisa, não vão nos deixar em paz.

Desvio os olhos dos dele para conseguir pensar e respirar ao mesmo tempo. Estou apavorada com o que estou aceitando fazer.

O polegar quente e firme dele toca a linha do meu maxilar e desliza até o meu queixo, provocando uma descarga elétrica no céu.

— Abra os olhos, Nina.

Nem reparei que tinha fechado. Ele se inclina, deixando os nossos rostos próximos.

— Nós vamos fazer isso funcionar.

Ele fala tão perto do meu rosto que o hálito fresco como neve derretida, menta e fogo de dragão invade minha respiração e se mistura com ar dentro do meu peito. Uma veia pulsa rápida na lateral do pescoço masculino e ele umedece os lábios para afirmar:

— Ninguém vai duvidar de que você é a coisa mais linda e preciosa que eu já encontrei na vida e de que estou loucamente apaixonado por você.

Solto um suspiro entrecortado.

— Está bem.

— Você se importa de nos tocarmos um pouco em público?

Tenho certeza de que minha avó está ouvindo meu coração acelerado lá da cozinha.

— Nos tocarmos?

— Mãos dadas — o hálito dele acaricia a pele do meu rosto —, selinhos, abraços e a cumplicidade que qualquer casal apaixonado demonstra. Tudo bem para você?

Uma onda de calafrios invade meu estômago e outra de calor se espalha pelo rosto, através do peito, pelo ventre e talvez... *Ah, não, Nina!* Tenho vontade de contrair as pernas. Deve ser o excesso de testosterona que Elyan usou para me fazer acreditar que ninguém vai olhar para a gente e duvidar de que somos um casal que mal aguenta ficar sem se tocar por cinco minutos.

— Eu... é... tudo bem. Meus parceiros têm acesso livre ao meu corpo. Estou acostumada — minto.

Não com Elyan Kane. Não estou acostumada com ele.

— Hum. — Ele prende a boca numa linha reta, e os olhos se estreitam num risco azul. — Seus parceiros, é, Nina Allen More?

Franzo o cenho, sem entender.

— S-Sim. Por quê?

A ponta do nariz dele acaricia de leve a ponta do meu antes de ele se afastar só um pouco, para murmurar, rouco:

— Depois que nos casarmos, nenhum homem vai colocar as mãos com liberdade no seu corpo, meu bem. Só profissionalmente, é claro.

Agora minhas mãos estão formigando e o gelo no estômago se intensifica. Ele bancou o noivo ciumento e falou isso olhando para os meus lábios.

Gargalho, numa mistura de nervoso e excitação, e me reclino, me afastando mais dele, do calor do corpo dele.

— Você é um ótimo ator, Elyan. Tenho certeza de que vamos convencer todos de que estamos apaixonados. Mas pode parar de ensaiar; estamos sozinhos aqui.

Uma curva discreta aparece nos lábios cheios, mas o magnetismo e a intensidade com que ele me encara ainda estão aqui, transformando minha libido num globo espelhado e neon. Mudar o rumo da conversa para algo sério e que vem martelando minha consciência é um jeito de colocar essa tempestade de sensações no lugar dela.

— Mas o que você acha que as pessoas do meio da patinação vão falar de nós estarmos juntos e você fazer parte da minha equipe técnica?

Ele alarga os ombros e a expressão volta a enrijecer, a ficar distante.

— Eu parei de me importar com que as pessoas acham há muito tempo.

E nega antes de prosseguir:

— É provável que o meu retorno para o meio da patinação ocupe tanto as pessoas que o fato de eu estar treinando minha esposa seja só um detalhe a mais.

Minha esposa. Sua ex-fã tarada, como fiquei conhecida quando você foi um babaca. Já posso ver as notícias: "Elyan Kane some por cinco anos e volta para se casar com Nina Allen More, uma patinadora que ganhou alguns campeonatos locais, mas que deveria estar na Interpol em vez de na patinação, afinal trouxe Elyan de volta para o mundo dos vivos".

Meu pulso volta a acelerar.

— Quando você imagina... é... se...

— Casar?

Assinto, e Elyan respira fundo, parecendo inseguro.

— Eu sei que seria melhor termos mais tempo.

Faço que sim outra vez.

— Mas não temos, não com o processo correndo, então acho que no máximo em três ou quatro semanas.

— Tudo bem! — respondo antes que desista e me arrependa pelo resto da vida de não ter agarrado essa chance.

E essa chance não inclui Elyan Kane, que fique claro. Não quero mais agarrá-lo faz tempo, muito mais tempo do que desisti de querer surrá-lo. Mesmo se quisesse, só por curiosidade, para entender aonde essa eletricidade toda entre a gente poderia nos levar caso a direcionássemos para o sexo. Isso com certeza iria estragar todas as chances de esse acordo louco funcionar por três anos. Agarrá-lo, passar as mãos no bíceps definido, no abdome cheio de curvas e na barba por fazer, sentir os lábios dele esmagarem e se moverem sobre os meus, está fora de qualquer cogitação.

Ele estende a mão na minha direção e eu ofereço a minha de volta. A dele, grande e quente, envolve a minha, pequena e um pouco fria, num aperto firme e amigável.

— Você não vai se arrepender, futura esposa. Eu não vou deixar.

Futura esposa faz minhas mãos gelarem ainda mais. Eu vou, *nós vamos* mesmo fazer isso.

— Acho bom, futuro marido.

E o sorriso orgulhoso que ele dá, o mesmo sorriso que ele dava todas as vezes que se saía muito bem nas pistas, faz meu coração inconsequente acelerar, igual acelerava quando eu tinha quinze anos e achava que ele era meu lorde do inverno, de algum jeito.

Foque onde precisa, onde deve, onde é de verdade: sua carreira.

— Bem, se vamos nos casar em algumas semanas, acho melhor você conhecer a minha família.

— Como seu...?

— Não sei, namorado ou qualquer coisa parecida, acho.

Ele franze o cenho.

— Não acha melhor nós combinarmos antes o que vamos falar?

— Não... Vai dar tudo certo. Só... não importa o que aconteça, não fique para o jantar.

Eu me levanto e Elyan me segue.

— A comida é ruim? — ele pergunta, com um riso na voz.

— Se fosse eu insistiria para você ficar — movo o pescoço para trás até encontrar os olhos dele —, para me vingar da sopa.

E ele ri.

— Minha família inteira vem jantar hoje — me explico. — Ainda não estamos prontos para eles juntos, sentados numa mesa.

20

Mamãe sempre quis uma família grande e que todos se sentassem juntos à mesa. Há vinte anos, quando compraram a casa, ela seguiu o conselho da minha dadi e mandou fazer uma, pensando nos genros, noras e netos que um dia chegariam.

Esse é o termômetro de quanto meus pais e avós querem que nos casemos e engravidemos: uma mesa de vinte lugares que ocupa três quartos da sala há duas décadas. Até então, o máximo de pessoas sentadas nos jantares de quinta à noite havia sido doze. Hoje contamos com mais uma.

Uma pessoa que está muito sorridente e relaxada, mesmo que eu o esteja fuzilando com os olhos. Elyan ainda não sabe no que nos meteu. Bastou um sorriso afetuoso da minha mãe e um convite com um pouquinho de insistência da vó Nora para que ele esquecesse o que falei há pouco sobre não ficar para o jantar *em hipótese nenhuma*. Quero obrigá-lo a engolir o guardanapo com o sorriso quando minhas duas avós se sentam, uma à sua frente e outra ao seu lado. Essas duas juntas, santo Deus, não sei como esse jantar vai acabar.

E agora meus irmãos, Lucas e Oliver, que deviam ter vergonha de tentar intimidar um cara grande como Elyan, fazem piadinhas. Lucas nem se importa com a expressão contrariada de Natalie, que o acompanha nos jantares da família faz três semanas.

Natalie é uma bailarina russa que dançava até dois meses atrás na Academia de Londres, e também é prima do Nick, o melhor amigo do Lucas. Ela foi contratada pelo Balé de Toronto para ser uma das primeiras bailarinas e não conhece ninguém na cidade. Por isso, desde que Nick foi fazer um treinamento em Seattle, há um mês, segundo Lucas o amigo o "obrigou" a bancar o segurança e lorde de companhia da prima. O que, meu irmão diz, é um "pé no saco", porque Natalie só se mete em problemas desde que se mudou para a cidade. Acredito mesmo que deve ser um *pé no saco* morar no apartamento maravilhoso do Nick com a Natalie por alguns meses.

Até onde eu sei, meu irmão é hétero, e Natalie é uma deusa ruiva que saiu de um relacionamento conturbado em Londres e jamais se relacionaria com o melhor amigo do primo. Lucas se acha a última bolacha do pacote e não deve saber lidar com a indiferença da moça. Na semana passada, ela me disse, rindo, que até o acha bonitinho, quando ele não é insuportável, e que só vem aos jantares de quinta porque gosta das meninas da família.

Agora Natalie lança um olhar repreensivo para Lucas quando ele prossegue testando minha paciência e a de Elyan.

— Você sabia que na Índia, quando um namorado janta assim com a família inteira da moça, ele é obrigado a se casar com ela? — Lucas ri e cutuca Oliver com o cotovelo. — Não é?

— Pelo amor de Deus! — peço, ríspida. — Parem com isso. Quantos anos vocês têm?

Oliver, que estava falando com Eleanor — a coitada da esposa dele e minha amiga —, sorri para mim e concorda.

Oliver é um advogado que sonhava ter seguido carreira no hóquei, mas nunca teve grandes ofertas na universidade. Acho que por não ter se realizado como atleta, a segunda profissão dele é atormentar as pessoas. Quando tem a ajuda do Lucas, é insuportável! Lucas, que devia poupar a energia dele para os treinos de hóquei, gasta metade dela nos jantares da família, enchendo meu saco e o de Maia, e a outra metade tentando cuidar da vida de Natalie. Lucas joga pela Universidade Metropolitana de Toronto e, se não seguir o caminho do esporte, deve seguir a carreira de engenheiro.

— Não fica brava, ursinha. Nós só vamos deixar a dadi arranjar seu casamento, ou você namorar alguém, depois que ele passar no teste da família More.

Analiso a expressão de Elyan. Ele acaba de responder algo para minha dadi, sorrindo. Por algum motivo desconhecido, parece muito confortável em ser metralhado de todos os lados.

— Teste da família More? O que seria isso? — pergunta Elyan para os meus irmãos.

Eleanor sorri e me encara, especulativa.

— Ele está tão interessado assim?

Reviro os olhos e nego com a cabeça. Se eles soubessem que vamos nos casar em poucas semanas, Elyan não sairia vivo desta mesa.

Olho para Natalie.

— Sério, como você aguenta morar com esse idiota?

Ela encolhe os ombros.

— Eu só preciso aguentar por mais dois meses, até o Nick voltar. Tenho pena de você, que mora com ele há uma vida.

— Nem te conto como é difícil.

Natalie acha graça e revira os olhos para Lucas, que ignora e começa a se servir de macarrão com almôndegas.

— O teste da família é só um jogo de hóquei entre amigos. Você jogaria no time adversário, nada de mais.

Lucas e Oliver riem. Eu bufo, impaciente.

— Não é um jogo de hóquei normal. O último namorado meu que eles convidaram ficou um mês sem sentar direito.

— E o meu namorado que eles levaram para o jogo entre amigos — Maia diz, ácida — terminou comigo no dia seguinte.

Oliver encolhe os ombros.

— É um teste de lealdade.

— Pare de colocar comida no prato, Lucas — vovó Nora pede, exagerando no sotaque irlandês. — Tem outras pessoas na mesa. Além disso, você pode se servir novamente depois.

Mamãe Ganso sai na defensiva do filhote faminto, como sempre:

— Deixa ele comer à vontade. Qualquer coisa fazemos mais macarrão, mamãe.

Lucas coloca mais uma colher cheia de macarrão no prato e alguns olhos se estreitam para ele.

— O quê? Eu tenho jogo amanhã. — Ele enrola o macarrão no garfo, enfia na boca e olha para mim. — O Justin bem que mereceu que nós jogássemos com ele pra valer. Confie no nosso instinto, ursinha.

— Não fale de boca cheia. — Mamãe bate com o guardanapo no ombro de Lucas, chamando a atenção de todos. — E pare de atormentar o Elyan.

192

Ela se vira para ele.

— Você não é obrigado a jogar nada com ninguém para namorar a Nina.

E se volta para Lucas e Oliver com uma ruga entre as sobrancelhas. Mamãe Ganso vai defender a outra cria.

— Vocês nem perguntaram se ele sabe patinar. Deixem o Elyan em paz. Quero rir. *Se ele sabe patinar? É sério?*

Só que meu alívio por ninguém ter reconhecido Elyan da parede do meu quarto é maior que a ironia da situação. Eu não sairia ilesa de um jantar com meus irmãos se eles souberem que Elyan Bourne é Elyan Kane, minha paixão platônica juvenil e o cara que eu chamei de filho dos infernos por meses enquanto eles me assistiam jogar dardos na cara dele.

Mamãe também se serve e, antes de passar a travessa para papai, diz a Natalie:

— Não esqueci que você não come carne, fiz almôndegas de soja para você. Estão na outra travessa.

— Eu vi, sra. More, muito obrigada.

— Imagina — e sorri, toda simpática —, é um prazer receber você para jantar.

— O prazer é meu, a senhora faz com que eu me sinta em casa aqui.

Natalie é a primeira garota que Lucas traz para os jantares da família, e, mesmo sabendo que os dois não são um casal, dona Charlotte não se segura, é toda sorrisos e agrados com a moça. No fundo, deve ter esperança de que o meu irmão se apaixone, sossegue e pare de namorar uma garota diferente a cada quinze dias.

— Aliás, o que você faz, Elyan? — pergunta mamãe.

Elyan aceita a travessa que acabou de ser passada para ele e se serve.

— Eu patinava.

Rafe dá uma risadinha sarcástica.

— O Elyan foi um patinador muito bom, muito mesmo.

Papai finalmente se interessa pela conversa.

— É mesmo? Você patinava onde?

Elyan passa o guardanapo na boca antes de responder.

— Eu competi pela Grã-Bretanha.

— Hum, isso está uma delícia, Nora. É aquele molho que que te ensinei a fazer, não é?

193

— Não, dadi — responde vó Nora, implicante. — Isso pode te surpreen-der, mas nem tudo que os outros sabem fazer aprenderam com você.

— Estranho — dadi murmura e se vira para meu dada, meu avô pa-terno. — Coloque o guardanapo no pescoço. Não vou tirar as manchas da sua camisa depois.

Meu avô, resiliente, abre o guardanapo e o coloca sobre o peito, sem se importar por ter sido repreendido a troco de nada. Maia, que está ao lado dele, o ajuda.

Ah, não. Agora o alvo da minha dadi é Elyan.

— Nós somos uma família hindu, irlandesa e canadense, mas parece-mos uma família italiana barulhenta. Não se assuste, Elyan. Nós não mor-demos.

A única pessoa que não contribui para as risadas altas e o falatório inin-terrupto à mesa é meu dada. Meu avô diz que para ele é impossível se sen-tar para comer e perder tempo conversando.

— Não estou assustado. — Elyan sorri. — Estou adorando. É muito bom dividir a mesa com uma família… grande e unida.

Quase engasgo com o suco de romã. Por um segundo, achei que Elyan fosse dizer que é muito bom dividir a mesa com uma família e ponto. Eu sei, pelo que conheço da vida dele, que provavelmente essa é a verdade. Lanço um olhar para ele cheio de compreensão e apoio, e ele me responde com um sorriso discreto.

— Faz anos que Nina não traz ninguém para jantar, e saber que ela está se abrindo para o amor me enche de alegria — dadi comenta, toda animada.

Se abrindo para o amor, dadi?! Minha pálpebra treme. Maia reprime uma risadinha e eu quero beliscá-la. *Não ria!*

— Dadi, não exagera. Assim você vai assustar o Elyan de verdade.

Dadi com certeza sofre de surdez seletiva, só escuta aquilo que interes-sa, e me ignora ao prosseguir:

— Nina não deu abertura para nenhum dos rapazes de ótima família que eu trouxe para conhecê-la, e eu já estava ficando sem opção.

Solto um gemido estrangulado, desesperado, mas ninguém percebe. Tirando eu, dadi, vó Nora e Elyan, todos os outros engataram na conversa sem fim que sempre domina a mesa às quintas-feiras em casa: hóquei, patinação, corrida de patins, esqui ou qualquer esporte que envolva gelo e neve. Já Rafe e Maia acharam outra pessoa para engrossar o caldo dos que falam de balé à mesa.

— Dadi — chamo, num tom mais baixo que as risadas que acabam de preencher o ambiente —, o último rapaz que você trouxe era trinta anos mais velho, mal falava inglês e tinha cheiro de páprica e cúrcuma... Antes que você reclame, eu adoro cúrcuma e páprica, mas na comida.

O cenho de dadi é franzido numa expressão típica de incompreensão.

— Kabir é de uma ótima família tradicional hindu. — Ela pega o celular na bolsa que está pendurada na cadeira e mostra a tela para Elyan.

Os olhos azuis se arregalam um pouco, com ar impressionado.

— Diga se ele não é um rapaz excelente? — pergunta dadi.

Minhas bochechas ardem quando vejo a foto do senhor calvo e bigodudo, vestindo trajes indianos, que minha dadi mostra, toda orgulhosa, como se fosse Rohit Khandelwal, um ator indiano supergato.

— Ah, sim, ele é muito... interessante — responde Elyan, depois de dar um gole na água.

Elyan está reprimindo uma risada? É claro que está. Enquanto ele deve namorar mulheres maravilhosas, top models internacionais, a perspectiva para mim, segundo minha dadi, é um homem trinta anos mais velho e calvo.

Ela guarda o celular na bolsa outra vez.

— Como foi que vocês se conheceram mesmo?

— No trabalho — eu falo.

— Na minha casa — Elyan responde ao mesmo tempo.

Vó Nora coloca mais almôndegas no prato dela antes de perguntar como quem não quer nada:

— Os seus pais fazem o quê, Elyan?

Suspiro reparando na expressão analítica de dadi, que acaba de assentir para vovó Nora, como quem diz, em silêncio: *Boa pergunta, Nora.*

— Meu pai era um investidor na área da mineração –– replica Elyan —, e minha mãe era professora numa escola infantil.

Minhas avós ficam em silêncio e Elyan prossegue, acreditando estar fazendo um ótimo negócio ao ser simpático e colocar lenha na conversa. Eu queria escrever um bilhete e passar por debaixo da mesa: *Aproveite que esta-*

mos indo bem aqui e fique quieto, mas obviamente não faço isso e ele abre a fornalha, colocando toras enormes de madeira dentro.

— A minha avó por parte de mãe é irlandesa. Ela veio para o Canadá ainda jovem.

Vó Nora sorri respirando fundo, satisfeita, e lança um olhar arrogante e vencedor para dadi.

— Tem certeza de que não tem nenhum parente indiano, Elyan?

Pronto. Estamos a todo vapor. Conflito e competição a bombordo. Vovó Nora e dadi brigam como duas cobras velhas, querem controlar a família inteira, competem por tudo e se amam como dois coelhinhos quando não estão se matando.

— Não, senhora, não que eu saiba.

Abaixo os talhares no prato.

— Ele é inglês, dadi.

Dadi encolhe os ombros.

— Tem muitos indianos na Inglaterra. Ele pode ter um parente sem saber. Eu mesma, antes de decidir vir para o Canadá com seu dada, pensei em me mudar para a Inglaterra.

Fito Elyan com as narinas expandidas querendo que aquele dom de telepatia que ele pareceu ter outro dia no carro seja real. *Entenda o que eu quis dizer com não aceite ficar para o jantar em hipótese nenhuma e fique quieto, coloque aquela carranca habitual no rosto e faça a cara de mau que combina tanto com você.*

Elyan apenas sorri em reposta, como se estivesse maravilhado.

— Pelo amor de Deus — vó Nora exclama para dadi —, ele disse que é metade irlandês, o que ameniza o fato de ser inglês.

— Mamãe! — minha mãe chama vovó Nora, ríspida. Tenho a sensação de que minha mãe consegue ouvir e participar de todas as conversas paralelas que acontecem pela mesa.

Vó Nora abre bem os olhos ao se dar conta do que acabou de falar.

— Me desculpe, Elyan, você não tem culpa de ser inglês. Não tenho nada contra você por isso.

— Vovó! — Agora sou eu que exclamo e me viro para Elyan, falando baixinho: — Me desculpa.

Ele faz uma negação com a cabeça e abaixa os talhares sobre o prato.

— Não se preocupe. — E sorri como um golden retriever para vovó Nora. — A senhora cozinha tão bem que, mesmo com meu péssimo gosto culinário inglês, tenho certeza de que é o melhor macarrão com almôndegas que qualquer pessoa já comeu.

Desde quando você é um golden, Elyan Kane? Deve estar muito a fim de que essa farsa entre nós dê certo.

— Você sempre será muito bem-vindo — mamãe coloca panos quentes na situação.

— Tão educado e bem-apessoado assim — dadi volta a insistir —, ele bem que pode ter um tio ou primo indiano e não conhecer.

— Mamadi — meu pai intervém —, pare de insistir nisso. Nem todos têm parentes indianos.

— O que estou querendo dizer é que as pessoas não conhecem todos os parentes.

Inspiro o ar devagar, com o rosto fervendo. Quero entrar embaixo da mesa. Quero acabar com esse assunto de uma vez por todas.

— Dadi, a família inglesa de Elyan tem centenas de anos de tradição e um livro com todas as suas gerações passadas. Ele é um conde inglês, certamente saberia se algum parente próximo fosse indiano. Resolvido?

Agora todos os pares de olhos da mesa estão virados em nossa direção.

— Um conde? — É Lucas quem pergunta.

Escuto Elyan respirar de maneira ruidosa. *Ah, agora você está arrependido por não ter me dado ouvidos e ter aceitado ficar para um jantar em família?*

— Conde de Effingham — murmura Elyan —, mas eu não gosto de usar ou ser tratado pelo título. Vou renunciar a ele assim que possível, em favor do meu irmão mais novo.

— Eu vou pegar a sobremesa. — Vovó Nora se levanta. — Não é sempre que temos um conde meio irlandês jantando em casa. — E olha desafiadora para dadi, antes de concluir: — Ainda bem que fiz minha especialidade: torta de maçã irlandesa.

— Hum, que delícia, vovó — Maia comemora.

— Minha sobremesa preferida — Natalie diz.

Oliver bate a palma das mãos sobre a mesa.

— Espera! Que eu saiba, o único lorde que patinou pela Grã-Bretanha e não patina mais é Elyan Kane. — E arregala os olhos. — Meu Deus, é claro. É você. Como eu não te reconheci?

Não, por favor não. Quero me beliscar para acordar deste pesadelo.

— Eu não acredito — Lucas também se exalta, incrédulo. — A Nina te contou que...

Meus ouvidos zunem.

— Para, Lucas!

— Como eu não te reconheci? — pergunta Oliver. — A Nina teve pôsteres seus espalhados pelas quatro paredes do quarto dela por anos. Acho que até dormia abraçada com uma foto sua. Isso, é claro, antes de ela querer te matar e usar suas fotos no quadro de dardos.

Fito Elyan de relance, sentindo as bochechas arderem, e ele me encara de volta, com as pupilas escurecidas e as narinas expandidas. Deve estar horrorizado. Provavelmente vai sair correndo em alguns segundos. Nunca mais vamos ver Elyan Kane sobre a Terra.

Lucas gargalha alto. *Eu. Odeio. Meus. Irmãos.*

— Ela te stalkeou tanto que finalmente te encontrou pelo mundo?

— Parem de implicar com ela — Eleanor repreende.

Oliver se defende:

— Nós não estamos implicando, estamos brincando, e eles são namorados. Isso significa duas coisas: ela perdoou ele pela maneira como ele a tratou no passado, mas nós ainda não. Você está nos devendo um jogo de hóquei, Elyan — e estreita os olhos para ele —, um pra valer.

— Eu e Elyan nos entendemos sobre o que houve no passado. Ele pediu desculpas, explicou que não estava numa fase boa e eu entendi. — Resolvo falar a língua deles. — Caso contrário, ele não estaria aqui sentado à mesa e sim amarrado no meu quarto, em cima do quadro de dardos.

— Calma, ursinha — Lucas fala —, só queremos que o Elyan saiba que você não está sozinha.

— Parem! — mamãe grita, indo de zero a cem em dois segundos. — A Nina sabe o que é bom pra ela e sabe se cuidar. Se vocês falarem mais alguma coisa sobre isso, vou pendurá-los nos esquis da garagem e deixá-los dormir lá.

198

Ela respira fundo.

— Oliver, querido, coma um pouco de salada. Você não tocou nos legumes.

Zero a cem, não disse?

E, no segundo em que mamãe se vira para falar com Maia e Natalie sobre balé, Lucas se rebela, dando um risinho sarcástico em minha direção.

— Eu acharia excitante se uma namorada colecionasse fotos minhas sem camisa antes de nos conhecermos. Você tinha um ensaio dele assim para aquela revista esportiva, não tinha?

Eu queria ter superpoderes. Queria pegar essa mesa e fazer Oliver engoli-la e Lucas comer as cadeiras.

— Não, eu não tinha nada disso.

Agora Elyan está com a respiração acelerada e forçando um sorriso.

Superpoderes, por favor.

Viro para Rafe e depois para Maia, implorando por ajuda com os olhos; não quero olhar para Elyan, acho que nunca mais. Se eles soubessem o tanto de coisa envolvida na loucura da minha relação de mentira com Elyan, jamais falariam essas coisas. Estou tremendo de nervoso e de vergonha.

Não queria que Elyan soubesse que eu fui apaixonada por ele. Não queria que ele soubesse que, mesmo sem me conhecer, ele mexeu comigo a ponto de os meus irmãos, cinco anos depois do que aconteceu em Vancouver, bancarem os idiotas atormentadores e protetores ao mesmo tempo, porque lembram como eu me sentia em relação a tudo o que o envolvia. Encaro Rafe, implorando por ajuda outra vez.

— Todos nós erámos meio apaixonados por Elyan Kane.

Meus irmãos riem e Rafe acrescenta:

— Até eu era.

— Eu também — Maia afirma. — O quê? Vocês é que nunca souberam.

Natalie dá uma piscadinha para mim — ela percebeu que estou desesperada —, antes de aumentar o coro de fãs do Elyan:

— Eu também era meio apaixonada por Elyan Kane.

Lucas estreita os olhos, parecendo atingido.

— O quê?

Natalie abre as mãos no ar.

— Eu acompanhava a carreira do Elyan.

As bochechas de Lucas estão vermelhas. E eu amo a Natalie.

— Desde quando você acompanha esportes no gelo?

— Desde que eu nasci. Tenho vários parentes na Rússia que praticam, inclusive o seu amigo Nick.

Meu pai, que até então acompanhava tudo em um silêncio analítico, como costuma fazer quando algo o agrada muito ou o incomoda demais, se manifesta:

— Parabéns, você ganhou um ouro olímpico, não é?

Papai muda de assunto e olha na minha direção com as sobrancelhas arqueadas, como quem diz: *Esse é sempre o melhor jeito de consertar as coisas sem brigar.*

— Sim, senhor — Elyan responde, visivelmente aliviado.

— Eu adoraria saber como foi a emoção de segurar o ouro olímpico. Você ainda tem a medalha?

— Ainda acho que Elyan pode ser em parte indiano ou ao menos hindu — minha dadi repete, em meio à bagunça de quase todos falando ao mesmo tempo.

— Se eu fosse você, Elyan — Lucas afirma em tom alto, se sobrepondo aos demais —, fugia dessa bagunça enquanto é tempo, ou antes que a Nina, depois de uma briga, resolva fazer você de alvo vivo para os dardos dela. Ou quem sabe um de nós, se você machucá-la de verdade, entendeu?

— Ela não tem mais os dardos há anos — Rafe me ajuda, enquanto Eleanor briga com Oliver pelas brincadeiras que obviamente me deixaram sem graça.

Minha dadi ainda jura que Elyan é meio indiano, vovó Nora acabou de colocar a torta de maçã sobre a mesa e começa a falar algo sobre o colonialismo inglês, mamãe pede desculpas e fala que talvez tenha que pendurar Oliver e Lucas nos esquis da garagem de verdade; papai quer entrevistá-lo para a revista do colégio onde ele dá aula; dada mastiga em silêncio; Rafe diz algo sobre eu ser meio apaixonada, tipo "normal para quem tem quinze anos", e que eu era apaixonada por outros atletas também; Maia explica que meus irmãos fazem isso para testar a resiliência e os sentimentos dos namorados das irmãs; Elyan tenta responder com educação a todos; e Lucas

200

volta a insistir para ele fugir antes do jogo de hóquei se tem alguma dúvida do que sente por mim. E eu?

É demais para mim. Quero calar a boca de todos.

— O Elyan não vai fugir — afirmo, quase gritando. — Nós vamos nos casar daqui a três semanas, então ele vai fazer parte dos jantares de quinta com mais frequência e vocês vão ter que parar de agir como loucos, pelo amor de Deus.

21

Deus, quando me criou, quebrou o pote do freio de língua antes de adicionar um pouco na minha mistura. No lugar, ele usou o dobro de impulsividade, língua grande e falar sem pensar, tenho certeza.

Engulo em seco, ao mesmo tempo em que um coro de "O quê?", "Como é que é?", "Obrigada, meu Ganesha", "Você ficou louca?" e "Não brinca" se espalha pela mesa.

Minha respiração está acelerada e meu coração saindo pela boca. Eu me viro para Elyan, que respira fundo e segura minha mão sobre a mesa.

Pronto, está feito! Não tem mais volta. E pelo visto ele não vai fugir. Deve estar desesperado e amar muito mesmo os irmãos.

— Casar? Em três semanas? — mamãe repete, em tom esganiçado.

Lucas e Oliver estão encarando Elyan com olhos estreitos e desafiadores, agora sem brincadeira alguma na expressão.

— Que história é essa, Nina? — meu pai pergunta.

Oliver estreita mais os olhos.

— Ela está brincando, não está? Eles mal se conhecem.

Lucas fecha a mão em punho sobre a mesa e sorri nervoso antes de falar:

— Nina tem mais de vinte anos. Se ela decidiu se casar com um estranho, não podemos fazer nada. Mas saiba de uma coisa, Elyan: se você brincar com a minha irmãzinha ou machucá-la, vou atrás de você até o fim do mundo e você vai se arrepender de não ter fugido enquanto era tempo.

— Para, Lucas! — peço em tom ríspido. — O Elyan não vai me magoar. Nós... é... nós...

— Nos apaixonamos. Eu me apaixonei pela sua irmã assim que a vi — Elyan diz alto, grave, olhando dentro dos meus olhos, e um bolo se forma na minha garganta, acelerando mais meu coração.

Nunca menti para minha família sobre algo sério assim, e a ideia de fazer isso à mesa do jantar, na frente de todas as pessoas que eu mais amo no mundo, está me enjoando.

— É isso — afirmo. — Nós vamos fazer bem um ao outro.

Isso não é tecnicamente uma mentira, é?

O maxilar do meu pai está retido. Ele está tenso, e minha mãe segura a mão dele com força. Ela também está tensa.

— Vocês se conhecem há quanto tempo?

O polegar de Elyan desenha círculos calmantes na palma da minha mão.

— Um mês.

— E vão se casar daqui a vinte dias? — É meu pai quem repete a pergunta, no mesmo tom de voz que usa para chamar a atenção do time de hóquei da escola.

— Sim, a escolha ainda deve ser minha, não?

— Ninguém está dizendo o contrário, Nina — pondera vovó Nora. — Só queremos saber o motivo dessa pressa.

Os dedos longos de Elyan apertam um pouco os meus. Um pedido silencioso: pense antes de falar. *Pondere as palavras, cuidado.*

— Você sempre me contou que, quando conheceu o vovô em um bar em Dublin, não precisou de mais que algumas horas para saber que ele era o cara certo pra você.

Vó Nora olha para meus pais, murmurando:

— Ela tem razão.

— E você, dadi — prossigo com a voz mais firme —, sempre nos disse que só viu o dada duas vezes antes de se casarem.

Dadi balança a cabeça e abre as mãos no ar, apontando para meu pai.

— É verdade.

— O casamento de vocês foi arranjado, mamadi. É uma prática comum na Índia.

Dadi cruza os dedos com alguns anéis dourados sobre a mesa.

— Você tem alguma dúvida de que eu e seu baldi nos amamos e somos muito felizes?

Meu pai nega com a cabeça, e dadi sorri para mim e para Elyan antes de falar:

— Sendo assim, antes de desejar felicidades e abençoar esse casamento apressado de vocês, quero que os dois me prometam que, no devido tempo, vamos fazer uma cerimônia dentro das tradições hindus.

Ela espreme os olhos para vó Nora, com ar desafiador, ao dizer:

— Isso pode não significar nada para algumas pessoas à mesa, mas seria muito importante para mim e seu dada. — E aperta a mão de meu avô. — Não é verdade?

Meu dada mastiga distraído um último pedaço de almôndega e pisca devagar.

— O quê?

— O casamento de Nina nas tradições hindus. Não é importante?

Ele balança a cabeça várias vezes para a frente, para trás e para os lados, indicando o *sim, com certeza*, na linguagem do balançar de cabeça indiano.

— Dadi — fecho os olhos, inspirando bem devagar —, Elyan deve querer se casar na religião dele.

Que é... Eu não sei.

Elyan limpa a garganta.

— Sim, na igreja anglicana.

E ele volta a ler mentes, obrigada.

— Então — prossigo, determinada — acho melhor não prometermos nada por enquanto. Provavelmente vamos nos casar só no civil e depois pensa...

— Eu não me importo. — Ele segura minha mão com mais firmeza. — Podemos, sim, daqui a alguns meses, casar numa cerimônia hindu.

— *Are baba*. — Dadi bate palmas. — Um ótimo rapaz, eu tinha certeza.

E eu me forço a sorrir, mas quero acertar a canela dele com o bico da minha bota, enquanto todos à mesa estão em silêncio nos analisando. *Você sabe o que é um casamento hindu, Elyan?*

Trezentos parentes vindos de todos os lugares da Índia; todas as famílias hindus que minha dadi conhece aqui no Canadá; três a sete dias de festa, rituais, música, jantares e danças sem fim. Eu entrando carregada em cima de uma almofada e ele chegando em um cavalo. Nós dois cobertos por duas toneladas de brilho, flores e incenso, banho de cúrcuma, pinturas de henna. E tudo isso, esse investimento de tempo e energia, para um casamento de mentira? Não, obrigada; quero me opor. Mas fico quieta ao ver o entusiasmo de minha dadi, que volta a bater palmas, falando:

— Sendo assim, *ditero beti*. Você fará minha neta muito feliz, mesmo não sendo hindu.

— *Ditero beti*. — Dada enfim fala alguma coisa.

— *Are baba* — dadi volta a comemorar. — Finalmente tenho um casamento hindu para planejar.

E alguns minutos de silêncio raro, tenso e constrangedor caem sobre os treze lugares ocupados da mesa. Até mamãe falar, em tom ácido:

— Onde vocês vão morar?

Provavelmente é Elyan que ela quer pendurar na garagem agora.

Mesmo assim, é uma boa dúvida, um detalhe *pouco importante* que esqueci de perguntar.

— Na minha casa, aqui em Toronto — responde Elyan.

Mamãe e papai se olham, respirando fundo. Eu também solto um suspiro, relaxando. E se ele respondesse "Na Inglaterra", o que eu faria da vida?

— Bem — vó Nora curva os lábios num sorriso tímido —, Nina vai ser a noiva mais linda e uma condessa. Uma condessa bastante irlandesa.

Meus olhos se arregalam. Meu Deus! Eu vou ser uma condessa? *Eu vou ser uma condessa.* Não tinha me dado conta disso. Não sei se quero. O que uma condessa tem que fazer? O que ela tem que saber?

— Está tudo bem, Nina — Elyan diz no meu ouvido.

Estou apertando os dedos dele com força.

— Você não precisa se preocupar com isso, eu vou cuidar de tudo — conclui, e as palavras sopradas na minha orelha fazem um arrepio percorrer minha espinha.

Ele dá um beijo no topo da minha cabeça devagar. Elyan está encenando. Ele encena muito bem. Tão bem que meu coração acelera. Quantas vezes na vida ele teve que mentir desse jeito?

Mamãe suspira, abatida, e nega com a cabeça. Ela sabe que, numa família indiana, existe hierarquia e respeito à opinião dos mais velhos. Mesmo que queira voar em cima de nós dois com um milhão de perguntas, nem ela nem meu pai vão falar nada, ao menos por enquanto.

E, como eu havia previsto, dadi está tão feliz com a ideia de mais um casamento que não se preocupa com mais nada.

— Se ninguém mais vai brigar ou falar que está grávida ou que vai se casar, podemos comer a sobremesa?

E todos concordam, enquanto ajudam a distribuir os pratos e os talheres sobre a mesa.

— Ainda vamos conversar sobre isso hoje — minha mãe murmura para mim e depois se volta para Elyan. — Nós três.

Rafe se levanta.

— Vou pegar um espumante na geladeira para brindarmos, o que acham?

Maia também se levanta.

— Ótima ideia, vou te ajudar com as taças.

— Eu também. — Natalie segue os dois para a cozinha.

Fecho os olhos e respiro fundo. Aliviada, acho.

— Não pense que você escapou do jogo para entrar na família — Oliver afirma num tom inflexível.

Elyan volta a acariciar minha mão.

— É só marcar. Vai ser um prazer.

Oliver solta um *hum* no meio de um sorriso forçado.

— E, se você fizer a Nina se arrepender dessa escolha impulsiva, vamos ter um jogo só nós dois, um pouco diferente.

E dessa vez minha mãe não se opõe à promessa de Oliver de testar a resiliência e a obstinação de um possível pretendente.

206

22

— **B**oa noite — digo na frente do carro de Elyan.

Com hesitação, eu o abraço e os músculos dele enrijecem.

— Meus pais estão olhando pela janela, desculpa — explico.

— Ah... — murmura ele, retribuindo o abraço enquanto se inclina, tocando a ponta do nariz no meu.

Um exército de borboletas marcha no meu estômago conforme o ar que ele respira se mistura com o ar da minha boca. Quero colocá-las dentro de um pote e ter uma conversinha com elas.

— Não me peça desculpas... ursinha? — E se afasta um pouco, mas deixa as mãos envolvendo minha cintura. Elas são tão grandes que se fecham completamente em volta de mim, como um cinto de dedos.

Não vou contar que, quando eu era pequena, só comia salmão, e era um pouco arisca com quem tentasse tirar a comida do meu prato. Não. Não depois de eu ter falado outro dia que cheirava a peixe.

— Longa história, um dia te conto.

— Eles ainda estão olhando?

Elyan está de costas para a janela e eu encostada no batmóvel.

— Não.

Então, ele se afasta e eu me seguro para não colocar as mãos dele de volta na minha cintura. É o frio; ele estava quente. Meus lábios tremem um pouco.

— Olha, sobre a história dos pôsteres e de eu ser meio apaixonada por você e depois te odiar... — Miro a neve que se acumula no chão perto do meu pé. — Acho que toda patinadora adolescente era. Você tinha uma aura rebelde, era lindo de doer, e depois... bem, você foi grosso em Vancouver, mas já me disse que não estava num dia bom.

Ele arregala os olhos e eu acrescento (quero, na verdade preciso, me sentir menos exposta):

— Você não faz mais meu tipo. Além disso, eu sempre fui e ainda sou apaixonada por um amigo de infância. Você era só uma paixão platônica de brincadeira.

Ele arregala mais os olhos e eu volto a olhar para a neve.

Pronto, Nina, você está virando uma mentirosa e tanto. Acontece que essa situação de casamento de conveniência é difícil o bastante sem que o noivo fake acredite que você foi apaixonada por ele.

— E o nosso casamento de mentira — a voz dele soa mais rouca — não vai atrapalhar o que você pode ter com esse cara?

— O Anthony? Não, de jeito nenhum. — Sinto uma coceira desconfortável na lateral do pescoço. — Ele se mudou para fazer medicina nos Estados Unidos e nós praticamente perdemos contato.

Odeio tanto mentir. Pelo menos não estou inventando uma pessoa: Anthony Quinn realmente existe, é meu amigo de infância, foi fazer medicina nos Estados Unidos e nós perdemos contato.

— Sinto muito que não tenha dado certo entre vocês, e que você ainda não o tenha esquecido.

— Ah, não é como se eu não ficasse com mais ninguém — emendo, rápida. — É só que ainda me sinto meio apaixonada pelo Anthony. Sabe como é, né? Primeiro amor a gente nunca esquece. Mas ele escolheu a medicina, então... fazer o quê?

Fecho os olhos. *Dá para calar a porcaria da boca, Nina?*

O maxilar dele está travado?

— É triste — murmura ele.

— O quê?

— Uma pena quando amamos alguém que não corresponde.

— Estou bem, juro.

Droga! Olho para cima e espero um raio cair na minha cabeça. Pelo menos Elyan não vai mais achar que ainda posso ser de algum jeito apaixonada por ele. Isso vai facilitar as coisas entre nós. Acredito.

Desvio os olhos para o chão outra vez e os dedos dele levantam o meu queixo para eu encará-lo. Estamos tão perto que o ar condensado entre nossas bocas cria uma única nuvem.

208

— Ainda sobre Vancouver, eu amei a caneca do Yoda.

Eu não sabia que criava uma coleção de bichos no peito, no estômago e no ventre, porque, tenho certeza agora, alguns hipopótamos pulam no lugar onde devia estar meu coração.

— Sério — Elyan continua —, eu fiquei puto de ter derrubado a caneca e queria ter te agradecido. É que... eu estava numa fase de merda. Mas isso não justifica minha grosseria aquele dia.

Ele aperta a nuca com a mão e eu continuo sem conseguir respirar direito. *Que frio.*

— Você lembra?

— Eu pesquisei o seu nome, o meu e Vancouver faz alguns dias.

Ah, não!

— Ah.

— Eu não sabia que você era a garota da caneca e não tinha ideia dos memes que circularam na internet graças à minha grosseria.

Eu me reclino para me afastar dele, como se alguns espinhos saíssem da minha pele ou da dele.

— Eu fui empurrada, não pulei pra te agarrar.

— Sinto muito por ter agido daquele jeito, Nina. Como eu disse, nada justifica, mas eu estava tendo problemas com alguns fãs e principalmente com o ciúme da Jess.

Abro um pouco a boca, surpresa.

— Não de mim, não de um jeito romântico. — Ele aperta os olhos. — Nós não estávamos mais juntos fazia seis meses.

Abro mais a boca.

— Não estavam?

— Nosso assessor de imprensa só queria que comunicássemos o fim do namoro depois do mundial. Ele dizia que não era bom pra nossa imagem, porque as pessoas amavam o fato de sermos um casal, e que isso poderia nos prejudicar de algum jeito, mesmo que indiretamente.

Ah... minha nossa. Isso explica o motivo de ele ter sido flagrado com outra garota somente uma semana depois que Jess Miller morreu, assim como os boatos de ele não ser fiel.

— A Jess era minha melhor amiga, nós treinávamos juntos desde os dez anos, mas eu estava num momento tão complicado. *Nós* estávamos. Nessa época tínhamos brigas horríveis. Ela achava que tudo o que eu fazia, desde a hora que acordava até a hora de dormir, era para chamar mais atenção que ela, para apagá-la de algum jeito. Se eu respondia às perguntas dos repórteres, se não respondia, se era simpático com os fãs ou não, se sorria demais ou de menos, na cabeça dela sempre existia um motivo oculto para qualquer atitude, respiração ou passo meu. Tudo virava um problema gigante.

Estou aqui com os espinhos todos recolhidos e a atenção redobrada em cada palavra que ele diz. Elyan está me contando sobre o passado dele, de algum jeito tentando explicar por que se comportou como um babaca, por que vinha, antes de sumir, agindo de um jeito ruim com os repórteres, com o público, com os adversários — com todos.

Os olhos dele estão num ponto distante quando murmura:

— Hoje eu sei que tudo o que aconteceu tinha uma explicação, mas na época achei que estava enlouquecendo. Foi bem difícil.

Ele solta o ar pela boca e volta a me encarar.

— Seja como for, você não tinha nada a ver com isso e nem a caneca incrível que você mandou fazer pra mim.

— Eu só joguei dardos na sua foto durante alguns meses.

E aí Elyan gargalha, um som rouco e baixo. Desde quando a risada dele acelera meu coração?

— É sério — explico —, não foi tão ruim como meus irmãos falaram.

Ele passa a língua nos lábios, e não era para essa língua fisgar a boca do meu estômago.

— Eu mereci os dardos, tenho certeza.

Encolho os ombros e sorrio tentando me descontrair. Não é possível ter tantas reações físicas por causa desse Elyan Kane mais comunicativo. *Isso não vai dar certo.*

— Se fosse hoje e eu te conhecesse como conheço, iria descontar uns dez ou vinte arremessos, no mínimo.

Quando é para ele achar graça, ele não ri; só me encara quieto até eu sentir que a neve sob meus pés está derretendo.

— Adorei o jantar hoje.

Oi, surpresa.

— Mesmo com a minha avó Nora falando que queria matar quase todos os ingleses, especialmente os nobres e os políticos, com exceção de você, é claro.

210

Ele assente.

Estreito os olhos, desconfiada.

— Achei ela engraçada, de verdade.

Enfio as mãos nos bolsos. Estou sem luvas.

— O meu avô queria a independência da Irlanda. A minha avó nunca admitiu, mas existem fofocas familiares de que ele pode ter sido do IRA antes de conhecer ela e de que eles se mudaram para o Canadá para terem uma vida mais pacífica.

— É mesmo? — Agora é ele que está surpreso.

— Minha vida é um livro bem aberto, sr. Elyan.

E o silêncio de Elyan me mostra mais uma vez que somos opostos. Enquanto eu falo pelos cotovelos, ele é calado; enquanto eu me visto com mais cores que uma pintura infantil com vinte e duas tintas, ele é preto e cinza. Ele sabe quase tudo sobre mim, eu mal sabia o nome inteiro dele até um mês atrás. Nós vamos nos casar, e isso me apavora.

Toco com o indicador na muralha do peito dele e aponto em direção à casa com a cabeça.

— E obrigada pela paciência em responder à inquisição da minha mãe e do meu pai depois do jantar. No fim, serviu para eu também te conhecer um pouco melhor.

Quando Rafe saiu para encontrar Tiago, Maia se fechou no nosso quarto e os outros se despediram, Elyan contou aos meus pais que, durante os cinco anos em que sumiu, ele morou em vários lugares do mundo: Japão, Islândia, Finlândia, Noruega e Alasca.

Ele contou também que se formou em artes marciais, estudou geologia. Fez um curso de artes. Trabalhou como garçom, carregador em hotéis de luxo, vendedor em lojas e bartender. E isso me deixou de boca aberta. Sempre achei — quando pensava em Elyan Kane — que ele estaria vivendo uma vida de luxo, cercado por um harém e torturando inocentes por diversão. Não esperava ouvir que ele cuidou de cavalos numa fazenda na Islândia e que chegou a dormir em bancos de rodoviárias pelo mundo.

Mas, quando as perguntas mudaram para a família dele e o passado que o fez deixar a Inglaterra e a patinação, ele ficou tenso, respondendo a tudo evasivamente. Disse apenas que, após a morte da parceira, ele não tinha cabeça para continuar competindo.

Como culpá-lo por isso?

E, por fim, quando contamos que Elyan vai investir em minha carreira e ajudar a equipe técnica no que for preciso, meus pais, que sofrem mais que eu por não poderem bancar meus treinos como antes, não disfarçaram a alegria e a gratidão.

— Não vou fazer isso porque ela será minha esposa, e sim porque Nina é uma patinadora incrível e muito talentosa.

No fim, a tensão e o mal-estar causados pela desconfiança justificável dos meus pais sobre os motivos para nos casarmos com tanta pressa se converteram em desejos sinceros de felicidades e abraços. Eu já disse que meus pais são as melhores pessoas do mundo e que me sinto uma vaca por mentir assim para eles? E para minha dadi, então? Alguém reparou nos olhos dela brilhando quando Elyan falou que aceitaria ter um casamento hindu?

Fecho os olhos e inspiro devagar. É por uma boa causa, é pelos meus sonhos e pelas crianças.

— Nina — a voz rouca de Elyan me traz de volta para o presente e para os olhos intensos dele —, sobre nos conhecermos melhor, isso é uma coisa que devemos fazer pelo processo.

Pelo processo e não por nós.

— Eu sei.

— O que você acha de sairmos algumas vezes na semana? Se você quiser continuar indo aos fins de semana em casa antes do casamento, acho que pode ser um bom jeito de passarmos mais tempo juntos.

Meus lábios voltam a tremer. Que frio.

— Eu já estava me programando para isso... pelas crianças.

Ele assente, respirando fundo.

— Durante o jantar eu falei com a equipe técnica e todos toparam fazer nossa primeira reunião amanhã cedo, na Arena Carlston. Você pode?

A Arena Carlston é um rinque a uma hora de Toronto, que Elyan vai alugar por três meses para treinarmos com exclusividade, de seis a oito horas por dia. Ele me mandou essas informações durante a semana e, quando demorei para responder, completou dizendo:

— Se ficar muito puxado para vocês irem e voltarem todo dia, alugamos uma casa ali perto, para você e toda a equipe técnica.

Me pergunto quanto isso vai custar para ele.

— Que horas?

— Às nove.

— Eu posso e acho que o Rafe também. Vou mandar mensagem pra ele agora.

Elyan faz menção de se aproximar e meu coração acelera.

— Alguém na janela? — pergunta ele.

Estico o pescoço, querendo bem mais do que devia encontrar alguém nos espiando.

— Não — respondo.

Elyan dá um tapinha amigável no meu ombro antes de dizer:

— Boa noite.

Quero sorrir de volta, mas estou irritada demais com esse tapinha e por estar irritada com o tapinha. O que diabos eu queria, um beijo de tirar os pés da neve?

Pelo amor de Deus, Nina Allen More, se lembre quem ele é e de quem você é e de quem vocês são um para o outro.

— Boa noite — murmuro, e caminho para entrar em casa, apertando as mãos ao lado do corpo.

23

Estranhei o telefonema de Elyan às seis e meia da manhã me pedindo para chegar somente às dez na nova arena, quando a maioria dos técnicos e dos atletas já está em pé às cinco horas, para o dia render mais, o corpo render mais.

Deve ser porque é a primeira reunião, pensei, o primeiro treino.

E eu comemorando o fato de Rafe me dizer que dormiria na casa de Tiago, o "amigo" dele, e que Tiago o levaria para o treino de manhã, se teria problema de eu pegar o Rock Hudson e ir dirigindo sozinha.

— É claro que não tem problema, amigo — respondi, radiante. — O problema é se vocês não ficarem logo e você continuar insistindo que são só amigos.

Mas, ao entrar na sala de reunião da Arena Carlston e notar que todos estão sentados à mesa de oito lugares, com copos descartáveis distribuídos na frente deles, papéis e caneta, checo o relógio no celular, tendo certeza de que entendi errado o horário.

O que Tiago está fazendo aqui? E esse cara loiro sentado ao lado de Rafe não é Tom Roy, um patinador de dupla com uma carreira razoavelmente bem-sucedida, mas que se aposentou aos trinta e dois anos, na temporada passada?

— Bom dia — arrisco, analisando todos. — Eu me atrasei?

— Não, não. Chegou no horário exato — Elyan responde e se levanta, parecendo... tenso?

Tudo está cada vez mais estranho.

— Essa é Lenny Petrova — ele apresenta, e a técnica também se levanta e se debruça um pouco sobre a mesa para alcançar minha mão.

Aperto a mão dela e murmuro:

— Muito prazer.

Com uma ruga entre as sobrancelhas, escuto Lenny dizer:

— Jaques, o coreógrafo, começa a trabalhar conosco amanhã.

E vejo Rafe se encolhendo um pouco na cadeira, como se estivesse mexido.

— Ah — Lenny Petrova diz. — E esse é Tom Roy. Ele vai nos ajudar por um tempo.

Ofereço a mão e ele a aperta.

— Muito prazer.

Lanço um olhar para Tiago, que acaba de apertar o ombro de Rafe num gesto encorajador, e então para o pé direito de Rafe, dentro de uma bota de gesso e apoiado em cima de uma ca...

— O que é isso?

— Calma, Ni — Rafe diz, em um tom apaziguador. — Eu achei melhor te contar pessoalmente. Foi ontem à noite...

— Foi culpa minha — Tiago diz, baixinho. — Fui eu que insisti para patinarmos ontem depois de tomar vinho e... Desculpa.

Minha visão escurece.

— Ah, meu Deus!

— Eu liguei para o Elyan à noite e expliquei o que tinha acontecido.

Eu me sento de uma vez na única cadeira vazia à mesa.

— E por que você não me ligou?

— Porque eu queria entender se tinha uma solução antes de te contar o problema.

Estreito os olhos em direção ao meu amigo. Não sei o que falar, não sei o que estou sentindo, não sei nem o que pensar.

— E nós achamos a solução perfeita. — É Lenny quem fala.

Tom Roy aponta para o próprio peito ao dizer:

— E é aí que eu entro.

Franzo mais o cenho, e Elyan explica:

— Tom Roy vai treinar com você até o Rafe se recuperar.

Eu me viro para meu amigo.

— Quanto tempo?

— O médico falou em quarenta e cinco dias.

Meu pulso vai até a lua e volta.

— Meu Deus! E os regionais, Rafe?

— Eu sei, gata, me desculpa.

Tiago coloca a mão sobre a do meu amigo e também pede:

— Desculpa, Nina.

Inspiro o ar devagar, me controlando. Não tenho o direito de ficar brava com Rafe, quando tudo o que ele fez até hoje foi por mim e não por ele. Além disso, foi um acidente. Não posso e não vou ser a amiga rabugenta e egoísta que finge não perceber que a mão do Tiago ainda está ali, bem em cima da do meu amigo.

— Foi um acidente — digo —, vai ficar tudo bem.

Tom me encara.

— E eu posso te ajudar enquanto seu parceiro não está de volta.

Me forço a sorrir, simpática.

— Obrigada.

Lenny arruma uns papéis na frente dela e depois diz:

— Tom Roy é um patinador experiente. Enquanto isso, Rafe vai decorando os passos da nova coreografia sem patinar e fazendo fisioterapia para se recuperar o mais rápido possível. Quem sabe vocês conseguem patinar juntos no regional?

Quem sabe? Coço a lateral do pescoço, ansiosa.

— Eu já tinha entendido — Lenny prossegue com a voz tranquila — que os regionais deste ano seriam para vocês marcarem presença como nova dupla. O nosso trabalho aqui será visando à próxima temporada.

Concordo com a cabeça, e Elyan, que está sentado ao meu lado, coloca a mão sobre a minha e aperta um pouco meus dedos, antes de soltá-la.

— Vai dar tudo certo.

— Eu sei. — Respiro fundo. — Só tomei um choque, mas sei que vai dar tudo certo.

Olho para Rafe.

— Nunca mais me dê um susto desses e espere para me contar alguma coisa importante assim numa reunião. — E lanço um olhar demorado para as mãos dadas dele e de Tiago.

216

Os lábios de Rafe se curvam num sorriso discreto e ele assente olhando para o gesso e para as mãos deles. Sim, meu amigo me diz em silêncio: *Estamos juntos e o meu pé quebrado foi o responsável por isso.*

E eu respondo dentro da minha cabeça: *Então já valeu a pena perdermos qualquer campeonato.*

E sorrio para ele. Tenho certeza de que Rafe entende.

— Quando vamos começar a treinar? — pergunto e escuto a respiração longa e ruidosa de Elyan ao meu lado.

— Amanhã às sete e meia aqui na arena.

E agora Rafe e Tiago entrelaçam os dedos sobre a mesa. Os olhos do meu amigo brilham e eu nem ligo mais de ter perdido meu parceiro para uma garrafa de vinho e uma decisão impensada. Estou feliz demais por ele. Por eles.

— Vamos assinar os contratos? — Elyan pergunta.

— Sim.

Respondo e sei que o contrato com a técnica Lenny Petrova é o primeiro de um dos contratos absurdamente importantes que vou assinar nos próximos dias.

Quando finalmente fico a sós com Rafe, ele me conta que foi o acidente que fez Tiago se mostrar superpreocupado e protetor, além de ter sido na sala de espera do hospital que Tiago declarou, do nada:

— Estou bem confuso, nunca me senti atraído por um homem antes, mas acho que estou meio apaixonado por você, Rafe.

E daí Rafe disse que podia se afastar se ele quisesse um espaço para sentir melhor as coisas, e Tiago...

— Me beijou, Nina. Estávamos só nós na sala de espera, porque era de madrugada, mas ele me deu o melhor beijo da minha vida e disse que não queria se afastar.

— Nunca imaginei que fosse ficar feliz que meu parceiro se machucasse e tivesse que ficar sem patinar por quase dois meses, mas estou muito, muito feliz por você — respondi, e nós nos abraçamos.

24

Primeiro dia de treinos. Eu poderia fazer um diário, juro.
Tom Roy se atrasa dez minutos, Lenny Petrova revira os olhos quando ele chega e Elyan Kane simplesmente o queima com o olhar.

Tom Roy demora muito com as mãos sobre meu corpo, e eu digo a mim mesma que estou exagerando. Elyan fuzila Tom com os olhos todas as vezes que as mãos dele ficam mais do que devem em qualquer parte de mim.

Acho que estou vendo coisas. Com certeza estou vendo coisas. Elyan tem esse jeito intenso e matador de olhar para todos.

Segundo dia de treinos — e o diário continua: ainda não arrisquei fazer nenhum dos saltos que venho errando. Especialmente os saltos combinados. Lenny diz que é melhor eu estar mais segura com a coreografia nova, com o parceiro substituto, com ela, antes de trabalharmos isso.

Tenho praticado os saltos no tatame faz dois dias e por enquanto eles funcionam fora do gelo. Faz só dois dias que treino com Lenny Petrova e Elyan, e posso afirmar com toda a certeza que eles são a melhor equipe técnica que já tive na vida.

A leitura precisa deles de cada movimento, a maneira como eles nos dirigem na pista, extraindo o melhor de cada um de nós. O tempo perfeito entre os comandos e... os olhos azuis de Elyan tocando fogo no mundo.

Ele apoia os braços no guarda-corpo da pista e me olha o tempo inteiro. É claro que ele olha para Tom também, mas é evidente que Tom não está sendo treinado por ele, por eles.

Agora Lenny acabou de nos chamar para os bancos do lado de fora da pista. Elyan já está sentado com os braços cruzados sobre o peito e... Ele está bravo?

A boca presa numa linha, o maxilar travado.

— Eu vou passar alguns exercícios de entrosamento para vocês dois fazerem.

Franzo o cenho.

— Como assim?

— Quando começo a treinar uma dupla, eu gosto de passar alguns exercícios que foram desenvolvidos por uma psicóloga para aumentar o entrosamento e a confiança e...

— Eles não são uma dupla — Elyan murmura.

Arregalo um pouco os olhos, e Tom Roy olha de mim para Elyan e para Lenny, que responde:

— Por enquanto eles são, e, se não melhorarem a sincronia dos passos, o que estamos fazendo aqui será tempo perdido. Vamos lá — Lenny prossegue —, quero que vocês se sentem um de frente para o outro bem próximos e fiquem se olhando até a respiração de vocês estar sincronizada. Fiquem assim por alguns minutos. Depois, fechem os olhos e coloquem a mão um no coração do outro, até as batidas parecerem sincronizadas também.

Elyan murmura alguma coisa num som que não parece humano e olha para o chão.

— Vamos — Lenny pede. — Querem se sentar aqui ou na sala de reunião, sozinhos?

— Na sala — Tom fala.

— Aqui — respondo ao mesmo tempo.

Não quero fazer um exercício íntimo desses fechada numa sala sozinha com Tom Roy; eu mal o conheço. Mas a verdade não é só essa: não estou confortável com a maneira como as mãos de Tom continuam se demorando no meu corpo.

Provavelmente estou viajando. Cada patinador tem um jeito de fazer contato com suas parceiras, e esse incômodo deve ser porque, como Lenny observou, não temos nos entrosado muito bem na pista.

O exercício deve ajudar.

Nos primeiros cinco minutos não conseguimos fazer nada a não ser gargalhar até estarmos chorando. Isso é bom, quebra o gelo e nos aproxima.

Só rompo o contato visual para olhar de relance para Elyan, que, por algum motivo, parece uma besta enjaulada. Anda de um lado para o outro, se senta e se levanta, bufa e batuca os pés no chão enquanto resmunga sozinho.

Que diabos, será que as crianças jogaram pó de mico nas roupas dele?

— Concentre-se no seu parceiro, Nina! — Lenny pede.

Encho os pulmões de ar e mergulho nos olhos azuis de Tom Roy, sem pensar que vou voltar para a casa de Elyan com ele hoje e que, qualquer que seja o problema que ele está enfrentado, vai levá-lo para casa comigo.

E eu que achei que já tinha vivido um silêncio tenso ao lado de Elyan Kane.

Desde que nos sentamos no carro, e já tem — fito o relógio do painel — dez minutos, Elyan respondeu às poucas perguntas que fiz de maneira monossilábica, com murmúrios indecifráveis ou acenos de cabeça.

— Achei que fôssemos aproveitar os momentos sozinhos para nos conhecermos melhor antes do grande dia — afirmo, de um jeito mais ácido.

Ele encolhe os ombros largos e irritantes.

— O quê?— insisto. — Tanto faz?

— Não!

Bufo, impaciente.

— Qual o problema?

Ele aperta as mãos no volante.

— Nenhum.

— Você pode pelo menos ser sincero e admitir que alguma coisa está te incomodando?

O maxilar dele trava, mas Elyan não fala nada.

— Que legal. — Sopro, irritada. — Já estamos parecendo um casal num relacionamento falido. Não vamos precisar fingir nada quando formos nos divorciar.

Ele dá seta e leva o carro para o acostamento.

— O que você está fazendo? Vai me pôr pra fora do carro?

Ele liga o pisca-alerta e estaciona.

— Está nevando muito e não dá para conversar e dirigir ao mesmo tempo.

— Conversar? Você quer dizer tentar me ignorar e dirigir?

A testa dele é apoiada no volante enquanto o peito sobe e desce numa respiração funda, antes de ele erguer a cabeça e me encarar.

— Você está confortável com Tom Roy?

Pisco devagar, sem entender.

— Como assim?

Ele aperta as mãos no volante com força outra vez, depois murmura:

— Você está confortável com Tom Roy nos treinos?

Meus músculos tensionam.

— Confortável? Se eu gosto da maneira como ele patina? Se ele me deixa à vontade para patinar? Tecnicamente, é isso?

Ele solta uma respiração pesada ao mesmo tempo que insiste:

— Confortável, Nina. Cacete, sei lá, se você acha que está tudo bem no jeito dele agir, te segurar, te conduzir.

Eu acho que não. Quer dizer, hoje, no exercício, a gente se sintonizou, se divertiu e eu tive certeza de que estava vendo problemas onde não existiam. Mas muitas vezes, quando ele escorrega as mãos pelo meu corpo de um jeito demorado demais, ou aperta demais a minha bunda, as minhas coxas nos levantamentos, eu sinto que tem algo errado. Mas não tenho certeza. As palavras de Lenny Petrova voltam à minha memória: *Tom Roy é a única e melhor opção para treinar com você até Rafe estar recuperado.*

— Acho que sim. — Tento me convencer.

Outra respiração funda e Elyan me encara intensamente.

— Eu sou patinador e sei quando existe um exagero de toques e...

— Ei! — Entro automaticamente na defensiva. — Eu também sou patinadora e sou eu que devo sentir se tem algo errado, não acha?

— Sim, eu acho. Mas acho que você não ouviu o que ele disse ao telefone no vestiário hoje, quando achou que estava sozinho.

Uma veia pulsa na lateral do pescoço dele e os dedos estão tão apertados no volante que os nós ficam brancos. Lembro das reações dele no rinque, da maneira como ele vem fuzilando Tom Roy com os olhos e falando com ele de um jeito meio rude. Elyan Kane parece um homem virado de... ciúme? Não, claro que não. E por que essa ideia faz fogos de artifício estourarem nos meus ovários e me enche de uma sensação gostosa de...

Nina Allen More, não passa mal.

— E o que foi que ele falou?

Os dedos apertam mais o volante e ele nega com a cabeça.

— É uma baixaria suja que eu não vou repetir, mas ele disse ao telefone, rindo, que você tinha aceitado sair com ele na semana que vem.

Arregalo os olhos.

Meu Deus, não! Tom me chamou para sair e eu recusei, então ele sugeriu um café depois do treino só para nos conhecermos melhor. Eu disse que pensaria a respeito, mas não aceitei.

— Ele me convidou.

O maxilar é travado com mais força antes de ele perguntar.

— E você aceitou?

Eu o analiso de soslaio. Elyan está tenso, a linha do maxilar quadrado ainda mais destacada, as bochechas dois tons mais coradas, as veias saltadas nas mãos e no pescoço. Por que Deus faz homens assim, tão lindos? Isso devia ser contra as leis da sanidade mental e do empoderamento feminino. E, apesar de parecer tentador e de encher meu estômago de ondas geladas e inconsequentes, a ideia de que ele possa ter ciúme de mim, não acho nem um pouco legal a bagunça que isso provoca nos meus sentimentos. Só por isso respondo, impulsiva:

— E se tiver aceitado?

Ele abre e fecha as mãos e mexe nos anéis, as narinas se expandindo antes de ele responder:

— Você lembra que vamos nos casar daqui a três semanas, não lembra?

Meu coração acelera. Maldita bagunça de situação.

— E você lembra que é de mentira?

O maxilar dele tensiona tanto que parece que está mastigando uma pedra.

— Não estou pedindo para você se manter celibatária durante o nosso acordo. Imagina se o tal médico aparece e resolve se declarar para você?

— Quê?

— O seu Anthony.

Na maior parte do tempo, eu esqueço que inventei essa loucura. Quero contar que não tem médico nenhum, que eu falei isso só para me sentir menos patética e vulnerável na noite do jantar na casa dos meus pais, mas, a essa altura, isso nem faz mais sentido. Abro a boca para falar, mas Elyan fala antes:

— Só estou pedindo para que, se resolver ficar com alguém, você faça isso de um jeito discreto e fora do meio da patinação. Não quero fazer papel de palhaço e não podemos dar motivos para desconfiarem do nosso casamento.

Não é ciúme ou proteção, é óbvio que não. Mesmo sabendo que isso é o esperado, não consigo evitar um aperto no peito, bem parecido com decepção. Elyan só está pensando na porcaria do casamento falso dele. Nosso. Entendo o que ele falou, mas sinto uma vontade irracional de mandá-lo tomar no meio da bunda quando o imagino transando com outra mulher em encontros discretos e escondidos, como se realmente estivesse me traindo.

— Então você também vai ser discreto nos seus eventuais casos, é isso?

Mãos mais apertadas contra o volante e uma respiração entrecortada dele.

Ele aquiesce e eu quero abrir o zíper do casaco de couro, montar em cima dele apertando seus quadris com as minhas coxas, imobilizá-lo e então enfiar os meus dedos por dentro da gola alta da malha preta...

Minha respiração sai em rajadas curtas e meus olhos pesam; os dele escurecem. Elyan umedece os lábios com a língua, imitando o que acabei de fazer. Que raiva. Quero colar os lábios no ouvido dele enquanto meus dedos apertam o pescoço largo, até ele implorar por ar.

Dane-se. Ele que continue achando que eu nutro uma paixão de almas gêmeas, não correspondida, por um amigo de infância. Infantilidade minha? Provavelmente. Mas que droga, olha só a bagunça de um milhão de emoções aqui.

— Não, eu não vou sair com Tom Roy. Só que, mesmo que ele queira sair comigo, você não precisa fuzilar o cara com o olhar e responder com grosseria, afinal não está escrito na minha testa "Vou me casar com Elyan Babakane", está?

As pálpebras pesadas sobem, arregalando os olhos azuis.

— Vamos deixar isso claro para todo mundo na semana que vem.

Quero revirar os olhos e me seguro. Não vou continuar sendo infantil e movida por sentimentos confusos demais.

— Como você achar melhor.

Ele dá uns soquinhos de leve no volante, longe de parecer à vontade. Olha para mim, acelera meu pulso e volta a olhar para a estrada antes de falar:

— Não é só isso. Eu não gosto dele, acho ele folgado e escroto. Quero que você me fale qualquer coisa que aconteça e que te deixe desconfortável, está bem?

As mãos bobas de Tom Roy são fichinha perto do que venho sentindo por você, mesmo sem querer, Elyan, e é isso que me deixa desconfortável.

— Eu sei me cuidar.

E ele fica me encarando de novo e meu pulso volta a acelerar. *Pare de acelerar meu pulso, seu pinto alfa que só pensa no seu valioso acordo e na reputação do nosso casamento de mentirinha.*

— Vamos — peço e olho para a estrada. — Não queremos deixar as crianças esperando, não é?

Ele concorda e volta a ligar o carro.

Acho que o restante da viagem vai ser feito em silêncio e não estou mais nem um pouco incomodada com isso. Eu quero o silêncio, preciso dele. Neste momento eu amo o silêncio entre nós, mais que tudo.

25

Quando eu imaginaria que um jantar no château me levaria às lágrimas? Não foi por causa da comida ruim, nem por um susto com um suposto lobo. Foi por um motivo bom.

Assim que chegamos, as crianças nos abraçaram sorrindo e eu derreti; tive certeza de estar fazendo a coisa certa ao ajudar Elyan a manter a tutela deles. Os dois também têm o dom de derreter parte do coração gelado do irmão mais velho.

A expressão dele sempre ameniza e a voz fica mais baixa, menos grave, como se tivesse se transformado em uma bebida quente e açucarada.

Elyan contou no meio do jantar que vamos nos casar. Ele me pegou de surpresa e eu fiquei meio sem reação. Mas o que me pegou de surpresa mesmo foi a resposta de Jules.

Os olhos dela brilharam de emoção, e ela se levantou e me abraçou.

— Isso quer dizer que você vai morar aqui com a gente?

Concordei, com um bolo na garganta.

— Sim — respondi baixinho.

E então ela chorou de emoção com a testa colada no meu ombro e eu chorei junto. Como resistir a esse nível de amor espontâneo?

Robert também se levantou e me abraçou.

— Você não vai deixar a gente, então?

Eu quis responder que nunca os deixaria. Quis, mais do que durante o jantar com minha família, que isso não fosse uma farsa com data marcada para acabar.

— Isso quer dizer — falei parte da verdade — que vamos passar bastante tempo juntos.

E, quando estávamos os três abraçados, olhei por cima da cabeça deles para Elyan, que sorria em minha direção, os olhos mais claros parecendo transbordar.

Agora, acabamos de assistir a um filme no cinema caseiro com as crianças. *Star Wars*, o filme de que Elyan mais gosta.

"A melhor série de filmes já feita", segundo o próprio.

Listo mentalmente alguns itens a mais para trazer de presente às crianças, que querem brincar de jedi e sabre de luz.

— Não está na hora de vocês dormirem? — Elyan falou pouco antes. — Amanhã vamos ter um dia cheio.

Com "um dia cheio", Elyan se refere a uma visita ao aquário e depois, no fim da tarde, uma sessão do Cirque du Soleil.

Ponto para você, Elyan, continue assim.

— Vou colocar vocês na cama — ele disse, dirigindo as crianças pelo ombro para escada. — Nina — Elyan me deteve —, o que você acha de conversarmos na biblioteca depois?

As conversas que devemos ter para que sejamos uma família feliz.

— Sim, claro, eu já venho.

— Um caderno, Nina? Sério?

Encolho os ombros.

— Quero anotar algumas respostas suas para não esquecer.

Elyan está sentado junto à enorme lareira da biblioteca e aponta com o queixo para o lado vazio no sofá.

— Você quer se sentar ou vai fazer as perguntas em pé?

Reviro os olhos.

— Vou me sentar, é claro.

E me sento, abro o caderno, tiro a caneta da espiral, destampo e escrevo o número um.

Ele cruza os braços sobre o peito.

— Isso vai ser tipo uma entrevista? Eu achei que fôssemos conversar.

— Mas nós vamos conversar. Só vou anotar algumas respostas.

Uma bufada com uma risada é a reação dele.

Ignoro, anotando, e enquanto escrevo falo em voz alta:

— Cor favorita? — Respondo por ele: — Preto.

— Azul.

Ergo os olhos do caderno e o analiso, descrente.

— Nunca te vi de azul.

— Ah... desculpe por você ter errado.

Ele está sendo sarcástico.

— Tá, azul então.

~~Preto~~ Azul.

— E por que você se veste sempre de preto?

Elyan abre a boca, mas para antes, quando bato a caneta nos lábios com ar pensativo e exagerado, e respondo no lugar dele:

— Para fazer tipo. Ah, não! — Paro e dou mais duas batidinhas nos lábios. — Esse é o papel dos anéis.

Ele encolhe os ombros.

— Eu me visto de preto porque gosto de roupas pretas, e os anéis foram comprados em cada lugar do mundo onde morei. Eles têm um significado importante pra mim. Me lembram como eu me reinventei nos últimos cinco anos.

Curvo os lábios para baixo numa expressão irônica: *Nossa, estou muito impressionada*. E a verdade é que realmente estou, mas também estou disfarçando.

— Achei que fosse para fazer um tipo roqueiro rebelde e pegar garotas que curtem essa vibe vodu.

Os olhos azuis se estreitam enquanto ele me analisa.

— Se a minha vibe é vodu, a sua seria... unicórnio místico ou bruxinha esotérica?

Colo as costas na almofada do sofá, fingindo estar indignada.

— Eu não sou mística, minhas avós que são.

— E as suas roupas étnicas, o seu quarto com cheiro de incenso e os cristais ao lado da sua cama servem pra quê?

Puxo o ar com força, irritada por ser tão óbvia, e colo um sorriso inocente nos lábios.

227

— Pra me proteger da sua energia ruim.

Elyan acha graça.

— Tá certo. Vamos voltar para as perguntas no caderno ou não?

Faço que sim e ele prossegue:

— A sua cor favorita é roxo.

Abro a boca querendo negar, mas estaria mentindo.

— Como você sabe?

Os ombros largos são encolhidos num gesto de *Eu só sei*. Que raiva.

— Você está sempre tão colorida, mas... sempre usa também uma peça roxa, seja meia, elástico de cabelo, esmalte, sua mochila. Essa foi fácil. — E aponta com as sobrancelhas para o caderno. — Marque aí, Elyan cinco, Nina zero.

Estreito os olhos.

— Isso não é uma competição.

— Ah, mas vai ficar bem mais divertido se for.

— Você está me distraindo. — E volto a escrever enquanto falo: — Maior defeito: extremamente competitivo.

— Errado de novo, Nina — ele força um tom de voz horrorizado. — Vai ser um massacre. Que tipo de stalker é você?

Risco *competitivo* e falo em tom de inocência:

— Defeito: ser um pé no saco.

Os lábios dele se curvam num sorriso.

— Também, mas principalmente — e me encara sério — não conseguir me abrir nem com quem eu amo.

Ah. Uau. Isso foi profundo e...

— Isso é ruim.

Ele assente, calado, os olhos azuis brilhando com o fogo da lareira.

— E o seu maior defeito é falar sem pensar — diz.

Quero jogar uma almofada na cara dele.

— Não me olhe assim. Você me contou isso outro dia. — Ele ri. — Marque mais cinco pontos para mim.

Respiro fundo, contrariada, o instinto competitivo fazendo meu sangue ferver, e viro a página, criando uma tabela de pontos.

— Se vamos fazer isso pra valer, quem perder deve pagar alguma coisa para o outro.

A camiseta fina não esconde os bíceps, os tríceps, os braquiais e todo o conjunto de músculos quando ele estica os braços para cima.

— Combinado — ele diz, relaxado demais, convencido demais. — Eu vou ganhar, então tanto faz.

Bato a caneta no papel.

— Vamos fazer dez perguntas um para o outro. Quem se negar a responder perde cinco pontos por pergunta. Quem acertar antes de o outro responder ganha cinco pontos.

O indicador com anel grosso de prata é apontado para o caderno.

— Anote aí meus dez pontos.

— Não — arqueio as sobrancelhas —, o jogo começa agora.

As mãos dele vão para trás da cabeça e ele a apoia no encosto do sofá, como um rei.

— Tudo bem, eu vou te dar essa colher de chá.

Vou arrancar esse risinho convencido dos seus lábios, Elyan.

— Eu começo.

Ele aquiesce.

— Maior desejo?

Elyan fica em silêncio esperando que eu responda por ele:

— Ficar com a tutela das crianças.

Ele assente e acrescenta:

— E ter uma família grande e barulhenta como a sua.

Solto o ar pela boca, disfarçando meu coração acelerado.

— Você vai pensar assim até o dia do casamento hindu que aceitou fazer.

Os olhos azuis se arregalam um pouco.

— Não pode ser tão ruim.

Agora sou eu que sorrio com a vaidade do desconhecimento dele.

— Você vai ver.

— Bem — Elyan estica as pernas potentes, pernas que eu nem devia estar secando —, sobre o seu maior desejo... Hum... Ganhar as Olimpíadas?

Olho para minhas unhas com ar de superioridade.

— Cinco a zero para mim.

— Qual é, então?

Fito o caderno em minhas pernas e coço a cabeça de Vader, que está dormindo embolado nos meus pés.

229

— Claro que eu quero ganhar as Olimpíadas, mas esse não é o meu maior desejo. Eu quero que a minha irmã não volte a ficar doente. Que ninguém que eu amo fique doente outra vez.

Ficamos um tempo em silêncio, até Elyan perguntar:

— Quanto tempo para Maia ser considerada curada?

— Estamos no meio do caminho. Faltam dois anos e meio sem recidiva.

— Ela vai conseguir. — E aperta meu ombro num gesto cúmplice. — Ela é uma garota incrível, uma guerreira, como a Galadriel. A Maia me contou naquele dia do café que Galadriel é a personagem favorita dela de *O Senhor dos Anéis*.

Meus olhos embaçam e meu coração dispara.

— É isso mesmo, obrigada pela comparação perfeita.

Ele sorri de um jeito novo para mim, um jeito de quem poderia — se deixássemos de esfaquear um ao outro por diversão — ser um amigo. Um amigo de verdade, daqueles que se contam nos dedos das mãos.

— Já que estamos falando de *O Senhor dos Anéis* — a voz dele soa mais grave, como a de um narrador de contos de fadas —, minha pergunta é: quem é o seu personagem favorito da saga?

E responde por mim:

— É a Arwen.

— Nope — e sorrio para o olhar desconfiado que ele me lança —, é o Gandalf. Eu até gosto da Arwen, mas ela não é a minha favorita.

Elyan abre as mãos no ar e curva a boca para baixo, derrotado.

— Tudo bem, mas você ainda se parece com ela.

Meus olhos ocupam a biblioteca inteira enquanto minhas bochechas esquentam.

— Com a Arwen?

— Sim — ele murmura e acaricia as costas de Vader com o pé, relaxado.

Tranquilo demais para quem acaba de dizer que me acha parecida com uma elfa gata pra caramba.

— E o meu personagem favorito, qual você acha que é? — pergunta ele.

Vader se espreguiça, amolecendo, se entregando para as carícias sedutoras do seu mestre.

Mordo a unha, pensando.

230

— Pelo seu raciocínio comigo, você deve gostar mais do Aragorn.

Acabei de deixar subentendido que Elyan se parece com Aragorn, o senhor todo-poderoso e gostosão que faz um casal perfeito com Arwen, a elfa gata.

— Não. — Os lábios dele se curvam para cima. — Eu prefiro o Sam.

Obrigada, Elyan, por mudar o rumo da conversa e não deixar o silêncio elétrico me queimar de vergonha das minhas próprias palavras.

— É uma ótima escolha, apesar de não ser comum.

— Sim, sem a coragem e a amizade dele, Frodo não chegaria a lugar nenhum. O Sam é incrível.

É impressionante como se pode conhecer alguém ao se conversar sobre livros e personagens, e Elyan — meu Deus — está mostrando ser alguém muito legal. Ou isso, ou ele arquitetou todas essas falas para acabar com qualquer resistência que eu ainda pudesse ter em relação a ele.

— Sua vez — ele me lembra.

Sim. Vou aproveitar o clima amigável e tentar entrar onde ele não deixa, ou pelo menos ganhar alguns pontos no jogo.

— Motivo real para ter parado de patinar?

Elyan alarga os ombros, e acho que vai arregar. Muito provavelmente, também, vai acertar o motivo de eu ter me afastado das pistas. Mas, se ele quiser ganhar pontos, vai ter que me contar coisas que não contaria de outra forma.

Eu arrisco:

— Você não conseguiu lidar com a pressão pós-trauma depois que perdeu sua parceira, e a mídia não ajudou, falando coisas horríveis sobre você. Além do terror que o seu pai fez com você e da decepção de lidar com tudo isso ao mesmo tempo.

Ele fica me encarando com a boca presa numa linha, e tenho certeza de que exagerei ao trazer um tema tão complexo para o que aparentemente era uma brincadeira. Acontece que eu quero conhecer Elyan Kane de verdade, mais do que ganhar esse jogo bobo.

— Me desculpa — peço. — Não queria te deixar desconfortável.

— Tudo bem — ele responde baixinho —, mas você errou, Nina.

Meu coração acelera, minhas mãos ficam molhadas de expectativa. Não estou nem aí para os pontos. *Só um pouquinho.* Quero mesmo é que ele responda.

— Errei?

— Eu não parei de patinar, quer dizer, parei por um ano, até entender que o que estava me matando não era a patinação — ele desvia os olhos para as chamas da lareira —, e sim o controle e as sacanagens do meu pai, mas principalmente a minha neurose por resultados, a pressão de ter que me superar sempre e nunca falhar. A minha autoexigência doentia e a sensação de que, por mais que eu conquistasse, nunca era o bastante.

As narinas dele se dilatam um pouco e ele mexe nos anéis do modo costumeiro, que aprendi que significa: "Não estou confortável".

— Eu não patinava mais por amor, só para ganhar, isso era o que estava me matando. Aí eu parei totalmente, mas um ano depois, em uma das minhas viagens, vi uma garota patinando na natureza, sozinha. E ela era tão leve, tão perfeita e tão livre que foi como se um raio caísse na minha consciência. Ver aquela garota me lembrou do motivo de eu ter começado a patinar e de por que eu nunca pararia.

Uma massa esquisita se forma na minha garganta, e tenho que piscar várias vezes para espantar as lágrimas. Entendo tão bem o que ele está falando.

— E por que você nunca pararia?

— Porque patinar me faz entrar em contato com o que eu tenho de melhor dentro de mim, me faz sentir livre.

Eu também sempre me senti assim, quero dizer. *Mas hoje a pressão de conseguir voltar a saltar e ter resultados, e poder continuar vivendo da patinação, tem me sufocado, um pouco. Muito. Eu te entendo, Elyan Kane.*

Suspiro devagar, esquecendo do jogo e dos pontos por um momento.

— Mas, se você não parou, como nunca mais te viram nos rinques e... Você não é do tipo que passa despercebido.

Algumas lenhas estalam antes de ele responder:

— Eu só patinava em arenas vazias, durante a noite. E principalmente ao ar livre, na natureza, patinação no gelo selvagem com patins nórdicos, stickers, luvas com garras e todos os equipamentos de segurança necessários quando não conhecemos o gelo.

Não sei se gosto de descobrir esse lado surpreendente de Elyan Kane. Isso não desacelera meu coração.

232

— Por isso você morou na Finlândia, Islândia, Noruega, Alasca... Você não estava fugindo do mundo, estava atrás do gelo.

— Um pouco fugindo do mundo e muito atrás do gelo, no lugar perfeito.

Várias lenhas estalam enquanto ficamos nos encarando em silêncio e meu coração dá alguns loopings no peito. *Ah, Elyan, você podia ter me contado que sumiu do mundo porque estava fugindo da polícia por caçar animais silvestres em locais proibidos. Isso deixaria esse silêncio muito menos elétrico e as coisas bem mais fáceis para a minha cabeça.*

— Legal. — É só o que consigo falar.

E agora Elyan me encara de um jeito novo, cúmplice, compassivo, e diz:

— Sinto muito por você ter parado de patinar por causa da saúde da sua irmã. Eu faria o mesmo no seu lugar.

É a minha vez de olhar para as lenhas.

— Ela está bem agora. Vai ficar tudo bem.

— Tenho certeza que sim, nossa Galadriel já está bem.

— Sim, ela está — murmuro, com um sorriso fraco causado pelo *nossa Galadriel.*

Fito a lenha na lareira. O fogo é realmente algo hipnotizante e bem mais fácil de encarar que os olhos azuis à minha frente. Acho que alguns minutos se passam até Elyan falar:

— Nina.

E eu me viro para ele.

— Oi?

O indicador aponta para o caderno no meu colo.

— Não esqueça de marcar os meus pontos.

A minha boca cai aberta. *Oi?*

Mas que filho da...

— Da puta, eu sei — ele completa, esticando as pernas outra vez.

Eu disse isso em voz alta?

— Achei que você não gostasse mais de competir.

— Eu disse que canalizei a energia da competição de um jeito errado no passado, não que não gostava mais de competir.

Eu o encaro, atônita.

— Minha vez — diz ele, movendo o pescoço para um lado e para o outro, como um pugilista. — Você tem um apelido de infância? Se sim, por que ursinha?

Impressionante como o clima entre nós muda tão drasticamente. Há poucos segundos eu estava toda sensibilizada, achando que Elyan podia ser um dos caras mais incríveis, gatos e irreais do planeta. E agora? Agora, só quero fazê-lo engolir o risinho arrogante de novo, e talvez uns dois dentes junto. Tenho certeza de que quero ganhar dele custe o que custar, e também de que eu vou surrar alguém da minha família quando descobrir quem contou o motivo do meu apelido de infância para Elyan. Tenho absoluta certeza de que ele jamais perguntaria isso sem saber.

26

Quando eu era pequena, preferia perder um dedo a perder um jogo, uma aposta, um desafio. Lembro uma vez, quando tinha sete anos, Lucas e eu apostamos quem seria o último a entrar em casa.

Fazia um frio de menos quinze graus e ventava muito. Sentamos em cima da neve para tornar o desafio mais difícil. Só preciso contar que entrei em casa sem sentir os dedos dos pés e das mãos, com as extremidades roxas e a ponto de rachar e cair do corpo. Por sorte, mamãe tinha acabado de chegar em casa e nos socorreu. Quando ela teve certeza de que não perderíamos os pés e as mãos, perdemos um mês de férias no maior castigo da minha vida.

Isso talvez explique o que está acontecendo agora, nesta biblioteca.

Não sei quando as perguntas debandaram para esse lado. *Ah, sim, eu sei*, fui eu quem começou a fazê-las, com a certeza de que o senhor-não-se-meta-com-minha-intimidade iria pular todas elas. Acontece que ele percebeu que minha intenção era deixá-lo sem graça e resolveu tentar inverter o jogo.

Tudo começou de um jeito mais inocente, menos intenso e perigoso, há dez minutos, quando lembrei de uma entrevista dele de anos atrás, na qual ele dizia que ainda faria uma tatuagem, e perguntei:

— Você tem ou faria uma tatuagem? Se sim, onde e o quê?

E então respondi por ele:

— Sim, você tem, no ombro ou antebraço, e acho que é o desenho de um personagem que você ama.

Elyan deu um sorriso torto e admirado antes de responder:

— Meio certo. Sim, eu tenho uma tattoo, mas ela começa nas costelas e desce por toda a lateral do abdome, pegando parte das costas. E, sim, de certa maneira é um personagem que eu gosto.

235

— Grande desse jeito? — perguntei, surpresa.

— Sim — disse, se levantou e tirou a camiseta de manga comprida. Simples assim.

Tirou a porra da camiseta.

Nada de mais. Se ele não fosse Elyan Kane e não tivesse o abdome trincado que toda garota sonha em lamber, escorregar os dedos pelas curvas e reentrâncias e emoldurar a entrada em V em um quadro.

E a tatuagem? Que tatuagem? Ele até mostrou um dragão do gelo, como o da pintura no escritório dele, com as unhas cravadas na pele e parte da cauda nas costas. Estou brincando porque a porcaria do dragão cercado por uma geleira, naquele corpo magnífico, só esquentou o meu sangue, a ponto de fritar o meu cérebro e eu parar de raciocinar.

Pelo menos ele errou a resposta sobre mim ao dizer:

— Você não tem cara de quem faria uma tatuagem.

— E como é essa cara? — perguntei, juntando o cabelo para o lado e deixando à mostra a lateral da nuca, onde tenho três flocos de neve tatuados, na posição do Cinturão de Órion.

E o puto do Elyan, ainda sem camisa, como se fosse natural, tocou os flocos com a ponta dos dedos. Esse mínimo contato me fez estremecer e soltar o ar em um silvo. Aí o meu cérebro, já frito, fez o resto do trabalho por mim, disparando uma série de perguntas, rebatidas por Elyan com outras do mesmo gênero.

— Quantos anos você tinha quando perdeu a virgindade?

A reposta do Elyan foi: dezesseis.

E a minha: dezessete.

Nós dois erramos.

— Já teve sonhos eróticos?

Eu: sim.

Elyan: sim.

Nós dois acertamos.

O ar entre nós vai se tornando cada vez mais quente, denso e difícil de respirar. Pelo menos ele vestiu a camiseta.

— Zonas sensíveis? — perguntei. E respondi que a dele era a barriga.

Ele fez que não e traçou com os dedos o local da tatuagem, daquela merda de dragão, arrepiando os pelos no meu braço.

Então Elyan tentou adivinhar minha zona erógena: pescoço.

Eu neguei, depois levantei o cabelo e acariciei a parte de trás da orelha.

Quando voltei a encará-lo, as pupilas dele estavam enormes e a respiração mais acelerada. Sei que estamos nos provocando; no começo achei que era só pelo jogo, agora estou sem entender aonde vamos chegar com isso. A única certeza que tenho é que minhas bochechas vão entrar em combustão.

O silêncio depois da minha última pergunta é bem-vindo, enquanto luto para me recompor.

— Melhor beijo que você já deu? — Elyan pergunta agora, com a voz rouca.

E responde por mim:

— No doutor Anthony, o seu grande amor.

E aí o fantasma da mentira volta a cobrar atenção.

— Errado — respondo.

E o calor das bochechas desce pelo pescoço, faz um redemoinho nos meus seios e se aloja no meu ventre, porque Elyan está olhando para os meus lábios como se eles fossem o seu próximo destino de patinação selvagem.

— Não me julga, tá? — peço e ele concorda. — Foi numa balada, há um ano. Eu estava meio bêbada e o lugar era tão escuro que mal vi o cara. O pior é que nem o nome dele eu perguntei. — Me ajeito sobre as almofadas. — Às vezes me pergunto se foi tão bom quanto eu me lembro ou se, sei lá, eu imaginei coisas.

As pálpebras dele pesam.

— E se ele existe?

Encolho os ombros.

— Acho que sim, espero que sim. — Minha boca seca. — É uma boa lembrança.

E ele fica congelado, os olhos cravados como duas safiras na minha boca.

Bato as mãos nas coxas, fingindo que o ambiente está suave, e digo:

— E você? Provavelmente tem uns cinco melhores beijos com garotas diferentes, todos em lugares idílicos pelo mundo.

As pálpebras dele baixam mais. Estou me esforçando para não morder o lábio, onde os olhos dele estão.

— Errado — diz.

— E? — Lanço um olhar sobre o ombro. — Qual foi o seu melhor?

As narinas dele dilatam.

— Não sei o que responder.

— Foram tantos assim?

Ele inclina mais o corpo na minha direção.

— Eu pulo essa.

Arqueio as sobrancelhas, sem entender.

— Como assim?

— Eu pulo.

— Essa é a última pergunta, você vai perder.

E agora ele se recosta e esfrega o maxilar com os dedos.

— Tudo bem.

Era para eu estar comemorando, dando pulos e fazendo o soquinho da vitória no ar. Mas estou intrigada, quase indignada, para ser sincera, pela não resposta dele.

— O que pode ter de vergonhoso num melhor beijo? Você respondeu perguntas muito mais íntimas.

— Você ganhou, Nina. — Ele força um sorriso. — Peça o que você quer que eu faça por ter perdido.

Eu já tinha decidido que, se ganhasse, pediria para ele levar as crianças para patinar num dos lugares seguros que ele conheceu. Mas meu cérebro está totalmente bugado, tenho certeza disso quando falo:

— Quero saber quem foi o seu melhor beijo.

Os olhos dele se arregalam.

— Você jura?

Encolho os ombros, me sentindo uma boba.

— Estou em desvantagem aqui.

— Nada a ver. — E agora ele sorri, mais espontâneo. — Nós descobrimos tantas coisas um sobre o outro. Essa última pergunta não significa nada.

Ah, para mim significa, sim.

— Eu não pulei nenhuma pergunta. Ao contrário, te contei que o meu melhor beijo foi com um cara de que nem sei o nome, numa balada, no meio de uma competição para ver quem beijava mais naquela noite.

Os olhos dele ficam do tamanho de uma bola de futebol.

— Como é que é?

— Como é que é o quê?

Agora o maxilar dele está travado.

— E ele foi qual número da noite?

Franzo o cenho.

— O número três, acho, mas o que isso tem a ver?

Elyan se levanta e eu também, antes de ele dar um passo na minha direção, parecendo irritado.

— E como você pode ter certeza de que o número três foi o seu favorito da vida, e não o número cinco, por exemplo? Quantos caras você beijou numa noite? Meu Deus, o que o doutor Anthony sentiria se soubesse disso?

Eu me aproximo mais, com o sangue esquentando, e toco o peito firme dele. Com a ponta dos dedos, eu o empurro de leve.

— Eu não beijei mais ninguém depois de... E para de ser ridículo, eu não falo com o Anthony há anos. O que isso tem a ver?

Mais um passo dele e nossos peitos colidem.

— E mesmo assim ainda é apaixonada por ele. Que romântico, Nina.

Pisco devagar, com o coração acelerado.

— Eu não, nunca... O que foi que aconteceu aqui, Elyan?

— Nada — ele diz e segura o meu rosto entre as mãos. — E sobre o meu melhor beijo, já que eu preciso responder por ter perdido, é simples. Pense um pouco.

— Como assim, *pense um pouco*? Como eu posso adivinhar pensando?

Os dedos dele no meu rosto me fazem perder o ar, as minhas bochechas esquentam.

Talvez tenha sido com Anne, a mulher que ele já amou um dia, mas com quem hoje não tem mais nada e mesmo assim se sente na obrigação de cuidar dela, visitá-la todas as semanas. Será que Elyan se culpa de algum jeito por ela estar internada?

— Foi com a Anne — arrisco.

Ele crispa ainda mais a expressão.

— Não. Você passou tão longe que não dá nem para te ajudar com dicas.

— Por que você está irritado?

239

— Eu odeio perder, mas isso você já sabe.

Franzo o cenho numa expressão de tensão forçada.

— Nossa, Elyan, estou bem preocupada. Acho que o peixe do jantar soltou toxinas no seu corpo e você está alucinando.

Uma respiração funda dele toca a pele do meu rosto e minha garganta seca quando minha pele arrepia.

— É isso mesmo, devo estar louco. Mas quer saber? Que se foda.

Prendo o ar quando a ponta do nariz dele acaricia a ponta do meu, e os lábios dele roçam de leve nos meus, fazendo uma onda elétrica percorrer minha coluna.

Solto o ar num silvo.

Quando dou por mim, meus dedos estão enroscados nos cabelos dele, apertando sua nuca, e eu abro um pouco a boca. Elyan grunhe baixinho e rouco e começa a mover os lábios sobre os meus. Estou caindo num céu de gelo e estrelas, meu estômago se contrai e aperta, meu coração acelera. E Vader late. Uma, duas, três vezes.

Elyan congela. Eu congelo.

Ele cola a testa na minha, com a respiração acelerada, e xinga baixinho:

— Merda.

Eu devia responder alguma coisa, mas meus lábios estão trêmulos e acho que minhas pernas também. O que aconteceu aqui, ou quase? Foi um beijo? Não teve língua, então não pode ser considerado um beijo, pode? Fui eu que comecei ou foi ele? O calor do corpo dele no meu se desfaz e eu abro os olhos.

Elyan está me encarando, com os olhos tão arregalados quanto os meus, ou mais.

— N-Não foi nada — gaguejo.

Ele aperta a ponte do nariz.

— Isso não devia ter acontecido.

Ele tem razão. Elyan tem toda a razão.

— Eu sei, não vai mais acontecer.

Ele aperta o nariz outra vez e em seguida passa as mãos nos cabelos.

— Está bem, não vai mais acontecer.

Quero melhorar esta situação constrangedora e me convencer de que vai ficar tudo bem entre a gente, com o nosso acordo.

— Não foi nada, nem foi um beijo de verdade. — Encolho os ombros. — Eu sempre beijo meus amigos assim.

Os olhos azuis se estreitam enquanto as narinas dilatam, como as de um lobo antes de avançar sobre a presa.

— Sim, é melhor pensarmos assim.

— Você ainda está me devendo uma resposta. — Ah, essa sou eu, tentando consertar as coisas e fazendo tudo ficar ainda mais esquisito. — O seu melhor beijo, lembra? Com certeza deve ter sido muito diferente desse quase beijo que não significou nada.

Dentes enormes surgem na boca de Elyan, na minha imaginação, e meu coração volta a acelerar. *Para de falar besteira, Nina,* ele rosna na minha cabeça.

— Quem sabe outro dia eu te conto — diz e se vira, murmurando: — Boa noite.

E chama Vader, antes de deixar a biblioteca quase correndo.

Obrigada, Vader. Ou não. Claro que sim, Nina More. Tento respirar devagar e falho.

Vai ficar tudo bem. Elyan já deve ter esquecido essa quase qualquer coisa que fizemos.

Meu coração acelera tanto e minha cabeça vira um novelo de lã mastigado por um gato com a ideia que cruza minha mente por uma fração de segundo. Engulo o novelo de lã e meu estômago gela.

Nem fodendo. Isso é impossível.

Estou sentada de pernas abertas em cima de coxas firmes e potentes. Não ligo de ter outros casais se pegando ao meu lado e de que alguém me veja assim, na Dorothy, no colo desse cara de quem eu nem sei o nome.

— É para acontecer — murmura ele, rouco, e me beija de um jeito explosivo, com fome, com desejo, e me puxa para aprofundar mais o beijo, com força.

Fico tonta e minha pele formiga quando dedos compridos e cheios de anéis removem meu cabelo do pescoço, e agora a boca quente e deliciosa está no ponto atrás da minha orelha e me faz ver estrelas e gemer.

Preciso mais dele, mais da língua na minha boca, mais do cheiro âmbar, dos gemidos graves que me fazem praticamente ovular, mais dos músculos dele na minha pele. Tiro a camiseta dele e minha boca seca com a visão dos músculos e de um dragão enorme. Ele me encara agora com olhos azuis cheios de tesão.

Quero ele todo em mim.

Não estamos mais na Dorothy, estamos na frente de uma lareira com taças de vinho esvaziadas ao nosso lado, e nos beijamos sem roupa. Ele está por cima de mim, e sua ereção pressiona o meu sexo. Gemo alto, desesperada por mais. Ele começa a me penetrar, olhando dentro dos meus olhos, e eu cravo as unhas nos ombros dele, conforme sua boca baixa para minha orelha e ele diz:

— Eu vou te fazer suar pra caralho.

— Sim, sim, não para.

Arqueio os quadris para cima e ele investe mais fundo e me beija. É tão bom, mas tão bom que meu sangue ferve, minhas pernas se contraem e eu despenco num maremoto de prazer visceral e maravilhoso.

Abro os olhos, respirando com dificuldade.

Acabei de ter o sonho erótico mais intenso, e foi com o dragão do Elyan Kane.

— Subconsciente filho da puta.

O problema foi a "quase qualquer coisa" que fizemos na biblioteca. Qual a chance de ser quase beijada pelo lorde do inverno e sair ilesa? Mais certeza de que devo esquecer isso, e rápido.

Tateio o colchão em busca do celular. O quarto ainda está escuro, não deve ter amanhecido. Pego o aparelho com dedos trêmulos, os resquícios do orgasmo deixando meu corpo.

Abro o grupo que tenho com Rafe e Maia e digito:

> Estou com a sensação de que o número
> três da noite do aniversário da Maia ano

passado, o melhor beijo da minha vida...
Lembram?

Respiro devagar, com o pulso voltando a acelerar, e concluo:

Quão fodida eu vou estar se o cara que me
deixou de quatro só com alguns beijos na
boca for o meu futuro marido?

243

27

No dia seguinte ao joguinho na biblioteca e à nossa qualquer coisa que vai ser esquecida, Elyan age numa alternância entre muralha silenciosa comigo e golden fofo com as crianças. Tento me convencer de que, depois do que quase houve e do sonho insano que tive, e depois da suposição ridícula que me vi fazendo sobre Elyan ser o autor misterioso do melhor beijo da minha vida, provavelmente é melhor que ele aja assim.

Ele não está sendo grosso nem me tratando com descortesia; muito pelo contrário, é tão educado que chega a ser distante, como um bom lorde inglês.

Ele sabe que quase cruzamos uma linha tênue, sem retorno e bem perigosa, ontem na biblioteca. E deve ser por isso que Elyan mal me tocou e, nas poucas vezes que segurou minha mão ou colocou o braço sobre meus ombros, enrijeceu, abriu e fechou as mãos ou mexeu nos anéis com desconforto, antes de se afastar. Um comportamento em público bem arredio para alguém que deseja convencer o mundo de que estamos apaixonados a ponto de termos de nos casar correndo, porque não aguentamos a ideia de não pertencermos oficialmente um ao outro. Um lado meu quer prensá-lo contra a parede e perguntar: *Não concordamos que não aconteceu nada ontem?*

Enquanto isso, o lado que toma choques todas as vezes que nos encostamos quer agradecer a ele de pés juntos pela distância. *Vai ser mais fácil mantermos as coisas assim, mais frias e profissionais.*

Agora estamos caminhando perto do Kensington Market, pelas ruas da velha Toronto, a caminho de uma pista de patinação para as crianças brincarem.

Poucas horas atrás, assistimos a uma apresentação mágica e fascinante do Cirque du Soleil. Descobri pelas crianças, antes de a apresentação começar, que uma amiga do Elyan é artista no circo e que iríamos encontrá-la quando a sessão acabasse.

244

— É mesmo? — perguntei para a muralha sentada ao meu lado.

Ele não tirou os olhos do palco, apesar de o show ainda não ter começado.

— O quê?

— Você tem uma amiga que é artista aqui?

Ele desviou os olhos para os meus só por uns segundos — o suficiente para meu estômago gelar — e depois respondeu:

— Sim, a Bina. Você vai conhecê-la depois da apresentação.

Robert e Jules pareceram mais empolgados com a ideia de encontrar Bina do que com a apresentação dos artistas.

Quando o espetáculo acabou e, conforme prometido, entramos nos camarins, fui apresentada a Sabrina, a amiga de Elyan, a garota que acreditei ser namorada dele na noite da vergonha — como batizei o episódio da calça arriada. Além de lutar como uma ninja, Sabrina é trapezista no circo. Uma mulher linda, quase tão alta como Elyan, com um piercing delicado no nariz e o cabelo curto e descolorido.

— Essa é a Nina, minha noiva — Elyan disse.

— A famosa Nina, muito prazer — Sabrina respondeu e beijou três vezes as minhas faces, uma de cada lado e mais uma. — Um costume da Eslovênia — explicou.

Famosa? Quero perguntar quanto Elyan falou de mim. Famosa por ter baixado a calça dele no corredor? Ou por ser a dona da purpurina que o deixou brilhando por dias? Ou famosa porque Elyan vem falando de mim como sua noiva relâmpago? Será que ela sabe que nosso amor é fake? Seja como for, Sabrina é maravilhosa e me deu um abraço de urso depois dos beijos. *Ela tem cheiro de canela e drops de morango.*

— Muito prazer — respondi, sorrindo.

Sabrina me encarou e depois a Elyan.

— Ela é linda, seu sortudo.

Os dois se abraçaram e Elyan beijou o topo da cabeça dela, confortável e relaxado, tão diferente da maneira como tem se aproximado de mim desde hoje cedo.

— Se a Nina não fosse sua garota e eu não tivesse a Eloise — Sabrina falou pouco depois que fomos apresentadas —, eu me apaixonava — brincou, antes de empurrá-lo de leve. — Você anda muito sumido. Não faça isso, senão eu te sufoco com travesseiros quando estiver dormindo.

Já gostei dela.

— Estive superocupado — Elyan se justificou.

— Anne está bem? — ela pergunta, e eu quero gritar.

Sabrina sabe sobre Anne. Claro que sabe, eles são melhores amigos. Por que diabos Elyan é esse bloco intransponível de segredos e mistérios? Se vamos nos casar, mesmo que seja de mentira, ele não deveria me deixar saber de tudo?

— Ela está melhor. Tenho ido todos os domingos na clínica.

Sabrina olhou para mim sorrindo.

— Então imagino que o motivo da sua ocupação seja prazeroso.

— Tia Bina — Robert e Jules falaram ao mesmo tempo.

E ela se abaixou para abraçá-los.

— Comprei as balas que vocês amam, estão no meu carro.

Elyan tocou no ombro dela.

— Você quer vir com a gente? Vamos comer no mercado de Kensington.

— Sim, vou só avisar a Eloise. Ela vai com a gente, tudo bem?

— Claro, Bina. — Elyan passou o braço por cima dos meus ombros por alguns segundos e logo o tirou, se afastando.

Sabrina me contou, quando ainda estávamos no camarim do circo, que conheceu Elyan na Noruega há quatro anos, enquanto trabalhava no Cirque du Soleil por lá, e os dois ficaram tão amigos que ela passou a acompanhá-lo pelo mundo.

Eles moraram juntos no Japão por alguns meses, ela passou férias na Finlândia e no Alasca com ele, e agora, com Sabrina morando há um ano e meio Canadá, eles continuam a se encontrar sempre que possível.

Saímos do circo e, no mercado de Kensington, comemos tacos e passeamos entre as lojas vintage. Não resisti e comprei uma saia de lã florida num brechó. Eloise, a namorada de Sabrina, que é da minha altura, tem um rosto de sereia e o cabelo pink até a cintura, comprou um jogo de chá do século 19 num antiquário.

Elyan garimpou uns vinis dos anos 80 e, quando passamos na frente de uma loja indiana, fez questão de comprar o incenso que contei ser o favorito de dadi.

246

— Se você ficar fazendo esse tipo de coisa, Elyan — murmurei —, a dadi não vai deixar a gente se separar mais pra frente.

Ele sussurrou em resposta:

— E quem disse que eu vou deixar a gente se separar, Nina? — Depois riu baixinho, deixando claro que estava brincando, como se isso fosse me irritar. Mas fez isso olhando dentro dos meus olhos e depois para a minha boca.

Meu coração acelerou tanto que fez minha respiração falhar.

Agora, estamos a caminho do rinque de patinação. Acabamos de passar na frente de uma casa toda grafitada com temas variados.

Observo Sabrina e Eloise andando um pouco mais à frente. Noto que Sabrina, vez ou outra, olha de mim para Elyan com uma expressão analítica, parecendo perceber a distância entre nós. Enquanto ela não solta a mão da namorada e a enche de beijinhos e carinhos, eu estou de mãos dadas com Jules, Robert caminha do outro lado da irmã e Elyan mal me tocou — parecemos de fato dois conhecidos que vão se casar por conveniência.

Se Sabrina ainda não sabe do nosso casamento de mentira, em breve vai descobrir. Pego a mão de Elyan, que me encara surpreso, e tento, de um jeito discreto, apontar com a cabeça para a amiga dele e para a maneira como ela caminha com a namorada.

— Ah — murmura ele, e trava o maxilar de leve.

Um gesto sutil, mas eu percebo. *Que diabos*, ele não consegue encostar em mim sem enrijecer? A "quase qualquer coisa" de ontem foi tão ruim assim?

— O que foi? — ele pergunta baixinho. — Está tudo bem? Você está estranha o dia inteiro.

— Eu? É você quem está agindo como se encostar em mim pudesse transmitir alguma doença. Achei que tínhamos concordado que não aconteceu nada ontem.

Ele passa a língua sobre os lábios antes de murmurar, rouco:

— O que aconteceu ontem, Nina? — E acaricia a palma da minha mão. Tenho que me segurar para não arfar.

— Vá à merda, não aconteceu nada — sussurro, com um sorriso inocente.

Ele olha para Sabrina, que nos encara, depois responde:

— Só se você for junto, baby. — E beija minha mão sem tirar os olhos dos meus, provocando uma contração no meu ventre.

Fico tentada a levantar o dedo do meio para ele, mas lembro de Sabrina e das crianças aqui ao lado e decido tirar isso da cabeça de uma vez por todas e não tocar mais nesse assunto.

Mais uma carícia enquanto nos aproximamos do rinque dentro do Alexandra Park, e ele sorri para algo que Sabrina falou, como se não estivesse me transformando num monte de palha ensopado de querosene e riscando um fósforo.

Qual a chance de isso dar certo?

Quando chegamos ao rinque, a cerveja bebida há mais de uma hora já saiu do meu sangue e me sinto segura para colocar os patins e entrar na pista com as crianças.

Elyan, Sabrina e Eloise disseram que não patinariam e se sentaram num banco próximo à pista.

Dá para imaginar o tamanho do meu choque e todas as emoções que circularam dentro de mim quando, meia hora depois de entrar no gelo, ouvi Jules falar:

— Eba! Elyan vai patinar conosco.

Robert sorriu empolgado para o irmão e eu me virei para a direção apontada, até encontrar Elyan Kane deslizando até nós.

Acho que minha mente tem um exagero de direção de arte conduzindo as coisas dentro dela, e isso inclui a área desregulada e masoquista dos sonhos.

Porque eu vi o corpo enorme, esguio e potente dele surgindo de uma nuvem de fumaça, embaixo de um jorro de luz prateada, como se a lua estivesse saudando um deus viking que acaba de voltar para casa.

O casaco preto de lã parece criar ombreiras pontudas, e as ondas do cabelo disfarçam as orelhas élficas que, tenho certeza, estão escondidas ali embaixo.

Ele me encara patinando em minha direção, com movimentos tão elegantes e precisos, com tanta segurança e poder, que tenho vontade de curvar a cabeça com os raios da lua, como se realmente ele fosse um ser divino feito de gelo e sangue.

— Oi — diz simplesmente.

Meu coração, pelo amor de Deus. Está tão acelerado que não consigo responder. As crianças vibram ao meu redor, comemorando o fato de finalmente verem o irmão patinando. E eu? Sou boba a ponto de sentir os olhos embaçarem, como se minhas células, minha alma, também comemorassem.

Ele segura a mão de Jules, e Robert pede:

— Você dá uma volta conosco?

— Claro, foi por isso que eu entrei. — E me olha.

Caia em si, caia em si. Mande seu lado tiete babão e meio apaixonado para fora dessa pista, agora!

Aperto as mãos ao lado do corpo e falo:

— Como você está aqui, acho... que vou sentar com a Sabrina e a Eloise.

— Não, fique! — Elyan pede, os olhos brilhando como duas bolas de fogo azul. — Patine com a gente.

— Isso — Jules me dá a mão livre dela —, vamos patinar juntos como uma família.

Robert já disparou na frente dizendo:

— Vamos, vamos rápido.

E nós o seguimos pela pista, enquanto tento lembrar como se respira, como se patina.

Cinco voltas, alguns, giros e brincadeiras depois, as crianças estão cansadas, meus nervos estão cansados, meu coração está cansado.

Elyan no gelo é como se fizesse parte dele, como se...

— As crianças querem sair e comer alguma coisa por aqui — Elyan diz, e aponta em direção aos food trucks perto da pista.

— Claro, o que vocês querem?

Enquanto Robert já está saindo do gelo e indo ao encontro de Sabrina, Elyan se abaixa na altura de Jules e fala:

— Que tal você ir comer com Sabrina, Eloise e Robert, enquanto eu patino um pouco com a Nina?

O quê?

Abro a boca com os olhos arregalados. Nem preciso falar sobre meu coração, preciso?

— Ahh — Jules dá um gritinho entusiasmado —, vocês vão patinar juntos! — Ela bate palmas.

Elyan a acompanha até o limite da pista e se aproxima de Sabrina, depois gesticula para mim, as crianças e os food trucks. Em seguida, ele patina em minha direção, como um feérico do inverno, fazendo os flocos e o gelo obedecerem a sua vontade.

Os dedos ágeis pegam do bolso interno do casaco um par de fones sem fio e o celular. Ele me entrega o fone antes de pedir:

— Vamos patinar ouvindo a mesma música?

Coloco automaticamente o fone no ouvido e respondo, meio nervosa e meio na defensiva:

— Você é tão complexo, Elyan. Passou o dia como se eu fosse um porco-espinho, e agora quer patinar comigo. Nós nunca patinamos, e não sei se me sinto pronta para...

— *Shhh*, Nina — murmura ele. — Tenho certeza de que a gente vai conseguir se entender bem no gelo.

Então ele segura a minha mão direita e a conduz até ela estar espalmada em cima do coração dele.

Forte, ritmado.

Quando ele espalma a mão quente em cima do meu coração, minhas pálpebras pesam e eu fecho os olhos. Começa a tocar "Enemies to Lovers", de Joshua Kyan Aalampour, a música do meu programa curto.

— Vamos sentir um ao outro e ao gelo — Elyan pede. — Não pense em nada, pode ser?

Concordo com a cabeça, e nossas respirações se sincronizam. Abro os olhos e nos encaramos por alguns segundos antes de começarmos a nos mover no ritmo da música, no ritmo do nosso coração. Passos de valsa sobre o gelo, a mão dele sobre a minha, a outra nas minhas costas, me guiando. Nossos passos e corpos encaixam, se combinam sobre o gelo, se misturam.

Estamos fazendo a coreografia que comecei a ensaiar com Tom Roy. Elyan a decorou sem treinar? Eu inspiro, ele expira. Sei o próximo passo, ele reconhece o movimento e me segue, segue o gelo, segue seu coração. Andamos para trás rápido, rápido, rápido e depois giramos juntos, mais uma vez e outra.

Ele sai da coreografia, eu me desvio do eixo, mas logo voltamos a nos olhar, a sorrir com os olhos e a entregar para a pista mais que a sincronia perfeita, uma liberdade simultânea. Sem julgamentos, sem espinhos, sem toques que incomodem ou eletrocutem. Sem distância ou gravidade, aqui o frio fica a cargo do gelo sob os nossos pés. E esse gelo nos entende e nos traduz um para o outro através dos nossos movimentos. As mãos dele estão na minha cintura, e, pela maneira como Elyan me segura, e pelo tempo da coreografia, sei que ele vai me levantar.

É algo que comecei a treinar com Tom Roy. Fizemos no solo, mas não executamos totalmente no gelo. Isso requer confiança e conhecimento na técnica do parceiro. No parceiro.

Ele me olha dentro dos olhos e eu enxergo um fundo azul intenso e proibido, selvagem e tempestuoso. Então, ele me deixa entrar ainda mais fundo, passar pelas camadas mais difíceis, pelas nuvens densas, e chegar num azul pacífico, entregue, calmo, seguro.

Instintivamente, posiciono o corpo e Elyan entende meu sim com os movimentos. Sou levantada e seguro a lâmina do patim, abrindo um espacato no ar sobre a cabeça dele enquanto Elyan gira uma, duas, três, quatro vezes e me coloca no chão com perfeição. Fazemos uma série de giros abaixados e em seguida levantamos juntos e nos aproximamos. Mais um levantamento com giro e eu nem penso em negar uma força maior; uma cumplicidade que eu nem sabia existir entre a gente, que eu não sabia que existia no mundo da patinação, me envolve e domina meus movimentos.

Ele me impulsiona no ar e eu giro umas cinco vezes bem próxima ao seu corpo. Com as mãos firmes, ele segura minha cintura e me devolve para a pista em segurança.

Damos uma volta na pista. É o ponto da coreografia onde faremos um triple flip, um dos saltos que tenho errado com frequência. Um dos saltos que tenho abortado com mais frequência, antes mesmo de errar.

As pálpebras dele baixam um pouco e, com a ponta dos dedos, ele toca de leve em meu peito, como quem diz em silêncio: *Você sabe fazer isso, você já fez uma centena, milhares de vezes; isso está aqui, gravado no seu coração.*

Talvez porque eu sei que é verdade, que todos os saltos, acrobacias, cada um dos movimentos está gravado no meu coração, a gelo e lâmina, ou talvez porque Elyan me olha como se eu fosse a melhor parceira com quem ele já patinou, aquela em quem ele mais confia, a quem ele mais admira, eu aceno *sim*.

Ganhamos velocidade, abrimos o espaço ideal um do outro, estico os braços, levanto a perna de trás e coloco o toe pick no gelo, ganho impulso, cruzo os braços sobre o peito e giro uma, duas e três vezes, pousando com uma lâmina no chão, a outra perna esticada para trás. Eu acerto, eu acerto!

Eu consigo! Quero gritar, chorar e gritar de novo.

Paramos conforme a música acaba, segurando a nuca e a cintura um do outro, com as testas coladas, as respirações ofegantes e os olhos completamente arregalados. Os meus cheios de lágrimas. Palmas, muitas palmas e assobios se espalham pelo rinque e fora dele.

O que aconteceu aqui?

Ele balança a cabeça e responde dentro da minha cabeça: *Não sei.*

Está tão perplexo como eu, não por eu ter acertado o salto, mas por tudo. Pelos nossos movimentos se encaixarem como se tivéssemos nascido patinando juntos.

Elyan é o primeiro a sorrir, e o sorriso vira uma risada, e a risada se expande pelo meu peito, nossos corpos tremem numa gargalhada.

Ele beija minha testa repetidas vezes, as lágrimas que escorrem pelo meu rosto estão quentes, alguns beijos são deixados nas minhas bochechas por cima das lágrimas, minhas pernas fraquejam. Elyan percebe e me aperta mais contra o corpo potente.

Os lábios voltam a colar na minha testa quando ele murmura:

— Eu nunca senti isso patinando, nem sozinho, nem com ninguém.

Nos inclinamos um pouco, sem tirar os braços um do outro, só para nos encarar.

Elyan prossegue, rouco, com os olhos brilhando:

— Foi como se nós tivéssemos nos fundi…

— Eu sei.

Sim, eu sei. Não entendo, mas sei. Os braços ao redor de mim, apesar de firmes, estão trêmulos, assim como meu corpo inteiro. Ele também não entende, mas sabe.

— Nunca mais quero parar de fazer isso.

Eu prendo o ar e mordo o lábio, contendo um sorriso.

— Como assim?

Ele encosta a ponta do nariz no meu e nossas respirações se misturam. As mãos dele ganham espaço nas minhas costas e eu arfo quando me trazem, num impulso, mais para junto do corpo firme. Nossos peitos se colam, estamos com as respirações aceleradas e encontradas.

— Nina. — Ele sopra tão perto que consigo sentir o hálito quente em cima dos meus lábios.

Fecho os olhos e arqueio o pescoço sem pensar em mais nada.

— Elyan, Nina — a voz alta de Sabrina nos chama. — Uhuu, vocês deram um espetáculo olímpico, mas estamos congelando aqui. Podemos ir embora?

Abro os olhos, meio tonta, e encontro os olhos cada vez mais surpresos de Elyan nos meus antes de ele responder:

— Já vamos.

E ele fica um tempo só me olhando, eu olhando para ele, nenhum dos dois entendendo direito o que aconteceu e completamente em choque com isso tudo.

— Eu tinha certeza — diz ele, e solta os braços que me envolvem — que nos entenderíamos muito bem no gelo. Obrigado por isso.

Eu quero dizer que não tenho certeza de mais nada, nem do meu nome. Mas me forço a sorrir antes de dizer:

— Obrigada a você, foi... — *surreal, sublime, mágico, poderoso* — incrível.

Ele assente e segura minha mão, me impulsionando a patinar.

— Vamos? Depois nós podemos conversar melhor sobre isso, sobre o que precisamos saber para o nosso acordo e o que mais quisermos.

E aí está o acordo infalível, mais uma vez.

Que tal conversarmos sobre a complexidade que isso aqui está virando? Eu, você, nós dois? E cada vez mais.

Tenho a sensação de que nunca patinei tão bem em dupla, tão entregue, tão de verdade, tão leve — e isso é só a ponta do iceberg da confusão dentro de mim.

Olho sobre o ombro e o vento bagunça as ondas do cabelo preto enquanto ele desliza sobre o gelo com a segurança e a beleza de um transatlântico no mar.

Meu pulso volta a acelerar quando ele também me encara, com as narinas expandidas e os olhos pesados, escurecidos.

Meu lorde do inverno está de volta em toda a sua glória, e vou me casar com ele. *Não sei se rio ou choro.*

28

— **M**entira que você tem esse chá da tarde todos os dias em que está aqui — Rafe comenta, pegando um biscoito de manteiga coberto de geleia.

E revira os olhos ao colocar na boca.

— A sra. Pope é uma excelente cozinheira.

Ele continua passando os olhos por cima da mesa coberta por uma variedade exagerada de bolos, tortas, biscoitos, pães, torradas, geleias e bebidas quentes.

— É um verdadeiro chá inglês — Rafe diz, e pega um brioche.

— Ela caprichou porque eu disse que iria receber um amigo.

— Vou passar aqui todos os domingos.

Sorrio e mordisco um cookie. Rafe me ligou de manhã dizendo que queria me visitar para conversarmos.

— Aconteceu alguma coisa? — perguntei, tensa, ao telefone.

— Não. Quer dizer, nada de ruim. Mas quero te contar pessoalmente e estou com saudade — ele explicou.

— Então vem logo, porque também tenho que te contar uma coisa que aconteceu ontem.

Agora, Rafe enche a mão de biscoitos.

— E as crianças, onde estão?

— Com a sra. Shan, no quarto de leitura.

Meu amigo olha ao redor.

— É um verdadeiro palacete, com comida e funcionários dignos de um conde.

— É porque você não dormiu nos travesseiros e com o edredom dignos de um hotel de luxo.

— E tudo isso aqui vai ser seu... Quer dizer, você vai usufruir disso aqui por três anos, gata, e eu vou te visitar sempre que der.

Dou risada e Rafe pergunta, antes de morder um bolinho:

— E o seu conde, onde está?

— Ele não é meu conde. E saiu bem cedo, foi visitar a Anne na clínica, que fica a cem milhas daqui. A mulher que ele ama e que ele me disse outro dia que não é amiga dele.

O cotovelo de Rafe me cutuca de leve.

— Que louco isso. Quem é essa mulher?

Engulo um pedaço de bolo de laranja.

— Vou fazer um quadro num programa de TV para descobrir. Imagina se ele é casado com ela, tipo Jane Eyre, e está querendo casar comigo porque uma esposa insana não poderia ajudar com a briga pelas crianças?

Rafe ri e pega mais alguns biscoitos e depois uma fatia de torta de limão.

— Isso não seria possível hoje em dia, não pira.

Suspiro e reviro os olhos para mim mesma.

— Tem razão. O problema é me pegar sentindo ciúme de uma mulher doente que eu não sei quem é, e provavelmente nunca vou saber.

Ele arqueia as sobrancelhas.

— Ciúme?

Encolho os ombros.

— Bobagem.

— E por que você não pergunta pra ele quem ela é, o que ela faz, onde ela mora?

— A última vez que eu perguntei, ele fechou a cara e disse que não ficava bem quando falava sobre isso. — Mordo um biscoito. — Enfim, não está no nosso acordo virarmos confidentes.

Rafe mastiga devagar um pedaço de torta e olha ao redor antes de perguntar:

— Essa grana toda é da família da mãe dele, do pai ou dos dois?

— Não tenho a menor ideia, mas, pelo que eu sei da história desta mansão, a família Bourne é uma das mais ricas do Canadá, não é?

Rafe volta encher o prato com biscoitos e eu dou risada.

— Acho que sim. Minério e pedras preciosas, gata, e ele ainda é lindo, patina e vai se casar com você.

Suspiro disfarçando minhas mãos, molhadas de suor, e meu coração acelerado. Rafe sabe de quase tudo o que vem acontecendo, mas não sabe da confusão dos meus sentimentos, não sabe que estou cada vez mais apavorada com a ideia de me casar com Elyan Kane. E se eu me apaixonar de novo por ele, só que dessa vez de verdade e não uma paixão platônica juvenil?

— Vamos nos sentar ali. — Aponto com o queixo para o jogo de sofá próximo à lareira.

Lareira onde eu e Elyan fizemos o jogo de perguntas, duas noites atrás, e quase qualquer coisa a mais.

— Você começa a contar. — Rafe vai mancando até uma das poltronas.

— Apoia o pé no banquinho.

— Pode deixar.

Eu me sento ao lado dele, colocando um prato com biscoitos na mesinha lateral.

Depois de eu contar tudo sobre o dia anterior, Rafe me encara com olhos enormes e um sorriso discreto no canto dos lábios.

— Você conseguiu fazer um triple flip. Eu sabia que era questão de tempo, sempre soube.

— Eu consegui.

As mãos dele apertam as minhas e Rafe vibra:

— E Elyan fez toda a coreografia com você, sem nunca ter ensaiado contigo. Meu Deus, quanto ele quer para ser seu parceiro?

Dou risada.

— Imagina.

— É sério, Ni! Imagina se vocês patinarem juntos, aonde vão chegar?

Cruzo os dedos sobre o colo, tentando não imaginar o que sei. Será impossível.

— Elyan não vai voltar a competir. Isso não vai acontecer.

— Pode até não rolar com o Elyan, mas isso que você acabou de me contar é a prova de que você precisa de um parceiro que te coloque pra cima, e não de um que — e aponta para si mesmo — que precisa aprender manobras e levantamentos do zero.

Dou um tapinha de leve na coxa dele.

— Ei, pare com isso. Você é o melhor parceiro que eu já tive e eu sou muito grata por...

— A gente sempre soube que o meu lugar na tua vida é como seu melhor amigo, não como melhor parceiro. Na verdade, você me contar o que aconteceu ontem só me deixou mais tranquilo com o que eu vim te falar.

Dou um sorriso fraco e franzo o cenho.

— E o que é?

Ele respira devagar e volta a segurar minha mão.

— Eu e o Tiago, nós... é... resolvemos morar juntos, daqui a um tempo.

Minha boca cai e eu sorrio entre surpresa e feliz por ele.

— O meu casamento às pressas é de mentira, Rafe, você não devia ter se inspirado em mim.

Ele acha graça e acaricia o dorso da minha mão com o polegar.

— Eu sei que só estamos juntos mesmo há uma semana, mas estamos meio apaixonados e...

— E nós vamos dar uma festa pra comemorar. — Agora estou meio eufórica com a ideia de Rafe apaixonado. — Quando você se mudar, vou fazer o open bar da casa. Posso te ajudar no que você precisar, mas escolha um bairro perto de casa. Daqui vai ser difícil, porque o château fica fora de Toronto, mas escolha um lugar já levando em conta que vou passar metade da semana na sua casa. — Levanto a mão dele e dou um beijo estalado nela. — Estou muito feliz por você, por vocês, meu amigo. Você merece toda a felicidade do mundo.

Ele pega um biscoito e mastiga devagar, parecendo pensativo antes de falar:

— Ou é isso ou ficaria bem difícil continuarmos juntos.

Recosto com tudo na poltrona.

— Como assim?

— O Tiago recebeu uma ótima oferta para treinar em Montreal. Ele se muda daqui a um mês.

— Ah, então é claro que você tem que morar com... Espera. — Cubro os lábios com as mãos. — Isso quer dizer que você vai mudar para Montreal com ele?

Rafe torce a boca e diz, baixinho:

— Sim...?

— Ah, meu Deus. — Meus olhos se enchem de lágrimas e eu começo a respirar rápido. — Montreal fica a seis horas daqui de carro.

Ele abaixa os olhos tristes para o chão.

— Eu sei.

Bato no peito. Estou hiperventilando.

— Ah, meu Deus, como? — E enxugo as lágrimas com as costas das mãos. — Vai ser difícil passar metade da semana na sua casa.

— Eu sei — ele repete, e eu estou soluçando.

Rafe me abraça.

— Depois que eu mudar, vamos nos ver sempre que possível.

O tamanho da divisão que essa conversa fez no meu coração é uma cratera, um lado arrasado e egoísta e o outro soltando fogos de artifício e feliz.

— Estou me sentindo uma vaca por ter uma parte minha triste com isso, mas também estou muito, muito feliz por você. Juro, meu amigo.

Ele se afasta e me encara com lágrimas nos olhos.

— Eu te entendo, gata. Também tem uma parte minha triste com isso, mas eu não sei viver sem você, então, mesmo depois que mudar, vou vir aqui te encher muito o saco.

Fungo e volto a abraçá-lo.

— Além disso — Rafe diz junto ao meu cabelo —, só vou encontrar com ele em Montreal depois que você arrumar um novo parceiro.

Me afasto do ombro dele e franzo o cenho.

— Isso pode demorar meses.

— Eu sei, e Tiago também. Nós vamos levando assim, por enquanto.

Meus olhos voltam a encher de lágrimas.

— Nem pensar. Você vai fazer sua mala com o amor da sua vida, eu vou te levar no aeroporto e vamos ter uma cena histórica de despedida. E então eu vou passar todas as férias na sua casa e mudar a decoração da sala umas três vezes antes de ir embora, só para sentir que a casa também é minha.

Rafe ri baixinho.

— Eu não vou embora até você estar bem com um parceiro novo.

Estreito os olhos.

— Eu posso ficar bem com Tom Roy.

Rafe me encara, descrente.

— Mas ele não se aposentou e está só me cobrindo temporariamente?

Reviro os olhos, exagerada.

— Ele tem me dado indiretas de que, se dermos certo, ele voltaria a competir por um ou dois anos.

A expressão de descrença de Rafe aumenta.

— E você acha que pode funcionar com ele?

Acho que, depois que patinei com Elyan Kane, minha medida de "funcionar com um parceiro" foi para o centro da galáxia. *Elyan Kane me quebrou e nem sabe disso. E Rafe também não saberá.*

— Ah — respondo e mexo nos biscoitos do prato —, ele é um patinador experiente, e, apesar de deixar as mãos em cima de mim por mais tempo que o necessário e de Elyan Kane o odiar, acho que posso, sim, ficar bem com ele, pelo menos por um tempo.

Ainda mais descrente.

— Eu posso ficar até…

— Não, Rafe, você já fez tanto por mim durante esses meses. Você vai embora para Montreal com Tiago, vai se dedicar ao balé e… Para de me olhar assim, senão meu lado egoísta vai tentar te convencer a ficar em Toronto pra sempre.

Os braços de Rafe voltam a me puxar para um abraço.

— Nós vamos nos ver sempre que der, e nos falar todos os dias, você sabe, né?

Faço que sim com a cabeça.

— E você vai ser muito feliz e ter filhos lindos e…

Ele gargalha.

— Se dermos certo juntos, eu nem sei se eu quero filhos.

Me afasto dele e lanço um olhar indignado para meu amigo.

— No mínimo três, e eu vou ser madrinha de todos. Prometa!

— Combinado — ele diz, divertido, e me abraça outra vez.

— Você já falou com Maia sobre isso?

— Contei para ela hoje de manhã.

— Ótimo — digo, pegando meu celular do bolso do casaco. — Vamos ligar para ela. Preciso de alguém para chorar de tristeza e felicidade simultânea comigo.

— Depois você me apresenta as crianças?

— Sim — afirmo, e o telefone começa a chamar. — Eles vão te amar.

— Quem não ama?

Eu mostro a língua para ele e Maia atende.

Como seria bom ter ficado na minha cama por duas horas a mais no mínimo e não estar atrás de um cachorro num frio de menos quinze graus, no meio da neve, entre as árvores que, acho, ainda são do Château Bourne.

Acabei de escorregar numa pedra e me segurei nos galhos de uma árvore enorme.

— Vader! — grito atrás dele.

Como será que Elyan vai me matar se eu disser que perdi o cachorro dele quando resolvi, às cinco da manhã, correr no bosque da propriedade para espairecer depois de uma noite difícil?

Se bem que *Elyan não pode me culpar*. Ele que me contou que normalmente corre com Vader pelas trilhas locais, sem coleira. A diferença é que com Elyan Vader não deve fingir que é um lobo caçando um coelho.

Ainda bem que nevou durante a noite e agora não está mais nevando. Consigo seguir as pegadas do galope de Vader pela trilha, como João e Maria atrás das migalhas de pão. Será que ainda estou na propriedade? Olho para o céu e vejo alguns traços da luz do sol começando a aparecer. Ah, sim, está escuro ainda. Viro o pulso e miro o relógio: 5h36. Meu coração dispara com o barulho das asas de um pássaro voando próximo. E se tiver alguém mais na trilha?

Não surta, Nina. Você ainda está na porcaria do terreno do Château e não dentro de um filme de terror.

Esse medo e essa situação são ridículos. Eu não pensava em me afastar tanto, sei que estamos próximos a uma área preservada e que talvez haja outras propriedades na região.

— Vader! — grito mais alto.

Vou matar você.

— Au, au, au.

Meu coração dispara. Graças a Deus um sinal de vida, e pelo som ele não parece estar muito longe.

Mexo a lanterna e vejo o vulto preto que parece um lobo abanar a cauda e correr, entrando à direita na trilha.

— Não, não faz isso. Volta aqui!

Oi, Elyan, então... o seu cachorro filho da mãe fugiu, provavelmente alguém o roubou ou matou pensando que fosse um lobo.

Respiro fundo para ganhar fôlego e corro atrás de Vader. Entro à direita, seguindo o safado, e prossigo correndo, uns cem metros para cima. Paro ofegante e com as mãos na cintura ao encontrar o culpado por eu gastar toda a energia do treino de hoje. Ele está deitado na varanda de um chalé de madeira com janelas de vidro. Tem fumaça saindo pela chaminé, o que significa que alguém está ali dentro.

Quem?

E como? Tenho quase certeza de que não saímos do château.

Isso não me tranquiliza muito. Esta é uma área isolada da propriedade, meio que do mundo também, e, se o suposto ocupante do chalé for um invasor, um fugitivo da polícia ou um... Em que diabos esse cachorro me meteu? Olho ao redor, buscando possíveis rotas de fuga, caso um homem barbudo saia com um machado na mão perguntando: *Quem ousa se aproximar do meu chalé de filme de serial killer?*

Estamos numa área mais alta, e o único caminho de volta é a trilha estreita que Vader me fez subir correndo atrás dele.

Me aproximo devagar. Vader está ofegante e abanando o rabo sem parar.

— Au.

— Não late — falo baixinho. — Você quer acordar quem quer que esteja aí dentro?

Ele se levanta conforme eu me aproximo e abaixa as patas dianteiras, numa postura de caça.

— Não estou brincando, Darth Vader Bourne Kane — falo entredentes.

262

E então ele pula para trás, gira o corpo duas vezes num ataque de felicidade inexplicável e joga as patas no que parece ser uma porta vaivém dupla, uma interna e outra externa. Vader entra no chalé sem a menor cerimônia.

Cubro os olhos com os dedos trêmulos e tento respirar devagar.

É óbvio que ele já deve ter feito isso outras vezes. Talvez conheça o dono do chalé, quem sabe a pessoa o alimente e brinque com ele. Ou talvez não! Pode ser que Vader esteja apenas brincando de esconde-esconde com a trouxa que está correndo atrás dele há meia hora.

Cogito ir embora e deixá-lo aqui à própria sorte. Mas, então, imagens de Vader sendo morto por alguém que mora em um chalé isolado e não gosta de cachorros folgados e invasores me fazem mudar de ideia.

— Au, au, au — ele late de dentro do chalé.

Subo correndo os cinco degraus da frente, passo pela varanda e empurro a porta, que dá para um pequeno hall isolado — deve ser a área de resguardo do frio. Vejo botas de neve e um casaco emborrachado. Abro a segunda porta devagar.

Minha respiração acelera ao ver que Vader está deitado num sofá de camurça marrom, no sofá dos estranhos que não gostam de cachorros nem de garotas enxeridas.

— Vem — falo e assobio baixinho, desesperada.

Ele só abana o rabo e abre a boca, espreguiçando muito à vontade.

— Vou colocar as mãos em volta do seu pescoço e te estrangular se você me fizer entrar aí para te levar comigo.

— Au.

— *Xiiiu*.

Analiso rápido o ambiente pequeno e aconchegante, o tapete de lã caramelo no chão, a cozinha aberta para a sala à minha frente, as janelas duplas e grandes que dão vista para o bosque e a porta do meu lado direito, fechada, onde o lenhador deve dormir ou colecionar corpos de animais e garotas que entram no chalé sem ser convidadas.

Desespero, agonia, nervoso, pânico, ansiedade, adrenalina, tudo isso misturado. Como vou tirar Vader daqui e fazer com que ele me siga de volta até o château? Puxando-o pelo pescoço?

263

Petiscos! Por que eu não trouxe petiscos?

Olho para as panelas sobre o fogão e para Vader, que levanta a cabeça e abana o rabo.

— Seu cachorro mal-educado que invade casas e me faz ir atrás de você — sussurro bem baixinho, para mim mesma —, e que só vem atrás de comida! Reze para ter algo nessa panela que te faça levantar daí e me seguir de volta até o château, senão eu vou deixar você aqui, pra virar comida de lenhador.

Entro devagar, fechando os olhos e com as mãos molhadas de suor, conforme o piso range sob meus pés. Em alguns passos estou na frente de uma panela, tipo uma frigideira funda. Seguro o cabo para aproximá-la e enxergar melhor o que tem dentro. Sinto um toque por trás, no meu ombro, enquanto uma voz grave diz:

— O que...

Eu me viro de uma vez e grito, acertando a panela com tudo na cabeça escura acima de mim. O som do impacto parece o de um prato tibetano de bronze sendo tocado: *dooommm*. E o resto de ovo e bacon se espalha pelo chão.

— Ai, ai, ai — diz ele, cobrindo a testa com as mãos. — Você tá louca?

Meu Deus! Meu Deus! O lenhador é... Eu acabei de acertar uma panelada na cabeça de Elyan Kane.

— Elyan, o que você está fazendo aqui?

Vader se levanta do sofá e pula nas pernas compridas dele. Com uma mão, Elyan coça a cabeça do cachorro. Com a outra, ainda esfrega a cabeça.

— O que estou fazendo aqui? O que *você* está fazendo aqui?

Aponto para o cachorro, que agora come o ovo e o bacon do chão, como se fosse a melhor refeição da vida dele.

— Vader — explico. — Eu não dormi direito e resolvi sair para correr. Achei que seria uma boa ideia, até ele transformar meu cooper numa caça ao tesouro.

— E por que voc... — E esfrega a cabeça outra vez. — Nossa, como você bateu forte — resmunga.

Fico na ponta dos pés para tentar ver onde acertei.

— Desculpa, achei que você fosse um lenhador assassino de cachorros e virgens! Não que eu seja virgem, mas...

Ele franze o cenho, sem parar de esfregar a cabeça.

— E o que te fez pensar que um lenhador assassino iria morar dentro do terreno do château?

— Eu... — solto o ar pela boca de maneira ruidosa — não tinha certeza de onde estava, se tinha ou não saído da propriedade e... Ah, convenhamos, o que é mais estranho: eu achar que este chalé no meio do nada tinha sido invadido por um psicopata ou você se isolar aqui? Aliás, você dorme aqui?

Ele encolhe os ombros.

— Às vezes — diz e resmunga, apertando o local onde o acertei. — E não é no meio do nada, a estrada chega até aqui. O carro está parado na garagem ao lado do chalé.

— Eu não vi a estrada.

Ele esfrega a cabeça.

— É do outro lado da casa.

— Ah. Mas que droga. Senta aí, vou pegar gelo. — Olho ao redor e pergunto: — Onde?

Elyan aponta para a geladeira duplex próximo aos gabinetes azul-petróleo.

Abro o freezer e retiro a fôrma de silicone. Pego o pano de prato, pendurado na alça do forno, e viro o gelo nele, fazendo uma trouxa.

O corpo enorme está esparramado no sofá, observando meus movimentos como um felino ferido, com as pernas esticadas e a cabeça apoiada no encosto. Ele veste uma camiseta de malha justa e branca de manga comprida e uma calça azul-marinho, e é tão lindo que irrita. A barba por fazer, as coxas potentes, os músculos dos braços e do abdome ressaltados pela malha fina. *Desnecessário*.

Me aproximo com o coração acelerado e ele estica o braço para pegar a trouxa de gelo.

— Não — murmuro —, deixa que eu faço isso pra você. É o mínimo, depois de te acertar uma panela na cabeça.

Me ajoelho na almofada ao lado dele e removo as ondas do cabelo preto que cobrem parte da testa. Toco devagar onde vejo uma mancha arroxeada.

Um galo começa a se formar entre a testa e o couro cabeludo. Quando encosto de leve o gelo, Elyan respira fundo de maneira entrecortada.

— Desculpa, vai fazer um galo.

Ele abre os olhos e me encara. Estou meio inclinada sobre o tronco dele para alcançar o local atingido, e o calor do corpo masculino atravessa a malha da minha térmica, despertando meus sentidos. A nuca arrepia, o cheiro dele seca minha garganta, a respiração acelerada toca a pele do meu antebraço.

— Antes de eu reformar o château — diz ele —, era aqui que eu ficava quando vinha para o Canadá.

Retiro a trouxa de gelo e arrumo o pano, dobrando a parte seca por cima da molhada e devolvo para a testa dele, ouvindo-o continuar.

— Mas, desde que me mudei com as crianças para cá, normalmente venho aqui pelas manhãs. Eu gosto da vista — aponta para as janelas —, do sol nascendo.

Olho para o céu tingido de rosa e lilás e ainda cheio de estrelas, para as nuvens como um tapete brilhante que se estendem emoldurando a copa das árvores.

Suspiro.

— Uau.

A mão quente dele pousa sobre a minha em cima do gelo e eu prendo o ar.

— Só venho dormir aqui quando preciso pensar ou me sentir em casa. De algum jeito, sempre me senti mais em casa aqui que em qualquer outro lugar onde já morei.

Analiso rapidamente ao redor e reparo em como o chalé é arrumado, o piso de madeira encerado, a manta xadrez e almofadas verdes sobre o sofá, Vader deitado próximo à salamandra grande que aquece todo o ambiente, as janelas amplas, a vista e… uma carícia de Elyan na pele sensível da minha mão, fazendo meu coração disparar.

— Obrigado — murmura ele, e segura a trouxa de gelo, apoiando-a sobre a mesa lateral. — Está melhor.

Miro o céu ganhando novas tonalidades de dourado e laranja.

— Por que você precisava pensar ou ficar só?

266

Elyan fica em silêncio me encarando, e meu coração acelera tanto que desvio os olhos para a janela, para o sol nascendo, outra vez.

— Eu precisava pensar sobre um assunto, e as coisas na clínica não estão muito fáceis.

Volto a atenção para ele novamente.

— Anne?

Elyan assente.

— Os médicos vão mudar o tratamento e ver se ela responde melhor a uma droga nova.

Miro Vader, o bandido culpado por eu estar aqui, e quero perguntar *Quem é Anne, o que aconteceu com ela, por que você sente tanto pelo bem estar dela? Por que você a ama?* Mas sei que esse não é o melhor momento. Não depois de acertá-lo com uma frigideira na cabeça, então falo apenas:

— Sinto muito.

— E você, por que precisou levantar da cama nesse frio e correr às cinco da manhã?

Massageio os dedos gelados antes de falar:

— Rafe vai se mudar para Montreal com o namorado. Estou feliz por ele, é claro, mas também estou sem um parceiro permanente.

Ele toca no meu maxilar e vira o meu rosto até eu encará-lo.

— Vou fazer um café para nós dois e depois vamos ligar para Lenny. Vamos marcar de conversar com ela hoje, antes do treino, e tentar achar a melhor saída.

Respiro fundo, num misto de alívio e agonia. O motivo do alívio é óbvio, e o da agonia é porque os dedos quentes de Elyan ainda estão no meu maxilar.

— Obrigada.

Ele se levanta e caminha em direção à cozinha.

— Você quer torradas ou panquecas?

— Panquecas. — E me levanto também. — Deixa que eu faço, fique sentado.

Ele franze o cenho, imagino que pela aflição em minha voz, e eu disfarço:

— Estou com medo de você ter tido uma concussão e entrar em coma antes de contratar meu novo parceiro.

— Fica calma, você não é tão forte assim. — E me olha firme. — Se eu fosse um lenhador psicopata, infelizmente você estaria amarrada na minha cama gemendo e meio inconsciente.

Ui, quem dera você fosse, é a frase estúpida que minha cabeça solta.

Meu corpo ferve e tenho quase certeza de que Elyan está segurando uma risada. O canalha percebe quanto vem mexendo com meus nervos e minhas emoções?

268

29

— Tony Brad? — Lenny sugere.

— Ele tem quarenta e cinco anos e já devia ter parado — Elyan responde.

E eu concordo com ele. Tony Brad foi um excelente patinador de duplas, mas esqueceu que o nosso esporte — qualquer esporte — tem esse lado cruel de prazo de validade. O corpo não responde igual, e temos que nos aposentar tão jovens que é uma tristeza.

Já riscamos cinco nomes de uma lista feita por Lenny assim que nos sentamos quinze minutos atrás para conversar.

— Jonny Peterson? — Lenny cita mais um.

Esse pode ser uma boa ideia.

— Ele e Nina não combinam.

Franzo o cenho.

— Mas por quê?

— Porque o cara é frio demais. Ele tem técnica, mas zero emoção enquanto patina.

Lenny respira fundo e lê mais um nome:

— Douglas Cruise.

Elyan ri, sem achar graça.

— Lenny, o cara acabou de passar para o sênior.

— Mas ganhou várias medalhas no juvenil.

Ele cruza os braços sobre o peito.

— Péssimo.

— Estamos ficando sem opções, Elyan. — Ela bufa e lê: — Igor Romanov.

Arregalo os olhos. Igor Romanov é um patinador russo talentosíssimo, um dos melhores.

— Igor Romanov?

Elyan se recosta na cadeira e nega.

— Igor patina pela Rússia e tem uma parceira há anos.

Os dedos longos de Lenny pegam a xícara de café antes de ela dizer:

— Acontece que eu conversei com o agente dele na semana passada, e Katarina, a parceira de Igor, vai parar de patinar. Igor tem cidadania canadense e está querendo mudar de ares.

Meu coração acelera.

— Romanov seria incrível.

As mãos de Elyan, cheias de anéis, se fecham sobre a mesa.

— Ele não!

— Alguém sim? — pergunto, com as bochechas ardendo.

— Romanov é um escroto com a parceira dele, não me admira que ela esteja chutando o cara. Lenny, você não devia nem ter sugerido isso.

Lenny inspira devagar.

— Não temos mais ninguém, Elyan. A não ser Tom Roy. Posso falar com ele.

— De jeito nenhum — Elyan diz entredentes. — Nina não gosta dele. Eu não gosto nada dele.

— Quem disse que eu não gosto dele? E por que diabos não podemos tentar Romanov? — Bato as mãos de leve sobre a mesa.

Estou ficando ansiosa e angustiada. Se não acharmos ninguém, vou ter que abortar os treinos para essa temporada, e a próxima será apenas para começar a treinar de verdade. E não tenho mais dezoito anos. *Não devia ter parado a faculdade de veterinária.*

— Ele é um escroto com a parceira dele? — prossigo, explosiva. — Você tinha fama de ser escroto com a sua, e olha aonde vocês chegaram.

No momento em que as palavras saem da minha boca, quero recolhê-las uma por uma, colocá-las na fogueira e engolir as brasas.

Lenny me encara de olhos arregalados. Elyan empalidece um tom.

— Me desculpa, Elyan. — Toco no ombro dele e sinto-o se esquivar. — Eu não quis dizer isso.

Ele faz uma negação com a cabeça.

— Deixa pra lá.

Estou tão arrependida. Resolvo me abrir, falar com o coração:

— Estou tão angustiada, fico me perguntando se já não devia ter desistido, sabe? Eu tranquei a faculdade para me dedicar cem por cento à patinação. Tenho que fazer isso dar certo, e na maioria das vezes parece tão difícil.

Os olhos azuis sobem da mesa para os meus.

— Desculpa — peço baixinho. — As minhas inseguranças não me dão o direito de ser uma vaca com ninguém.

Ele respira fundo e diz, me encarando:

— Vai dar tudo certo.

Meus lábios se curvam de leve.

— Romanov, então?

Elyan volta a enrijecer o maxilar.

— Esse pedaço de merda não.

Arregalo os olhos.

— O que ele fez para você falar assim?

Os olhos azuis ficam injetados de fúria.

— Ele transou com a Jess enquanto ela ainda era minha namorada. Além de ser um grosso e trair a própria parceira e namorada dele na época. Um pedaço de merda, como eu disse.

Lenny arfa e intervém, rápida:

— O erro foi meu, não devia ter sugerido Romanov. Desculpem, é que, com Tom Roy descartado, ele parece a melhor opção.

Elyan concorda, como quem diz em silêncio *Não, não devia*.

— Eu não sabia, desculpa.

— Você não tinha como saber.

Aperto a ponte do nariz.

— Tom Roy, então?

— Já disse que esse cara eu não treino. Ainda mais sem prazo para ele sumir. Não!

Fecho os olhos e aperto a borda da mesa com os polegares, tentando não falar besteira outra vez com Elyan. Apesar de ele querer o melhor para mim, parece que é ele quem vai patinar no meu lugar e que não existe no mundo ninguém bom o bastante.

— Então estou oficialmente sem um parceiro nessa temporada.

Abro os olhos e miro o rosto perfeito de Elyan. A pele branca, um pouco bronzeada, não esconde o rosado das bochechas e as veias saltadas no pescoço e nas têmporas.

Lenny fala, num tom de voz apaziguador:

— Estamos realmente sem opção.

— Não, não estamos.

Elyan responde ao mesmo tempo que Lenny insiste que Tom Roy é a melhor opção no momento. Ele nega, enfático: de jeito nenhum. E eu volto a subir um pouco o tom:

— Quem? Você parece esquecer que os patinadores são humanos e que os humanos não...

— Eu posso ser seu parceiro, porra!

Minha visão periférica escurece um pouco. Estou delirando, tenho certeza.

A respiração dele está acelerada, como se tivesse lutado para tirar a proposta de dentro dele.

— Se você quiser, é claro, podemos tentar — murmura, rouco.

— O quê?

— O quê? — Lenny Petrova pergunta ao mesmo tempo que eu.

Se a minha vida fosse uma série, esse seria o momento do corte para uma nova temporada. Aquele final eletrizante que faz o coração dos espectadores acelerar, as mãos molharem de suor e a cabeça explodir, porque é exatamente assim que me sinto agora. Suspensa no tempo, à espera da gargalhada irônica dele ou de algum plot twist louco, em que vou descobrir que o Elyan Kane de verdade foi preso por seu irmão gêmeo numa torre, enquanto essa pessoa à minha frente se oferece para patinar comigo.

Nada disso acontece.

— Você está brincando, não está?

— Não.

E ele fica sério com aqueles dois orbes azuis cravados no meu rosto com intensidade. Nenhuma risada, nenhum sinal de que ele vai retirar o que disse.

— Mas você não compete mais.

Os ombros largos são encolhidos.

— As coisas mudam.

Meu coração está tão acelerado que mal consigo respirar. Eu quero isso. Sempre quis, é meu sonho de juventude realizado, era o sonho de dez a cada dez patinadoras antes de ele parar de patinar. Mas agora? Será que consigo lidar com a intensidade de Elyan Kane sendo, além de meu parceiro, meu marido de mentira?

Lenny apoia os cotovelos sobre a mesa e cruza os dedos na frente do queixo.

— Você foi sem dúvida o melhor patinador que já treinei, e nada me realizaria mais que voltar a te treinar, mas você está parado há cinco anos e...

— Não estou parado — rebate ele. — Patinei quase todos os dias dos últimos cinco anos.

Os olhos verdes de Lenny se arregalam um pouco.

— Você largou a patinação dizendo que a pressão das competições estava te matando. Eu não sei...

Aponto para Lenny com os dedos meio trêmulos. O ambiente na sala está totalmente elétrico.

— Exato — digo.

Elyan responde para Lenny, mas é a mim que ele encara:

— As coisas mudaram muito em cinco anos, Lenny, eu mudei. Posso tentar, podemos tentar, e, se não der certo, fico só um ano com a Nina, até encontrarmos outro parceiro.

Arquejo, num misto de euforia e nervoso. A eletricidade entre nós está cada vez maior.

— Você só está dizendo isso porque está confuso. A batida na cabeça deve estar te afetando.

— Isso não tem nada a ver. Tenho total consciência do que estou falando aqui.

— Você bateu a cabeça? — pergunta a técnica.

— Numa frigideira — Elyan responde, com os olhos especulativos ainda sobre mim.

— Como alguém bate a cabeça numa frigideira? — Lenny repete, confusa.

Elyan se vira para ela.

— É natural que você esteja em dúvida, porque, quando te contratei, disse que não voltaria a competir.

A cabeça ruiva de Lenny faz que sim.

— Você afirmou categoricamente que não voltaria para os rinques de competição patinando.

— Elyan — sibilo —, eu posso ficar uma temporada sem...

— Lenny está em dúvida — Elyan me interrompe — porque não nos viu patinando ontem.

— Vocês patinaram juntos?

— Sim, não só patinamos como fizemos todos os elementos que a Nina está começando a treinar com o Roy.

Lenny franze o cenho.

— Vocês estão loucos? Como assim, fizeram os levantamentos sem treinar juntos antes e...?

— E acertamos tudo, fomos... — Elyan para, com os olhos brilhando. — A Nina foi perfeita.

Lenny está esperando minha confirmação.

— Sim — afirmo. — Nós fomos muito bem.

E Elyan se levanta e vai em direção à porta.

— Aonde você vai? — Lenny pergunta, abrindo as duas mãos no ar.

— Pegar meus patins no carro e acabar com qualquer dúvida que você possa ter. — E volta os olhos para mim. — Nós vamos patinar juntos, Nina.

Antes de sair, Elyan detém os passos e mira Lenny Petrova ao dizer, com uma naturalidade espontânea:

— Ah, e, antes que eu me esqueça, Nina e eu vamos nos casar.

A boca de Lenny Petrova abre dois palmos e ela olha de mim para Elyan piscando devagar, parecendo atônita.

— Parabéns?! Obrigada por dividirem isso comigo agora que nós estamos falando em vocês fazerem uma dupla, a dupla que eu vou treinar.

Elyan caminha até a técnica, se abaixa e dá um beijo na cabeça ruiva.

— Eu sei que a sua experiência treinando a mim e à minha namorada não foi boa no passado, mas eu te garanto que dessa vez vai dar tudo certo.

Lenny suspira e coça a lateral do pescoço.

— Se você diz, quem sou eu para negar.

274

Quando a porta é encostada, estou com as mãos molhadas sobre a mesa e os ouvidos zunindo. Eu, parceira de Elyan Kane. É isso mesmo? Além de esposa de Elyan Bourne Kane. Sra. Kane. Nina Allen More Kane. Apesar de estar mais acostumada com essa ideia louca, ainda é meio impactante ouvi-la sair da minha boca, ou da dele.

— Você está confortável com isso? — Lenny pergunta.

— Com o casamento?

A testa dela está enrugada.

— Com o casamento, eu espero de verdade que sim.

Forço um sorriso descontraído.

— É claro que sim. Estamos os dois muito felizes.

Lenny assente, com ar intrigado.

— Eu estava falando sobre você patinar com Elyan, ainda mais agora, sabendo que vão se casar.

Concordo com a cabeça, com o mesmo sorriso amarelo nos lábios.

— Estou, sim.

— Tem quem não se sinta bem em misturar as coisas.

Tem tanta coisa não misturada e misturada ao mesmo tempo entre a gente. Se ela soubesse, fugiria correndo para as montanhas da Sibéria e se aposentaria para o resto da vida.

— Por mim, está tudo bem.

Lenny dá um gole longo no café, antes de falar:

— Eu treinei Elyan por seis anos. Ele foi e ainda é como um sobrinho querido. Tanto que só me animei em voltar para o mundo da patinação quando ele me ligou.

Dá mais um gole no café.

— Não foi pelo dinheiro, foi por ele, por saber que ele está tão bem que quis voltar para o gelo, mesmo que indiretamente.

Outro gole enquanto ela parece pensar no que dizer. Eu fico em silêncio esperando-a concluir.

— Então, você deve imaginar como foi doloroso assistir de camarote ele praticamente se destruir pelo que aconteceu com a Jess e por causa do canalha do pai, cinco anos atrás.

275

Minhas mãos ficam mais molhadas sobre a mesa.

— Deve ter sido horrível — murmuro, sincera, porque pelo menos essa parte do seu passado Elyan me contou; vagamente, mas contou.

— Foi horrível — ela confirma e fita o copo de café. — Elyan saiu de Londres me jurando que jamais calçaria um patim outra vez.

Me seguro para não arregalar os olhos, e Lenny acrescenta:

— Só estou te falando tudo isso para que você tenha em mente como deve ser especial para ele. Tenho certeza de que o Elyan não voltaria para os rinques se não confiasse muito em você e não te amasse demais.

Limpo a garganta. A cadeira está fervendo e minha garganta cheia de formigas. Quero me mexer. Pigarreio de novo. Ela não sabe que tudo é uma farsa; só tenho medo de esquecer isso pelo caminho.

— Obrigada. — *Obrigada?* — Quer dizer, eu também o amo e confio muito nele.

Meu coração está tão acelerado que fico meio tonta.

Um sorriso genuíno curva os lábios dela.

— Estou muito feliz que ele tenha te encontrado.

Limpo a garganta outra vez e me levanto.

— Vou... é... — *Vou surtar no vestiário.* — Me trocar para entrar no rinque.

30

Mando uma mensagem para Elyan às oito e meia da noite.

> Oi, ainda está perto do rinque? Você não vai acreditar que o Rock Hudson me deixou na mão outra vez. Estou presa de novo em um estacionamento de rinque de patinação, mas hoje a visão do seu batmóvel seria ainda mais bem-vinda que da outra vez.

Gemo quando reparo que a mensagem nem foi entregue, e bufo olhando ao redor. O estacionamento está vazio e meio escuro. Elyan saiu daqui faz vinte minutos; já deve estar chegando em casa.

Devia ter aceitado a oferta dele me esperar. A oferta, agora tão tentadora, volta para minha cabeça:

— Eu te espero, Nina, assim você não fica aqui sozinha.

— Não, imagina. Você ainda tem uma reunião, não tem?

— Sim, com meus advogados.

— Não se preocupe, eu vou me alongar e fazer uma sauna antes do banho — falei. — Estou um pouco dolorida.

— Exigi muito de você?

— Muito — respondi, e ele arregalou um pouco os olhos. — Mas eu adorei — completei.

E é verdade. Só treinamos juntos há três dias, e é inacreditável. Chega a ser um pouco assustador como pensamos de um jeito parecido com relação

277

aos treinos, como a nossa inteligência corporal, muscular, nutricional e celular combina.

Ele é minha versão masculina, em preto, silencioso e taciturno. Quase um ponto de equilíbrio, um oposto complementar. De um jeito estranho, parece que todos os passos que dei na minha carreira e ele na dele foram para chegarmos aqui juntos.

Posso estar comovida por se tratar de Elyan Kane, eu sei. E exagerando, por estar me sentindo num sonho ao sair do *Não tenho parceiro* para *É o melhor parceiro que já tive na vida*, eu sei. Mas não consigo evitar. E também não consigo evitar surtar um pouco por motivos que tento a todo custo esconder de mim e principalmente dele: as mãos de Elyan se encaixam no meu corpo, como se fizessem parte dele. Nossos corpos juntos em movimento sobre o gelo parecem conversar, ser um a extensão do outro, e... meu coração está cada vez mais confuso. Como posso culpá-lo?

As palavras de Lenny Petrova ficam dando voltas na minha cabeça e riscando minha consciência como patins no gelo: *Ele te ama, ele confia em você.*

O som de uma mensagem entrando chama minha atenção. *Que seja o Elyan.*

É Rafe, no nosso grupo.

> Puxa, que merda, já tentou chamar um carro de aplicativo?

Escrevi para ele antes de escrever para Elyan.

> Sim, mas está nevando e Richmond Hill não é Toronto.

> Se você não conseguir falar com o Elyan, me avisa que eu e o Tiago vamos te pegar. O problema é que a esta hora, com o trânsito, levaríamos mais de uma hora pra chegar aí.

Eu sei, relaxa. Espera, não relaxa, não.
Obrigada por ter me emprestado o
Hudson, eu amo ele como você, sabe, mas,
pelo seu bem, troque de carro antes de ir
pra Montreal.

☹ Não sei se consigo me desfazer do meu Jeep.

Então escrevo novamente para Elyan.

Não consigo uma corrida pelo aplicativo
e a sua casa é mais perto do rinque que a
de qualquer outra pessoa que eu conheço.
Então, se você vir esta mensagem antes
de eu congelar, socorro, hahaha. Tentei te
ligar, mas deu caixa postal. Acho que vou
tentar um ônibus que me deixe perto do
château. Nesse caso vou ter que dormir aí
hoje, tudo bem?

Chega uma mensagem de Maia.

Puxa, que merda, mana, mas mamãe e papai ainda não
chegaram, não tenho carro pra te buscar. Por que você
não tenta falar com o Elyan ou com eles?

O Elyan não recebe as mensagens e hoje
é quarta, lembra, papai e mamãe têm
boliche.

☹ bosta, e agora?

Acho que vou tentar um ônibus para o château.

Boa. Aproveita que você está aí presa sem nada pra fazer e me conta como foram os primeiros dias com o Elyan.

Foram...

Meu coração acelera. Volto a digitar:

Foram intensos. O Elyan patinando parece um deus nórdico vingador. É maravilhoso e perturbador ao mesmo tempo.

Mais maravilhoso ou mais perturbador?

Ele parece travar uma batalha interna toda vez antes de entrar no rinque, e isso me perturba, mas ao mesmo tempo é maravilhoso. Temos uma sintonia incrível, se é que você me entende, hahaha.

Hahaha acho que não, mas tudo bem. Louca pra ver vcs patinando juntos.

Antes de ontem, quando entramos no rinque e a Lenny nos assistiu juntos pela primeira vez, ela e Jaques Kim, o nosso coreógrafo, ficaram nos encarando por um tempo com a boca meio aberta, sem falar nada. Eu gelei e achei que eles tinham odiado, até que os dois bateram palmas e a Lenny falou: Vou precisar de um novo

280

assistente. E Jaques: Nós vamos para as
Olimpíadas. Hahaha.

E o cara, Tom Roy, né?

Sei lá, depois do surto de antes de ontem
quando a Lenny o dispensou, não vi mais
e espero não ver. Acho que o Elyan tinha
razão de não gostar dele. Acredita que ele
saiu me encarando de um jeito tão puto
que parecia que eu tinha tentado levantar o
cara do chão pela cueca?

Hahaha pois é, tem muita gente doida no mundo.

Vou tentar chamar um carro pelo app de
novo. Acho que estou com sorte, tem um
carro vindo pra cá, talvez seja o Elyan.

Guardo o celular na bolsa e faço sinal para o carro que se aproxima, parando na vaga próxima à minha. Não é Elyan, mas pode ser alguém que me ajude ou me dê uma carona até o ponto de ônibus, que fica a quase uma milha daqui.

A porta do motorista se abre e meu estômago congela quando Tom Roy desce do carro. Merda!

— Oi, Nina, seu carro tá com problema?

Olho para os lados, para o estacionamento vazio, e um calafrio percorre minha coluna quando ele dá alguns passos na minha direção, se aproximando. Automaticamente eu ando para trás, até minhas panturrilhas baterem na lateral do carro. A porta do motorista está aberta.

— O que você está fazendo aqui?

— Nossa — ele franze o cenho —, quanta grosseria.

E encolhe os ombros, passa os dedos nos dentes, agitado, funga e mexe no nariz. Em seguida, dá mais um passo, encurtando a distância entre nós.

Meu coração gela quando ele diz:

— Esqueci um casaco no armário e vim buscar. — E funga novamente. — Olha que sorte a minha te encontrar aqui.

— O rinque está fechado.

— O vigia tá lá dentro e pode abrir pra mim, não pode?

Olho em direção ao único ser vivo, tirando eu e Tom, num raio de quinhentos metros e ele, o vigia, está dentro do rinque, num lugar onde os olhos nem os ouvidos têm alcance.

— Não, não tem câmeras neste estacionamento, só dentro do rinque — fala, acelerado, e dá outro passo. — Acho um erro da segurança, e você não devia estar aqui sozinha a essa hora.

— Legal, parabéns. Agora que você já concluiu a sua fala de abusador e tentou me deixar com medo, pode virar e pegar o seu casaco. O Elyan está chegando pra me buscar.

Ele ri. Como se fosse engraçado o que acabei de falar.

— Ah, o Elyan. — E passa o dedo no nariz, fungando. — Mas ele ainda não está aqui, e tenho certeza de que você está tão a fim como eu, só não quer admitir.

As pupilas dilatadas, os olhos vermelhos, o jeito acelerado.

Tom Roy está drogado.

— Você quer ir numa balada comigo? — pergunta, quase na minha orelha. — Vou encontrar uns amigos.

— Não — respondo, com a voz meio estrangulada de nervoso. — Tire as mãos de mim.

As mãos dele estão na minha cintura.

— Bancando a durona de novo, né, Nina? Você acha que eu não te saquei? Fica provocando todos os homens, deixando eles loucos com esse seu jeitinho de garota inocente e colorida, mas você é sexy pra caralho e sabe disso.

Tento empurrá-lo, mas os braços envolvem meu corpo como ligas de titânio.

E os lábios deslizam na minha bochecha.

— Há anos eu quero fazer isso, mas desde a noite na Dorothy — ele me aperta mais e sinto a ereção dele cutucar minha barriga — estou meio obcecado, eu admito.

Noite na Dorothy? *Você é o cara das mãos sebosas e hálito de uísque. Seu filho da puta.*

— Me solta! — Tento me desvencilhar e ele me empurra, me joga com força para o banco do carro. Minhas costas batem na alavanca do freio e eu gemo de dor, me contorcendo.

Quando consigo me sentar para reagir, ele vem para cima de mim, me imobilizando, segurando minhas mãos e prendendo minhas pernas entre as deles.

— Ahhhh! — grito com todo o meu fôlego, e meus olhos se enchem de lágrimas.

— Quero ouvir você gemer de prazer, Nina. Para de fingir que não quer tanto como eu.

E cola os lábios nos meus, empurrando a língua para dentro da minha boca. Ele tem gosto de nicotina mentolada e cerveja. *Nojento.* Uma ânsia sobe pela minha garganta quando as mãos dele empurram a boca mais para dentro da minha e eu mordo o lábio dele com força, até arrancar sangue.

Ele se afasta um pouco, lambe o sangue nos lábios e diz:

— Você é das minhas, gosta de uma pegada forte.

Tento empurrá-lo.

— Não, para!

Mesmo eu sendo uma atleta, ele também é, e tão mais forte que é ridículo. Meus braços são imobilizados em cima da minha cabeça, e com uma das mãos ele puxa, esgarça, abre meu casaco.

Giro e sacudo o corpo, tentando afastá-lo. Balanço os braços e agito a cabeça.

Mas ele parece ter criado oito mãos e quatro pernas. Consigo me soltar, acertá-lo, para logo ser imobilizada outra vez.

— Diz pra mim que você não quer de verdade e eu...

E ele voa para fora do carro.

Ofegante, inteira trêmula e sem enxergar direito pela cortina de lágrimas nos olhos, consigo distinguir um vulto, dois vultos. Um que sei que é Tom Roy, e outro que acaba de puxá-lo com um braço e segurá-lo no ar enquanto ele se debate como um peixe fora d'água.

— Eu vou te matar, seu filho da puta!

Pisco e as lágrimas escorrem pelo meu rosto.

É Elyan. Ele está aqui. Ele veio.

— Ely... Ely... an. — Meus dentes batem uns contra os outros tão forte que não consigo falar, nem respirar. Estou soluçando.

Me sento ofegante e assisto como se estivesse fora do corpo Elyan, enorme e poderoso, com a expressão furiosa do dragão da neve, esmurrar o rosto de Tom Roy, uma vez e mais uma, com tanta força que Tom cambaleia e cai no chão.

Elyan está com as mãos em mim agora, toca meu rosto, meus ombros, os olhos inquietos passeiam pelo meu corpo.

— Ele... Ele te machucou?

Consigo negar com a cabeça, porque, apesar de não ter certeza se estou machucada pela luta para me livrar, e de um beijo à força, não aconteceu o pior.

Ofegante e com a testa molhada de suor, Elyan me abraça e eu agarro o casaco dele, desesperada. Eu soluço, encostando a testa no peito largo, mal conseguindo respirar. Acho que estou em choque.

284

31

Tudo passou como num borrão. Depois de garantir que eu estava bem, Elyan voou para cima de Tom, assim que o cara conseguiu levantar do chão.

O rato do esgoto jurando que achava que eu queria, que eu estava a fim, e depois ficando com os lábios roxos enquanto Elyan esmagava o pescoço dele. Eu com um fiapo de consciência e gritando para Elyan parar, senão ele iria matá-lo. Tom Roy fugindo enquanto Elyan ameaçava:

— Se eu te vir outra vez, seu merda, acabo o que comecei hoje, entendeu? Desapareça!

Os olhos de Elyan injetados, a expressão de dor e raiva quando ele viu as marcas nos meus antebraços.

— Eu devia ter matado esse desgraçado.

Neguei.

— Vou te levar para casa.

Neguei outra vez.

— Não, não quero ir para casa.

— Para o château? Para um hotel? Quer sair da cidade?

— Para o seu chalé — respondi.

Ele assentiu e me abraçou, beijando o topo da minha cabeça.

— Para onde você quiser — ele disse, e entramos no carro dele.

Quando era criança e me machucava, eu não conseguia parar de soluçar, de chorar, e não conseguia respirar direito. Estou assim agora. Nem sabia que, depois de adulta, podia ficar desse jeito.

O carro estaciona. Acho que estamos no meio do caminho para o château.

— Baby — ele toca meu rosto —, você está bem mesmo?

— Eu... Eu vou... vou... –– Soluços. — Vou ficar.

As mãos dele apertam o volante.

— Você quer que eu mate ele? Posso voltar e arrancar a pele dele. Deixa eu ir atrás daquele merda, por favor? Vou te deixar em casa e vou atrás dele, está bem?

Eu fungo e soluço de novo. Tento respirar fundo e não consigo. Tenho certeza que estou em choque, meus lábios e meu corpo tremem tanto. E eu odeio tudo isso, especialmente me sentir vulnerável assim. E se Elyan não tivesse chegado?

— Nã-Não, que-quero ligar pra Sabrina.

— Pra Sabrina? — ele pergunta com suavidade.

— Si-Sim, ela é fo-forte e sabe lutar krav magá, não sabe?

O braço de Elyan está em volta dos meus ombros, e ele se inclina e me abraça.

— Sim, ela sabe.

Soluço e meus ombros sacodem.

— Que-quero aprender.

Os lábios dele tocam minha testa.

— Vou pedir para ela te ensinar, mas, se você quiser, eu também posso te treinar.

Nego com a cabeça e soluço de novo e de novo — *Inferno*.

— Se-Sem pi-pintos alfa. Que-Quero aprender a me defender com — soluços —, com uma mu-mulher.

Ele acaricia minha nuca e eu suspiro de maneira entrecortada.

— Como você quiser, sem pintos al... Mas o que é um pinto alfa?

Eu fungo de novo e limpo os olhos com as costas das mãos.

— Um-Um homem que outro homem respeita — soluço — ou te-teme, só por ser um homem mais forte ou mais ri-rico.

— Entendi. — Mais um beijo na minha fronte. — Vou pedir hoje mesmo pra Bina te ensinar, está bem?

Concordo e volto a soluçar, cobrindo o rosto com as mãos.

— E se-se você não ti-tivesse aparecido, o que teria a-acontecido?

Elyan tira as minhas mãos de cima do meu rosto devagar e as segura entre as dele.

— Não pense nisso agora.

Faço que sim e soluço. Elyan me fita com a expressão contorcida como se sentisse dor.

— Baby, me deixa fazer alguma coisa, senão eu vou morrer. Deixa eu ir atrás do desgraçado, ou te levar pra algum lugar, ou cuidar de você de algum jeito.

Encosto a cabeça no ombro dele e peço:

— Que-quero um muffin do-do Elizabeth I.

— O café?

Eu fungo.

— Ãrrã.

Ele coça a testa, pensativo.

— Acho que até chegarmos lá vai estar fechado, a não ser que eu ligue e ofereça, sei lá, uns cinco mil dólares pra quem estiver lá nos esperar ou...

Rio e soluço ao mesmo tempo.

— Não, se-seu louco. Só... me leve para o seu cha-chalé.

32

Estou numa banheira de cerâmica, na frente de uma janela com vista para as árvores. Não é à toa que Elyan ama este lugar. Eu queria morar aqui.

Quando chegamos, apesar da minha resistência, ele me carregou para dentro, como se eu fosse quebrar ao colocar os pés no chão, me colocou no sofá, me cobriu com uma manta, acendeu a salamandra e me deu uma dose de conhaque para beber. As mãos dele estavam trêmulas.

— Vai ajudar você a relaxar.

Ele também bebeu uma dose.

Em seguida, encheu a banheira, acendeu velas, ligou uma música clássica bem baixinho e perguntou:

— Você vai ficar bem se eu sair por quinze minutos?

Apesar de ter conseguido parar de soluçar e de ter voltado a respirar, eu não queria ficar sozinha. Mesmo assim, respondi:

— Tudo bem.

— Não demoro. Vou pegar alguma coisa na cozinha do château pra gente comer.

Agora, duas batidas na porta e a voz grave de Elyan:

— Estou de volta. Qualquer coisa me chama.

— Elyan. — *Já chamei.* — Você pode ficar um pouco aqui?

A porta é aberta devagar. Ele parece hesitar em olhar para a banheira.

— A água está coberta de espuma — digo baixinho. — Queria companhia.

Elyan entra.

E, se eu não estivesse uma merda de pilha de nervos e numa das piores noites da minha vida, com certeza riria. Elyan Kane, enorme, inteiro de preto, com anéis até nos pés, num banheiro cheio de velas aromáticas e ao som de Hans Zimmer, parece um...

— Você parece com um príncipe do submundo, invocado por mim num ritual cheio de velas e linguagens estranhas.

Ele respira fundo, e um sorriso bem discreto curva o canto dos lábios cheios.

— Que bom.

Franzo o cenho.

— Essa sua fala criativa me comparando com um príncipe do submundo — encolhe os ombros — é tão sua que me conforta. Você está melhor?

— Te chamei também para te agradecer. — Meus olhos ardem de novo e minha voz soa mais fraca. — Por tudo.

Ele olha para o chão de ladrilhos hidráulicos pretos e brancos.

— Posso?

— Claro.

Elyan se senta próximo à banheira, com os joelhos dobrados junto ao peito, antes de murmurar:

— Se alguma coisa tivesse acontecido com você, eu jamais iria me perdoar.

Um nó se forma na minha garganta.

— Você não teria culpa.

Seus olhos ficam frios, e ele fala entredentes:

— Eu sabia que ele era o folgado da boate, Nina, e ouvi ele falar merda no banheiro. Devia ter dado uma surra nele ali e expulsado a chutes do rinque.

— Você não tinha como adivinhar que ele seria capaz de fazer uma coisa daquela.

Escuto a respiração funda de Elyan e o nó da minha garganta aumenta, antes de eu falar:

— Estou querendo ir à polícia. Ele não pode. Homens como ele não podem continuar fazendo esse tipo de coisa e sair impunes.

Outra respiração funda de Elyan e eu fecho os olhos, que estão cheios de lágrimas outra vez.

— Você tem toda a razão. Eu vou com você.

— Obrigada — murmuro, com a voz embargada. Só queria tirar as lembranças disso tudo da cabeça, essa sensação horrível de vulnerabilidade, de impotência.

Sinto as lágrimas escorrerem pelas minhas bochechas.

— Você disse que eu era um príncipe do submundo — Elyan fala com a voz rouca. — E você, quem seria?

Acho que ele quer me distrair.

— Uma bruxa, superpoderosa.

— Por que você me invocou?

Sorrio com a brincadeira. *É bom conseguir sorrir.*

— Para você me servir por... uma noite.

— Sim, senhora. E o que a senhora deseja, milady...?

— Nina Morgana Allen More.

Ele abre a boca e pisca devagar, surpreso.

— O Morgana faz parte da fantasia ou você tem esse nome de verda...

— Não saia do personagem, sir Elyan Kane — ordeno, ríspida. — E, sim, eu tenho o Morgana de verdade. Meu gosto por livros de fantasia foi herdado da minha mãe. Morgana é a personagem favorita dela.

Viro o pescoço para o lado e Elyan me olha como se eu tivesse acabado de contar para ele onde está o Santo Graal. Meu coração acelera e ele estreita os olhos e mexe nos anéis, com ar sombrio, tão dentro do personagem que meus lábios se curvam em outro sorriso espontâneo quando o escuto falar:

— O que milady Morgana deseja que eu faça?

— Eu desejo... hum... a princípio desejo uma massagem.

Elyan fica quieto e eu me viro para ele novamente. O risco entre as sobrancelhas está mais fundo e os braços cruzados sobre o peito.

— Eu sou um príncipe do submundo com superpoderes, milady Morgana, não um servo que cumpre ordens comuns.

E aí eu gargalho, e Elyan sorri com os olhos e com os lábios.

— Sua função foi me salvar de um perigo inesperado de que os meus poderes não poderiam me defender, e depois me fazer sorrir, mesmo numa noite tão sombria. Obrigada, meu príncipe.

E então ficamos quietos por um tempo nos encarando, uma eletricidade calma e gostosa correndo entre a gente.

— Acho que a massagem vai ser um bônus então, bruxinha.

E se levanta, abrindo o gabinete embaixo da pia. Estico o pescoço para tentar enxergar.

— O que você está fazendo?

Ele volta a se aproximar com um vidro entre os dedos.

— É um óleo. Vou fazer sua massagem, ué.

Arregalo os olhos.

— Eu estava brincando.

O corpo enorme se abaixa às minhas costas, na borda da banheira.

— Mas eu não. Sente-se e encoste na banheira. Feche os olhos e se pre-pare para receber a melhor massagem da sua vida.

Sem pensar, faço o que Elyan instruiu e me tranquilizo quando percebo que, mesmo sentada, meus seios estão cobertos pela espuma abundante.

As mãos dele se fecham nos meus ombros e começam a massageá-los.

Um silvo de prazer escapa dos meus lábios quando os dedos habilido-sos intensificam os toques.

— Meu Deus, vou te invocar todas as noites, te enfeitiçar e você vai ter que fazer isso pra sempre.

Agora ele trabalha nos pontos tensionados do pescoço, e é tão bom que eu gemo baixinho. As mãos dele são tão grandes que abrangem os dois om-bros e alcançam parte da clavícula. E então alguma coisa muda no clima, muda dentro de mim. Minhas bochechas esquentam, minha respiração fica irregular, os dedos dele estão trabalhando toda a lateral do meu pescoço, inclusive aquela porção hipersensível atrás da orelha.

Uma onda quente, fervendo, envolve meu ventre, faz um redemoinho no meu sangue e eu me sinto tentada a apertar as pernas ao sentir uma fis-gada no meu sexo.

Sou muito louca por estar derretendo de tesão depois do que aconteceu mais cedo? Não tem nada a ver uma coisa com a outra, e mesmo assim, se for loucura, por mim tudo bem, porque isso está bom demais.

Suspiro quando os dedos hábeis passam a trabalhar na minha cabeça.

E não estou mais numa banheira, estou na Dorothy, ficando com um desconhecido que me desmontou com alguns beijos. Flashes das sensações, dos arrepios de prazer que as mãos dele despertaram no meu corpo, são pu-xados para fora da mente, para o agora, onde os dedos de Elyan despertam as mesmas ondas de sensações maravilhosas.

— Eu estava aqui pensando. — A voz grave aumenta o impacto das lembranças, do prazer.

Todos os meus músculos, nervos e sentidos foram abduzidos pelo toque dele.

— O quê?

— Que, se eu sou um príncipe do submundo que se preze e vou te servir por uma noite, no fim desse período teria que pedir alguma coisa em troca. Não acha?

As mãos dele param sobre meus ombros, e eu me esforço para manter os olhos abertos, não me virar na banheira e puxar Elyan aqui para dentro pela gola da malha.

— Acho que, com uma massagem dessas, você pode pedir qualquer coisa.

— Temos um trato, Nina Morgana — ele diz, com a voz áspera —, selado sob a luz das doze velas da Target que ganhei de presente da Bina e com as espumas mágicas feitas pelo sistema de pressão de água do século 21.

E eu gargalho, mesmo com o coração saltando no peito e sem conseguir respirar direito pelo toque dos dedos de Elyan na minha pele.

Fecho os olhos e tenho certeza de que preciso beijar Elyan Kane para minha mente ter certeza do que meu corpo parece lembrar. Elyan Kane, por mais absurdo que isso possa parecer, é o meu número três.

33

Acordei ansiosa e angustiada, precisando esticar os músculos, patinar ou correr. Talvez ainda esteja pilhada com o que aconteceu, é claro que estou. Olhei o relógio do celular: 3h32.

Só lembrei de responder para Maia e Rafe depois das dez da noite. E meu celular virou uma bomba armazenadora de mensagens dos dois. Não tive coragem de contar o que aconteceu. *Talvez outro dia eu conte.* Não hoje nem amanhã, não tão cedo.

Depois que saí do banho, Elyan fez um salmão com batatas à dorê, *meu prato preferido.* Ele se lembrou da conversa que tivemos na biblioteca. Eu não paro de me lembrar. Tomamos uma garrafa de vinho e tentamos manter a conversa leve e divertida. Elyan me contou aventuras dos anos em que morou pelo mundo e eu contei coisas da minha adolescência e infância. Coisas que nos fizeram rir. Coisas que me fizeram perceber que ele tem o sorriso mais lindo do mundo.

Depois, Elyan me ajeitou no colchão de uma cama de casal enorme com edredom de plumas e dez travesseiros maravilhosos, e eu pedi, no jogo dos pedidos *para o príncipe do submundo,* que ele me fizesse cafuné até eu dormir. Dormimos os dois. Estava tão exausta que a ideia de beijos para ter qualquer certeza evaporou da minha cabeça.

E agora estou aqui, vagando num chalé de sessenta metros quadrados com Vader atrás de mim feito uma sombra e sem ter a mínima ideia do que fazer parar voltar a ter sono.

— Não me olhe assim — falo para Vader. — Ainda estou de mal de você e não vou te dar nenhum petisco. Também não vou acordar Elyan, por mais que você queira.

Vader entorta a cabeça.

— Não insista. Ele bateu num vilão, depois fez massagem em mim por mais de uma hora, depois cozinhou, lavou toda a louça e me colocou para dormir com uma sessão de cafuné maravilhosa. Ele merece uma boa noite de sono.

— Au.

— Quieto. Sério, Vader. Vá passear na floresta e uivar para lua. Quanto a mim — caminho até o armário da cozinha —, vou fazer um chá para tentar relaxar e voltar a dormir.

Abro o gabinete e encontro algumas caixas de chá e açúcar. Coloco em cima da pia e abro o armário de cima.

Xícaras e canecas.

Meus olhos crescem.

Uma caneca específica salta entre um conjunto de outras, todas pretas.

Ela é verde-clara, tem a haste quebrada colada de um jeito meio torto, orelhas pontudas e a frase: *Melhor patinador você é.*

Meu coração dispara.

A data do campeonato.

É a caneca do Yoda que eu dei de presente para Elyan.

Ele guardou. E colou. Por que ele guardou?

Vader está sentado perto dos meus pés, olhando para cima.

— Você sabia disso, Darth Vader? Sabia que temos aqui a caneca do seu arqui-inimigo?

Coloco-a de volta no armário com o coração ainda acelerado. Encho a chaleira de água e acendo a boca do fogão.

Noto do meu lado direito, junto à geladeira, uma porta que ainda não tinha visto. Levada pela curiosidade e pela falta de sono, caminho até ela e a abro devagar, procurando pelo interruptor com a ponta dos dedos.

E clique, luz acesa.

O cheiro de tinta fresca e papel invade minha percepção. É uma varanda fechada de vidro, com uma poltrona e uma estante de livros — Tolkien, Neil Gaiman, Lord Dunsany, e o livro sobre a poltrona é *As brumas de Avalon*. Eu já tinha sacado que Elyan é fã de fantasia, mas daí a estar lendo *As brumas de Avalon* na noite em que eu conto que me chamo Morgana *é muita coincidência.*

— Minha nossa — murmuro, com o coração acelerado outra vez. E não é pelo livro, e sim pelo que acabo de ver.

Uma mesa de desenho encostada na outra extremidade da varanda e, atrás dela, vários quadros. Me aproximo e vejo papéis, tintas, pincéis, esboços de desenhos de árvores, geleiras, dragões e pessoas. Lembro que Elyan contou para meus pais na noite do jantar ter feito um curso de artes, mas não disse que era um artista talentoso assim.

Vader entra atrás de mim e se aninha na poltrona sobre o livro.

Vou até a parede, onde um quadro específico chama minha atenção.

É uma aquarela com fundo azul, neve e um lago congelado cercado de árvores altas. No centro do lago, a silhueta de uma patinadora. Ela é quem se destaca na paisagem. Enquanto o resto do desenho é feito de borrões e sombras, ela brilha como se tivesse luz própria. Como se fosse feita de raios de sol e cristais de gelo.

— É lindo — suspiro e...

Dou um gritinho quando a chaleira apita na cozinha.

Um pouco ofegante e com o pulso desenfreado, saio da varanda e puxo Vader comigo para fora, fechando a porta atrás de mim, como quem esconde um segredo, guarda um tesouro, sela uma realidade paralela intrigante e maravilhosa.

Tiro a chaleira do fogo e pego o sachê do chá. Deposito-o na xícara preta e verto a água fumegante nela.

— Quantas camadas você tem, Elyan Kane?

— Elyan, você está acordado? — Cutuco o peito firme com a ponta dos dedos. Estou sentada na cama ao lado dele.

— Ãrrã — murmura.

Sei que ele está dormindo, porque acordei há pouco com o som de um ronco entrando no meu sonho. Mas preciso falar com ele, senão vou surtar. Voltei para a cama pouco depois de tomar o chá e, surpreendentemente, consegui dormir, mesmo pensando sem parar em desenhos e quadros e canecas do Yoda.

— É que eu preciso falar com você.

— Você está bem? — ele pergunta, com a voz rouca.

— Estou.

Escuto o som de uma respiração funda.

— Que bom. Deite aqui, tente dormir mais um pouco. Quer mais cafuné?

O quarto está um breu, mas percebo que ele levanta o edredom, me convidando para entrar embaixo dele. Eu volto a me deitar e depois falo:

— É que eu tive o pesadelo mais louco da minha vida e — bocejo — queria te contar.

— Venha aqui. — Ele enlaça minha cintura e me faz deitar a cabeça no peito dele. — Tem certeza de que está bem?

O coração dele está acelerado. Meu coração está acelerado.

— Tenho, é só que eu tenho alguns sonhos muito vívidos desde que sou criança e acho que ainda estou abalada com o que aconteceu ontem. Deve ser isso.

Os lábios dele pousam na minha cabeça, e eu encolho os dedos dos pés quando um choque bom percorre minha coluna. Desde ontem, depois da massagem, do jantar e do vinho, dele sendo meu príncipe sombrio, e não só pela brincadeira, mas pela maneira como tem cuidado de mim e se importado, as sensações com os toques dele estão triplicadas.

É como se eu fosse um barril de pólvora, e a cada toque um fósforo fosse riscado bem próximo de mim. A mão grande que envolve toda a curva da minha cintura me puxa mais para junto do corpo dele. Quente, firme. Nós dormimos assim ontem; amigos podem dormir assim sem que isso signifique nada.

Acontece que o meu corpo, *meu Deus!*, está alucinado. Agora mesmo estou com vontade de colar os lábios na pele do peito dele e só soltar depois de decorar com a ponta da língua cada curva e cada músculo. Elyan é meu número três, por isso mexe tanto comigo? Nossos corpos já se conhecem, sabem o prazer que podemos sentir juntos? Preciso beijá-lo, para tirar da cabeça ou confirmar essa loucura de uma vez por todas. Preciso de um beijo pra valer, mesmo que Elyan tenha dito que nunca mais faríamos isso, depois da *quase qualquer coisa* que fizemos na biblioteca.

— Você ainda quer me contar o sonho?

— Sim — falo baixinho e respiro fundo.

— Começou com Vader me guiando para o nosso casamento, eu correndo atrás dele, sem conseguir achar o local onde seria a cerimônia. Então, quando finalmente cheguei no lugar certo, era noite de lua cheia e a lua estava vermelha, e eu perdi meu próprio casamento.

— Ãrrã — Elyan sinaliza que está me ouvindo.

— Aí, no lugar do casamento estava acontecendo um velório, todos de preto, chorando e me dando pêsames. Mas eu estava de noiva, uma cena bem Tim Burton.

— Eu gosto.

Cutuco o tórax dele para que me leve a sério.

— O quê? — pergunta, na defensiva. — Eu não sou um príncipe de um submundo congelado e melancólico?

— Então — acrescento, firme, para que ele pare de brincar —, eu me aproximei do caixão para olhar lá dentro, tão nervosa que mal conseguia respirar. E dentro do caixão tinha uma boneca.

— Uma boneca?

— Sim, a minha boneca favorita da infância. Foi bem assustador e horrível. E foi daí em diante que as coisas começaram a ficar muito loucas.

— Mais?

— Sim, a tia das crianças apareceu. Helena, né?

Os músculos do braço e do tronco dele enrijecem.

— Sim — murmura.

— Como eu não a conheço, ela assumiu a forma da Cruella De Vil, da Glenn Close, sabe?

— Sim, bem apropriado.

Me encolho um pouco com as lembranças agoniantes do sonho.

— E aí, Elyan, a Helena De Vil roubou a boneca do caixão e saiu correndo.

Sinto o peito dele tremer.

— Você está rindo?

— Não.

Estreito os olhos, mesmo sabendo que ele não consegue ver.

— O problema é que ela roubou, além da minha boneca...

297

— Uma falta de respeito enorme roubar uma boneca no próprio velório e no dia do seu... do nosso casamento.

— Você vai me deixar terminar?

E os lábios dele estão no meu cabelo outra vez.

— Desculpe, baby, pode falar.

Finjo que não sinto um frio colossal na barriga toda vez que Elyan me chama de baby, desde ontem, como se fôssemos um casal de verdade.

— Então — pontuo, enfática — ela levou, além da boneca, o Robert e a Jules. Aí eu, você e o Vader fomos atrás das crianças, correndo e lutando contra desafios absurdos.

Os dedos dele desfiam uma mecha do meu cabelo.

— Que desafios?

— Uma porta giratória que girava, girava e a gente não conseguia sair dela.

E o descarado ri outra vez, e, apesar da vontade de rir também, tento manter a seriedade.

Ignoro a risada e continuo focando minha agonia com o sonho.

— Aí, depois de nos soltarmos da porta giratória, encontramos as crianças numa casa no fim do terreno, dentro de um poço fundo, como aquele de *Silêncio dos inocentes*, sabe?

— Sei. Que horror.

— Sim, e aí eu comecei a ouvir o barulho da máquina de costura dela. A Cruella estava costurando peles de animais para um novo casaco, e eu acordei com você roncando.

Elyan dá risada.

— Eu não ronco, bruxinha.

— Ronca sim, mas esse não é o problema.

— E qual é?

Aperto meu braço no peito dele.

— O problema, Elyan, é que eu pesquisei na internet quando vai ser a próxima lua vermelha.

Os ombros dele se encolhem.

— E?

— Vai ser daqui a duas semanas, quando estamos planejando assinar os papéis do nosso casamento.

— E isso quer dizer...?

— Quer dizer que não podemos nos casar daqui a duas semanas.

Ele fica quieto por um tempo antes de falar, rouco:

— Baby, imagino que, para sugerir esse tipo de coisa, isso deve ser importante pra você, esse lance dos sonhos.

— Sim, é. Desde criança eu conto os meus sonhos para a minha avó Nora, e nós levamos esses sinais bem a sério.

— Entendo.

— Se a minha avó irlandesa descobre que eu sonhei isso duas semanas antes do casamento, ela obriga a gente a esperar uma lunação completa para limpar as energias.

Os dedos dele fazem um vaivém pela minha coluna e eu fecho os olhos, me concentrando para não deixar o prazer da carícia atrapalhar meu raciocínio.

— Se desmarcarmos agora, vamos levar mais um mês até conseguir uma nova data.

— Eu sei.

Sinto o peito dele baixar e subir numa respiração funda.

— Você está com medo, não está?

Abro a boca para responder que não, imagina. Mas fecho quando meu coração dispara. A verdade é que, sim, estou apavorada, mas não pelo motivo que Elyan provavelmente supõe. O problema é que estou cada vez mais confusa e sentindo que minha cabeça sabe que esse será um casamento de mentira, mas meu coração anda criando outras expectativas.

— Você ainda tem a caneca do Yoda que eu te dei, na sua cozinha — respondo, como se isso explicasse a confusão dos meus sentimentos.

Os músculos do braço dele enrijecem.

— E você desenha... e tem uma varanda de leitura onde eu poderia morar.

Agora sim, Nina, tudo explicado.

Ele respira fundo outra vez e se move, esticando o braço para pescar o celular na mesinha de cabeceira. Franzo o cenho, sem entender o que ele está fazendo, enquanto ele digita na tela algumas vezes e uma persiana blackout sobe, revelando uma janela enorme e a vista mais magnífica do chalé inteiro. O céu está dourado, rosa e lilás. Parece que o quarto é um puxadinho de uma nuvem colorida. É estonteante de lindo.

— Uau. — Sopro, maravilhada. — Dá pra entender você se isolar aqui.

Os olhos preguiçosos dele passeiam pelo meião de joaninha vermelho com bolinhas pretas que cobre minhas pernas até o joelho, pelo short de moletom preto que eu tinha na mala e a camiseta surrada do Nirvana que só uso para dormir. Suas narinas se expandem antes de ele voltar a se deitar de lado, apoiando a cabeça no braço para me encarar.

— Lenny Petrova pegou a caneca do chão e me devolveu no mesmo dia em que você me deu. Eu colei porque... sei lá, realmente gostei do presente, mas de alguma forma acho que um lado meu quis se retratar contigo mesmo sem saber quem você era.

Suspiro devagar e escuto enquanto ele prossegue:

— E eu te contei que desenhava, lembra? Era um hobby de criança que só desenvolvi e em que investi depois que saí da patinação. Só desenho quando estou sozinho e não fico pendurando meus quadros pela casa. É uma coisa só minha, entende?

Concordo com a cabeça. Ele franze o cenho e depois toca na ponta do meu nariz com o indicador.

— É por isso que você está com medo de se casar?

Também franzo o cenho em resposta.

— Não, eu só... bem, tem o lado do sonho que me pega, mas...

— Eu também estou com medo, Nina.

Arregalo um pouco os olhos e prendo a respiração quando ele acrescenta:

— Tem tantas coisas que eu quero que você saiba, tantas.

E ficamos quietos nos encarando num silêncio magnético e envolvente, como se o ar fosse da grossura de um mel viscoso e quente, nos empurrando um para o outro. Meus olhos pesam quando a ponta do nariz dele encosta no meu. Será que ele sabe como tenho me sentido?

Será que ele sente alguma coisa minimamente parecida? Será que peço o beijo agora? Quero muito, quero demais.

— Para o juiz — murmura Elyan —, não deve fazer muita diferença se estamos oficialmente casados ou se vivemos uma união estável. Se você topar se mudar para o château na semana que vem, podemos esperar o tempo que você quiser para assinar os papéis do casamento.

Ele acaricia o meu nariz com o dele de novo e meu estômago se contrai, dando a sensação de que caí num buraco, de onde não quero mais sair.

— Tudo bem — respondo, rápida.

Os dedos dele se enroscam no meu cabelo. E eu me seguro para não revirar os olhos, enquanto ele fica só me encarando. Quero tanto que ele me beije que estou vendo estrelas, de verdade. Tem vários pontinhos acesos na minha visão periférica.

— Elyan — murmuro —, tecnicamente ainda está de noite, não está?

Ele assente e olha para minha boca, umedece os lábios e beija a ponta do meu nariz, depois minhas bochechas. Solto um suspiro quando meu corpo inteiro arrepia.

— Sim, o sol está nascendo, mas ainda está de noite.

— Sei que combinamos não fazer isso, mas tenho um último desejo. — Miro sua boca.

Ele fecha os olhos por um tempo, parecendo lutar contra uma força invisível mais forte que ele, parecendo entender o que vou pedir, e eu falo, rápida, antes que perca a coragem:

— Sei que não devíamos por causa do nosso acordo, m-mas vai ser só um beijo, um só, pra eu tirar uma dúvida.

Meus lábios são encarados com tanta intensidade que formigam.

— É, nós não devíamos.

Os dedos enroscados no meu cabelo empurram minha cabeça para a sua, contrariando o que ele acabou de falar.

— É sério — sussurro quando os lábios dele deixam um beijo breve e quente sobre os meus. — Um beijo só e a gente finge que isso nunca aconteceu. Senão tudo vai ficar muito complicado.

Mais um beijo breve e um choque corre pela minha coluna.

— Por causa do nosso casamento de mentira, senão ele deixaria de ser de mentira e... e aí complica. — Minha voz está pastosa, meu corpo está pastoso.

— Entendi. — Mais um beijo breve e eu arquejo antes de ele soprar sobre meus lábios. — E por causa do seu Anthony.

Meus músculos retesam e eu quero dizer *E por causa da sua Anne*, mas não digo; sei quanto esse assunto é delicado para ele. Fecho os olhos e solto de uma vez:

— Não existe um Anthony. Nunca existiu.

Abro os olhos. Elyan estreita os dele.

— Como assim?

— Eu...

E ele me dá mais um beijo de leve.

— Eu inventei Anthony Quinn.

Mais um beijo, como se ele não conseguisse parar de fazer isso — não quero que ele pare! —, outro beijo e meus dedos dos pés encolhem antes de eu explicar:

— Para me sentir melhor por causa do que os meus irmãos te contaram no jantar.

Os dedos longos apertam de leve minhas bochechas até minha boca estar meio aberta. Elyan sussurra:

— Sua bruxinha ardilosa, capaz de criar um homem só para me atormentar.

Atormentar? Como assim? Quero perguntar, mas esqueço tudo quando ele captura meu lábio inferior entre os dentes e o chupa. *Chupa.* E depois grunhe de prazer. *Ah, Elyan.*

Solto um gemido, e as mãos dele estão nos meus quadris, os braços com todas aquelas cadeias de músculos, que têm me levantado sobre o gelo como se eu pesasse um grama, me puxam para cima dele, para eu montar nele.

E eu sinto o volume sob o tecido do meu short, enorme, duro, comprido, quente.

Meu sexo se contrai.

— Elyan...

Os dedos dele deslizam e molham meus lábios. Ele se senta e os braços esticados fazem uma linha vertical, ocupando toda a extensão das minhas costas. As mãos estão na minha cabeça, as pernas em volta dos meus quadris. Estou presa, cercada por um paredão de força e calor, meus seios esmagam o peito dele.

— Se você quer fazer isso só uma vez — ele diz, com o nariz colado no meu —, que se foda tudo, vamos fazer direito. Vou te beijar de um jeito que você nunca mais vai esquecer que número eu ocupo na sua lista.

As palavras dele se misturam com meu sangue e meus ouvidos zunem com a pressão, antes de ele murmurar sobre os meus lábios:

— Vou te beijar de um jeito que, toda vez que você pensar em beijar outra pessoa, é isso que você vai desejar. É em mim que você vai pensar. Entendeu, bruxinha?

E aí ele me beija, engole meus lábios com fome. Me devora. A língua invade minha boca, invade meu sangue, acaricia minha língua. Busco alívio, gemendo, busco mais dele. Balanço os quadris, e o volume do pau dele desliza entre as dobras do meu sexo. Eu tremo, meu corpo inteiro treme.

— Nina — ele se afasta para dizer e caça minha boca de novo.

Um gemido áspero e quase inaudível dele se espalha como um choque por todo o meu corpo. As mãos dele apertam minha cabeça para ir mais fundo, e eu enfio a língua em sua boca com força. Elyan estremece, arqueja e vai mais fundo, mais rápido. E eu despenco num lugar onde só existem nossas bocas, nossos corpos e um mundo desconhecido e viciante de fogo, gelo e prazer.

É muito melhor do que eu lembrava. Meu número três, meu melhor beijo, tenho certeza. Eu nunca esqueci, só quis me enganar, fingir que não sabia. Ele suga minha língua ao mesmo tempo em que move os quadris, e eu me agarro nos ombros dele, tudo está girando. A língua dele está no ponto sensível atrás da minha orelha e minha nuca arrepia. Meus mamilos endurecem.

— Nina. — A voz grave na minha orelha lança um anzol e fisga direto o meu clitóris. — Já amanheceu.

O quê? Ele quer parar. Não, não, nós nunca mais vamos fazer isso.

— Não. É a porcaria do rouxinol e não a vaca da cotovia.

Ele sorri no meu ouvido.

— Quero te fazer meu pedido — diz e deixa mordiscadas na minha orelha

— Ãrrã.

— Se você não quiser, ou ficar em dúvida, é só dizer não...

— Hum?

— Quero te fazer gozar na minha mão.

Jesus.

Cacete.

Merda.

303

Essa frase, soprada pela voz de Elyan no pé do meu ouvido, faz meu corpo inteiro estremecer de expectativa. De desejo. Mesmo assim, consigo manter alguma coerência.

— Mas você usaria o seu pedido para fazer alguma coisa por mim?

— Não tem nada no mundo que eu queira mais que isso.

As mãos dele sobem e descem pela parte externa das minhas coxas, por cima do meião de joaninha, e meu sexo pede, implora, acende velas para que eu aceite.

— Tá, mas só dessa vez — concordo, rápida, antes que eu desista. Ou que ele desista.

E o som rouco de prazer que sai do peito dele me faz contorcer. Que bom que eu aceitei. Que bom que ele pediu.

Os braços nas minhas costas me suspendem no ar, e estou deitada de costas no colchão. Ele empurra meus joelhos para baixo e abre minhas pernas. Engulo em seco com vontade. Meus quadris vão para cima, involuntários.

Os dedos dele passeiam pela parte interna das minhas coxas.

— Tão fortes e ao mesmo tempo tão macias.

Os olhos azuis estão pesados e escuros, a barba por fazer sombreando o maxilar, o cabelo bagunçado, as faces coradas. É um absurdo como alguém pode ser tão lindo.

A mão direita dele escorrega por dentro do meu short folgado, mas ele para antes de avançar e me olha.

— Só dessa vez — murmuro, sem fôlego.

Ele concorda.

— Você é tão linda.

Os dedos ágeis tocam de leve os lábios externos da minha intimidade e eu choramingo, me contraio. Os ombros são alargados e ele congela.

— Caralho, Nina, você tá sem calcinha.

Não é uma pergunta, e mesmo assim eu concordo.

— Porra — murmura, de olhos fechados, e avança com os dedos.

Todas as minhas dobras são exploradas devagar, e minha respiração está cada vez mais sofrível. Eu sempre me depilo inteira ali embaixo, é algo que me deixa mais confortável com a rotina de exercícios, collants e meias apertadas. Não reclamo nem um pouco desse hábito quando Elyan geme áspero e sibila com os olhos vidrados.

— Tão lisinha, meu Deus.

Ele escorrega um dedo para dentro de mim e eu gemo e reviro os olhos. Minhas coxas tremem.

Ele murmura algo incompreensível.

— Jesus, baby, como você tá molhada e quente. Quero morar aqui.

— Sim — digo quando ele começa a mover o dedo para dentro e para fora, dentro e fora, dentro e fora.

Um segundo dedo entra em mim com o polegar, que agora desenha círculos pequenos e lentos no meu clitóris. Minhas pernas começam a tremer muito, muito mesmo, e uma onda fervente se avoluma no meu ventre. Meus orgasmos sempre vêm de um jeito intenso. Varrendo meu corpo todo.

Acho que ele percebe, porque aumenta a velocidade dos dedos e diz:

— Porra, baby, que gostosa você é.

E, sem parar de me tocar, deita com metade do corpo em cima de mim e me beija fundo. Duro. Chupa meus lábios, meu pescoço.

Quero estimulá-lo, tocá-lo, senti-lo mais, e enfio a mão por dentro da camiseta. Deixo as unhas escorregarem na lateral do tórax, no ponto sensível dele e pelos músculos do abdome. Um espasmo de prazer dele com um arquejo é a minha resposta.

A velocidade dos dedos aumenta dentro de mim.

Começo a gemer sem parar, arqueio o pescoço, meus quadris ondulam na mão dele com força.

— Só dessa vez — repito para mim mesma, porque não sei como vou conseguir deixar de querer isso. Ele.

— Sim — ele arfa e aumenta mais a velocidade dos dedos —, só dessa vez. Goza na minha mão. Assim, agora, baby! Isso.

E a mistura da voz grave com a ordem meio desesperada é o fim da linha para mim, eu me perco. Ele está me beijando quando todo o meu corpo é percorrido por espasmos disparados por choques imensos de prazer, e ele geme comigo dentro do beijo. Os dedos ainda se movem dentro de mim, e com o polegar ele volta a estimular meu clitóris. Em menos de cinco segundos, despenco outra vez em mais um orgasmo alucinante.

Quando os últimos espasmos deixam meu corpo, ele encosta a testa na minha e diz baixinho:

— Oi, meu melhor beijo. Esse foi disparado o maior prazer que já senti. Obrigado.

Ainda tenho forças para sorrir.

— Oi, número três. O prazer foi todo meu.

Elyan sorri com os olhos, sorri com a boca, sorri por inteiro. Ele é tão lindo que me dá medo.

— Eu sabia, bruxinha. Sempre soube.

E sinto o pau duro dele pulsar contra a minha coxa.

— Não é justo. Deixa eu fazer alguma coisa por você?

— Você já fez, baby, você nem imagina quanto.

Suspiro, satisfeita e relaxada. Elyan me vira de costas para ele e me abraça.

Vamos dormir de conchinha. Isso parece ainda mais íntimo que o prazer que acabamos de dividir.

Tento me mexer.

— Só dessa vez — ele diz.

E eu mergulho no sono, sem pensar em quanto tudo isso bagunçou de vez as coisas dentro de mim.

Acordo com um celular tocando.

O som se infiltra na minha consciência devagar. Estou na cama com Elyan, depois de ter o melhor orgasmo da minha vida, a mão dele está na minha barriga e algo duro cutuca minha bunda. O pau dele. Meu ventre se contrai, e meu estômago gela de desejo.

O celular continua tocando, e Elyan começa a se mexer atrás de mim.

Ele dá um beijo na minha cabeça e diz, rouco:

— Bom dia, bruxinha.

— Bom dia, príncipe sombrio.

Ele ri, se espreguiça e o celular volta a tocar.

— É melhor eu atender.

O braço dele empurra meu ombro até eu estar de barriga para cima. Ele se aproxima, parece que vai me dar um selinho, mas para e deixa um beijo na minha testa. O celular continua tocando.

— Não vai ter jeito — afirma e se senta.

Não, Elyan, não se sente, não saia desta cama. Na hora em que sair, você vira um sapo, eu viro abóbora e nós não nos tocamos mais. Essa noite incrível vai ficar só na lembrança, porque eu sei que tem coisas gigantes entre nós. Anne. Um casamento de mentira que não pode envolver um relacionamento de verdade e sentimentos que podem pôr tudo a perder, inclusive nossa parceria no gelo.

Elyan pesca o celular.

— Meu advogado está ligando às sete da manhã, é melhor eu atender. Deve ser urgente.

Tenho certeza de que estou ferrada. Ninguém pode pedir um beijo para o príncipe das sombras e não ser marcada para sempre.

A urgência era, segundo Elyan, algo que vai ajudar no processo da tutela. Ele voltou estranho da sala onde se isolou para falar ao telefone, sorrindo ao me contar as novidades e ao mesmo tempo parecendo tenso.

— Está tudo bem? — perguntei, preocupada.

Ao que ele respondeu:

— Sim, tudo ótimo.

Depois tomamos café ao som de uma playlist dele que tinha Nirvana, Hozier e Harry Styles. O problema é que Elyan ainda parecia tenso, desconfortável. Todas as vezes que olhei para ele e o peguei me encarando, seus olhos desviaram rápido dos meus, como se ele não quisesse que eu o visse me espiando. Como se não estivesse confortável em ser flagrado me olhando.

Respirei fundo e me convenci de que estava imaginando coisas, ainda meio em choque e abalada com o que aconteceu ontem.

Uma hora depois, estávamos prontos para sair quando Lenny enviou uma mensagem para dizer que recebemos um convite da *Visual Sports* — a maior revista de esportes do mundo — para uma sessão de fotos no lago Peyto, em Alberta, daqui a um mês e meio. O diretor de arte da revista,

Tomas Albert, quer aproveitar a temporada da aurora boreal e fazer, segundo ele, "as fotos mais bonitas de patinação artística que o mundo já viu".

A matéria será publicada não apenas na *Visual*, mas também no *World in Ice*, o principal site de esportes no gelo do mundo, além de sair em grandes jornais nacionais como o furo de reportagem da década, segundo Tomas.

A volta de um ídolo do gelo e sua nova parceira.

— Nós vamos cuidar de tudo — disse Tomas na videochamada que fizemos no carro, a caminho de Toronto. — Vamos fazer um figurino novo para as fotos, precisamos das medidas de vocês e também dos documentos para reserva de voo e hotel.

Lembro de, pouco antes da reunião, durante o café da manhã, Elyan insistir para Lenny mudar a data da videochamada com a diretoria da revista, enquanto avaliava minhas reações.

— Ela teve um dia difícil ontem, Lenny, *nós* tivemos — disse Elyan. — Eles não conseguem fazer essa reunião amanhã?

— Eles precisam confirmar com vocês o quanto antes e já mandar o termo de compromisso para as fotos e a entrevista. É a *Visual Sports*, Elyan, e eles querem um casal do gelo para a capa daqui a dois meses. Se não fecharem conosco, vão fechar com outra dupla.

Cutuquei Elyan, pedindo para ele colocar o celular no viva-voz.

— Você está no viva-voz, Lenny — avisou ele.

— Oi, Lenny — cumprimentei. — Conte conosco. Nós não vamos perder essa oportunidade.

— Ótimo, porque a visibilidade que essa entrevista vai trazer para vocês vai ser muito importante.

— Nós só temos que resolver um assunto pessoal. Podemos fazer a reunião no carro a caminho de Toronto?

Ela concordou e a reunião foi um sucesso; o termo de compromisso e o contrato para as fotos já estão no nosso e-mail para serem assinados. E, na delegacia, eu tive uma manhã de merda.

Três horas depois de chegarmos, preenchermos todas as fichas e eu passar pelo exame de corpo de delito, descobrimos que aquele filho do esgoto do Tom Roy não foi encontrado em lugar nenhum e a polícia vai continuar as buscas.

Tenho certeza de que o desgraçado fugiu de Toronto, quem sabe até do Canadá.

Agora, acabei de chegar em casa, exausta. Entro na cozinha, pego um copo d'água e me sento no sofá junto à lareira. Meus olhos pesam, meu corpo dói. A delegacia, apesar de ser a coisa certa a fazer, foi um estresse. Preciso tanto descansar. Digito uma mensagem para Elyan.

> Obrigada por não me deixar ir treinar hoje. Eu precisava mesmo desse dia de descanso.

Vou para o grupo com Maia e Rafe:

> Vamos fazer uma sessão cineminha no nosso quarto hoje? E passar todas as noites desta semana juntos aqui em casa? Semana que vem eu me mudo para o château. Quero festa do pijama todos os dias até lá.

Encosto a cabeça no sofá, e a voz de vó Nora chama minha atenção.

— Você está bem?

Ela está carregando uma caixa branca.

— Mais ou menos. Você pode fazer uma cura daquelas com cristais? Acho que estou precisando.

— Claro. — Vó Nora sorri e me oferece a caixa.

Eu pego a embalagem com um olhar curioso.

— O que é isso?

— Chegou um pouco antes de você entrar em casa.

Ela se vira para sair.

— Vou arrumar os cristais e já te chamo.

Abro a caixa e meus lábios se curvam num sorriso bobo.

Conto oito muffins de sabores variados do café Elizabeth e um bilhete.

Abro o envelope e leio as frases digitadas:

Oi, bruxinha.

Espero que eles te tragam um pouco de conforto neste dia difícil.

Fica bem, tá?

Elyan (para os íntimos, príncipe do submundo)

Suspiro, com o coração acelerado. *Elyan, se você não parar de agir assim, eu vou me apaixonar perdidamente.* Lembro dos beijos, dos toques, do cheiro dele, ainda na minha pele. Lembro do cuidado dele comigo na delegacia, tentando me poupar de tudo e de todos. A sensação de que ele estava estranho evaporou. Aperto os dentes com a certeza de que não me apaixonar por Elyan vai ser mais difícil que ganhar as Olimpíadas.

34

Faz quatro semanas que estou vivendo um conto de fadas coescrito pelo Tim Burton e pela Jane Austen. Moro num castelo lindo e mal--assombrado, com um cachorro que parece um lobo e vive um caso de amor fraternal com a minha gata Freya desde que se conheceram. As crianças não param de ganhar meu coração, dia após dia.

Todas as noites eu leio histórias antes de eles dormirem, enquanto Elyan fica sentado na poltrona, ouvindo — às vezes, com mais atenção que Robert e Jules, que sempre dormem antes do final. Depois, Elyan e eu descemos para o cinema e vemos um filme ou alguma série.

Jules e Robert voltaram para a escola, mas quando chegamos do treino eles já estão em casa. Jantamos todos juntos e sempre tomamos café da manhã à mesa da cozinha. Elyan faz questão de preparar o nosso café proteico e equilibrado. Ele é um atleta megacomprometido, talentoso como um deus e exigente de um jeito estranho.

Na maioria dos dias, antes de entrar no rinque, Elyan para na borda do gelo e o encara por um tempo em silêncio, abre e fecha as mãos, como se fosse lutar com o dragão que tem tatuado no tórax. Então ele se entrega ao gelo, como se o inverno aquecesse seu sangue. Como se a batalha que ele lutou antes de se entregar e entrar na pista o consumisse e depois o alimentasse na mesma medida. Sinto que, em alguns dias, ele vive um conflito interno ferrado sobre como e quanto cobrar de si, da gente.

Faz quatro semanas também que começamos a treinar meus saltos fora das pistas de um jeito diferente.

— Para aprender a lutar no Japão, eu tive que aprender a meditar antes. O meu mestre sempre dizia: aprenda a controlar a mente, depois controlar o corpo será fácil.

311

Nunca imaginei Elyan como um cara que meditasse pelas manhãs, mas é o que temos feito diariamente. Treinamos a atenção plena e alternamos com visualizações dos meus saltos bem-sucedidos.

Não sei se é isso que está fazendo a diferença, ou se é ter uma equipe técnica incrível e o melhor programa de preparação física que já tive. Seja como for, comecei a acertar o triple lutz e os flips com bem mais frequência. O desafio agora têm sido os saltos combinados, mais complexos. Que eu vou fazer darem certo, nem que precise treinar mais que respirar.

Essa exigência é só minha. Elyan não exige muito. Nenhum salto que eu não consiga fazer ou levantamentos mais arriscados, que precisamos melhorar. No gelo, ele assume uma personalidade que eu não conhecia nem sabia que ele tinha: controlado e tranquilo de um jeito intenso e perturbador. Complexo, né?

Elyan sempre foi conhecido como o patinador mais exigente e controlador que existe. Me pergunto quanto do passado ele tem levado para a pista. Não estou reclamando, não mesmo; nossa sintonia está ali todos os dias, nos olhares intensos, nos frios na barriga toda vez que ele toca meu corpo e no jeito como nos encaixamos — está tudo ali na pista quando patinamos juntos. Mas ver Elyan parecendo lutar para entrar no gelo e depois para não exigir resultados é estranho.

Quanto a nós dois, como casal de mentira? Somos uma bruxinha e um príncipe sombrio que nunca se beijam. E a bruxa finge, todos os dias, que não morre de vontade de ser tocada pelo príncipe outra vez. Elyan tem evitado qualquer contato que não seja em público ou na arena — os inevitáveis. E eu tenho fingido que nem ligo. *Eu não devia ligar.* Não quando todo o resto está funcionando às maravilhas. Ou quase.

Na terceira semana, meus pais e avós vieram jantar no château, com Maia, Lucas, Natalie, Oliver e Eleanor. Meus irmãos finalmente marcaram o jogo de hóquei da família More com Elyan.

É no início dessa semana que as coisas desandam. Tudo está diferente desde que Elyan saiu, no fim do treino de terça-feira, para atender uma chamada urgente e enviou uma mensagem pedindo que Lenny me deixasse em casa, porque ele teve uma emergência. Tudo bem, emergências podem acontecer, certo?

O problema, pelo menos para uma parte do meu coração, foi o que aconteceu depois de ele ir resolver a emergência. Elyan me ligou à noite pedindo para falar com as crianças e dizendo que não dormiria em casa.

— Você está bêbado? — perguntei na lata.

E ele não me respondeu.

A primeira coisa idiota que lembrei foi a fala de Elyan sobre manter casos discretos, fora do mundo da patinação. Ali, eu só torci para que o motivo de ele não dormir em casa fosse a doença de Anne, a mulher que não tenho a menor ideia de quem seja. Preciso dizer que me senti péssima depois?

— É a Anne, né? — perguntei antes de passar o telefone para Jules.

Ouvi uma respiração funda antes de ele responder:

— Vai ficar tudo bem.

Isso já faz dois dias e eu devia estar mais calma, mas estou uma pilha e tento me convencer de que é só por causa da patinação. Estamos na arena faz seis horas e eu errei metade das acrobacias que tentamos fazer — parte delas por culpa de Elyan. Desde que ele passou a noite fora de casa e voltou no dia seguinte parecendo o Elyan de dois meses atrás, quando mal nos conhecíamos, as coisas na pista têm sido mais difíceis entre nós.

Faz dois dias que eu tento ignorar o fato de que ele está mais quieto e taciturno. Apesar de sorrir e ser carinhoso com as crianças, é educado comigo de um jeito reservado e distante, quase como um marido num casamento de conveniência, em que as partes apenas se toleram. E não era esse o acordo inicial?

Então, eu finjo não ver as olheiras sombreando o olhar dele, a expressão abatida e prostrada, o jeito distante como ele tem me levado, inclusive dentro do rinque. Faz dois dias que toda vez que Elyan entra num ambiente, por mais cavalheiro que tente ser, carrega uma nuvem preta acima da cabeça, afetando quem estiver por perto e gelando a temperatura ambiente.

Depois de pensar muito, decidi, hoje mais cedo, perguntar se estava tudo bem, se tinha algo que eu pudesse fazer para ajudá-lo, ao que ele respondeu como se estivesse lendo os classificados do jornal:

— Quando eu estiver melhor, nós conversamos. Nestas horas eu só preciso ficar na minha.

Resolvi passar o fim de semana na casa dos meus pais e deixar o Elyan enlouquecedor na dele. Foda-se, preciso pensar em mim, senão...

— Por hoje chega. — A voz de Lenny chama minha atenção para o rinque, onde acabamos de errar o tempo da coreografia, outra vez. — Posso pedir um favor?

Olho para Elyan e ele não retribui o olhar, patinando para a borda da pista. Vou atrás dele, até estarmos os dois na frente de Lenny.

— Vão para casa hoje — ela prossegue —, tomem um vinho, façam uma massagem um no outro, resolvam o que precisam resolver entre vocês, ou não. Mas deixem os problemas pessoais fora dos meus treinos, está bem?

— Eu acho sua sugestão maravilhosa, Lenny. Agora fale isso para o Elyan em dez idiomas diferentes. Quem sabe o problema dele estes dias seja porque desaprendeu inglês.

Ele me olha de lado e eu viro o rosto. Se ele é o príncipe sombrio, estou com o humor de uma bruxa recalcada.

A técnica suspira de maneira longa e ruidosa.

— E então, Elyan, vai fazer eu me arrepender disso?

Estou espumando, sério. Quero usar um dos golpes que aprendi com Bina nas últimas semanas e dar uma rasteira nele. Olha só o que as nuvens pretas sobre a cabeça de Elyan causaram: a merda de uma tempestade.

— Desculpe, Lenny — Elyan pede. — Nós vamos estar bem na segunda.

Um, dois, três, quatro, cinco... Conto até cinquenta para não dar uma rasteira nele de verdade. Nós vamos estar bem? *Nós?*

— Boa noite, Lenny. Boa noite, Alex — eu me despeço da técnica e do novo assistente dela e volto para o meio da pista.

Elyan patina até parar na minha frente.

— Pode ir. Eu vou treinar mais um pouco e não vou dormir no château. Já avisei a sra. Shan, ela vai ficar com as crianças — digo a ele.

Os braços fortes são cruzados, numa postura inflexível.

— Quer uma carona?

— Não, obrigada — dispenso e começo a patinar.

Paro quando Elyan fala:

— Para onde você vai?

Num misto de satisfação e orgulho restaurado, eu me viro para ele.

— É tão bom ter resposta para perguntas simples que fazemos, não é?
Os olhos azuis crescem um pouco, refletindo o gelo na pista.
— Você está brava comigo porque não te contei o motivo de eu não estar bem?
Bato palmas.
— Que impressionante, Elyan. Agora me deixe sozinha. Eu não vou sair desta pista até acertar a porcaria da combinação de saltos que estou errando.

Faz meia hora que acerto o primeiro salto e erro o segundo. Faz meia hora que fuzilo Elyan com os olhos. Ele não foi embora, só está sentado fora da pista, com aquelas pernas enormes esticadas, calado. A cada salto que eu erro ele se levanta, coça a nuca, abre a boca como se fosse falar algo e volta a se sentar. O Elyan controlado, que não exige, que não cobra resultados, tem me irritado também.

Meus pés podem cair, minha bunda virar patê, minhas pernas estirar. Eu vou conseguir fazer essas merdas de saltos hoje.

— Eu já disse que você pode ir.
— Não vou te deixar aqui sozinha.
Pare de agir como um cavalheiro que não pode ver alguém se cobrar demais senão pira. Eu não vou sair daqui até acertar.

Pego velocidade no gelo e preparo o corpo, me concentro, dou impulso, giro, giro, giro e aterrisso do jeito certo. Alguns passos entre os dois saltos, giro, giro e giro e...

Gelo.

— Merda! — Levanto xingando. — De novo — falo para mim mesma.
E eu salto e erro outra vez.

— Bostaaaa — grito de dor e... — Isso é tão frustrante.

Volto a levantar, ignorando a dor nos quadris, e paro quando percebo que Elyan entrou no rinque e está na minha frente.

— Quer saber por que você não consegue acertar esses saltos?
— Ah, finalmente você vai exigir algo, como se se importasse com a competição. Com o nosso desempenho no gelo. Que bom.

Ele patina e se coloca à minha frente de novo.

— Você não está sendo justa, Nina. Eu só não quero pressionar demais. Sei que alguns saltos, até pouco tempo atrás, eram seu calcanhar de aquiles.

Elyan tem razão, e eu odeio que ele tenha razão neste momento. Só que faz dois dias que ele reage a tudo de um jeito distante e entediado, inclusive na hora de patinar — o que nunca tinha acontecido —, como se tudo não passasse de uma *encheção de saco* que ele tem que suportar.

— Pode pressionar, Elyan, diga que vai me dar um pé na bunda se eu não acertar a merda desses dois triple flips seguidos. Me cobre com emoção, pra variar. Para eu acreditar que você se importa com isso que estamos fazendo, nem que seja um pouco.

Os braços dele são cruzados sobre o peito.

— Acerte a porra dos saltos, Nina — ele pede com a voz grave, despótica. E segura a curva dos meus braços. — Você quer que eu aja como o filho da puta que todos diziam que eu era antes de abandonar as pistas? Que eu poderia mesmo ser?

Meu coração dispara; sei que devo recuar, falar não, pedir desculpas. Mas não vou fazer nada disso. Não quando ele finalmente está me dando alguma emoção aqui.

— Sim, é isso mesmo que eu quero.

— Então muito bem — ele diz entredentes. — Nós só vamos sair daqui quando você acertar esses malditos saltos e em seguida nosso programa inteiro, duas vezes. Entendeu? — E aperta um pouco mais os meus braços. — Mas você vai fazer isso, Nina, não porque estou mandando, como se eu fosse te devorar caso você não conseguisse. Vai fazer por você, porque você é capaz, entendido?

Oi, meu lorde do inverno.

— Sim — murmuro.

Elyan está ofegante, e meu coração, cada vez mais acelerado.

— Esqueça o medo de não conseguir, ultrapasse-o, Nina, não olhe nos olhos dele, não dê ouvidos ao que ele sopra para você. A coragem não existiria sem o medo. E sabe o que significa coragem?

Nego e ele prossegue:

— Agir com o coração. Então escute a porra do seu coração, ele está dizendo: você já conseguiu superar merdas piores que essa.

E meus olhos se enchem de lágrimas; são lágrimas de força, que nascem de um canto apagado da minha alma, lágrimas que me dão a certeza de que vou conseguir, não porque Elyan falou. Não porque estou preocupada com pódios ou medalhas, mas porque essa força está dentro de mim e sempre vai estar. Ela nasce do amor que sinto por isso tudo. O amor sempre vai ser maior que a bosta do medo. O amor, na verdade, desfaz o medo.

— Você esqueceu de acreditar em você, e, enquanto não se lembrar, eu acredito tanto que deve valer por nós dois. Então vai, Nina, deixe o seu coração marcar o gelo.

Respiro fundo, me concentro e vou.

E eu consigo. Simplesmente consigo.

Estamos abraçados depois de eu acertar outro salto combinado.

— Eu sempre soube que você conseguiria — murmura ele e beija minha fronte. — Sempre soube.

E agora estou lutando contra lágrimas de emoção antes de me afastar um pouco para encará-lo.

— Desculpa se eu exagerei no jeito como falei com você antes. Eu só queria que você estivesse mais entregue, mais...

— Você tem razão, Nina — ele me interrompe e coloca uma mecha do meu cabelo no lugar. — Você tem o jeito certo de chegar em lugares aonde eu não gosto de ir.

Franzo o cenho, sem entender, e Elyan se explica com a voz mais baixa, o olhar mais triste:

— De certa maneira, tem uma parte minha que ainda se culpa pelo que aconteceu com a Jess. Uma parte que faz com que eu sempre me pergunte: E se eu tivesse feito algo diferente? E se... Será que ela ainda estaria aqui?

Cubro os lábios dele com os dedos, e Elyan arregala um pouco os olhos.

— Já parou para pensar como é estranho nos culparmos por coisas que ninguém pode controlar? Eu me culpei tanto pela doença da minha irmã.

— Você não teve culpa nisso — ele fala com uma certeza quase indignada.

— É mais fácil quando é com os outros, não é?

Elyan concorda antes de eu prosseguir, baixinho:

— Olhe nos meus olhos.

Ele obedece.

— Elyan, você não tem culpa de a Jess ter tido um coração doente. A culpa não é sua.

Seus olhos ficam marejados, ele me abraça outra vez e eu repito:

— Você não tem culpa, Elyan.

— Obrigado, Nina. Acho que é a primeira vez que me falam isso desse jeito.

Quero entrar na vida dele, quero fazer parte dela, de todos os lados, de todos os lugares, do coração de gelo às sombras, da luz que ele esconde às cores escuras. Nem lembro que há pouco tempo estava brava, que sentia ciúme, que estava magoada. Só quero entrar no reino do inverno que ele governa e me perder ali dentro.

— Preciso te pedir uma coisa — murmuro.

Ele assente e eu volto a encará-lo.

— Eu não quero mais ser sua amiga unilateral, Elyan.

Ele franze o cenho.

— Isso não é verdade.

— Então me conta quem é Anne e o que ela significa pra você.

Os músculos de seus braços enrijecem e ele não responde.

— Ou talvez aonde você foi na terça-feira.

— Fui até a clínica ver a Anne. Ela não estava bem, você sabe disso.

Meu coração acelera, mas tento manter a voz tranquila ao perguntar:

— Por que você não dormiu em casa?

Ele passa as mãos no cabelo, parecendo agitado.

— Eu dormi no chalé, sozinho. Eu precisava ficar sozinho.

— Por quê?

As pupilas dele se dilatam e os lábios ficam sem cor quando ele fala:

— Porque meu advogado me ligou e as coisas não estão fáceis. — A voz dele falha. — Nós precisamos de uma ordem judicial para provar algo.

As crianças. Meu coração acelera.

— Nós vamos conseguir, estou com você.

Os olhos dele passeiam inquietos pelo meu rosto.

318

— Preciso provar algo que o meu pai fez e que... não está fácil. Helena tem um advogado experiente e...

Coloco os dedos trêmulos sobre os lábios dele outra vez. Se Elyan ficou assim só de começar a falar sobre isso, quão difíceis estão as coisas? Quão horrível é esse passado que envolve o pai dele? E o pior: será que Elyan corre o risco de perder a guarda das crianças?

— Não precisa me contar nada agora. Eu estava no escuro sobre o que você vinha sentindo, me desculpa. Só quero que você saiba que pode confiar em mim. Eu estou aqui e nós vamos fazer tudo dar certo.

E nos abraçamos por um tempo em silêncio. As mãos dele sobem e descem pelas minhas costas num movimento ritmado.

— Patina comigo? — murmura ele, rouco.

— Sim — respondo e seguro a mão dele. — Eu estava com saudade.

— Eu também, com muita saudade.

No fim da coreografia, estamos abraçados de novo, emocionados de novo.

Desisto de dormir na casa dos meus pais, é claro. Mas principalmente desisto de lutar contra o que estou sentindo agora mesmo, nos braços dele — como se o mundo tivesse voltado para o eixo.

35

Domingo é um dia tranquilo e tedioso. Um dia calmo e nem sempre ensolarado, mas deveria ser um momento de descanso para as emoções. Não hoje, não este domingo. Faz dois dias da conversa que tivemos no rinque. Dois dias que as coisas voltaram ao normal entre a gente. Deixamos as crianças com a sra. Shan e entramos no carro. Elyan disse apenas:

— Quero te levar num lugar. Pode ser?

— Pode. Aonde?

— Confie em mim.

— Tá.

Mas é óbvio que perguntei três vezes durante o caminho para onde estávamos indo. E é óbvio que ele respondeu com um *Você vai ver*.

Agora, estamos parados na área de estacionamento de uma casa enorme, no estilo clássico, num lugar paradisíaco, com árvores e lagos por todos os lados. Isso aqui na primavera deve ser colorido e ainda mais maravilhoso. É um lugar que inspira paz e contemplação, e mesmo assim meu coração virou uma máquina de bater massa em alta velocidade desde que entramos. Desde que li a placa de identificação ao lado do portão:

Casa de Repouso e Clínica Psiquiátrica Três Rios.

Elyan me trouxe para conhecer Anne, tenho certeza. Aperto os dedos, nervosa, porque não sei se quero. Pisco devagar. É claro que quero, eu pedi por isso, mas não sei se estou preparada.

Ao conhecer Anne, vou conhecer toda a verdade sobre ela, sobre eles.

E se Anne for a mulher que Elyan ama, apesar de não poderem estar mais juntos, e, por causa dela, ele nunca se permita realmente estar com mais ninguém?

E se ela for alguém que Elyan amou e depois ele fechou completamente o coração. E... se uma história de terror me aguardar aí dentro e eu nunca mais conseguir olhar para Elyan do mesmo jeito e...

— Você já sabe onde estamos, né?

Respiro fundo e respondo:

— Sim.

Ele deixa o carro ligado e o aquecedor também. É um BMW elétrico e silencioso, todo automatizado, e não sei por que estou pensando nisso agora, com a palma das mãos suando de nervoso.

— Antes de entrarmos, eu quero te contar algumas coisas.

— Tá — essa é toda a resposta elaborada que consigo dar.

Elyan se recosta no banco.

— Quando meu pai morreu, eu herdei uma fortuna que não sabia nem que existia.

Abro os olhos surpresa.

— Como assim?

— Eu sempre soube que meu pai era muito rico, mas não sabia de onde vinha, de fato, o dinheiro dele. Achava que era de investimentos e fruto do trabalho, mas, na verdade, todo o dinheiro do meu pai era da família da minha mãe.

Elyan me olha e eu aquiesço, na linguagem muda de *Estou te ouvindo*.

— A família do meu pai quebrou quando ele era adolescente. Por ser um conde, ele tinha obrigações e, cheio de dívidas, não tinha como sustentar a vida de playboy que sempre levou. Meu pai nunca gostou de trabalhar.

Mais uma vez balanço a cabeça, ouvindo-o continuar:

— Eu te contei que ele pagou meu psiquiatra para me manipular, não é?

— Sim.

— Mas não te contei que isso era uma prática comum desde que me entendo por gente, forjando laudos médicos que atestassem minha instabilidade mental e emocional, e por conta disso eu fui medicado durante uma parte da vida sem a real comprovação de que era necessário.

Meu estômago gela e minhas mãos suam ainda mais. Elyan aperta o volante e olha para a frente antes de prosseguir, parecendo envergonhado. Envergonhado das ações de um pai doente. Envergonhado de uma culpa que não é dele.

— Ele fez isso para tentar garantir que eu nunca teria acesso à minha herança, para garantir que ele continuasse administrando a fortuna da minha mãe, mesmo depois que eu completasse vinte e um anos, quando eu seria emancipado e o dinheiro deveria passar integralmente para mim.

Um momento de silêncio se estende entre nós, e eu seguro o antebraço dele, querendo dizer: *Estou aqui, estou te vendo, estou te ouvindo e estou do seu lado.*

Elyan me olha e volta a atenção para a frente com uma risada triste nos lábios.

— No ano em que a Jess morreu, ele levou isso ao extremo, porque seria o ano em que eu completaria vinte e um. — Ele me encara. — E, quando digo extremo, estou querendo dizer coisas que você acredita que só existem em livros de suspense e terror psicológico.

Meus lábios tremem e eu sopro:

— Sinto muito.

As narinas de Elyan se expandem antes de ele prosseguir:

— Ele pagou uma mulher pra sair comigo e eu fui idiota o bastante para me deixar seduzir sem desconfiar de nada. Eu estava na maior merda, achei que estava ficando louco, a Jess e eu não estávamos mais juntos fazia meses, e a minha nova namorada, em vez de me ajudar, pegava informações e passava para o meu pai, me fazia acreditar que eu realmente estava perturbado e precisava de ajuda.

Ele encosta a cabeça no volante e eu quero tocar em seu cabelo, dizer que tudo vai ficar bem, que estou enjoada só de imaginar uma loucura dessa, um horror desse, mas Elyan fala antes:

— Eu sei que essa mulher foi paga pelo meu pai porque no meio de uma briga, pouco depois que o desgraçado morreu, enquanto ela me chantageava por dinheiro, deixou escapar que só tinha ficado comigo porque foi muito bem paga. Confessou que meu pai queria na verdade que ela me ajudasse a ficar bem, mas que ela tinha medo de mim por eu ser o doido perturbado que ele sempre disse que eu era.

Meu coração está saindo pela boca e uma camada fina de suor cobre minha testa. Elyan está dizendo o que eu acho que está?

O maxilar dele trava.

322

— Helena alegou ter provas suficientes da minha instabilidade, da época em que ficamos juntos, e disse que, se eu não pagasse cinco milhões de libras, ela iria me levar para a justiça pela tutela das crianças e iria ganhar o caso com facilidade.

Sim, ele está dizendo exatamente o que eu achei que estava: a tia das crianças, Helena. A mulher que está brigando pela tutela dos irmãos de Elyan foi paga pelo pai dele para seduzi-lo e manipulá-lo, para enfraquecê-lo, desestabilizá-lo. E o pai fez isso munido da pior das intenções: continuar com o dinheiro da mãe do Elyan.

Franzo o cenho, encarando-o, e meus olhos se enchem de lágrimas, por ele, pelas crianças, por nós, por tudo. Ele interpreta mal as lágrimas nos meus olhos e prossegue se explicando:

— Não te contei antes porque tinha acabado de descobrir tudo, estava tão fodido, não sabia o que você iria pensar.

Nego com cabeça, e o bolo na minha garganta me impede de dizer que eu o entendo, que só quero que ele fique bem, que as crianças fiquem bem.

— Eu contratei investigadores para ter provas disso, e na semana passada meu advogado me ligou contando mais uma história horrível, no mesmo dia em que a Anne precisou de mim.

Ele expira com pesar, os olhos ficam marejados antes de continuar:

— Eles conseguiram acesso ao histórico de anos atrás do telefone do meu pai, e temos todas as provas de que precisamos das canalhices dele. Só que ainda não conseguimos ligar as mensagens para um número anônimo a Helena. Isso nos ajuda, mas não neutraliza a ação pela guarda das crianças.

— Eu sinto muito, Elyan.

O maxilar dele trava com força.

— Tudo o que descobrimos… é muito pior do que imaginávamos.

Ele para, respira tenso e fecha os olhos, como se tivesse medo, horror de falar em voz alta. E eu sei que ele tem. Demorou quase uma semana para conseguir me contar.

— Meu pai clonou meu telefone e mandava mensagens para a Jess, depois que terminamos, fazendo terror psicológico com ela, fingindo ser eu.

Arregalo tanto os olhos que perco o foco.

— Meu Deus.

323

Elyan abre os olhos. Os dele estão mais claros, marejados.

— A Jess e eu mal nos falávamos nessa época, a não ser para brigar. Ela me acusava de ser maníaco por controle e perfeição e dizia que minhas ameaças estavam deixando ela louca. E eu achei... achei mesmo que estava perdendo o juízo por causa das coisas que ela me acusava de falar. Então, Nina, ela...

Engole em seco com força e fecha os olhos.

— Ela me ligou de madrugada dizendo que estava passando mal, pedindo ajuda.

Mal consigo respirar. Eu tive coragem de exigir que ele agisse diferente comigo dentro do rinque, que ele cobrasse mais resultados.

— Me perdoa pelo que te falei no rinque na sexta-feira.

Ele mira o bosque à frente e faz uma negação, como quem diz: *Esquece isso, vai ficar tudo bem*. Em seguida, vira para mim com os olhos azuis arrasados.

— Quando cheguei no quarto, a Jess estava tendo uma síncope. Eu me desesperei, liguei para a emergência em pânico. Ela estava ouvindo música. Eu tentei reanimar a Jess ao som de "Smile", da Lily Allen.

Minha visão fica turva, e lembro do desespero dele ao ouvir essa música no carro, quando me deu carona, dois meses atrás.

A voz de Elyan soa embargada.

— Ela não resistiu. Eu não sabia o que fazer, estava tão desesperado, tão louco que liguei pro meu pai. Ele conhecia gente influente no Canadá e em todos os lugares.

O maxilar dele trava.

— O desgraçado disse que ia me ajudar, que eu podia ser acusado de ter relação com a morte dela, que seria investigado, que isso iria me destruir, destruir a reputação da família e os meus irmãos.

As mãos dele se fecham em punhos.

— Ele me tirou de lá no meio da noite, apagou as evidências da minha visita ao quarto da Jess, disse que eu tinha que me internar, exigiu que eu me internasse para me tratar, caso contrário não poderia mais colocar os pés na casa dele.

Estou imaginando como eu mataria o pai de Elyan de dez formas diferentes, de maneiras lentas e tortuosas. Nem sabia que tinha uma parte tão sádica na minha mente.

324

— Filho da puta.

— Foi por isso também que eu sumi por cinco anos, Nina. Para não enlouquecer de verdade. É isso. — Ele me encara com as pupilas agitadas e prossegue, rouco: — Eu sou um livro aberto, você sabe de tudo agora. Tenho o sangue de um príncipe do submundo de verdade correndo nas minhas veias.

Eu nunca admirei tanto uma pessoa como admiro Elyan.

— Sabe de uma coisa? — digo, rápida. — Você devia se orgulhar.

Os olhos azuis ficam enormes, e eu prossigo:

— Mesmo tendo um monstro como pai, você se manteve são. E não apenas isso, mas se tornou um dos caras mais extraordinários que eu conheço: sensível, forte, lindo. Capaz de transformar feridas, cicatrizes desse tamanho em um dragão alado que continua voando de asas abertas para a vida.

Pisco devagar, e as lágrimas ganham meu rosto.

— Capaz de consertar coisas quebradas com a sua força de caráter e o seu coração lindo. Eu me orgulho pra cacete de você.

Ele sorri com os lábios incertos e estende a mão cheia de anéis para mim. Coloco a mão sobre a dele. Os dedos longos se entrelaçam nos meus. Ficamos quietos, esperando o silêncio fazer a parte dele, limpar as emoções.

A expressão dele se descontrai, se suaviza. E um humor mais ameno é restaurado no seu tom de voz.

— Você se orgulha pra cacete de mim, bruxinha?

— Sim.

— Vou pegar meu celular e gravar isso. Repete, por favor?

Eu sorrio, ele sorri de volta.

— Não se acostume — brinco.

E nos olhamos em silêncio de novo, mas dessa vez é um silêncio cúmplice e cheio de eletricidade. Ah, a velha e boa eletricidade, fluindo livre outra vez.

Recebo uma carícia na palma da mão, vinda do polegar dele.

Ele engole em seco e me encara por um tempo sem dizer nada, nossa respiração está acelerada. E meu coração? Não entendo como ainda bate.

Quando Elyan volta a falar, a voz dele soa mais rouca outra vez:

— Eu quero te contar tudo, não apenas para que entenda que eu confio em você. Quero te deixar entrar na minha vida e enxergar todos os lados dela, os bonitos e os feios. A luz e as sombras. Inclusive o motivo de eu não ter te contado antes sobre a Anne.

Ele faz uma pausa longa, me encarando, e eu mal consigo disfarçar as lágrimas. Não quero disfarçar.

— Eu tive muito medo de você achar o que quase todos acharam sobre mim a vida inteira: que eu era um doente, que tinha no sangue a propensão genética. E depois... depois eu queria que a Anne estivesse melhor para te conhecer. E entender quem você é para mim.

As lágrimas transbordam dos olhos dele; os meus estão inundados e transbordando já faz um tempo.

Uma respiração entrecortada escapa de sua garganta antes de ele falar:

— Nina, Anne Bourne é minha mãe.

O quê? Meu Deus!

Meu corpo inteiro está trêmulo.

Eu não aguento mais e soluço, cubro os olhos com os dedos e choro.

— Eu ia te contar tudo. Eu só... Me desculpe, é que só descobri que ela não tinha me abandonado, mas estava numa clínica no Canadá, quando o meu pai morreu.

Tiro a mão da frente do rosto e vejo, através da cortina que cobre meus olhos, duas lágrimas riscarem o rosto perfeito dele.

— Foi só então que achei documentos e papéis com o endereço da clínica onde Anne estava, uma clínica que ele praticamente patrocinava e onde fazia o que quisesse, mandava em... em todos, para que eu nunca soubesse. E, Nina — ele arfa —, quando a encontrei, ela estava péssima, mal recebia atenção ou tratamento adequado. Todos os dias que me ausentei do château foi para tentar trazê-la de volta de algum jeito.

Através das lágrimas, vejo o movimento da garganta dele ao engolir.

— Eu entendi que meu pai não queria o bem dela, porque, quando está estável, Anne se lembra das coisas, ela sabe do dinheiro. Ela me... — gagueja — ela me contaria da herança e de tudo o que meu pai foi capaz de fazer. Me desculpe.

Pulo em cima dele e Elyan se retesa, surpreso. Eu o abraço, tenho vontade de chorar até amanhã, preciso tanto confortá-lo que meu corpo dói.

Ficamos um tempo nos apertando, num silêncio cúmplice e cheio de lágrimas.

— Quero matar o seu pai, posso? — disparo. — Quero pegar o taco de hóquei do meu irmão e dar na cabeça dele.

E a sombra de um sorriso aparece em seus lábios.

— É que... ele já faleceu.

— Ainda assim, quero ir para a Inglaterra e incinerar o túmulo dele, para que esse drácula nunca mais volte pra assombrar ninguém.

Ele respira fundo e cola a testa na minha ao dizer, com a voz rouca:

— Obrigado.

— Obrigado por quê?

E me encara.

— Por ser você. Por acreditar. Por... estar aqui.

Meu coração encolhe, se parte, se cola e explode. Ele está me agradecendo, depois de contar sobre o horror, sobre o monstro que povoou a vida dele, depois de contar quão machucado ele foi pelo homem que devia ser o porto seguro dele, o exemplo a ser seguido. Elyan é lindo o bastante para me pedir desculpas depois de me contar tudo isso, e ainda me agradecer. Me agradecer por acreditar nele. *Quão destroçado você foi pelas pessoas que deviam te amar, Elyan?*

— Não me peça desculpas, não me agradeça. Eu estou aqui, acredito em você, vou continuar aqui, acreditando em você e te apoiando sempre. Isso é o que amigos de verdade fazem.

Ele beija minha testa e solta uma exalação falha.

— Então, obrigado por ser minha amiga de verdade, mesmo que eu tenha um coração de gelo difícil de lidar.

Emolduro o rosto dele entre as mãos antes de murmurar:

— Dizem que o seu coração é congelado, mas é mentira. Você passou por tudo isso e ele não quebrou por completo; provavelmente seu coração é de fogo. Talvez, por você amar tanto o inverno, ele tenha camadas dos dois elementos. Acho que você tem um dos corações mais bonitos de todos os reinos, alteza.

Ele ri baixinho e beija minha testa.

— E você tem metade dele no peito, bruxinha.

Meu coração, que não sei do que é feito, acelera horrores, e eu não consigo dizer mais nada antes de Elyan murmurar:

— Pronta para conhecer a Anne?

Enxugo as lágrimas e passo os dedos no cabelo para ajeitá-lo.

— Sim, Elyan. Vai ser uma honra conhecer a sua mãe.

E o sorriso que ele me dá em resposta cola todos os cristais de gelo que ainda estão soltos no meu coração.

Andamos por corredores amplos e iluminados com luz natural atrás de uma enfermeira simpática e receptiva, antes de pararmos na frente da porta branca. O quarto de Anne.

O quarto da mãe de Elyan.

Lembro de uma entrevista no final de um grand prix e da pergunta indiscreta do repórter:

— Você sabe se a sua mãe tem ideia de que você é um atleta campeão e que orgulha o país inteiro com as suas conquistas?

E Elyan Kane, que sempre olhava para repórteres que se atreviam a fazer perguntas inadequadas como se eles fossem um buraco sobre o gelo, daquela vez respondeu:

— Eu não tenho a menor ideia se ela sabe quem eu sou e se lembra o meu nome.

E falou isso em rede internacional, sem conter a emoção. Os olhos se encheram de lágrimas, ele tocou na medalha de ouro sobre o peito, respirou fundo, virou as costas e saiu.

— Ela comeu superbem e está ótima hoje — a voz da enfermeira chama minha atenção. — Perguntou de você e eu disse que era dia da sua visita. Ela quis se arrumar para te esperar e ficou feliz.

— Que bom — Elyan murmura.

E abre a porta.

Anne está sentada numa cadeira de balanço, o cabelo castanho-escuro tem algumas mechas grisalhas. Ela está perto da janela, aproveitando o sol do fim de tarde, e usa um vestido floral vermelho e branco alegre e um casaco de lã branco.

Suspiro e olho ao redor. É um quarto grande com papel de parede, um piano, flores e uma varanda com vista para os jardins. Uma estante com...

São os troféus e medalhas de Elyan? Sim, são. Ali está a medalha olímpica, a do mundial e fotos dele em cima dos pódios.

— Ela fica feliz com os meus prêmios e medalhas — Elyan diz quando percebe meus olhos na estante. — Anne — ele a chama com a voz calma, mas ela permanece olhando para fora. — Mamãe — diz mais alto, e ela se vira para Elyan, sorrindo.

— Elyan — Anne se levanta —, você veio.

Estamos de mãos dadas, e os olhos dela estão sobre mim agora, os mesmos olhos azuis e lindos de Elyan. Mordo o lábio por dentro para não chorar quando ela diz:

— E essa moça bonita, Elyan, quem é?

— É a Nina, lembra que te falei dela? E que eu ia trazê-la aqui para te conhecer? Ela é... — hesita — nós vamos nos casar em breve.

— Ah, minha nossa, e eu nem coloquei minha melhor roupa.

— A senhora está linda — digo.

Elyan se aproxima e abraça a mãe, depois beija a testa dela diversas vezes.

— A senhora sempre é linda.

— Que bobagem — ela diz, se afastando. — Você não me viu quando eu tinha a idade da Nina. Era quase tão linda como ela.

E Elyan beija a testa dela outra vez.

— Estava com saudade — diz ela, baixinho.

— Eu também, Anne.

— Me chame de mamãe, Elyan.

— Também tive saudade, mamãe. — E a abraça outra vez.

A enfermeira ao meu lado murmura:

— Não é sempre que Anne quer que ele a chame de mãe. Isso às vezes a deixa nervosa, mas hoje ela está num dia muito bom.

Meus olhos se enchem de lágrimas outra vez, e só o que consigo pensar é: que pai afasta uma mãe de um filho desse jeito, que tipo de ser é capaz de uma crueldade dessas por dinheiro? Que monstro maltrata e abandona uma pessoa dependente e doente, agravando sua saúde?

— E essa moça bonita — Anne repete —, quem é?

— Minha noiva, mãe.

Minha noiva, mãe. E meu coração se incendeia, criando mil arco-íris no meu peito.

Anne abre os braços para mim.

— Venha aqui me dar um abraço.

E eu vou e envolvo suas costas estreitas; ela é mais alta que eu. Não aguento quando vejo Elyan emocionado, olhando para nós duas, e solto um soluço estrangulado.

Anne se afasta um pouco antes de dizer:

— Você está chorando?

— Estou muito feliz de conhecer a senhora.

Ela sorri.

— Também estou muito feliz.

Elyan segura a mão dela e a leva de volta para a cadeira de balanço.

— Você quer que eu leia alguma história ou prefere passear no jardim de inverno?

— Quero uma história, é claro.

E ele se senta no chão ao lado de Anne e me chama com o queixo para que eu me junte a eles.

Eu me pego sorrindo em alguns momentos da história e encantada mais uma vez, dez vezes mais, por Elyan Kane. É um dos contos nórdicos que leio para as crianças vez ou outra. Com o coração acelerado e os olhos cheios de emoção, observo enquanto a voz grave dele arranca risadas da mãe, da mãe que ele foi privado de ter, da mãe de quem ele cuida e que ama como se sempre tivesse convivido com ela. Eu admiro tanto meu lorde do inverno. Admiro bem mais do que um dia fui capaz. Prendo o ar com a certeza que domina e invade meu coração. Palavras que não sei se um dia vou dizer em voz alta enchem minha alma de cor.

Eu te amo, meu lorde do inverno, mas dessa vez eu te amo de verdade.

330

36

Pegamos um voo de quatro horas para Calgary, e um transfer de mais de uma hora para o nosso hotel. Estamos numa comitiva de oito pessoas, entre fotógrafos, o diretor de arte e o editor-chefe da *Visual Sports*, para fazermos a sessão de fotos e a entrevista, agendada há mais de um mês por intermédio de Lenny Petrova.

Faz três dias que conheci Anne, e desde então tenho pensado muito sobre tudo. Sobre Elyan, nosso casamento de mentira, nosso acordo, sobre como venho me sentindo, sobre estar apaixonada. Não aguento mais fingir que toda vez que ele me toca, que ele me olha, que ele respira perto de mim, meu mundo não incendeia. Continuar fingindo não vai fazer com que eu sinta as coisas de um jeito diferente; pelo contrário. Estou decidida a contar toda a verdade.

Vou abrir meu coração, mesmo que isso signifique que ele seja quebrado em milhões de pedaços — e, dependendo da resposta de Elyan, ele será. Meu maior receio é que isso nos afaste, deixe as coisas estranhas e azede a amizade que construímos. Mas eu teria que ser muito hipócrita para assinar os papéis de um casamento de mentira fingindo que nada mudou no meu coração.

A suíte do hotel cinco estrelas é digna de uma lua de mel, com um cenário de contos de fadas: um lago congelado num tom de azul, cercado pelas montanhas Rochosas.

Vamos passar três dias aqui, às margens do lago Louise, um dos pontos mais famosos no Canadá para turistas atrás de patinação ao ar livre e em busca da aurora boreal. Nosso destino para as fotos é o lago Peyto, o lugar recomendado para caçadores do fenômeno e que fica só a meia hora do hotel.

Fiz maquiagem e cabelo para a sessão, que está marcada para começar às onze da noite. A aurora boreal é uma garota linda que só dá as caras no inverno, normalmente bem tarde. Voltei há pouco para o quarto para me arrumar. O chuveiro está ligado, Elyan está no banho. Olho para a cama king size que evocaria imagens de sexo até entre pessoas que não passam a menor vontade de fazer sexo juntas. Meu coração acelera um pouco com as lembranças da fala de Elyan ao, provavelmente, ler a agonia em meu rosto, ao nos depararmos com uma única cama.

— Eu posso dormir no sofá — ele sugeriu. — Eles reservaram essa suíte porque, para todos os efeitos, somos um casal.

Tentei relaxar o rosto ao brincar:

— Tudo bem, eu também posso ficar no sofá, ou a gente reveza.

Elyan respondeu com uma risada tensa.

Me olho no espelho e admiro mais uma vez o espetáculo de maquiagem que fizeram. Meus olhos estão esfumados num tom de preto intenso nos cantos e na parte interna por um brilho verde. As pálpebras inferiores têm um traço fino desse mesmo verde. Meu cabelo está meio preso para trás e cai em ondas até a cintura. Duas faixas de cristais pretos e verdes enfeitam as laterais da minha cabeça.

Pego o traje de collant e saia, também em tons de preto e verde e com partes inteiras bordadas com os mesmos cristais que decoram meu cabelo, e sinto o veludo do corpete escorregar entre os dedos. O nome do figurino é aurora boreal.

— Isso vai ficar lindo.

O chuveiro ainda está ligado, então tiro o roupão que estou usando, tranquila, e visto a meia calça preta grossa, forrada de pelo, em seguida a blusa preta transparente de mangas compridas e depois o collant, um tipo de espartilho acinturado de veludo. Por último, coloco as saias sobrepostas de preto, verde e roxo.

Me olho no espelho já vestida e aprovo o trabalho da figurinista da revista. Vou até as portas duplas da varanda da suíte e lanço um olhar demorado sobre o topo das montanhas Rochosas e depois para o azul congelado a perder de vista.

Miro um casal patinando no lago e em seguida o céu estrelado, limpo de nuvens. Demos sorte com o tempo, e talvez a aurora boreal seja visível hoje.

— Nina — Elyan chama às minhas costas. — Tô com um problema aqui na...

Ele para de falar quando me viro, me mede de cima a baixo devagar e umedece os lábios antes de murmurar:

— Caralho, bruxinha.

— O quê?

Vejo o movimento da garganta dele ao engolir. Elyan pisca devagar, como se despertasse de um transe. Ele é uma visão e tanto de calça preta do conjunto que vai usar para as fotos e uma regata também preta que deixa parte do dragão à vista. E o que é essa dobra ridícula de tecido sobrando na frente da calça...

Sinalizo para a pélvis dele, onde o monte de tecido se acumula.

— Esse bolo de tecido não está certo, né?

— Não, vesti essa porcaria ao contrário. Eu achei que o zíper fosse na frente, mas pelo visto... — Sinaliza a massa de tecido, que faz uma barriga na frente da calça. — Dá pra acreditar que o zíper é na bunda, porra? — E tenta olhar para o próprio traseiro. — Quem foi o infeliz que resolveu costurar o zíper na bunda de uma calça e não na frente?

Os dedos longos de Elyan lutam contra o zíper, onde supostamente seria a braguilha.

— Essa droga emperrou — resmunga. — Merda.

Tapo a risada com a mão. Ele estreita os olhos.

— Não ria, Nina Morgana. Não vai pegar bem eu sair nas fotos com uma bunda cagada na frente da calça.

E também sorri, apesar do mau humor.

— Deixa eu tentar te ajudar. Às vezes é só puxar com jeito.

Ele abre as mãos no ar antes de dizer:

— Se você conseguir tirar isso de mim, eu te compro mil bolinhos do Elizabeth.

— Agora eu vou conseguir — brinco —, nem que tenha que rasgar e costurar com os dedos depois.

333

Ele ri, eu me ajoelho na frente dele e começo a mexer ali com atenção.

Meio minuto depois, Elyan fala, rouco:

— Nina, isso não vai dar certo. Você não pode ficar de joelhos aí.

— Xiu, não me desconcentra. Eu vou ganhar os bolinhos. — E puxo o zíper emperrado para baixo algumas vezes.

— Deixa isso. Vou pedir pra... hum.

Puxo o cós e enfio uma mão por dentro da sobra de tecido, meus dedos escorregam e o abdome dele tensiona.

— O problema — digo — é que o zíper pegou uma parte do tecido. É só puxar assim. — Movimento a mão na parte interna do tecido e...

— Nina — ele soa ofegante —, tira a mão daí agora — pede, como se sentisse dor.

E só então percebo que estou apertando o dorso da mão na frente da cueca dele. No pau duro dele. Minhas bochechas ardem, meu ventre se contrai e meu sangue ferve.

— Desculpa — peço e tiro a mão rápido, como se queimasse.

E, meu Deus, como queima.

Ele respira fundo de maneira falha e eu me levanto. Os olhos dele estão pesados e acesos, como se estivessem incandescentes, as faces coradas e a boca meio aberta.

Fecho os olhos e ele passa a mão pela minha nuca e vem para cima de mim, cola os lábios na minha boca — na minha imaginação, é claro. *Acorda, Nina!*

— Desculpa por isso, Nina — pede baixinho.

E se vira, entrando de novo no banheiro.

— Vou dar um jeito nisso agora — fala e depois fecha a porta.

E eu quero dizer que gostaria de ajudá-lo a resolver, e não me refiro mais à calça. *Fale logo com ele, Nina, e acabe de uma vez com isso.*

31

Estamos no meio do lago Peyto há duas horas, deslizando sobre o gelo, alternando entre tirar casaco, colocar casaco, estilo Daniel San, enquanto a equipe arruma novos planos para as fotos, e vamos retocando a maquiagem e ajeitando o cabelo. Já fizemos vários cliques realizando passos da nossa coreografia, e sozinhos sobre o gelo. Mas os protagonistas dessa noite são a sorte e a mais surreal e absurda aurora boreal já vista no mundo, tenho certeza.

Faixas enormes como paredões de luz verde, em diferente tons, com pinceladas de roxo, riscam o céu, apagando somente uma parte das milhares de estrelas, e tingem também o espelho de gelo do lago, emoldurado pelas montanhas Rochosas.

Comecei a chorar assim que calcei os patins e pisei no gelo. Continuei chorando quando Elyan me pegou nos braços, rodou comigo até as estrelas, acendeu as luzes do meu coração com as luzes do céu conforme nos entregamos, mais uma vez, à liberdade de voar sobre as lâminas para o sonho das nossas almas.

Cada risco no lago deixado pelos nossos patins, cada toque dele em mim, cada vez que nossos corpos giram juntos e se encontram na valsa desse céu espelhado, uma lágrima toca meu olho, se junta à aurora e se mistura com o gelo.

Elyan, nesse cenário — meu Deus, não sei nem dizer. Eu queria ser Tolkien, com sua genialidade com as palavras, e falar a língua dos elfos para conseguir descrevê-lo.

Os olhos azuis brincam com meu coração, e agora estamos abraçados, sendo dirigidos a deixarmos a emoção tomar conta e...

— Finjam que não estamos aqui — o diretor de arte pede.

— Elyan, você pode abaixar mais a mão direita e envolver a cintura dela, por favor?

Ele não tira os olhos de mim, eu não tiro os olhos dele e meu coração está na altura das estrelas.

— Isso. Agora que tal um beijo, casal?

Minha respiração acelera mais, meu estômago congela e cai no pé quando os lábios dele encostam nos meus, e me sinto respirar depois de um mês inteiro. Meus músculos retesam, e acho que posso quebrar que nem um pedaço de gelo.

As mãos dele são esfregadas nas minhas costas, uma, duas, três vezes, até me derreterem um pouco. As mãos espalmadas nas minhas costas me trazem mais para perto. Meu pulso acelera tanto que o sinto nos ouvidos. Os lábios de Elyan se movem um pouco sobre os meus e um choque de prazer inunda meu sangue. O mundo gira sob meus pés, movo os meus lábios sobre os dele, imitando-o, e ele estremece. Quero agarrar a nuca dele e...

— Perfeito — o diretor de arte diz. — Estão lindos, é isso mesmo que nós queremos nessas fotos.

E volta a falar, batendo palmas:

— Ótimo trabalho, equipe. Saímos em dez minutos. Arrumem tudo.

E todos batem palmas e comemoram.

Ficamos meio abraçados, nos encarando, enquanto a equipe se afasta e nos deixa a sós no meio do gelo. As luzes dos refletores se apagam, acendendo ainda mais o céu. Ainda não consigo me mexer.

Os dedos dele correm firmes pela minha coluna e eu solto o ar em um silvo.

Faço menção de sair, e Elyan segura a minha mão e fala:

— Nina, eu quero conversar com você mais tarde.

Meu coração acelera e se enche de esperança, talvez suicida. Provavelmente ele vai falar sobre a ligação do advogado que atendeu mais cedo.

— Eu também quero falar com você — confesso, antes que a covardia me impeça de agir.

Ele respira fundo e sorri de leve, depois diz:

— Então acho que vamos ter uma noite longa pela frente.

Tomara, é só o que consigo pensar. Mas não sei se estamos na mesma sintonia com nossas expectativas em relação a esta noite.

Patinamos de mãos dadas até a margem do lago e eu finjo que minha respiração está acelerada pelo esforço e não porque estou tremendo de ansiedade.

O restaurante do hotel é inteiro de madeira e vidro, num clima de chalé suíço. Como o chalé deste cara lindo sentado na minha frente, o cara por quem me apaixonei, odiei antes de conhecer e então voltei a me apaixonar. E o cara para quem vou me declarar ainda hoje — e que pode não lidar bem com isso.

Isso não estava previsto no contrato que assinamos, Nina, a voz dele fala na minha cabeça.

Isso nunca consta em contratos, Elyan. Ninguém assina pela chance de ter o coração quebrado ao não ser correspondido.

Estamos numa mesa à luz de velas com vista para as montanhas. A lareira próxima confere ao ambiente um ar aconchegante, intimista. Mas não estamos relaxados, acho que meu nervosismo contagia Elyan; o pé dele embaixo da mesa balança sem parar, os anéis não param quietos nos dedos, as pupilas estão mais dilatadas e se movem rápidas pelo meu rosto.

Chegamos da sessão de fotos, nos trocamos e descemos para o restaurante, que, apesar de passar de uma da manhã, está cheio. Dou um gole no vinho tinto e em seguida na água que acabou de ser servida.

Elyan puxa o ar com força, expandindo as narinas, depois fala:

— Nina, lembra que eu te disse que tenho dificuldade em lidar com os sentimentos?

Meu coração acelera, pula algumas batidas, volta a acelerar.

Ele percebeu que estou apaixonada por ele, é isso. Claro que percebeu. Deve estar escrito na minha testa.

Oi, tudo bem? Eu me apaixonei pelo meu noivo de mentira e estraguei tudo.

Uma coisa era sentir que o ar ficava elétrico entre a gente, carregado de tensão sexual não resolvida, e tensão sexual se resolve com sexo. Sentimentos fortes demais, não. Eles fogem do controle e não dá para enfiar a mão no coração, arrancar eles dali e depois descartá-los.

Se fosse só sexo, Nina, a gente ainda podia tentar suprir as expectativas um do outro, se trancar naquela suíte e só sair daqui a uma semana com tudo resolvido. Mas amor? Paixão? Você foi longe demais.

Elyan não para de falar dentro da minha cabeça. Desvio os olhos dos dele, nervosa.

— Elyan, fica quieto.

— O quê?

Ah, meu Deus, eu falei isso em voz alta.

— Não — digo para ele, rápida —, você estava falando dentro da minha cabeça. Desculpa, pode falar.

Ele solta o ar de maneira falha e dá uma risada baixa.

— Será que eu quero saber o que eu estava falando na sua cabeça?

Nego e tento respirar com calma. *Não está fácil.*

Ele umedece os lábios e... estão um pouco trêmulos?

— Nina — ele começa de novo —, a verdade é que eu não sou bom em me expressar quando preciso falar com alguém com quem me importo. Eu travo. Então vou ser direto.

Faço que sim com a cabeça e ele prossegue:

— E eu me importo com você, Nina.

Aperto a borda da mesa e sorrio. Estou tensa, com o estômago colado nas costelas.

— Eu também me importo com você, Elyan.

Os dedos dele giram um dos anéis.

— Meu advogado me ligou mais cedo e disse que eu vou precisar ir para Londres por um tempo. Devo viajar daqui a quinze dias, mas vou fazer o possível para estar aqui antes dos regionais.

Meu pulso dispara. Os regionais vão acontecer em dez semanas. Parar de treinar agora obviamente não é o ideal. Mas não estou preocupada com isso, estou preocupada com...

— É sobre o processo da tutela? Está tudo bem?

Ele força um sorriso e tenta passar um ar tranquilizador.

— Agora não, mas vai ficar.

Meu coração vai estourar meus tímpanos, tenho certeza. O que ele quis dizer com isso?

— Como assim?

— Preciso ir para a Inglaterra tentar achar um meio de conectar as mensagens que o meu pai enviou para o contato que ele tinha salvo como *Senhorita E.* com Helena. Além de resolver outras pendências legais do processo.

— E quanto tempo você acredita que leva pra saber se vai conseguir isso ou não?

— Vou tentar resolver tudo o mais rápido possível, mas prometo voltar antes dos regionais.

Passo as mãos na toalha, nervosa, e Elyan interpreta errado meu gesto.

— Sei que não é o ideal pararmos de treinar agora. Se as crianças não fossem ficar aqui, eu sugeriria que você fosse comigo para continuarmos treinando.

Quero dizer a ele que não estou nervosa com os regionais. Apesar de ser uma droga o que está acontecendo, isso é o que menos importa agora.

— Elyan, só estou pensando...

— Mas vamos continuar treinando separados. Eu, sempre que possível, e você, todos os dias. Já falei com a Lenny e...

— Elyan, eu não estou preocupada com os regionais. Claro que sim, mas não tanto.

As sobrancelhas pretas são arqueadas, em dúvida, e eu explico:

— Regionais acontecem todo ano. Eu só quero que fique tudo bem com as crianças, isso é o que mais importa no momento. Estou preocupada com elas, com o processo, com você tendo que lidar sozinho com a Helena e os advogados.

A expressão de Elyan relaxa, se suaviza.

— Obrigado, Nina. Prometo que vou te compensar com treinos dobrados até a viagem e quando eu voltar. Você se tornou importante, muito importante para mim e... sinto de verdade que posso ter... posso ter me...

— Não acredito. Nina More! Olha só pra você, quanto tempo!

Olho para cima, para o homem que acabou de parar junto à nossa mesa, e me levanto, surpresa.

— Anthony Quinn? Não acredito. Quanto tempo!

Ele me cumprimenta com um abraço rápido. Nós estudamos juntos por anos. Ele segura a curva dos meus braços.

— Você está linda — diz.

— Obrigada, você também está ótimo.

Eu me viro para Elyan, sorrindo por causa da coincidência, e paro de sorrir quando o encaro. Seu rosto empalideceu um tom e os olhos estão arregalados, gelados, como a ponta de dois icebergs, os ombros mais largos e a boca presa numa linha.

— Este é Anthony Quinn — apresento para Elyan, que se levanta da mesa e estende a mão para o meu amigo. — Este é o Elyan, meu noiv...

— Amigo — ele fala ao mesmo tempo que eu.

E meus olhos se arregalam. Anthony cumprimenta Elyan, simpático.

— Muito prazer.

Elyan acena com a cabeça antes de dizer:

— A Nina fala muito de você.

— Ah, é? — pergunta Anthony, surpreso.

Óbvio que ele está surpreso, afinal por que diabos eu falaria de um amigo de escola que a última vez que encontrei e conversei foi na colação de grau do ensino médio?

E por que Elyan parece tão chocado também, tão tenso...?

— Impressionante — diz, com admiração forçada. — Os seus poderes estão afiados hoje, hein, Nina?! Conseguiu transformar uma invenção em um homem de verdade.

O quê?

— O quê?— digo ao mesmo tempo que Anthony.

— Nada — Elyan sopra.

Minha mente meio em pane tenta entender o que está acontecendo, do que Elyan está falando. Volto para o dia em que contei a ele que minha paixão de anos por Anthony era uma invenção.

Anthony é de mentira? Eu inventei uma paixão de mentira por Anthony? Quais foram as palavras que usei? Anthony não existe. Foi isso o que eu disse. Me volto para Elyan, o maxilar dele está travado. E sorrio tentando passar uma mensagem clara: *Relaxa, eu não menti para você, só me expressei mal.*

340

— E vocês, estão aqui a passeio? — Anthony pergunta.

— A trabalho — responde Elyan, soturno.

— E o que você está fazendo da vida, Nina, para trabalhar num paraíso desses?

— Eu sou atleta profissional — respondo.

— Ah, é verdade — Anthony sorri. — Você patinava. Nossa, você patinava muito bem. Quanto a mim, estou de volta a Toronto faz dois meses, acredita? Recebi uma proposta da Universidade de Toronto para integrar um projeto de pesquisa.

Elyan franze o cenho, e eu só quero ficar sozinha com ele e esclarecer essa bobagem, continuar a conversa de onde paramos. Meu pulso acelera. *Mas que momento terrível para aparecer na minha frente, Anthony.*

— Escuta, Nina, por que você… vocês não se juntam a nós? — A voz do homem que conjurei chama minha atenção. — Estou aqui a passeio com meus pais e irmãos. — Anthony aponta para a mesa onde os pais dele estão. — Eles vão adorar te rever. Assim nós contamos as novidades, retomamos o contato. Vai ser bom ter alguém em Toronto para me mostrar o que mudou na cidade. Quase todos os meus amigos saíram de lá.

Não deixo de notar os olhos estreitos de Elyan focados na mão de Anthony, fechada em meu ombro.

— Eu… É… Na verdade acho melhor. .

Os olhos azuis se estreitam mais.

— Não sei a Nina, mas infelizmente eu vou declinar. Estou com muita dor de cabeça.

Anthony torce os lábios para baixo, a mão dele ainda no meu ombro, os olhos de Elyan também.

— Melhoras, cara. Coma alguma coisa e se deite — Anthony fala. — Eu ainda não sou formado em medicina, mas entendo bastante. Se precisar de ajuda…

— Ah. — Ele força um sorriso. — Eu vou ficar bem, obrigado.

Encaro Elyan, incrédula. Ele não pode ficar bravo com uma besteira dessas, pode? Será que ele supõe que eu menti sobre ser apaixonada por Anthony, pela confusão das minhas palavras?

Só estou te dando o espaço que, acho, você está louca para ter com o seu doutor Anthony, Nina. A voz de Elyan soa grave na minha mente.

341

Não quero espaço nenhum, você não percebe? Elyan, pare de criar coisas na sua cabeça.

— Então, Anthony — digo —, acho melhor deixar...

E os pais dele se juntam a nós. *Ah, não.*

— Pai, mãe, vocês não vão acreditar em quem eu encontrei aqui. Lembram da Nina More?

— Claro que sim. Você patinava, não é?

Elyan vira as costas e sai sem se despedir ou cumprimentar os pais de Anthony. *Cacete.*

— Boa noite, senhorita — o pai de Anthony me cumprimenta.

— Boa noite, sr. Quinn.

— O colega de trabalho da Nina está com dor de cabeça. — Anthony procura por Elyan.

— Ele subiu — aponto para a porta do restaurante —, desculpem.

A mãe de Anthony dá um tapinha amigável na minha mão.

— Imagina, tomara que ele fique bem logo. Aliás, vocês viram a aurora boreal? Que espetáculo, não?

Concordo, e Anthony volta a tocar no meu ombro.

— Eu chamei a Nina para jantar conosco.

— Acho melhor ir ver como meu parceiro está.

— Ele pareceu bem. Se quiser, posso ir com você checar se ele precisa de ajuda.

O que está acontecendo aqui? Não lembro de Anthony ter essa personalidade insistente e — a mão dele está na curva do meu braço de novo — de ser tão cheio de mãos.

— Ah, fique conosco — a sra. Quinn insiste. — Você não vai jantar sozinha, não é mesmo?

Os três estão me encarando com as sobrancelhas arqueadas e os olhos cheios de expectativa. Que excesso de simpatia mais inconveniente.

— Eu agradeço pelo convite e seria um prazer, mas vou ficar mais confortável em ir ver como o Elyan está e pedir o jantar no quarto.

— Tem certeza?

Anthony, definitivamente você é o crush de mentira mais chato que existe. Está tudo acabado entre nós. Não quero esperar nem mais um minuto para encontrar Elyan.

342

— Tenho.

— Puxa, que pena. Fica para a próxima, então. Ou — ele me lança um olhar investigativo e interessado (meu Deus, ele está interessado! Eu criei isso) — eu te procuro em Toronto.

Nego com a cabeça

— Não procure.

Os três escancaram a boca.

— Nada contra você, Anthony. Só... não. Foi bom te rever.

Suspiro aliviada, viro as costas e saio. Como é libertador não fazer aquilo que é esperado, e sim o que queremos.

Vou em passadas rápidas até o hall dos elevadores. Em cinco minutos de conversa com Elyan, vou explicar o mal-entendido besta, vamos rir disso e depois podemos recomeçar do ponto em que fomos interrompidos.

38

Entro na suíte e Elyan está de costas, com as mãos atrás do corpo, olhando a vista da janela. Meu coração está tão disparado que não sei se vou conseguir falar.

— Já de volta? — pergunta ele, sem se virar.

— Eu não quis jantar.

— Então... Anthony existe, afinal?

— Sim, ele existe.

Ele permanece olhando a janela e solta uma exalação ruidosa.

— E você é apaixonada por ele?

Dou risada de mim mesma.

— Não, nunca fui. Eu me expressei mal aquele dia no chalé. Acho que, quando te contei que tinha inventado isso, dei a entender que tinha inventado um nome e uma pessoa.

Ele se vira para mim e respira fundo outra vez.

— É, você disse: "Anthony não existe, nunca existiu".

Dou uma risada nervosa.

— Pois é, que loucura. Eu só pesquei na memória o nome de alguém que eu conhecia, mas achava que nunca mais ia ver.

— Então você nunca foi apaixonada por ele?

Nego com cabeça e um momento se estende entre nós antes de os lábios dele se curvarem num sorriso autodepreciativo.

— Eu pensei besteira e... fiquei arrasado, depois com ciúme, acho.

Alguém segura meu coração?

— Ah, ficou?

— Sim. Mas não é só isso.

— Não?

344

Ele nega com a cabeça e olha para o carpete no chão com a expressão cansada.

— Lá embaixo, olhando para o seu suposto Anthony e a família de comercial de margarina dele, eu só conseguia pensar: *Que cacete estou fazendo?*

Pisco devagar, sem entender nada.

— Como assim?

— Como pude acreditar, mesmo que por pouco tempo, que eu... que nós... que eu podia te dar algo e... Que idiota.

Meus dedos se fecham firmes nos braços dele, e os orbes azuis se fixam no ponto de contato.

— Elyan, eu sei que você tem um bloqueio emocional e tal, mas tá difícil de entender.

Vejo o movimento da garganta dele ao engolir.

— Eu olhei pro Anthony e a família feliz dele e pensei: *Ele é o cara certo para qualquer garota legal.* E você, Nina, é uma garota muito legal.

Franzo o cenho, ainda sem entender direito o que Elyan está querendo dizer.

— Obrigada, Elyan, mas...

— Ele é bem-sucedido, teve exemplos de amor a vida inteira, ele sabe como fazer, claro que sabe, a família dele é tão grande e parece ser cheia de amor. Igual à sua, Nina. E, apesar de isso me fascinar, eu não sei o que poderia agregar de bom.

Meus olhos se enchem de lágrimas e abro a boca para falar, mas ele fala antes:

— Não sei por que a vida parece uma roleta-russa comandada por um palhaço sádico para algumas pessoas, e por que essa merda toda que aconteceu comigo há tantos anos continua respingando na minha cabeça.

— Elyan, eu...

Ele coloca um dedo nos meus lábios, me silenciando, depois contorna a linha do meu maxilar com o polegar. Uma onda gelada aperta meu estômago.

— Teve uma época em que eu achava que podia ser consertado, mas depois cansei e entendi que devia ficar sozinho. Aí você apareceu, muito antes do que sabe, com suas cores, com sua luz, bruxinha, e me fez acreditar que era possível ser feliz. Até eu te ver ao lado do Anthony e querer dar uma surra nele por achar que ele tem o que eu nunca vou poder te dar.

Pisco as lágrimas acumuladas nos olhos, meu coração está tão acelerado que mal consigo respirar ou pensar. Muito menos falar.

Elyan interpreta meu silêncio e minha expressão do jeito errado e dá um passo para trás.

— Não precisa ter pena de mim, Nina, eu vou ficar bem — ele murmura, abatido. — Vou acampar em algum lugar por aqui, eu trouxe os equipamentos, preciso patinar e...

Eu o abraço com força, seus músculos enrijecem e ele demora alguns segundos para reagir, parecendo surpreso.

— Não estou com pena de você, Elyan. Se você é um príncipe do submundo, é um muito bobo para não ter percebido que você pode ter merdas na vida, mas todo mundo tem. Alguns só escondem melhor de si mesmos e dos outros aquilo que os inferniza.

Me afasto um pouco para encará-lo e sorrio com os lábios trêmulos, antes de concluir:

— Mas, principalmente, você é um bobo por não perceber que tem tudo o que uma garota pode sonhar. E, se eu entendi o que acho que você quis me dizer, saiba que eu também sempre estive apaixonada por você, mesmo quando achei que te odiava e jogava dardos na sua cara.

Os lábios dele se curvam para cima no sorriso mais lindo que já vi, metade alegria e a outra tristeza, metade fogo e a outra gelo, iluminando o rosto perfeito e o meu coração. As mãos dele passeiam pelas minhas costas devagar, para cima e para baixo, acelerando meus batimentos.

— Tem certeza?

— Absoluta.

— Você disse que isso podia complicar nosso casamento de mentira.

— E provavelmente vai complicar. — Encolho os ombros. — Mas acho que podemos ver aonde vamos chegar.

Ele fica me encarando em silêncio por um tempo elétrico demais, e eu só quero beijá-lo e que tudo o mais vá para o inferno.

— Sou tão complicado que estou há dez minutos tentando falar o que sinto e só consigo não falar nada do que eu queria.

— Eu acho você maravilhoso.

Ele respira com força.

— Você merece um cara colorido como você.

Encolho os ombros.

— Eu adoro suas roupas pretas e sua vibe vodu.

Agora consigo fazê-lo sorrir de verdade.

E ele beija minha testa, meu nariz, minhas pálpebras e depois o ponto sensível atrás da minha orelha, me fazendo estremecer.

— Sou tão egoísta e te quero tanto que não vou mais insistir para que você desista. Mas saiba que, se a gente fizer isso, Nina, tudo vai mudar.

— Tudo bem — concordo, ansiosa.

— O que eu quero dizer é que você vai ser minha de todas as maneiras, e eu vou querer tudo de você. *Tudo.*

Juro que meu ventre se contrai só com essas palavras ditas pela voz grave de Elyan.

— Se você não me beijar agora, eu vou fazer um feitiço que...

E ele me beija, um beijo lento e profundo, um beijo que promete, conforme se intensifica, que eu nunca mais vou ser a mesma depois.

— Posso te levar pra cama? — ele pergunta na minha orelha.

Eu arfo.

— Deve.

— Finalmente.

Um braço passa por baixo das minhas pernas e o outro apoia minhas costas, e ele me carrega, desvia da porta com facilidade e entra no quarto.

Ele não me coloca na cama, mas em pé, com o peito colado no dele.

A única luz no quarto vem da lareira acesa. Queimando.

As mãos firmes dele estão na minha lombar, os olhos dentro dos meus. Os dedos sobem pela linha da minha coluna e as mãos se fecham na minha nuca.

Meus dedos se entrelaçam na massa de cabelos macios.

E os lábios dele estão nos meus. Leves, afoitos, suaves, desesperados e firmes.

Suspiro e lambo seu lábio. Ele grunhe. Quero engolir esses sons baixos, a respiração irregular quando minha língua invade sua boca. Puxo as ondas do cabelo dele para que aprofunde o beijo.

E ele aprofunda.

E aprofunda.

As mãos afoitas descem outra vez pela minha coluna, até a minha bunda, me pressionando contra a ereção dele. Um choque delicioso se espalha no meu sangue. E então ele me puxa para cima, meus pés perdem o chão e eu envolvo o quadril dele com as pernas, meus braços se enlaçam no pescoço dele. Sou empurrada lentamente, até minhas costas encontrarem a parede. O quadril dele ondula, se esfrega, e o pau pressiona e se fricciona no meu clitóris. Gememos junto. Quero engolir esse homem inteiro.

Elyan se afasta só um pouco, só por um segundo, antes de dizer:

— Como eu sonhei com isso.

Ele se vira, ainda me beijando, me carregando com as mãos na curva da minha bunda. Temos experiência em nos mover juntos, ele tem prática em me carregar. Meu corpo afunda no colchão, e faço força para abrir os olhos.

Elyan tira a camiseta e minha boca seca. Todos esses músculos nas pistas têm a função de executar manobras e levantamentos, e aqui no quarto são inteiros para mim. E agora ele está em cima de mim, um joelho de cada lado das minhas coxas.

Levanto os braços e passo os dedos por todas as reentrâncias firmes do abdome e pela muralha de músculos, que estremecem sob meus dedos. *Estremecem, Deus!* Estou com um vestido azul de veludo com um zíper na frente. Nunca achei tão genial uma roupa com abertura frontal.

Puxo o zíper para baixo, ergo o tronco e depois os quadris, me livrando do vestido.

O ar escapa pelos lábios entreabertos de Elyan em um silvo. Esse atleta de alta performance, capaz de correr uma maratona e chegar levemente ofegante, fica sem fôlego quando percorre meu corpo com os olhos, e isso acaba comigo. Estou usando sutiã e calcinha de renda branca. Amo a Maia por ter me obrigado a comprar lingerie antes de vir para cá.

— Porra, Nina, porra!

Ele espalma as mãos nos meus seios e me encara, medindo minhas reações. Fecho os olhos e arqueio o pescoço para trás, dizendo *Sim, faça o que quiser* sem palavras. E ele faz.

Primeiro, os dedos se fecham nos mamilos e os apertam devagar; depois, sinto o hálito quente dele e a pressão úmida quando um mamilo é su-

348

gado por cima do sutiã, em seguida o outro. O som que emito é um gemido estrangulado que pode ser confundido com dor, mas me sinto à beira do orgasmo. As mãos nas minhas costas abrem o fecho do sutiã com agilidade impressionante.

— Perfeitos, perfeita pra caralho — ele diz, massageando meus seios, e eu aperto as coxas ao ver as mãos grandes e cheias de anéis agarrando todo o volume deles com perfeição. — Parece que foram feitos pra mim — arfa. — Todos os lugares que eu toco no seu corpo parecem se encaixar nas minhas mãos.

Ele lê meus pensamentos, e eu aperto as coxas com mais força e fecho os olhos.

O peso dele desaparece de cima de mim. O ar frio toca meus seios e termina de enrijecer meus mamilos.

Abro os olhos e ele está em pé na beira da cama, me olhando. Estou só de calcinha, com as pernas meio abertas, e não me sinto envergonhada, não quando as faces dele estão coradas e a respiração cada vez mais sofrível, os olhos quase selvagens.

— Acho que você vai me matar hoje.

A voz dele nunca pareceu tão grave. E eu preciso vê-lo inteiro.

— Tire a calça. Tire agora, pelo amor de Deus.

— Vou tatuar essa frase no peito.

Dou risada, mas paro de rir quando ele obedece. Abre o botão e o zíper e em seguida se livra da calça e da cueca de uma vez. Elyan é inteiro músculos: braços, coxas, panturrilhas e abdome torneados. Me fixo no V e na linha de pelos pretos e esparsos que descem até o pau dele. O pau enorme e duro de Elyan, que aponta para cima — minha boca enche de água —, as veias dilatadas, a cabeça rosada e grossa. O *sr. Enourbe* se exibindo em toda a sua perfeita glória. Esse é um pinto alfa de revista, senhoras e senhores. E meus hormônios gostam muito disso e incendeiam meu ventre.

Sua mão envolve com firmeza o pau e bombeia algumas vezes, e ele geme, rouco, sem tirar os olhos de mim.

Meu Deus.

Jesus Cristo.

— Sabe quantas vezes eu tive que fazer isso depois que nos beijamos na Dorothy?

Arfo ao mesmo tempo em que solto um gemido e nego.

Os dedos longos bombeiam mais rápido, mais firme.

— Tantas, baby... muitas.

Devia ser proibido um homem ser tão perfeito. Estou fervendo só de olhar para ele. Derretendo com o que ele acabou de me falar. Totalmente entregue e fácil, a ponto de me esparramar inteira nesse colchão.

— Vai se ferrar — murmuro, e ele sorri de leve, convencido.

— Você é tão linda. E agora é tão minha, sabia disso?

E volta a bombear o pau, gemendo, rouco.

Quero Elyan em cima de mim agora. Quero ele dentro de mim agora.

— Eu tomo pílula — choramingo. Quero que Elyan entenda que estou ficando impaciente.

Ele umedece os lábios, arquejando, e meu clitóris pulsa tanto que seria capaz de gozar sem nenhum estímulo. Enfio a mão dentro da calcinha e me toco.

— Você vai me matar de verdade — ele diz.

Não consigo responder. O peso dele deitando em cima de mim me faz expulsar o ar dos pulmões. E nos beijamos, um beijo entregue e mais intenso que todos os outros. Pele com pele, o calor e a firmeza dele se encaixam nas minhas curvas. Passo os lábios pelo pescoço largo, pelos ombros e por tudo o que alcanço.

Arfamos juntos quando meu pescoço é beijado como se ele quisesse me engolir, meus seios e meu ventre também. Ele se ajoelha outra vez, mas agora ao meu lado, os polegares dele estão nas laterais da minha calcinha e a imagem é tão sexy que eu arqueio os quadris para cima.

— Quero muito, muito mesmo fazer uma coisa, baby.

— Quero fazer muitas coisas com você também.

Ele tira minha calcinha e ao mesmo tempo me puxa para baixo, até minha bunda estar na beirada do colchão.

— Abre mais as pernas pra mim — pede, tão rouco, tão desesperado, que eu nem penso como essa posição me deixa exposta.

Obedeço. Ele escorrega a boca pelos meus seios, pela barriga, pelo ventre. E eu esqueço meu nome, minha idade, meu endereço e como viver.

— Sim, não para — sibilo.

350

Ajoelhado no chão, ele joga minhas pernas sobre os ombros e a cabeça escura desce para o meio delas, os dedos abrindo as dobras do meu sexo. E ele fala tão próximo do meu clitóris que tenho miniespasmos de prazer:

— Você é a coisa mais linda que eu já vi.

E me beija. A ponta da língua golpeia meu clitóris, e todo o meu corpo se contrai. E golpeia de novo, bem leve, e de novo, com mais pressão, e de novo, antes de abrir a boca e me beijar inteira, usando a língua e os dentes e os lábios.

Enfio os dedos entre os cabelos macios e, impulsiva, empurro a cabeça dele para baixo, para mim. Os sons graves que ele emite enquanto me chupa vibram no meu sexo e aumentam meu prazer, até o limite do suportável. A língua dele cava os lábios externos e internos e desce até minha entrada, lambendo com gosto. Em seguida, escorrega para dentro de mim, como uma lâmina quente no gelo.

Grito quando ele atinge o ponto certo. Ergo os quadris várias vezes, buscando alívio, e me contorço tanto que ele precisa espalmar a mão na minha barriga para me manter na cama. Ele introduz a língua inteira e tira, e faz isso rápido, várias vezes, emitindo sons de prazer, como se eu fosse a melhor coisa que ele já provou. Tudo escurece quando o choque irrefreável e gigantesco do orgasmo me atinge, contrai os meus músculos e depois explode do meu ventre por todo o corpo.

Os espasmos ainda estão me deixando quando ele enfia as mãos por baixo das minhas costas e me puxa para cima no colchão com facilidade absurda. Em seguida se deita sobre mim, se apoiando nos antebraços, e me beija. Sinto o gosto do meu orgasmo nele. Na boca dele. E isso é sexy pra caramba.

Minhas pernas abertas acolhem o pau dele, duro e quente.

A boca no meu ouvido sopra:

— Quero muito te comer agora. Posso?

E essa frase na voz dele, no meu ouvido, enquanto suas mãos percorrem e acariciam a lateral do meu tronco, é como receber uma injeção de testosterona na veia, fazendo minha libido disparar outra vez.

Sinto a cabeça do pau dele cutucar minha entrada, abro mais as pernas e agarro sua bunda firme com as duas mãos.

— Posso? — repete, e o som da voz dele é quase um rosnado de tão grave.

— Sim.

Ele abaixa o braço e segura o pau, posicionando-o.

— Olha pra mim — pede.

Os olhos viraram dois riscos azuis. Ele entra devagar, e cada centímetro que escorrega para dentro de mim, vencendo a resistência e me alargando, aumenta o volume do meu gemido. Um som macio e agudo se contrapondo ao som rouco e áspero dele. Elyan mete mais um pouco, mais um pouco, e eu cravo as unhas nos ombros largos. Ele continua me preenchendo, até eu estar completa. A pélvis dele colada na minha, a sensação é tão boa que eu esqueço como respirar e fico tonta.

Essa muralha de músculos, esse atleta invencível, está vulnerável, e ele estremece por inteiro em cima de mim. A expressão retesada, o maxilar travado, um fio de suor escorre pelo rosto perfeito.

Abro mais as pernas, dobrando os joelhos para cima.

— Porra, como você é apertada, Nina.

E começa a se mexer devagar, tirando tudo e colocando de novo, para em seguida aumentar a velocidade, atingindo um ponto que me faz revirar os olhos e curvar os dedos dos pés com força.

Agarrando minha cintura, ele me vira até minha barriga colar no colchão, e o atrito com o lençol suave estimula os meus seios.

A voz de Elyan é uma ordem irrecusável quando pede:

— Empina esse bundinha linda pra mim.

E arremete por trás várias vezes, me abrindo com uma mão em cada lado da minha bunda. E eu despenco num precipício sem fim de prazer visceral, que me faz contrair e apertar todo o corpo.

— Ah, meu Deus, não para — chio, rangendo os dentes.

— Ah, assim, baby — ele grunhe. — Que delícia, porra!

Ele espera os tremores deixarem meu corpo, beijando meus ombros, minha nuca, se inclina sobre mim e beija minha boca. Em seguida, me desvira com a facilidade de quem está movendo uma boneca de pano, me coloca de lado, dobra meus joelhos até eu abraçá-los e escorrega o pau inteiro para dentro de mim outra vez. Desce os dedos pela minha barriga até encontrar o clitóris enquanto arremete rápido. Preciso agarrar o lençol e gemo o nome dele para não perder a cabeça quando seu corpo me desperta outra vez.

Em dois movimentos estou sentada, abraçando seus quadris com as pernas. Ele faz tudo isso sem sair de dentro de mim, me manobrando, me curvando, me conduzindo, como se eu fizesse parte do corpo dele. Acho que desse jeito, com ele me preenchendo, me olhando nos olhos, com nosso suor se misturando e a língua dele na minha boca, num beijo faminto, eu faço mesmo.

A boca se afasta da minha antes de ele soprar, resfolegando:

— Vamos chegar lá juntos, baby.

E, como atletas bem treinados, que conhecem de olhos fechados cada curva e músculo um do outro, cada movimento e resposta física, nossos corpos obedecem. Ele mete bem rápido, movendo os quadris para cima e para baixo, e com as mãos na minha cintura me impulsiona no mesmo ritmo.

As primeiras ondas do orgasmo apertam meu sexo, se espalhando pelo resto do corpo.

— Você é tudo pra mim, Nina — ele murmura, rouco. — Tudo.

E diz isso olhando nos meus olhos, enquanto espasmos violentos sacodem seu corpo e um gemido potente e longo escapa da garganta. Ao mesmo tempo, eu despenco para dentro de um mundo azul, feito de sangue e fogo, de gelo e sonhos. Contorno a aurora boreal no céu antes de voltar para o meu corpo no dele, o corpo dele no meu. Minha alma misturada com o azul pleno dos seus olhos, e a dele entregue ao brilho molhado dos meus.

— Eu te amo — consigo encontrar forças para dizer.

Sei que ele não disse essa frase, e também não me responde, mas está tudo bem, está tudo ótimo.

E sua boca na minha termina de misturar nossos mundos.

Acordo com a cabeça apoiada no peito de Elyan e o braço comprido dele envolvendo minha cintura. Minha perna está enroscada na dele, a palma da minha mão no coração que bate ritmado.

Suspiro, lânguida, ao me lembrar da noite anterior.

Acho que tive uns cinco orgasmos nas duas vezes que transamos. Que nos amamos. A segunda foi no meio da noite, e, menos desesperada, foi a minha vez de beijar cada pedaço, cada músculo dele. Cada um, de verdade. Até ele estar estremecendo sob meus lábios e literalmente implorando, implorando para "me comer" outra vez.

Entre uma vez e outra, pedimos comida o bastante para alimentar um time de rúgbi. Exageros à parte, foi como ganhamos energia para a intensidade da noite.

Dou um beijo no peito dele, na linha plana do mamilo, e a mão dele ganha espaço na minha cintura, me trazendo para mais perto.

— Bom dia — ele murmura, rouco, e beija minha testa. — Dormiu bem?

Solto outro suspiro lânguido, dessa vez mais exagerado.

— Queria entender onde foi parar o meu preparo físico de atleta. Estou com músculos doloridos que eu nem sabia que existiam.

Sinto a risada dele entre o meu cabelo.

— Ontem foi, disparado, a melhor noite da minha vida.

— É — provoco —, até que eu gostei.

Os dedos dele me cutucam nas costelas, fazendo cócegas.

— *Até que eu gostei?* — Ele soa ofendido. — Calma. — E faz uma pausa forçada. — Estou lembrando de uma fala que não foi minha no fim da noite. Foi mais ou menos assim: "Acho que, se eu tiver outro orgasmo desses, você vai ter que me levar para o hospital. É sério, meu corpo não vai aguentar" — ele me imita. — E nem dez minutos depois você estava gozando no meu pau de novo.

Mordo o peito dele com um pouco de força.

— Ai, bruxinha, que gostoso — diz bem-humorado.

— Ah... Acho que alguém disse também: "Se eu não te comer de novo, baby, eu vou morrer, por favor diz que eu posso, diz que você quer, pelo amor de Deus".

E mais uma risada dele no topo da minha cabeça, antes de falar, com a voz mais grave:

— Estou de quatro, eu admito. Pode colocar uma coleira no meu pescoço e me dar um nome de estimação.

É a minha vez de achar graça.

— Frodo?

— Não.

354

— Lorde do inverno?

— Melhor.

— Meu dragão.

— Aprovado — diz, com riso na voz.

E eu também sorrio. Acho que nunca me senti tão feliz em toda a minha vida. Nem na primeira vez que subi no pódio pelo ouro, nem quando passei para o sênior, nem quando consegui fazer os saltos de novo. É uma felicidade enorme que vibra em todas as minhas células e me deixa em paz em vez de eufórica.

Traço o contorno da tatuagem dele com a ponta dos dedos.

— Por que você tatuou esse dragão? Tem um motivo?

Os dedos dele desfiam uma mecha do meu cabelo.

— Quando eu morei na Finlândia, ouvi a história de um dragão que se apaixonou pela lua. Mas, como os dragões são criaturas solares, do fogo, eles nunca poderiam ficar juntos.

— Que triste.

— Ainda não acabou.

— Ah.

Ele afunda os dedos no meu cabelo e acaricia minha cabeça antes de continuar:

— Então, o dragão foi até o deus da noite e pediu, implorou por uma magia capaz de permitir que eles se encontrassem, se tocassem. Compadecido, o deus da noite disse que conhecia um jeito, mas o dragão só poderia ficar com a lua seis meses por ano, senão ele congelaria até a morte. E, o mais difícil, teria que abrir mão para sempre do fogo dele, e tudo que ele tocasse viraria gelo.

— E o dragão topou?

— É claro que sim, ele estava apaixonado.

— Mas, coitado, ele perdeu o fogo dele.

Recebo mais uma série de carinhos viciantes.

— Mas o que ele não sabia era que os reinos da Terra estavam desgastados demais enquanto só existiam o verão e a primavera. E que, ao voltar para cá, ele criaria o outono e o inverno, congelando tudo à sua volta e dando o descanso de que todos os reinos precisavam para se renovar.

Traço de novo parte do desenho.

— O amor dele pela lua criou o inverno.

— Sim.

— Quero tatuar um dragão desses nas minhas costas.

Elyan gargalha.

— Mas antes — prossigo, me espreguiçando — eu preciso de um banho.

Me levanto e caminho em direção ao banheiro. Escuto uma respiração ruidosa.

— Você pode ficar parada assim por umas duas horas?

Olho para trás, para os olhos escurecidos dele, para o volume evidente da ereção sob o edredom.

— É sério — sopra —, a sua bunda é uma das coisas mais lindas do mundo.

Sorrio e volto a caminhar para o banheiro, parando antes de cruzar a porta.

— Não vai tomar banho comigo?

Em três segundos o peito dele está colado nas minhas costas e a boca no meu ouvido murmura uma safadeza deliciosa:

— Você sabe que, se eu entrar contigo, vou te comer contra o box do chuveiro enquanto assisto você gozar pelo espelho, não sabe?

Arfo, meu sexo já contraindo de expectativa.

— Eu não esperava nada menos que isso.

39

az quinze dias que dou tudo para Elyan. *Tudo.* E nunca estive tão feliz — ele me entrega de volta a intensidade que prometeu. Muito mais do que prometeu.

Ontem jantamos no restaurante giratório de Toronto, um lugar podre de chique, com uma vista espetacular da cidade, e que eu nunca tinha visitado. No fim da noite, Elyan fez um pedido em tom de ordem, o que só me deixou mais excitada:

— Coloca isso entre as pernas.

E me entregou uma coisinha preta no formato de uma bala. Minhas bochechas queimaram — era um vibrador, e eu fiquei encharcada só de olhar o controle remoto que ele segurava, discreto, na outra mão.

— Você é louco — murmurei, aceitando.

É óbvio que não recusaria um orgasmo com os olhos azuis do Elyan, cheios de uma tempestade lasciva, sobre mim. Coloquei o aparelho dentro da calcinha, bem em cima do clitóris. Estávamos numa mesa meio isolada, mas mesmo assim era um lugar público; de um jeito maluco, isso só me deixou mais excitada.

Nos últimos dias, vínhamos transando feito coelhos em todos os lugares: nas saunas e salas de massagem do rinque de patinação, no chalé inteiro, na sala de luta dele e nos nossos quartos no château. Fazíamos isso com a intensidade de atletas — como se não fôssemos nos exercitar por horas depois. Mas nunca fizemos nada parecido em lugares públicos.

— Não geme, bruxinha — murmurou ele, com os olhos escuros, e ligou o vibrador, aumentando e diminuindo a velocidade e os pulsos da vibração.

— Daqui a pouco eu vou te comer numa das salas privativas do restaurante, que eu reservei só pra gente terminar a noite.

O filho da puta aumentou a velocidade de novo, e eu tive que morder a boca por dentro para não gemer. Segurei na borda da mesa com toda a minha força. Minhas pernas tremiam quando ele pegou a taça de vinho e enfiou um dedo dentro, chupando-o em seguida.

— Que delícia, Nina.

Depois que gozei, me contorcendo na cadeira para não gritar, fomos até a sala privativa e ele cumpriu o que prometeu.

Em seguida deixamos o restaurante, como se nada tivesse acontecido, e caminhamos até uma pista de patinação ao ar livre. Comemos a sobremesa num food truck, olhando as estrelas. Ah, sim, nesses quinze dias fizemos outros programas de casal, que não envolviam vibradores e eu gemendo de bruços sobre uma mesa.

Hoje, mais tarde, vamos ter mais um programa — mas desse eu não estou nada a fim de participar. Não quando envolve os meus irmãos bárbaros com tacos de hóquei e Elyan. Não quero que ele se machuque, por isso acordei com o coração apertado.

Respiro fundo e me espreguiço na cama de Elyan. Abro os olhos e encontro o motivo verdadeiro da minha angústia aberto em cima da cômoda. A mala dele. Ele viaja logo depois do jogo, e eu vou levá-lo ao aeroporto. Viro o rosto para o lado e os olhos azuis de Elyan me fitam, meio sonolentos.

— Bom dia — murmura ele.

Dormimos abraçados. De conchinha. Mais uma vez. Como vai ser dormir sem os braços dele em volta de mim?

— Bom dia — respondo depois de me espreguiçar novamente, disfarçando o nó na garganta.

Como as coisas vão acontecer em Londres? Será que vamos conseguir as provas de que precisamos para anular o processo de Helena? Elyan não tem falado muito sobre a situação desde a nossa primeira noite juntos. Ele me dá respostas vagas, do tipo: "Os advogados e investigadores estão fazendo o máximo possível, vai dar tudo certo", ou "Vou ver o que consigo fazer por lá e como será a primeira audiência".

— Fique aqui — Elyan diz, se levantando. — Tenho uma surpresa pra você.

Franzo o cenho e me sento na cama, ansiosa.

358

— Que surpresa?

— Você vai ver. — E sai do quarto.

Pouco depois Elyan está de volta, segurando uma caixa cheia de pequenos furos. As crianças entram atrás dele, com Vader e Freya, que não se desgrudam mais.

— Bom dia, Nina — Robert e Jules cumprimentam, com sorrisos largos, e Vader e Freya sobem na cama. Essa bagunça deliciosa faz parte de quase todas as minhas manhãs.

Elyan coloca a caixa sobre as minhas pernas.

— Pode abrir — diz, com a expressão de uma criança que acabou de ganhar um PlayStation de última geração.

E eu abro. Meu coração acelera. Meus olhos ficam enormes e se enchem de lágrimas quando uma bolinha amarela se mexe dentro da caixa.

Olho para Elyan com o coração mais acelerado, ainda sem acreditar.

— Mentira!

— Esse é o Yoda — Jules fala.

— Fui eu que escolhi o nome — Robert informa.

Pego o patinho amarelo nas mãos, gargalhando.

— Mentira, Elyan!

— Feliz Natal!

— Mas não é Natal... — Estou chorando.

Ele abre um sorriso torto, que eu sempre acho charmoso pra caramba, e depois diz:

— Acontece que você pediu um pato no Natal há muitos anos e, por não ter ganhado, parou de acreditar no Papai Noel. E isso é algo que não podemos admitir. Não é, crianças?

— Ah, meu Deus! — Estou rindo e soluçando. — Ele é a coisa mais linda do mundo. Eu já te amo demais. — E cheiro a cabecinha amarela.

Elyan se aproxima e beija o topo da minha cabeça.

— Mandei fazer um viveiro pra ele aqui no château, e ele vai poder usar o lago quando esquentar. Podemos arrumar uns amigos para ele não se sentir sozinho.

— É perfeito. Você é perfeito. Eu te amo.

Elyan se senta na minha frente e acaricia Yoda com o indicador.

359

— Você me faz muito feliz.

Esse é o jeito de Elyan dizer que me ama também. Apesar de eu repetir "eu te amo" várias vezes por dia, nunca ouvi essa frase dos lábios dele. No começo isso me incomodava um pouco, mas agora, sei lá, entendi que cada pessoa tem um jeito diferente de demonstrar sentimentos. É claro que eu quero ouvir essa frase mágica um dia, mas não fico chateada, não quando Elyan tem demonstrado isso diariamente em ações.

— Estou muito feliz também.

Jules se senta na cama com Robert e deixo Vader se aproximar devagar do patinho. Ele arranca uma risada de todos quando dá uma lambida no corpinho macio, late a abana o rabo.

— O Vader nunca amou tanto o Yoda — brinco.

E todos riem mais uma vez.

Estamos no carro de Oliver. Ele veio nos buscar na casa da mamãe para irmos até o rinque, onde vai rolar o famoso jogo de hóquei da família More, para dar as boas-vindas ao novo integrante — Elyan Kane.

Nosso casamento está marcado para daqui a dois meses, três dias depois dos regionais, e meus irmãos não aceitavam mais desculpas — minhas — para não concretizar esse inferno de jogo. Principalmente ao saberem que Elyan vai viajar e ficar um tempo fora.

Ontem, depois do nosso jantar eletrizante em Toronto, Elyan emprestou o carro para Tiago e Rafe, que se mudaram para Montreal faz quinze dias, mas vieram passar o fim de semana na cidade. *Ah, sim*: Rafe vendeu Rock Hudson, chorando como uma viúva. Esse foi o motivo de pegarmos carona com meu irmão. E esse é o motivo de sete pessoas estarem dentro de um sedã, eu sentada no colo de Elyan e tendo que continuar assim por mais vinte torturantes minutos.

As mãos dele na minha barriga me apertam contra o peito firme toda vez que o carro faz uma curva ou sacode um pouco mais.

Sinto a respiração quente no topo da minha cabeça. Me mexo um pouco, tentando arranjar uma posição menos tensa, e as pernas dele se contraem.

Respiro seu cheiro, que me deixa com vontade de esfregá-lo na minha camisola para usar com meu novo vibrador nos dias em que Elyan não estiver aqui.

— Nina — ele fala no meu ouvido, com aquela voz grave. — Você pode chegar um pouco mais pra frente? É que... — E arfa.

A vontade que eu tenho é de deslizar suas mãos da minha barriga para o meio das minhas pernas e me esfregar nele.

Olho de lado para Maia e ela me encara com uma expressão maliciosa. Curvo os lábios para cima num riso de ódio. Foi ela quem sugeriu:

— A Nina pode ir no colo do Elyan, ninguém precisa gastar com carro de aplicativo, não é verdade?

Ela e Rafe já sabem que estamos juntos de verdade e que vamos ver aonde esse "de verdade" vai nos levar. Minha irmã também sabe muito bem que Elyan e eu temos essa eletricidade entre a gente e que, exceto quando estamos nas pistas de patinação, temos vontade de estar dentro um do outro basicamente o tempo todo.

Passamos em uma lombada e as mãos na minha barriga me apertam, me seguram, me desesperam. Elyan solta o ar em um silvo. Isso deve estar bem desconfortável para ele. Eu sou pequena, mas Elyan é grande, e mal temos espaço para respirar.

Resolvo canalizar minha energia em outra direção.

— Se vocês machucarem o meu parceiro nessa porcaria de jogo, juro que mato vocês, entenderam?

— Sim, senhora ursinha, fica tranquila. O Elyan está em ótimas mãos.

Entramos numa curva fechada e as mãos dele passeiam pela minha barriga, congelam meu estômago, enviam uma onda de prazer da minha coluna até o ventre.

— Estou falando sério — repito, séria.

— No máximo vamos quebrar uns dentes dele — Oliver brinca. — Ele vai poder continuar patinando, não se preocupe.

— Eu arranco os olhos de vocês se ele sair do rinque com um arranhão que seja, entenderam?

Lucas gargalha.

— Tranquila, tranquila. Comeu seu salmão hoje, ursa raivosa?

— Calma, bruxinha — Elyan pede no meu ouvido.

Passamos em mais uma lombada e eu me esfrego no colo dele.

— Duvido que o jogo chegue aos pés deste desconforto aqui — ele diz e mordisca a porção de pele atrás da minha orelha. E sou eu que me mordo para não gemer.

Bem no ponto que é minha zona erógena, e ele sabe disso. *Filho da puta*.

Meus irmãos já derrubaram Elyan três vezes. Estou sentada entre Rafe, que chegou na metade do jogo e se acomodou ao meu lado comendo pipoca, como se essa barbárie fosse um filme no cinema, e Maia, que conversa sem parar com Natalie e Nicole, uma bailarina brasileira amiga de Natalie que vai passar uma semana em Toronto. Parece que o marido dela é um maestro famoso e vai fazer um concerto aqui na cidade.

— A que horas acaba o ensaio do Daniel? — Natalie pergunta para a amiga.

— Daqui a uma hora, acho.

Então ela se vira para Maia.

— Vocês querem ingressos para uma apresentação de *Giselle* no próximo fim de semana?

— Com certeza.

As duas se tornaram bem próximas. Natalie diz que acompanha Lucas aos eventos familiares, como este jogo — meu coração gela quando trombam mais forte no Elyan —, porque adora a nossa companhia. Mas eu desconfio de que, além disso, algo deve estar acontecendo entre ela e meu irmão, ou vai acontecer muito em breve.

Nicole estica o pescoço para falar comigo.

— Uma pena que o Daniel não vai conhecer o Elyan.

Eu contei a ela que vamos sair do rinque direto para o aeroporto e que Elyan vai ficar em Londres por pelo menos uma semana.

Maia sorri para Nicole.

— A Natalie me disse que o Daniel é um chato, e o Elyan também é, além disso os dois são ingleses. Eles iam se dar bem.

— Quem sabe conseguimos marcar de nos encontrarmos em Londres um dia? — sugere Nicole.

— Ah, você vai amar os bebês deliciosos da Nicole, Maia — diz Natalie.

— Eu adoro bebês e...

Cubro um grito com a mão quando Elyan é derrubado de um jeito violento no gelo e demora a se mexer.

— Ele tá bem, mana.

Nem ouço. Levanto, pulo a grade que isola o rinque da arquibancada, entro no gelo usando botas de caminhada e piso firme na direção de Elyan. Me abaixo ao lado dele e só volto a respirar quando ele se senta.

— Estou bem, baby. Foi só — limpa o sangue do canto da boca — um arranhão. — E sorri. Sorri e lambe os lábios manchados de sangue.

Meu coração está tão acelerado que mal consigo respirar, só quero abraçar Elyan e tirá-lo dessa droga de jogo.

— Você está sangrando — murmuro e pego o bastão ao seu lado. Vou em direção aos meus irmãos. — Eu disse que iria surrar vocês se ele saísse daqui com um único arranhão, não disse?

Oliver, que derrubou Elyan, levanta as mãos sobre o peito, rindo, e Lucas dá uma gargalhada.

— O jogo pode acabar, pessoal. O Elyan tá aprovado pra entrar na família.

— Seu babaca. Você acha isso divertido? Então que tal isso? — E levanto o taco, ameaçando-o.

Elyan para ao meu lado.

— Tá tudo bem, baby, juro.

Oliver arqueia as sobrancelhas.

— Você também passou no teste, Nina. Nunca te vi assim tão caidinha por macho nenhum, surtando porque viu um pouco de sangue. Que bom pra você, cara. — E bate na ombreira de Elyan. — Só cuida bem dela, senão...

— Vou cuidar.

E todos ao redor riem, menos Elyan, que me encara, sério.

— Não vai se achando, não estou assim tão caidinha — brinco.

Ele me abraça, encostando de leve a grade do capacete no meu rosto.

— Vou sentir saudades.

— Eu também.

— Tive uma conversa com Yoda, Vader e Freya antes de sairmos e pedi pra eles cuidarem de você.

Encolho os ombros.

— Que bom, nem precisa voltar então.

Elyan tira o capacete e eu continuo, num tom divertido:

— Você já me deu um pato, e tem um carinha do time que é bem gato e tem uma quedinha por mim, ele pode me ajudar quando a pilha do vibrador aca...

Elyan me puxa pela cintura e me dá um beijo absurdo, um beijo intenso e quente, capaz de derreter todo o gelo da pista e fazer o meu coração saltar pela boca. Uma onda de palmas e assobios estoura nas arquibancadas.

Ele pega o capacete do chão, veste e diz antes de se afastar:

— Pra deixar claro que você é minha.

— Seu homem das cavernas — murmuro, rindo, com as pernas bambas.

— Estou brincando, é só porque eu já estava com saudade do seu beijo.

Eu também, Elyan. Já estou com saudade e virei uma garota cringe, cheia de corações explodindo a cada fala e passo que dou, apaixonada demais.

40

Não posso dizer que estas foram as quatro piores semanas da minha vida.

Não.

As piores foram todas as semanas em que Maia esteve doente. Mas que o último mês entrou para o ranking de maiores períodos de merda da minha vida, isso com certeza.

Estou me sentindo um pouco sozinha, mas esse é só o começo do rebuliço das minhas emoções. Maia foi passar quinze dias no Brasil, na casa de Nicole, para dançar na escola de balé dela, no Rio de Janeiro. Que bom para a minha irmã.

Rafe está feliz da vida com seu novo *namorido* em Montreal. Apesar de eu ter ido visitá-lo duas vezes desde que ele se mudou, morro de saudades.

Natalie tem vindo até o château vez ou outra com a minha família e jura que continua sem aguentar o meu irmão superprotetor. Não dá para tirar a razão dela, mas ainda assim sinto faíscas no ar toda vez que os dois estão juntos.

E, mesmo tendo a companhia maravilhosa das crianças, mesmo que os treinos me ocupem bastante e que Yoda, Vader e Freya me matem de rir, andando em trio pelos corredores do château, eu só precisava de um amigo para encher a cara comigo e me dizer que tudo vai ficar bem.

O problema é um só, começa com E e termina com N. E entre essas duas letrinhas tem um rio caudaloso, dez icebergs e dezesseis tempestades de neve mexendo com a minha paz de espírito.

Meu celular toca. É Rafe, *graças a Deus*.

— Oi.

— Eu já vi, minha amiga.

Suspiro.

— E aí, o que você acha?

Agora é ele quem suspira.

— Acho que você tem defendido todos os comportamentos duvidosos do Elyan, e eu entendo, de verdade. Mas essa foto... Sei lá, gata. Acho que você precisa colocar ele contra a parede.

Com "comportamentos duvidosos", Rafe se refere a uma ligação por dia, algumas mensagens trocadas sobre o andamento do processo e sobre os treinos que temos feito — e quase nada de emoção demonstrada. Na verdade, Elyan mal fala que sente saudades, só pergunta das crianças, dos bichos e dos treinos e jura que vai tentar chegar a tempo para os regionais.

— Eu não deixo de questionar quando alguma coisa me incomoda — afirmo. — Mas o Elyan responde como se estivesse na defensiva. — Troco o celular de orelha e coço a cabeça de Freya, que está no meu colo. — Sobre as fotos nas festas a que ele tem ido, ele diz que o advogado o instruiu a frequentar eventos sociais como conde de Effingham. Isso pode ajudar no processo de guarda.

— Você tem que ser mais direta, Nina. Tipo, a foto de hoje exige perguntas mais diretas.

— Eu não quis pressionar até hoje porque já basta a pressão que ele está vivendo com o processo, com a chance de perder a guarda dos irmãos, meu Deus. Além de achar que ele está mais distante e estranho por ter que lidar com isso e com os fantasmas do passado, tudo junto.

— Eu sei, gata. Mas você não pode ficar sofrendo em silêncio e enchendo a cabeça de suposições. Já basta o que você também tem se preocupado e sofrido com esse processo.

E eu tento explicar Elyan para mim mesma, outra vez.

— É que ele tem bloqueio emocional.

— Nas fotos dele rindo e nos vídeos dele se divertindo nas festas da alta sociedade inglesa, ele não parece estar tão bloqueado assim. Desculpa, amiga, mas você tem que falar com o Elyan.

Meu coração dispara.

— Você tem razão, vou ligar pra ele agora.

E é o que faço. A merda é que quando Elyan atende, todo animado, eu estou uma pilha de nervos. Varada de raiva, esquecida de todas as explicações que dei para Rafe pouco antes.

— Que bom que você me ligou, baby — Elyan diz com a voz festiva. — Eu estava mesmo pra te chamar.

Respiro fundo, tentando manter a calma.

— Oi.

— Nós conseguimos as provas, baby.

Meu coração salta no peito e faz as veias da minha garganta pulsarem.

— Ah, meu Deus. Jura?

— Sim, o IP da Helena está vinculado ao e-mail a que o número de celular das mensagens trocadas com o meu pai também está vinculado.

Eu me levanto do sofá, segurando o telefone com força.

— Isso é maravilhoso, Elyan!

— Ela vai ter que desistir do pedido de guarda, e nós ainda vamos acusá-la de estelionato. Nós ganhamos, baby! Nós ganhamos e eu vou voltar pra casa.

Estou chorando de soluçar. Parece que um peso de toneladas foi tirado do meu peito. Eu nem sabia que estava há um mês sem conseguir respirar direito. As crianças vão ficar conosco.

— Estou muito feliz — digo.

— Eu também. — A voz dele soa rouca.

— Parabéns, Elyan — escuto uma voz feminina dizer do outro lado da linha.

— Só um minuto, baby. Mesa pra três — ele pede, e meu sangue gela. — Vim comemorar num bistrô que você ia adorar.

— Há quanto tempo você sabe que ganhamos o processo?

Alguns segundos de silêncio.

— Há uns vinte minutos.

Vinte minutos. Vinte malditos minutos, e eu só descobri porque telefonei para ele.

— Fui eu que te liguei.

— Eu estava pegando o celular pra te ligar.

Eu bufo.

367

— Você tem alguma ideia de como eu estava esperando por essa notícia? De quanto eu acho que você devia estar comemorando comigo em primeiro lugar, antes de se sentar num restaurante com uma mulher e mais alguém?

— É a assistente do meu advogado.

— Você lembra como essa notícia me envolve e é importante pra mim?

— É claro que eu lembro, Nina — ele responde, meio na defensiva. — E isso nos leva a outra ótima notícia: nós não precisamos mais nos casar por causa do processo. Você não será mais obrigada a assinar o nosso casamento daqui a um mês.

Isso significa que não vou mais morar no château. Que provavelmente as crianças não terão mais nada a ver com a minha vida. Meus olhos se enchem de lágrimas. E a maneira como Elyan tem agido e como falou agora... significa que não estamos mais juntos?

Meus lábios tremem, minha vontade é entrar pela linha do telefone e acertar um tapa na cara dele. O que é ridículo. Eu deveria estar comemorando o fato de estar livre da obrigação do casamento, como Elyan definiu. Mas isso foi antes de eu me apaixonar, e agora estou arrasada. Puta da vida. Espumando e querendo devorar os órgãos do Elyan, do *conde de Effingham*, no desjejum ao olhar outra vez a foto num site de fofocas.

— A mulher pendurada no seu pescoço na festa de ontem é a assistente do seu advogado?

A linha fica muda por longos segundos.

— Do que você está falando, Nina?

— Da festa a que você foi ontem por obrigação, e da loira grudada no seu pescoço, provavelmente por obrigação também.

Escuto uma respiração funda dele.

— Ela é uma garota mimada, filha de um visconde, e tem me perseguido um pouco, sei lá por quê. Deve ter apostado com as amigas. Nina, foi ela quem me agarrou quando me viu entrar na festa do lorde Portland.

— Ah, claro, milorde. Por um momento escapou da minha memória que você é um conde e parece estar se divertindo muito nessas festas, tanto que esqueceu que a idiota da sua quase esposa estava em casa roendo as unhas até a carne, esperando notícias do processo e preocupada com a sua saúde mental por ter que lidar com tudo isso sozinho.

— Vamos querer um champanhe — escuto a voz feminina pedir.

E a voz mais baixa e rouca de Elyan:

— Você está com ciúme, bruxinha?

Eu me derreto com a migalha de carinho do meu apelido, que Elyan não usava há dias, e meu sangue termina de ferver.

— Vai se foder, conde de Effingham. — E desligo.

Meu corpo inteiro está trêmulo.

Um soco.

Outro soco.

E mais um.

Estou descontando toda a raiva e a frustração no saco de areia do Elyan Canalha Kane.

Depois que encerrei a ligação, ele se lembrou do meu número e me ligou uma dezena de vezes, até eu desligar o aparelho.

Com a raiva que estou sentindo, se eu conversar com ele é possível que tudo fique ainda pior, ou que eu me pegue chorando como uma tonta por causa do amor que ele não é capaz de sentir.

E não foi por falta de aviso dele. Não. Foi por pura teimosia minha.

Soco.

Soco.

— Oi, Nina. — Sabrina entra na sala de ginástica. Ela está aqui para a nossa aula semanal de krav magá. Eu me viro, sentindo o suor escorrer pelo rosto. — Nossa, animada pra lutar hoje, hein? Deixa eu entrar na festa pra comemorar a conquista da tutela das crianças.

E Elyan fala na minha mente: *Eu contei pra ela antes que pra você, Nina, porque a Sabrina nunca socou a minha cara imaginária num saco de areia por ciúme.*

Seu arrogante convencido, respondo. *Não é só por ciúme, você me magoou.*

— O Elyan acabou de me contar — a voz de Bina me traz de volta para a sala — e perguntou se eu estava com você na aula, porque ele queria falar contigo.

Ah.

— É que, antes de falar com ele, talvez eu precise socar isso mais um pouco.

Ela acha graça.

— Te entendo, às vezes eu também tenho vontade de encher o Elyan de porrada... Mas me conta, o que ele aprontou?

Abro os punhos das luvas de boxe e as retiro.

— É uma longa história, outro dia te conto.

Bina me encara por um tempo num silêncio investigativo.

— Combinado.

Não vou contar agora para não acabar chorando. Por mais legal que seja, Sabrina é amiga do Elyan. Não quero que ele saiba que estou com o coração estilhaçado.

— Tudo bem se a partir da semana que vem nós treinarmos em Toronto? — pergunto.

Ela franze o cenho.

— Sim, mas por quê?

Engulo o bolo na garganta.

— Eu... Nosso casamento... — Acho que ela não sabe da farsa do casamento. — Nós brigamos. Acho que o Elyan se arrependeu de me pedir em casamento. Acho que ele não me ama mais. Talvez nunca tenha amado de verdade.

Bina se aproxima um pouco e para na minha frente.

— Por que você acha isso?

— Sei lá. — Suspiro. — Ele nunca disse que me ama, apesar de eu repetir isso o tempo todo, e agora tem agido de um jeito meio frio, distante nas últimas semanas. Não está fácil pra ele, eu sei, mas também não está pra mim.

— Esse é o Elyan, ele não fala muito, mas demonstra como se importa com as pessoas. A meu ver é mais significativo que as palavras.

Respiro fundo outra vez.

— Mas não é só isso. Ele tem ido a um monte de festas, e pelas fotos e vídeos que circularam parece estar se divertindo. E, meu Deus, por que ele não voltou ainda? A primeira audiência já aconteceu há dias.

Bina franze o cenho.

— Mas ele não podia voltar antes de... Ele não te contou?

Minha boca seca de expectativa, de nervoso. *O que mais você não me contou, Elyan?*

— O quê?

Ela coloca as duas mãos na cabeça e faz um movimento de negação.

— Aquele cabeça-dura, não acredito que ele não te contou... Nina, o Elyan foi intimado a ir para Londres e ficar lá até o processo inteiro correr. Ele teria que levar as crianças pra lá, já devia ter levado, senão corria o risco de responder legalmente por obstrução da justiça e perder de vez a guarda dos irmãos.

Agora minhas mãos estão molhadas de suor.

— O quê? — repito, sem conseguir falar nada mais coerente.

— Uma vez que o processo começou a correr, ele tinha um prazo para voltar para Londres e levar as crianças com ele. Ele não cumpriu esse prazo e se enroscou muito.

— Mas por que ele faria isso? Ele ficou louco?

Bina joga as mãos para o ar e aponta para mim. Minhas pernas amolecem.

— Por mim?

— No começo ele dizia que não queria expor as crianças, mas depois admitiu que não queria te deixar.

Eu arfo, com o coração na garganta.

— Mas... por quê?

— Ele sabia que era improvável você segui-lo para Londres por tempo indefinido por causa da sua família. Principalmente da sua irmã, que está em remissão de leucemia, não é?

Meus olhos se enchem de lágrimas.

— Sim, ela está. E eu não sabia de nada disso.

— Não é só isso, Nina. Quando o Elyan veio para o Canadá, ele queria ficar anônimo, como ficou nos últimos cinco anos. Se Helena não soubesse para onde ele tinha ido, não conseguiria entrar com a ação pela guarda das crianças. Ela nem tentaria.

Pisco devagar, confusa, e meu coração acelera tanto que fico meio tonta.

— E por que ele não fez isso?

Bina toca no meu ombro.

— O anonimato era a ideia, até ele resolver aparecer numa arena de patinação para, segundo o que ele mesmo me disse, ser visto e filmado e desviar a atenção do vídeo de uma patinadora que levou um tombo e estava ressuscitando memes do passado. Ele me disse que tinha sido o responsável por esses memes envolvendo a patinadora. O Elyan tinha certeza de que, se ele aparecesse, os tais memes flopariam.

Cubro a boca com as mãos.

— E floparam, meu Deus!

— Na época eu não sabia que a tal patinadora era você, mas tive certeza de que o Elyan sentia algo muito mais forte que remorso para agir desse jeito. Pouco depois Helena, que devia vasculhar as redes atrás de qualquer informação sobre o paradeiro do Elyan, entrou com a ação pela guarda das crianças.

Minhas pernas perdem a firmeza quando lembro que, exatamente duas semanas depois de aparecer na arena, Elyan me pediu em casamento.

— Eu preciso sentar.

Os lábios dela se curvam num sorriso meio triste.

— Na época eu quis matar o Elyan, é óbvio. Mas, Nina, essa é a prova de que ele não só se importa com você, o Elyan te ama tanto que arriscou perder tudo o que mais ama para te apoiar. E tem mais. — Sabrina se senta na minha frente e eu não consigo mais falar. Estou com o corpo formigando de nervoso. — Ele voltou a patinar pensando em competir só para te ajudar a conquistar os seus sonhos. Porque, nas palavras dele para mim, os seus sonhos se tornaram os dele também.

Soluço com os lábios cerrados, enquanto ela prossegue:

— Vai me dizer que não percebeu que pra ele foi difícil pra cacete voltar a entrar numa arena com o intuito de competir?

Sim, eu percebi. Percebi isso todos os dias.

— Eu achei... achei que ele estava fazendo isso por ele, pela mãe e...

— Foi por você, Nina. E sabe de uma coisa? No começo eu não entendia, mas, depois que te conheci melhor, tive a certeza de que ele merece ser amado por uma garota tão incrível como você.

Eu me levanto, minhas pernas estão trêmulas, meus olhos cheios de lágrimas.

— Bina, eu achei que o Elyan tinha um bloqueio e zero inteligência emocional, mas pelo visto sou eu que tenho. Obrigada por me contar tudo isso. E-Eu preciso falar com ele. Agora.

Antes de eu cruzar para fora da sala, a voz dela me detém:

— E a aula de hoje?

— Desculpa, acho que não consigo fazer.

— E a da semana que vem, ainda vai ser em Toronto?

Bato de leve no batente da porta.

— Se Deus quiser, não.

E saio quase correndo após escutar a risada de Bina preencher a sala.

41

Eu telefonei para Elyan, sem sucesso, até meu dedo quase cair. Não consegui ir treinar nem fazer nada que não fosse mandar mensagens, tentar encontrá-lo de todos os jeitos possíveis e imagináveis. Estava a ponto de reservar um voo para Londres quando tive a ideia de ligar para o advogado dele. O homem me disse, num sotaque muito inglês e calmo, que o sr. Bourne Kane havia deixado a Inglaterra. E isso já faz doze horas.

Para onde Elyan foi? Provavelmente está voltando para casa. Ele só pode estar.

Já fazia mais de vinte e quatro horas desde o meu último contato com Elyan. Eu estava desesperada. Até que, quinze minutos atrás, uma mensagem apareceu no meu celular.

> Srta. Nina Morgana, me encontre no lago do château, por favor. Traga os seus patins.

> Estou desde ontem tentando falar com você. Está tudo bem?

Sem resposta.

> Elyan?

Sem resposta.

E vim correndo para o lago, desesperada, enlouquecida. Acabei de chegar e paro ofegante, olhando ao redor, procurando. Até que o vejo: ele está na margem oposta, de costas para mim.

— Elyan — eu o chamo em voz alta, mas ele não se vira.

O que ele está fazendo ali parado, e por que não olha para mim? Elyan está usando patins, o que o faz parecer ainda mais alto. Inteiro de preto, com um meio sobretudo de ombreiras largas, neste cenário coberto de neve, com pinheiros de galhos escurecidos pelo inverno emoldurando o lago, é como se ele fizesse parte da paisagem.

Sento para calçar meus patins e amarro os cadarços com os dedos incertos.

O sol está se pondo, colorindo o céu de inverno com feixes dourados, e a neve que recobre a vegetação parece um pouco lilás.

Estou vestindo branco e roxo, quase uma continuação das cores ao redor, e está nevando. É como se as cores e as formas do inverno se curvassem para ele, para o meu lorde do inverno.

Me levanto com lágrimas nos olhos e patino até Elyan. Quando paro ao seu lado, ele se vira para mim. E uma descarga elétrica percorre todas as minhas veias. Ele está ainda mais lindo, os cabelos um pouco mais longos, os olhos mais azuis, a barba por fazer sombreando o rosto. E, como um elfo saído das páginas de um livro de fantasia, ele pega a minha mão e planta um beijo demorado no dorso.

— Milady Nina Morgana, senti tanta saudade — diz com o sotaque inglês que eu tanto amo. E meu coração derrete por completo.

— Oi, lorde do inverno. Eu também senti.

Ele se vira para as árvores e eu o sigo, parando de boca aberta e coração acelerado ao ver um quadro encostado no chão, junto a um pinheiro.

Elyan pega a aquarela que eu vi no chalé e se vira para mim.

— Como eu não sou bom em falar sobre sentimentos, vou te contar uma história que começa com esse quadro.

Aperto os dedos.

— Tá bom.

— Você reconhece esse lugar?

Analiso a pintura: um lago oval entre árvores altas, como uma moldura.

— É aqui. O lago.

Ele concorda e apoia a aquarela no chão outra vez.

— Quatro anos atrás, eu estava numa fase muito, muito ruim. Achava que realmente ia ter que ceder à sugestão do meu pai e me internar. Não via sentido em nada, cheguei a pensar besteira mais de uma vez, cheguei a quase fazer a maior besteira de todas.

Minha barriga gela e eu cubro os lábios com as mãos.

— Elyan...

Os dedos dele buscam os meus.

— Eu tinha perdido tudo que amava, não podia entrar na casa do meu pai para ver os meus irmãos, tinha abandonado a minha carreira e, principalmente, o que sempre me manteve em pé, o que me dava motivos para seguir, mesmo nos dias difíceis.

— A patinação?

Ele concorda e eu entendo com todas as fibras do meu coração, porque o período em que fiquei praticamente sem patinar foi o mais vazio e sem sentido da minha vida.

Ele olha para nossas mãos em contato.

— Então, num dia de merda desses, eu estava sozinho no chalé. No começo eu ficava muito lá.

Pisco devagar, sentindo as lágrimas voltarem a inundar meus olhos, e escuto enquanto ele prossegue:

— E num fim de tarde lindo como este, num momento em que a minha cabeça só pensava em desistir, eu saí do chalé para correr pelas trilhas e... e vi uma patinadora no lago. Uma garota feita de luz, no meio da escuridão que dominava a minha alma.

Minha boca está tremendo. Sei que sou eu nessa pintura, meu coração de algum jeito tem certeza.

— E então eu paralisei, olhando pra ela por mais de uma hora, acho, e o jeito como ela patinava, tão viva, tão vibrante, deu um choque no meu peito. Me reanimou, me lembrou como eu amava, como eu *amo* a sensação de me entregar ao gelo. Como isso sempre deu sentido à minha vida.

As lágrimas escorrem dos meus olhos sem que eu precise piscar.

Ele enxuga com o polegar uma bochecha minha, depois a outra.

— Não a patinação em si, mas a maneira como ela patinava, tão livre, tão apaixonada. Voltei correndo para o chalé e pintei este quadro. Foi o primeiro depois de muitos anos. Desenhei a lápis, as cores vieram depois. E esse foi o começo do caminho de volta para mim mesmo.

Solto um suspiro irregular.

— Ah, meu Deus.

Os dedos dele estão no meu rosto de novo, desenhando meu maxilar, arrepiando minha pele.

— Quando te vi pela primeira vez, um ano atrás, dançando na Dorothy, fiquei hipnotizado, fascinado, mas ainda não tinha percebido que você era a garota do lago. E naquela noite você me deu o melhor beijo da minha vida. Naquela noite, se você me pedisse pra ir atrás de você até o inferno, acho que eu iria. — Ele traça a linha do meu nariz com o polegar. — É sério, fiquei tão alucinado que todas as vezes que voltei pro Canadá depois disso, para visitar a Bina, eu ia na Dorothy atrás de você.

Eu rio, emocionada, cheia de adrenalina.

— Até que eu te encontrei de novo, e no começo você me odiava e eu não fazia ideia do porquê, mas tinha certeza de que você não havia me reconhecido, não sabia que era eu que tinha te beijado naquela noite na boate.

Minhas bochechas esquentam quando as mãos dele se fecham na minha cintura, e eu murmuro:

— Se eu soubesse que era você naquela época, teria perdido a chance de conhecer o melhor beijo da minha vida.

Ele sopra uma risada e me puxa contra ele, nos aproximando.

— Eu também não sabia que você era a garota da minha pintura. Só fui entender quando te vi patinando aqui naquela manhã. Aí todas as peças se encaixaram dentro de mim.

Elyan aponta com o queixo para a aquarela e diz, com a voz falha:

— Levei este quadro para todos os lugares do mundo em que eu morei.

Arquejo e ele beija minha testa antes de concluir:

— De algum jeito, Nina Morgana Allen More, você esteve sempre comigo e eu sempre estive esperando por você. Apaixonado por você, mesmo sem saber.

Com as mãos incertas nos ombros dele, eu o puxo até a testa dele estar colada na minha.

— A Bina me contou tudo que você fez, tudo que arriscou por causa daqueles memes ridículos meus na internet. Você é louco, Elyan Kane?

Os olhos dele se arregalam um pouco, antes de ele beijar a minha testa.

— Sim, Nina, eu já era louco por você.

— Se eu soubesse disso, teria te chutado — soluço. — Então você voltou a patinar profissionalmente por mim e nunca me contou como estava sendo difícil pra você.

— Não é difícil, porque é com você.

Soluço outra vez.

— Eu pensei tanta besteira nessas semanas que você ficou longe... E você falou tanta merda na minha cabeça! Meu Deus, me desculpa.

Recebo outro beijo na testa.

— Sou eu que peço desculpas, bruxinha, por ser esse cara que não consegue falar o que sente. Ainda mais por telefone; fica bem mais difícil pra mim. Mas quero que entenda que eu odiei cada festa de que fui obrigado a participar, cada minuto que passei longe de você.

— Agora eu tenho certeza, nunca devia ter duvidado — murmuro.

— E eu devia ter te explicado tudo melhor, principalmente que tentei te ligar duas vezes assim que soube da notícia do processo.

Meus olhos, cheios de lágrimas, se arregalam.

— Tentou?

— Foi a primeira coisa que fiz, mas seu celular deu caixa postal as duas vezes. Eu ia esclarecer tudo, acontece que sou um bobo e fiquei com frio na barriga ao perceber que você estava com ciúme, depois você desligou e...

— Eu te amo — digo, sem me importar se nunca ouvir isso dele.

— Tem um floco de neve nos seus lábios — Elyan murmura. — Uma das coisas que lembro de a minha mãe me falar quando eu era criança é que, se a gente beija um floco de neve nos lábios de uma pessoa, significa que amamos essa pessoa com todo o nosso coração e toda a nossa alma.

E, ao dizer isso, Elyan me beija. Beija a neve nos meus lábios. Até derreter todo o gelo ao nosso redor.

Depois se afasta, sem fôlego, para dizer:

— Nina, você me faz ver a luz. Eu te amo com todo o meu coração e toda a minha alma.

Eu te amo, meu lorde do inverno. E dessa vez ele responde, mas fora da minha cabeça. Ele responde de verdade.

42

Seis meses depois

O fim de uma apresentação, seja no campeonato que for, é um momento dos mais absurdos que existem, é quando toda a adrenalina acumulada ao longo de meses de treinos, preparação física, superação de limite, dores, lesões e sacrifícios sai do corpo e se lança no teto das arenas, como fogos de artifício. Essa é a sensação.

Quando se trata de um campeonato nacional, esses fogos ganham várias cores e tamanhos diferentes; mas, quando falamos da noite de gala com a apresentação dos dez primeiros lugares, os fogos viram um espetáculo pirotécnico gigantesco. Ah, e só para constar, nós ganhamos o ouro, mas estaríamos tão felizes quanto — ou quase, eu disse *quase* — só de estar entre os dez.

Acabamos os últimos passos e nos jogamos nos braços um do outro. A plateia ainda está em silêncio. Elyan me levanta no colo, me gira algumas vezes no ar e então nos beijamos, um beijo que aciona os fogos no teto da arena e incendeia a plateia.

Acho que estou chorando; Elyan está, com certeza.

— Eu te amo, bruxinha — ele diz.

— Eu te amo, meu lorde do inverno.

E giramos mais algumas vezes enquanto os aplausos e gritos da plateia continuam a ecoar na arena. Isso, no final das nossas apresentações, virou uma coisa meio esperada, uma marca registrada. Não planejamos, só aconteceu, viralizou nas páginas de patinação, e agora o público sempre aguarda em silêncio até nos beijarmos para só depois desmoronar em palmas, gritos e assobios. Como se o beijo fizesse parte das nossas coreografias.

Nos apresentamos ao som de "The Winds of Winter", uma música emocionante, parte da trilha sonora de *Game of Thrones*. Não podia ser mais a nossa cara, não é?

Estou usando um traje todo prata com partes transparentes e tecidos fluidos, bordado com centenas de cristais, inspirado na lua. Elyan está de azul-escuro, cinza e prata. Representamos a lenda do dragão do gelo e da lua apaixonados.

Elyan me coloca no chão e nos curvamos, agradecendo à plateia pelo espetáculo que só eles dão. Sorrio para minha mãe, meu pai, meus irmãos, Robert e Jules, a sra. Shan, Rafe e Tiago, Sabrina e Eloise. Todos vieram até Ottawa, onde o campeonato aconteceu este ano.

Desde que ficamos juntos, resolvemos que não nos casaríamos e levaríamos as coisas no tempo de um casal normal — ou o mais próximo possível disso. Passo três dias por semana na casa dele, e Elyan passa um ou dois dias na casa dos meus pais com os irmãos. Preciso dizer que minha família amou esse acréscimo de duas crianças à mesa do jantar? Eles estão apaixonados. Minha mãe compra presentes toda semana e os mima como se fossem seus netos.

No estádio, começa a tocar "Yellow", do Coldplay, para animar a plateia.

Envolvo a mão de Elyan, tomando impulso para darmos a tradicional volta no gelo e pegarmos os bichos de pelúcia que as pessoas sempre jogam na pista. Mas ele me detém, segurando a curva do meu cotovelo, e se abaixa apoiando um joelho no gelo.

Meu coração acelera tanto que bate no teto da arena.

A plateia volta a gritar, eufórica. Nossa imagem, meu rosto surpreso, está projetada nos telões da arena.

— Elyan…

Ele tira do bolso da calça uma aliança com um solitário redondo, enorme. E segura minha mão ao dizer:

— Meu amor, eu trabalhei muito nos últimos meses o bloqueio que tenho de falar o que sinto. Você sabe?

Assinto, emocionada, e ele prossegue:

— Na verdade, o bloqueio ainda está aqui, mas você ilumina o meu coração e me lembra de como colocar pra fora o que estou sentindo. Você encheu a minha vida de sentido, mesmo quando eu nem sabia se um dia te alcançaria, como o dragão e a lua.

Soluço e rio enquanto o ouço continuar:

— Você, baby, é um arco-íris, não só nas cores que ama vestir, mas nas cores da sua alma, que inundam minha vida inteira. — E sorri. — Menos as minhas roupas, é claro.

Dou risada e seguro o rosto dele entre as mãos.

— É claro.

— Se você aceitar aturar minhas chatices e meu gosto por me isolar em chalés de psicopatas perigosos, prometo que vou até o céu morar na lua, vou até o submundo falar com o senhor da noite e depois busco as estrelas, abro mão do fogo das minhas ventas e congelo o mundo no inverno, só pra te fazer feliz. Porque estar com você, baby, me faz o cara mais feliz do mundo.

Ele beija minhas mãos trêmulas de emoção e diz:

— Nina Morgana Allen More, também conhecida como minha bruxinha mais linda, quer se casar comigo, dessa vez de verdade?

Gargalho, chorando.

— Sim, sim, claro que sim. — Então me curvo e dou vários beijos rápidos na boca dele.

Elyan coloca o anel no meu dedo e o estádio vem abaixo. Eu me ajoelho na frente dele e nos beijamos ao som de "Perfect", do Ed Sheeran. O cara da mesa de som está fazendo uma trilha sonora para o momento.

Nos levantamos juntos.

— Você patinaria comigo mais uma vez?

— Só se for pra sempre.

E começamos a deslizar juntos pelo gelo que é parte das nossas casas. E o gelo, sempre branco, azulado e cinza, se enche com as cores do nosso amor e com a magia em que escolhemos acreditar.

Dragões alados que voam para a lua, príncipes sombrios que se apaixonam por bruxas poderosas e uma garota que não acreditava mais em si, que não sabia mais patinar por amor e que ajudou, mesmo sem saber, o lorde do inverno quando ele estava perdido, sem conseguir voltar para a casa dentro dele. E, ahh... o lorde retribuiu e amou essa garota, e devolveu o equilíbrio ao mundo dos dois, quando, talvez sem perceber, fez o mesmo por ela. Ele a levou de volta para casa.

Epílogo

Dois anos depois

É estranho e lindo ver Elyan tão colorido, com um turbante na cabeça, inteiro vestido de dourado, bordô e bege, coberto de joias e com um colar enorme de flores no pescoço. E isso depois de vê-lo entrar embaixo da tenda onde ontem aconteceu a cerimônia do nosso casamento, montado em um cavalo branco, seguido por uma dezena de músicos festivos e parentes coloridos.

É um casamento indiano, com tudo a que se tem direito. Muitas flores, comida, música, centenas de passos e tradições. Há dois dias, espalharam cúrcuma nos nossos corpos com folhas de mangueira para purificação. Ontem, minhas mãos e pés foram pintados com henna, e o nome de Elyan está escondido em algum lugar dos intrincados arabescos. Ele prometeu que vai encontrá-lo mais tarde. *É a tradição.* Eu não vou me opor. Ele disse que vai investigar com a boca além dos olhos. *Claro* que não vou me opor.

Estamos no terceiro e último dia de festa. Sim, é isso mesmo, *dia três*, e agora no salão, após quatro horas de cumprimentos, enquanto recebíamos os convidados e provavelmente milhares de dólares em presentes. Indianos dão dinheiro em envelopes para os noivos. Uma delícia próspera. E são mais de trezentos convidados: nossa família aqui do Canadá, amigos e duzentos parentes que vieram da Índia a fim de assistir à cerimônia e participar da festa.

Avisto Elyan uns dez metros distante, encostado numa coluna, conversando com minha tia Aruna. Provavelmente ela contou a história dos três séculos da nossa família enquanto ele escutava tudo com dedicada paciência.

Acabei de ir ao banheiro, cercada por trinta primas que me ajudaram a tirar e recolocar o sari. Respiro fundo ao me ver sozinha pela primeira vez em horas, dias talvez, e me aproximo de uma das vinte tendas com comida para pegar um copo d'água.

Dadi se aproxima de mim.

— Estou muito feliz, minha neta — ela diz após me abraçar.

— Você fez vovó Nora usar um sari. Imagino sua realização.

Ela ri discretamente.

— Ah, isso também me encheu de satisfação, não vou negar. Mas não é sobre isso.

— É o casamento que você sonhou para um dos seus netos, né?

Ela ajeita o colar de flores que uso no pescoço.

— Ah, sim, estou muito feliz por isso também, e por todos os parentes que não via há muitos anos, mas não é disso que estou falando.

Arqueio as sobrancelhas, em dúvida.

— Sobre o que, então?

Dadi aponta com o queixo para a coluna onde Elyan está conversando com tia Aruna. Ah, não. O que é isso? Tem uma fila de dez pessoas para tirar fotos com ele. Parentes que nunca vi na vida e que devem ser fãs de patinação, ou simplesmente achá-lo o homem mais bonito do mundo com aqueles trajes hindus — o que realmente ele é.

— Ele foi maravilhoso, né, dadi?

— Foi mesmo, mas ainda não é disso que estou falando.

Elyan fez questão de pagar por esta festa gigantesca, exatamente como dadi sempre sonhou. Além disso, faz três meses que ela estuda com ele os costumes e tradições hindus. Mais três meses assim e ele vai ser mais indiano que meu pai.

— E do que você está falando?

Dadi aponta mais uma vez com o queixo, e arregalo os olhos ao ver que a fila aumentou.

— Ele te ama muito, minha neta, é disso que estou falando. — E segura minhas mãos. — Sabe, seus irmãos têm o jogo de hóquei deles para testar o comprometimento de um possível pretendente. Eu tenho um jeito bem mais festivo e alegre.

Arregalo os olhos e ela prossegue com naturalidade, como se falasse sobre os legumes bonitos da feira:

— Ele passou em todos os testes com nota máxima, com medalha de ouro, igual à medalha que vocês ganharam na Olimpíada. Mas essa — e sorri para si mesma —, essa foi organizada por mim.

— Dadi, eu não acredito.

Ela encolhe os ombros.

— Se ele fosse hindu, um casamento assim seria natural. Ele iria querer isso e não conheceria outro jeito de fazer as coisas. Mas ele não é, minha filha, e está aqui para deixar sua dadi feliz.

Suspiro, concordando.

— Não existe prova de amor maior do que um homem que cuida da felicidade não apenas da esposa, mas da família dela também.

E eu me viro para Elyan outra vez. Ele acaba de tirar outra foto sorrindo. Apesar de já estarmos casados no civil há dois anos, Elyan realmente fez tudo isso só para deixar minha dadi feliz e, em consequência, me ver feliz pelas pessoas que eu amo.

E meus olhos se enchem de emoção e amor.

Dadi me cutuca com o cotovelo.

— Vá lá resgatar o seu marido.

— Obrigado — Elyan diz assim que chegamos à varanda e nos vemos a sós. — Eu não aguentava mais.

— Desculpa. Se eu tivesse visto a fila de mulheres querendo te tietar, teria te salvado antes.

O cenho dele franze.

— Não estou falando disso, bruxinha.

— Ah, não?

Ele tira o turbante e o apoia no batente da varanda.

— Não.

E olha para os meus lábios, envolvendo minha cintura com as mãos.

— Estou morrendo de saudade. Sei que faz só algumas horas, mas...

E me beija, fazendo meu estômago gelar, meu coração acelerar e meu mundo girar sobre as nuvens nos meus pés. Acho que nunca vou deixar de me sentir assim com ele, e, pelo gemido baixo e rouco que escapa do peito dele, Elyan se sente do mesmo jeito.

— Você, com essas roupas, parece uma pintura saída de um sonho.

— E você está tão colorido...

Ele acha graça e cola a testa na minha. Mexo nos bordados intrincados da bata dele.

— E lindo. E juntos parecemos um casal de um país distante. Mas eu não vejo a hora de tirar essas roupas pesadas.

Os lábios dele colam na minha orelha.

— E eu de te ajudar a tirar. E de termos nossa esperada lua de mel.

Depois que nos casamos no civil, há dois anos, não paramos de treinar por um único dia, não tiramos nenhum período de férias. Nossa lua de mel foi no chalé no terreno do château e durou só três dias. Sempre nos prometíamos que, no dia em que acabássemos uma Olimpíada entre os finalistas, pararíamos por um tempo para repensar nossos sonhos e talvez buscar outros. Ganhamos o ouro olímpico faz exatos quarenta e cinco dias. E a realização do maior pódio só foi completa porque ele estava do meu lado.

Esse é o tanto que amo esse cara.

A lua de mel de um mês no paraíso da Tailândia, Indonésia e Maldivas é um dos sonhos que adiamos até agora. Sem neve dessa vez.

A porta se abre e uma horda de parentes invade a enorme varanda debruçada sobre um lago. É uma noite de início de primavera, com clima mais ameno. Minha mãe e Maia entram, segurando Jules e Robert pelas mãos. Ah, sim: Maia, minha irmãzinha linda, está curada. Ela vai morar no Brasil por um tempo e dar aulas de balé na escola da Nicole.

Olho para o lado e vejo Lucas e Natalie entrarem de mãos dadas. Eles estão noivos. Quem diria? Eu sempre soube.

— Vamos, está na hora da queima de fogos — Elyan murmura no meu ouvido.

Sim, Elyan encomendou uma queima de fogos digna de celebração nos parques da Disney para encerrar a festa. Eu me abaixo e pego a mão de Robert, meu garoto grande que já está com dez anos. Elyan pega Jules no colo.

Maia, mamãe, papai, meus avós, meus irmãos, Bina e Eloise e, claro, Rafe e Tiago, que se casaram faz seis meses, se juntam a nós, além de tios, primos e mais primos que não acabam mais, de todos os graus e procedências da Índia, que lotam a varanda e olham para o céu.

A mão de Elyan busca a minha livre e o espetáculo começa.

Fogos sobem e enchem o céu de um milhão de estrelas, de todas as cores do arco-íris, como um pote gigante e incandescente de glitter sendo despejado nas alturas.

— Nina — Elyan diz próximo à minha orelha, com um riso na voz —, casar com você me fez o homem mais feliz do mundo por ter a mulher mais extraordinária ao meu lado. Mas também, repare... ainda fui sortudo o bastante e ganhei de bônus a família enorme e barulhenta que eu sempre quis, que sempre sonhei que teria.

E nos encaramos, sorrindo, nossos olhos brilhando como espelhos d'água estrelados. O espetáculo da queima de fogos acontece agora, dentro do nosso sorriso, dentro dos olhos e do nosso coração. E algo me diz que vai continuar a acontecer pelo resto da nossa vida.

Agradecimentos

Era uma vez… um castelo mal-assombrado, um mocinho torturado, uma mocinha com cores nas roupas e no coração, encantada com a vida, como uma fada do inverno.

Eu escrevi esta história em pouco mais de dois meses, e hoje, tempos depois, escrevendo os agradecimentos, ainda me pergunto como foi que isso aconteceu.

A resposta está gravada em cores, neve, fogo e luz que moram no meu coração: contar histórias de amor é e sempre vai ser aquilo que faz o impossível se tornar possível para mim.

Mas este é o "Era uma vez" das mais de cem mil palavras que contam esta história.

Escrever um romance nunca foi tão desafiador e recompensador na mesma medida. Que nada, foi muito mais recompensador que desafiador (risos). E boa parte da recompensa é o motivo de os agradecimentos de um livro existirem e, talvez, de aparecerem sempre assim, depois do ponto-final.

Obrigada, Elyan, Nina, Maia, Rafe, Jules e Robert, Lucas e Oliver, vovó Nora, dadi e todos os outros personagens que me ajudaram a contar esta história. Vocês têm o meu coração inteiro.

Obrigada, minhas leitoras e meus leitores, que estão sempre de coração e braços abertos para receber um novo romance meu. Sem vocês, meus livros seriam como os brinquedos da coleção do Elyan: lindos e incríveis por existirem, mas tristes por não serem companheiros de sonhos e brincadeiras. Obrigada por brincarem de sonhar com os meus personagens. Eles são muito sortudos por ter leitores tão queridos e apaixonados como vocês.

Alba, minha superagente que fez esta história acontecer junto comigo. Sem você eu acho que não teria conseguido. Obrigada pelas noites em claro (ou quase) e pela corrida para fazer este romance ficar pronto no prazo e pelas risadas e conversas e os melhores feedbacks e comentários. Você é uma mulher extraordinária, e eu me orgulho demais de quem você é, da sua história e do seu amor pelos livros. Caramba, que sorte a minha por, além de tudo isso, te chamar de amiga.

Garotas da Increasy, Guta, Grazi, Mari e Alba, o seu sucesso merecido é reflexo do amor que vocês têm pelos livros. Obrigada pela parceria.

Vocês nem imaginam que, se as minhas histórias chegam até vocês sem erros, nem gramaticais, nem de continuidade, nem de nada — ou seja, perfeitas —, é também pelo trabalho sensacional da minha querida coordenadora editorial, Ana Paula Gomes. Minha lady do inverno das palavras (risos), você é a melhor.

Rafaella Machado, agora minha editora, que honra trabalhar com você e poder conhecer ainda mais não só a pessoa maravilhosa como a profissional apaixonada, talentosa e incrível que você é. Obrigada por acolher as minhas histórias mais de perto e por abraçar a Verus com tanta entrega. Este é só mais um começo de uma história linda e de sucesso que você vai contar.

Hoel, meu amor, meu marido, meu super-herói, um pouco de todos os meus mocinhos é inspirado em você. Obrigada por segurar a minha mão, o meu coração, por me trazer chá, café, por cozinhar para mim quando estou na frente do computador escrevendo, por me trazer de volta quando eu preciso voltar para mim, por amar os meus personagens, por me dar força e amor para que eu seja a minha maior e melhor versão. Eu te amo demais.

Malu, filha, obrigada por ser a minha melhor amiga e companheira de sonhos e aventuras, por crescer comigo todos os dias e por emprestar sua sabedoria para mim e seu olhar jovem para os meus personagens, pelas dicas de músicas que eles ouvem e por todas as ideias durante o processo mágico que é escrever um livro. Obrigada pelo guaxinim, pelos patos e por tantas outras inspirações. Hoje você brilha no palco do meu coração, mas tenho certeza de que vai brilhar ainda mais nos palcos do mundo. Obrigada por ser a maior magia da minha vida.

Lili, querida, obrigada por ser a meia-irmã da Malu e minha sobrinha do coração, obrigada por ler os meus livros, por amar as histórias e por sonhar em escrever. Tenho certeza de que um dia você vai ser uma autora maravilhosa. Quero ver o meu nome nos agradecimentos de pelo menos um dos livros de sucesso que você vai publicar, hein?

Mãe, eu sei que você amou esta história, se divertiu e se emocionou com o Elyan e a Nina aí em cima, na estrela linda onde você mora. Te amo ao infinito e além, minha fada azul.

Pai, que orgulho eu tenho de ser sua pinguinho de gente, e como agradeço por ter você na minha vida, por você ter me ensinado o amor pelos livros e pelas palavras. Tenho certeza de que você também vai amar os meus protagonistas — eles são quase, eu disse *quase* tão fãs de fantasia como nós dois. Te amo.

Deus, fadas azuis, amarelas, rosa e de todas as cores, dragões alados que amam e lordes do inverno que se fingem de humanos, bruxinhos e bruxinhas que só fariam feitiços para transformar o mundo num lugar melhor, anjos, devas, deuses e querubins — obrigada a todas as forças mágicas do universo que me deixam amar as histórias. Agradeço por emprestarem um pouquinho da magia de vocês para que eu conte e espalhe essas histórias pelo mundo.

Impresso no Brasil pelo Sistema Cameron da Divisão Gráfica da
DISTRIBUIDORA RECORD DE SERVIÇOS DE IMPRENSA S.A.